《西厢记》创作论

黄天骥

著

有情人终成眷属

中国出版集团 东方出版中心

图书在版编目（CIP）数据

有情人终成眷属：《西厢记》创作论 / 黄天骥著.
上海：东方出版中心, 2024.8. -- ISBN 978 - 7 - 5473
- 2472 - 1

Ⅰ. I207.37

中国国家版本馆 CIP 数据核字第20247TV258号

有情人终成眷属——《西厢记》创作论

著　　者　黄天骥
责任编辑　陈明晓
装帧设计　钟　颖

出 版 人　陈义望
出版发行　东方出版中心
地　　址　上海市仙霞路345号
邮政编码　200336
电　　话　021-62417400
印 刷 者　上海盛通时代印刷有限公司

开　　本　890mm×1240mm　1/32
印　　张　12.5
字　　数　400千字
版　　次　2024年9月第1版
印　　次　2024年9月第1次印刷
定　　价　88.00元

永老无别离 万古常完
聚顾善天下有情的都
成了眷属

林雅志书

做文献研究的学者，大概都有攻城略地的雄心：在划定的学术版图内，先上穷碧落下黄泉，将材料尽数收归囊中；再众里寻他千百度，探囊取物，一看究竟。待到有所发见，总结出奥义，型之为理论，用之为方法。而后，或可超出此界，融通多个领域。

攻城略地之外，艺高胆大者，敢于从大道上平地生雷。只见他排兵布阵运筹帷幄，开弓上马硬碰硬——研究最经典的作品，用寻常材料，读最常见书，见出奇崛，则又开学术之新境界也。2010年，黄天骥先生终于对四大名剧中流传最广的《西厢记》下手了。

一 "冷板凳"上的文献功夫

熟悉黄老师的师友们都知道，王季思先生对他的栽培，始于磨性子、坐"冷板凳"。王先生将版本繁杂的《西厢记》交给黄老师整理研究。据说，当时在办公室中，黄老师把七种现存的《西厢记》版本一字排开，从"张君瑞闹道场"几个字开始，每句话要轮番读数遍，弓身走到各版本前对比校刊，场面很是壮观。《西厢记》不久就整理完成了，收入《全元戏曲》当中，而戏曲文献学这个冷板凳，黄老师一坐就是一辈子。后来，黄老师领衔中山大学戏曲团队完成国家社科基金重大项目"《全明戏曲》编纂及明代戏曲文献研究"，文献始终是中大戏曲团队的研究重心之一。

从表面上看，戏曲文献研究是做版本、辨伪、辑

1

佚、校勘、注释等相关工作。但在此基础上，能见出真章的，往往在于研究者具备较强的理论视野和功力，能在浩渺的文献之中综合把握、提炼和总结，解决文献背后更深层次、更具普遍性的学术问题。从另一层面来说，理论显露如冰山一角，要靠淹没在水下的百分之九十的冰川构筑。没有大量的文献筑成冰峰基座，理论则难以服众，这是学界的共识。文献的考释、文本的研读，与理论研究并非互相排斥的学术路径，而是互为前提的。

黄老师在《西厢记》研究中，先从文献研究做起。他梳理了"西厢故事"的源流和演变，对比不同文体对崔张婚恋的书写，还对《西厢记》的作者身份、年代归属等提出新的见解。通过文献考索和文学解读，黄老师总结，王实甫的《西厢记》之所以能"天下夺魁"，在于她拥有完整精巧的戏剧结构，有着在当时来说新颖而精彩的戏剧冲突。同时，她还兼有花间美人般的文词音韵之美，之前的戏曲作品鲜有能及。

甘于坐冷板凳、下文献苦功夫之外，黄老师兼擅理论研究。他更关注的是剧本文献背后，体现出的戏剧形态、艺术理论、社会史、文化史等幽微之处。比如，他解析张生这个"傻角"一见钟情的唐突、错解诗意之后的跳墙行为，是借此来分析如何在抒情性戏剧中构建喜剧符号，以更好地塑造人物性格，做到"写一人肖一人"（第十章）；品读"长亭送别"和"草桥惊梦"，实在是想探讨高妙的剧作家要怎样融合叙事、抒情并营造意境（第十三章）。再比如，述及《王西厢》第五本存在的必要性，以及明代评点家对此话题的争议，其实是为了说明续作及大团圆结局在不同历史时期的形成与接受问题（第十四章）。从版本对比、文本分析说开去，黄老师将经典《西厢记》视为一种创作方法，从对具体人物、情节、文词的考证，上升到如何进行戏曲创作的理论高度。

二 "热相思"外的人性伦常

文献功夫是客观冷峻的，文学解读却要含情脉脉，热眼相瞩于研究对象。

自五四起，"人的文学"观念逐渐明确。执此观念重新看待古代文学，文史学者关注到载道、言志之外，通俗文学如何刻画一个大写的"人"。黄老师从人性与伦常的视角出发，将心比心，揣摩爱情剧《西厢记》中复杂的人情物理。

"十部传奇九相思"，戏曲中的男才女貌故事数不胜数。旦角玉洁冰清，小生风流倜傥，二人一见钟情，男主角金榜题名迎娶佳丽——这成为《西厢记》之后惯用的套路戏码。人同此心，心同此理，中外文艺作品中，表现这种一见倾心的"热相思"实在不少。电影《魂断蓝桥》中，风流倜傥的上尉罗伊，邂逅了芭蕾舞演员玛拉。"一战"当前，没有人知道还能否看到明天的太阳重新升起。罗伊不愿错过命运般的一见钟情，于是冒着大雨找到了玛拉，并向她求婚：

——玛拉，今天我们该干什么？
——玛拉，去跟我结婚。
——我知道我疯了。这是奇妙的感觉。

这个名场面赚得世界影迷的芳心。其实，《西厢记》里的一眼万年，比这更炽烈，也更反叛。

《西厢记》里的崔莺莺不同于以往的女主角，等着白面书生的爱和挽救，而是作为实实在在的"人"，试图主宰自己的爱情与婚姻，可谓女性先锋。她敢于主动追求爱情，在清心寡欲的佛堂上，带着人的欲望，爱得大胆、炽烈。莺莺形象的独特性，早在20世纪60年代，著名的戏剧评论家戴不凡先生已有论及。黄老师在此基础上，从文献校勘中体悟分析，找到不同版本文字差别背后的动因，解开作者的创作密码。在本书中，黄天骥先生抓住了几个关捩点，让"先锋小姐"崔莺莺性格有了落脚处。

王实甫《西厢记》写一见钟情，写出了生旦初见时潜藏的情欲：明知"那壁有人"，在董解元的《西厢记》中的莺莺，即刻"羞婉而入"，乖乖遵守非礼勿视的闺训；而待到《王西厢》中，莺莺竟改作"回顾觑末"状。戏眼就在此处！黄老师将这一细节，放在具体的舞台空间之内和特定人物关系之中来解读。读者可以借此充分展开想象：生旦第一次见面时，戏剧舞台上灯光倏忽打暗、锣鼓乍停，甚至连空气都凝固了。聚光只留于莺莺七分娇羞三分有情的回眸秋波上，于是定格了文学传统中最为经典的一见钟情。无怪乎张生在荷尔蒙的作用下惊心动魄，对这顾盼一笑大喊"我死也"，呆头呆脑就此害起了"热相思"。

在"非礼勿视"的年代里，崔莺莺有婚约在身，竟敢对陌生男子眼波流转，勾魂摄魄，这不是清白女儿啊！但人的欲望毕竟是从血肉之躯里长出来的，带着体温，不易见得，却又真实鲜活。爱与欲，本就是人性，并非原罪。黄老师透过剧本，发掘出王实甫在展示人性觉醒方面的深意。王实甫塑造的张生也类似，丝毫没有未来状元郎该有的持重。作者多方位刻画了一个"傻角"陷入爱情的尴尬可爱。之后，生旦爱情受阻，看似张生主动出招，实则全靠莺莺推波助澜，让爱情得以顺利进行。作者写得浑然天成，一般读者看罢只觉得好，却不知妙处何在。

莺莺当真是"新女性"吗？黄老师妙手一挥，读者便有了新的体悟。他用文献学的方式，着重对《董西厢》《王西厢》两种版本形态进行比勘，重新解读。作者发现了前人从未关注的文字差异：第一，王实甫修改了崔莺莺的年龄，使其从十六七岁的婷婷少女，变为十九岁的大龄青年。这其中的改动并非文本讹误，显系有意为之，目的是让莺莺后面三次大胆主动地顾盼回觑、暗通情愫，都本于人性情有可原，此之谓"合情"。第二，故事一开篇，王实甫就通过老夫人之口，说出女儿已与侄子郑恒有婚约在身。此前的西厢故事对婚约问题，或未涉及，或按下不表。如此一改，不得不让人替莺莺佛殿奇逢的反叛行为捏一把汗！观众一上来就知道，崔莺莺已经订婚了，接下来，要眼睁睁看着她在危险的边缘试探。观众好奇得很，倒要看看作者怎么让这"该死的爱情"收场。于是，作者搬出了阻挠爱情的一系列绊脚石——孙飞虎事件，老夫人抵赖、抗拒并要求张生取得功名才能作数。如果说更改婚配问题，让莺莺与张生的爱情更具有颠覆礼教的叛逆色彩，那么，剧作家就要解决此前的婚约、让佳人合配才子，要弥合离经叛道与世俗常情之间的鸿沟，此之谓"合理合法"。大龄青年、有婚约在身的"受阻"戏码，最终没能敌过崔张爱情的赤诚，反而使其显得符合情理，甚至成为日后才子佳人戏的套路笔法，此为后话。

"若无新变，不能代雄。"黄老师用人性与伦常的眼光阐明创作者的慧心，充分论证《王西厢》如何让"有情人终成眷属"合情、合理、合法，解读出王实甫在《会真记》《董西厢》之外的创新和雄笔，创造性地将文献考证落实到创作规律的阐发。

三 "二八定律"与"三重视野"

黄老师自称，真正感觉到写作风格的形成，就是从这部《〈西厢记〉创作论》开始的。八分学术，两分散文，冷暖并济，深浅兼容——这样的戏曲解读也成为一种方法，见于姊妹篇《〈牡丹亭〉创作论》和《唐诗三百年》等著作中。其实，以诗家的眼光解戏文，用舞台的视角看剧本，关注经典作品如何观照"人性"的问题，一直是黄老师研究的主轴。

黄老师事师如父，他常感怀中大三位先生的教诲：王季思先生的文学解读、文献磨砺；董每戡先生的艺术感受、剧场训练；詹安泰先生的诗词眼光、创作三昧。如果说《全明戏曲》的整理与研究，是对于王季思先生学脉的继承，那么《中国古代戏剧形态研究》等大部头的论著便是对董每戡先生治学精神的发扬，《〈西厢记〉创作论》一书，则是全面融合王、董二先生的学术旨趣，同时加上以诗心解戏曲。黄老师继承并融会贯通了三位先生的视野与方法，这构成了黄老师的"自信与底气"（康保成语）。放眼海内，这种融通之道恐怕也只此一家。黄老师的治学风范既得之于师承，也是个人天性使然。他平日里率性有趣，尽显学人的"志趣与情怀"（陈平原语），既是学者又是作家。他骨子里丰沛的直觉感受，经由艺术的提炼与解读，让戏剧成为戏剧，让文学重归文学，让人性回归人性。

《〈西厢记〉创作论》自2011年问世后，已经过学人和读者十多年的考验。学术界普遍认为，这部书兼具戏曲文献与戏曲形态之研究，又能自具面目，将文献考证、文学批评与理论研究相结合，用文化散文的妙笔，写学术研究的慢文。如今，本书由东方出版中心再版，为恩师感到欣喜之余，重读其中不少论断，仍有张生初见莺莺的惊艳之感。

浅陋如吾，泰山尊前信马由缰。真知灼见，留待读者慧眼相加。

2023年3月20日

戚世隽

　　说起黄天骥老师对《西厢记》的研究，不能不提到他在20世纪80年代所写的《张生为什么跳墙》。这篇文章虽发表于1980年，但观点的形成时间却早在60年代，只不过因时代的原因，20年后才得以在《南国戏剧》杂志发表。在这篇文章里，他提出了一个有趣的问题：为何在戏里，莺莺的情诗明明白白地写了"迎风户半开"，张生还是傻乎乎地来一番"跳墙"赴约呢？问题似小，却引出了《西厢记》艺术创新的重要命题，也显示出天骥师常常别出一格的研究旨趣。

　　在天骥师的学术道路中，研究课题虽时有转移，但文学研究最终要解决的问题是什么，却是他始终关注与思考的。时隔40年的这部《〈西厢记〉创作论》，也是欲以一部经典作品的再解读，来阐述他的文学研究观和戏剧研究观，一言以概之，可说是：以文学的眼光看文学，以戏剧的眼光看戏剧。

　　何谓以文学的眼光看文学、以戏剧的眼光看戏剧？就是要关注《西厢记》的文学本质与戏剧本质，最终说明《西厢记》的文学意义与戏剧意义。

　　陈独秀在1920年到1921年间，曾为上海亚东图书馆的标点排印本《红楼梦》作了一篇新叙，他在叙中批评当时的研究："什么诲淫不诲淫，固然不是文学的批评法；拿什么理想，什么主义，什么哲学思想来批评《石头记》，也失了批评文学作品底旨趣；至于考证《石头记》是指何代何人的事迹，这也是把《石头记》当作叙述故事的历史，不是把他当作善写人情的小说。"这使得我想起在20世纪20年代，俞平伯也曾向他的老师胡适进言，希望胡适换上文学的眼光来读《红楼梦》（《〈红楼梦辨〉的修正》，《现代评论》第一卷第九期，1925年2月7日）。可见，用文学的眼光来看文学——去除理论与主义的迷思固然重要，而考证的方法，也不能完全解决文学的问题，还要有用文学的眼光来支配和使用考证的能力。

以文学的眼光来看文学，或会遭人诟病的是，文学的批评如何与主观式的批评甚至无根之谈划清界限？这其中或有误解的成分，文学的批评，并非不要考证，它仍是以文献考证为基础和前提的，仍然需要把握作者生平家世以及写作的文化空间，需要处理版本问题，需要对文献材料做去伪存真的甄别工作，只不过并不满足于考证本身，其最终目标，在于更真实地还原文本、解读文本，最终打开作品全部意义的大门。文学研究中的这种追求，比之仅止于事实的历史考证，可以说是一种更有境界的文学考证，这种文学考证，对浅学之士来说，固然危险，但对行家里手而言，其高妙处也正在于此。

文学的本质，不外乎"情理"二字。我以为，天骥师的《西厢记》研究，都在说明这个婚恋喜剧里的情与理。然而，要能说明文学作品中的"情理"，而且并非无根据无分析的直觉感想，对文献的处理与使用自不在话下，而对于文学研究者来讲，好的鉴赏趣味与理解能力也是相当重要的。鉴赏固不是研究，但鉴赏却是研究的不可或缺的前提和基础，这是文学研究不同于历史研究的根本点。文献的能力尚可通过后天训练获得，而培育一个好的鉴赏趣味与理解能力却常是人力不可为的。在天骥师看来，文学研究者应该在研究中把自己的审美感受表达出来，感受虽因人而异，也未必准确，但总会在一定程度上帮助读者提高欣赏能力和艺术修养，这正是文学研究的独特个性所在。

学界的人都知道，天骥师在教学研究之余，擅长诗文，且新旧兼习，虽然他自笑这些不过是"小道末技"而已，而实际上，他常对我们说的是：从事文学研究的人，会点创作，可以对古人的文学创作有同情之理解。有了这种同情之理解，才可以在考证与文献积累之外，又有透辟的眼光，具通识，善裁断，最终从筋节窍髓中探得作品的七情生动之微。

《西厢记》不仅是个文学文本，还是个戏剧文本，是要拿到场上表演的。因此，除了文学的眼光，还要再加以戏剧的眼光，才能凸显《西厢记》作为戏剧文本而不是诗歌或小说文本的独特面貌。

20世纪50年代以后，戏剧由于学科建制的原因，分属大学中文系及艺术院校，戏剧研究也形成了不同的研究格局。艺术院校注重场上表演研究，文本的研究以综合性大学的中文系为主。而对文本的研究，又比较注重作品的思想道德评价和现实意义，这取得了不少重要成果，但也未能和诗文、小说甚而和话剧、西方戏剧的研究形成本质的不同。对戏剧的研究者来说，若仅止步于此，显然也是不够的。

天骥老师常常对我们说："先师王季思先生教会了我如何对古代戏曲作考证校注的工作；而先师董每戡先生教会了我怎么看戏、编导。"在较早的时候，他已经开始关注戏曲这一体裁的特殊性，注重从表演来看戏剧。从《张生为什么跳墙》到《长生殿的意境》《闹热的牡丹亭》等论文看，他一直致力于突破一般中文系出身的学人传统戏剧研究路数的局限，即使讨论剧本，也注意时刻把它放在舞台的背景下，从而揭示中国戏剧所独有的美学标准和创作特征。

自觉的舞台感、动作感与画面感，使天骥师不是从读者阅读的角度，而是从观众观看的角度审察古人的戏剧创作。在舞台与剧场的环境下，莺莺、张生、红娘与老夫人之间的暗流涌动，究竟该如何展示？围绕这一思路，自然能看出许多新问题。从戏剧叙事、戏剧张力的角度，再品味诸如张生的出场、吊场方式，"赖婚"中的敬酒等诸多细微之处，便觉搔着了痒处，赋予了原本没有生命的文字以全新的意义。

中山大学古典戏剧专业的开拓者王季思先生，曾以不注五经注西厢之举，引领了戏剧研究的一代之风。而学术理念的建立，需要对学术传统的继承，需要有新观念新方法的引入，更需要通过具体的学术实践来探索。天骥师曾说，真理是越探索越明晰的，他的这部《〈西厢记〉创作论》，便倾注了他对文学研究、对戏剧研究的一个方法论的思考与总结。

天骥师近年来的著述，全部是用电脑一字一字地敲出来的。他常称自己是电脑"小学生"。在写作这部论著的过程中，尚发生过因为"小学生"式的操作错误，而误删了书稿的事情。而他也是一边懊恼不已，一边却又坐在电脑旁从头再来。他那不断挑战自我的愿望，对未知领域无限可能性的探索兴趣，是除了问学之外，我们从老师身上得到的宝贵精神财富。

在读完天骥师的书稿后完成的这份"读后感"，只是以学生的角度，为老师的著述作些缘起与背景的说明，深恐并未能彰显老师著书的深意，好在同道者慧眼素心，自会体悟，兹不赘。

目录

楔　子

　　暮春三月，我们的车子在晋南的公路上，向永济普救寺的方向飞驰。苍山如海，直道如坻，三晋雄风，奔来眼底。公路的两旁，树影婆娑，柳荫中，有人摆摊叫卖，摊上堆放着鹅黄色的杏子，晶莹可爱；槐树下，间或有红男绿女，携手同行，情态亲昵。山川的豪壮和人文秀美的风姿，融为一体，令人心旷神怡。

　　在撩人欲醉的春风里，我的脑海中掠过了700年前的一幅景象。那风流倜傥的才子张生，不是豪气满怀，高吟着"雪浪拍长空，天际秋云卷"的诗句，在这一带徜徉流连吗？这里的山影河声，草光花影，一定像磁石般把他吸引到普救寺来，让他不期然地演出了石破天惊的一幕。

　　我们所坐的面包车，在普救寺的山门边停了下来。

　　普救寺坐落在永济西南10公里的峨嵋塬上，据说这寺在隋初已建，《续高僧传》卷三十载："先是，沙门宝澄隋初于普救寺创营大像。百尺万工，才登其一，不卒此愿，而澄早逝，乡邑耆艾请积继之。"[1]后来唐、宋、元、明、清，历代都有维修。"文革"以后，人们更搜求大量的数据，征集大量文物，尽量按照隋唐时代普救寺的旧貌重建。如今山门雄壮，法相庄严，古柏森森，瑞烟绕袅，好一派禅林气象。

1. ［南朝梁］释慧皎等：《高僧传合集》，上海：上海古籍出版社，1991年，第370页。

1

我们循例首先进入伽蓝殿。这里香客不多，殿门边，一名司职解说签卜的庙祝，闲得发慌，在那里似睡非睡地闭目垂眉。偌大的一个佛寺，门庭显得如此冷落，我不禁有点纳闷，有点感慨。

可是，随后从侧门转入花园，眼前陡然一亮，原来，游客们都聚集在这里。只见一大群人，老的少的，俏的村的，男的女的，在这里唧唧哝哝，指指点点。看来，到这里拈香礼佛的人，更热衷的是参观传说中崔莺莺的旧居。

展目看去，在那西厢角门的两侧，挂着先师王季思教授书写的对联："梨花院落溶溶月，杨柳池塘淡淡风。"秀雅的书法，颇能使人感悟这里曾经是风光旖旎的院落。可惜，门掩重关，我们没法张见院内"花落水流红"的景色。不过，在墙东，真还有杏花一树，树身粗如碗口，它歪在墙根，似乎斜躺着睥睨今古。传说当年的张生，就是在明月之夜，攀着树身，"滴扑刺"跳过墙去私会莺莺的。到如今，年轻的游客都对这树产生浓厚的兴趣，纷纷在树边留影；有些上了年纪的人，童心大发，还做出攀援欲跳的模样。几百年前的扶疏花树，今天一样能撩拨人们的心，你不能不惊叹莺莺、张生故事的魅力。

当下，我也写了芜诗一首凑趣：

> 迢迢千里访西厢，草色花光照短墙；
> 三晋雄风回秀气，五羊游侣忆华章。
> 当年老衲怜才俊，今日狂生看佛堂；
> 也欲攀垣成一跳，春心难系柳丝长。

后来，校友黄竹三教授拿它去《黄河》杂志发表了。诗并不工，只记下当时愉悦兴奋之情，也供读者一粲。

乘夜逾墙　青花矾红描金《西厢记》图盘
清　东莞市博物馆藏

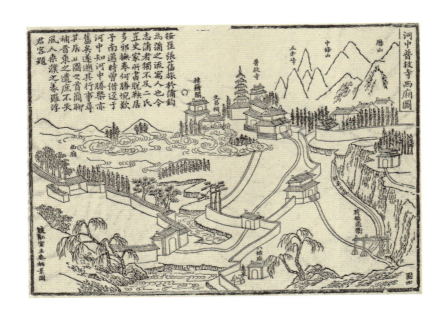

　　说实在的，人们到普救寺参观，原本也不在乎这里供奉的菩萨有多么灵验，不在乎这里飞阁流丹，檐牙高啄，庙宇的建筑是怎样的辉煌。人们之所以趋之若鹜，无非是在这梵王宫殿里，发生过一桩惊天动地的风流韵事。这里的通幽小径、石上苍苔，也许曾留下莺莺浅浅的鞋印；这里的白玉栏杆、半旧亭台，也许是张生流连踯躅梦魂萦绕的去处。于是，伽蓝殿里飘过来的袅袅篆烟，倒能让人们引发出无边的遐想。

　　想当初，张生和莺莺在普救寺萍水相逢，神魂颠倒地度过了一个春秋，似乎是菩萨灵光荫庇，让他们圆了一场好梦。从此以后，普救寺便和莺莺张生结下了不解之缘。说实在的，普救寺并无多少有关菩萨灵验的传闻，倒是依靠了张生莺莺一段"五百年前风流业冤"的故事，名传宇内，让菩萨的香火，得以延续了百千年。到底是谁沾了谁的光？是我佛有灵，还是情留万古？

不用说，人们很容易得出自己的答案。不难推想，张生莺莺的故事能流传多久，普救寺的香火便会延续多久。"闷杀没头鹅，撇下陪钱货"，谁料莺莺这被老夫人视为"陪钱货"的女孩儿，竟成了菩萨的衣食父母，成了后世从事旅游业者的摇钱树。

"山不在高，有仙则名。"普救寺之所以成为名山名刹，不就是因为《西厢记》里写到有着仙子般美貌、被视为"南海水月观音现"的莺莺，曾在这里寄居吗？直到20世纪，普救寺依然成为人们流连忘返的胜地，正好说明《西厢记》这一部杂剧，其影响之大之深之远。

"系春心情短柳丝长"，到普救寺参观去吧！让那檐影下绚丽的灵幡、软风里翠绿的柳条，和你青春的心旌，一起摇动吧！

※ ※ ※

张生莺莺故事得以流传，主要应归功于杂剧《西厢记》的原作者王实甫。是他以生花妙笔，振聋发聩地表达出"愿普天下有情的都成了眷属"的普遍理想；是他刻画出栩栩如生的具有共鸣意义的典型形象；是他安排了波澜跌宕引人入胜的情节和喜剧性冲突；是他写下了通篇让人齿颊留香的清辞丽句。

在《西厢记》里，崔莺莺的花容月貌，"风魔了张解元"，而《西厢记》的创作，却如"美女簪花"，风魔了千百年的观众读者。清初的文学评论家金圣叹，曾告诉人们应如何鉴赏《西厢记》。他说：

暖红室汇刻《王关北西厢》中的《河中普救寺西厢图》

《西厢记》必须扫地读之，扫地读之者，
不得存一点尘于胸中也。《西厢记》必须焚香
读之，焚香读之者，致其恭敬以期鬼神之通之
也。《西厢记》必须对雪读之，对雪读之者，
资其洁清也。《西厢记》必须对花读之，对花
读之者，助其娟丽也。……《西厢记》必须与
美人并坐读之，与美人并坐读之者，验其缠绵
多情也。《西厢记》必须与道人对坐读之，与
道人对坐读之者，叹其解脱无方也。(《贯华堂
第六才子书》卷二)

金圣叹这一段话，说得很有趣。他提醒人们必须以
虔诚的态度对待《西厢记》，必须体悟《西厢记》的真
与美，必须与剧本中人物命运融为一体。只有如此，才
能理解作品的三昧。

金圣叹鼓吹人们读《西厢记》时全神投入，是希望
普天下有情人接受它的影响。

事实上，这一个发生在700年前的故事，至今还为
人们津津乐道。据蒋星煜等先生统计，自明至清，王实
甫《西厢记》流传的版本，计有六十多种。这出版史上
的特例，正好说明，明清两代的读者对它怀有极大的兴
趣。在舞台上，我国各地方戏种，差不多都保留着《西
厢记》这一剧目。

在海外，《西厢记》也日益受到重视，欧美戏剧
史专家伊维德和奚如谷指出："《西厢记》属于世界的
伟大经典之列，像这样的作品，每隔一代人就应当有
一个新译本问题。"[1]这两位外国朋友的话，说得很有
道理，因为每隔一个时代，读者的眼光和译者的理解，
都会有所更新。同样的道理，每隔一个时代，就该对
像《西厢记》这样的名作，作重新的研究分析。只有
如此，才能不断发现新材料，发现新问题，运用新的

1.《明刊本西厢记》英译
本导论，奥克兰：加州
大学出版社，1991年，第
8页。

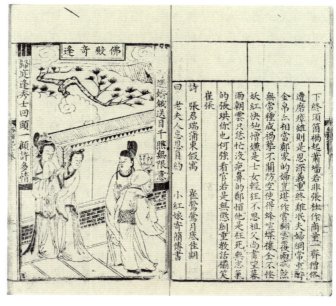

↑《张深之先生正北西厢秘本》 明崇祯刻本
↑《重刻元本题评音释西厢记》 明万历熊氏忠正堂刊本

方法，转换新的角度，以求对这些名作做出更准确更深刻的评价。

如何评价《西厢记》？在20世纪，最普遍的看法是，它表现了年轻一代追求婚姻自由与封建礼教封建家长的矛盾。这自然是对的。但是，为什么他们要反对礼教的束缚？是什么力量驱动他们反抗斗争？我认为，那是由于他们不满人性被压抑，是由于他们要求人性得到自由的发展。

20世纪中叶以来，我们研究文学作品，只言阶级性而讳谈人性，视人性如洪水猛兽。评论《西厢记》自然也不例外，不会去接触人性的问题。其实，马克思主义既注意研究社会发展的规律，也注意推动人性的发扬，认为整个社会的发展，必须以每个人的发展为前提。因此，马克思承认人性的存在，他在《资本论》中就说过："首先要研究人的一般本性，然后要研究在每个时代历史地发生了变化的人的本性。"[1] 所谓一般本性，是指存在于世界上的人类，被视为"人"的时候，从先天带来的每个人都共同具有的，并且应该得到尊重的本能。问题是，在不同的历史阶段里，在不同的社会环境中，人性总会受到这样或那样的约束，个人合理的要求往往和社会现实发生严重的矛盾。当人性被扼杀、被扭曲，也就阻碍了社会的向前发展。

人类要存活于世，那么，一是要求自身的生存，不断地补充各种热能；二是要求生命的发展，不断地繁衍族类。易言之，"人"离不开饮食和生殖，孟子提出的"食、色，性也"，意简言赅地阐明了人的一般本性。当然，马克思还要求研究"人"在不同时代中变化了的本性，因为人赖以存在的客观环境，包括人所处的阶级地位、所接受的传统教养，必然影响着"人"的本性。

文学作品，都离不开人。首先，作家是有思想有

1. [德]马克思、恩格斯著，中共中央马克思恩格斯列宁斯大林著作编译局译：《马克思恩格斯全集》第23卷，北京：人民出版社，1972年，第669页。

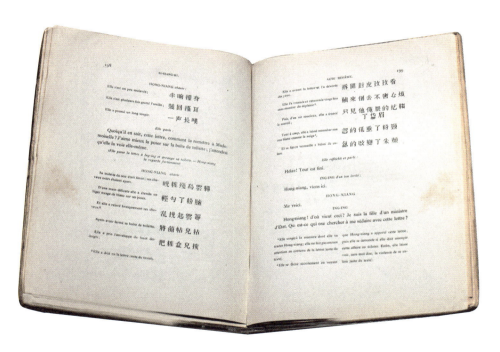

《西厢记》日文译本　广东省博物馆藏
《西厢记》法文译本　广东省博物馆藏

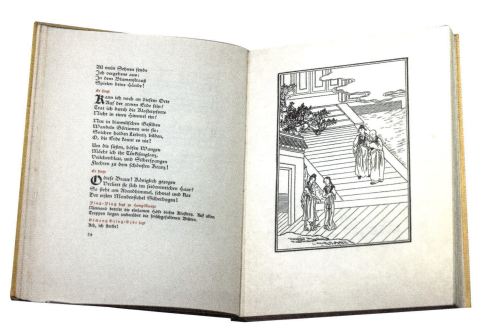

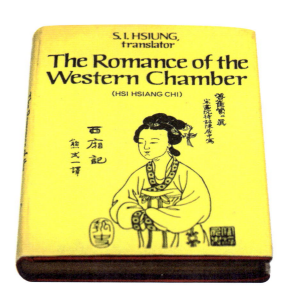

↖ 《西厢记》德文译本　广东省博物馆藏
↑ 《西厢记》英文译本　广东省博物馆藏

感情的人，他写的是人的形象、人的感情、人与人的关系。五十多年前，我们连"文学是人学"这一基本命题也不放过，不惜口诛笔伐，还以为这是坚持了马克思主义。我们在研究文学作品时，更是讳言人物形象所表现的人性，讳言从古以来作家便有表现人性的理想，似乎一提到了它，便有向自然主义沉沦之嫌，便会否定了社会性和阶级性。这"左"的倾向的泛滥，与我们连对"人"的定义也未曾弄得清楚有关。

人，是动物，人有自然的属性。所以，只要是人，就有"人的一般本性"。而人之所以为"人"，是因为人从成为"人"的一刻开始，人与人之间就有所交往，就具有社会性。这一本质属性，决定了"人"又不同于其他灵长类动物。因此，人性是人的自然性与社会性的统一体，两者缺一，都还不算是"人"。两者统一，才成为具有人性的"人"。马克思要求既研究人的一般本性，又研究每个时代变化了的人性，给我们提示了对待人性的准则。

男大当婚，女大当嫁。婚和嫁，这是人类在生理和心理成熟阶段的必然要求，也是人性的表现。过去，摩尔根曾经认为，在古代社会，男人找寻妻子，并不像文明社会那样出于爱情，他们对爱情一无所知。但是，据苗启明、刘向民先生介绍，现代人类学家、神经科学家和心理学家，通过对基诺族婚姻的调查，特别是通过功能磁共振对热恋中人的大脑进行研究，发现热恋者的大脑中的被激活的区域，含有丰富的多巴胺。神经科学还发现，大脑中的"腹侧背盖区"的APEN细胞，可以制造多巴胺这种天然兴奋剂，这就是深藏于动物中维持感情专注的因素，是爱情的生理学依据。而多巴胺，不仅古人身上存有，连在某些专情的动物，例如鸳鸯、长臂猿的身上也具有。可见，爱情也和性一样，是人类作为动物就与生俱来的能力。因此，古代人包括原始时代的人，其爱与性发生的过程，本质上与现代人并没有区别。苗、刘两位指出：爱情过程的完美形态是"以人生理的'性'(性成熟与性要求,源于动物性的身体)为内容,以人心理的'爱'(感官言语以及精神性的大脑)为形式,而以两性社会结合体的'婚'(产生社会的基本结构)为形态的统合体"。苗、刘两位又说:"'性—爱—婚'的三元一体的完整形态的爱情或者说婚姻,并非在任何时代、任何社会都可能实现。特别是所谓文明社会,大量出现'性—爱—婚'的不完整状态……以及由此产生的形形色色的爱情悲剧。"[1]

我们引述了人类学者对"人"的爱情婚姻状态的论断,是要说明要求性、爱、婚的完整,并非任何时代都可以实现,却是人类从古以来的普遍追求。当然,在各种社会利益的干预下,性、爱、婚三者并不容易统合,甚至不可能统合,这导致"有性无爱、有爱无性的婚姻,有性无婚、有爱无婚的关系"大量存在。换言之,性、爱、婚不能统合,人的本性就不能获得正常的疏导、发扬。而社会愈发展,人性的追求也愈强烈,人对压迫他们的各种机制的反抗也愈激切,这一来,人性便与妨碍它发展的框框架架,发生严重的冲突。

《西厢记》写的,正是封建时代的青年男女,追求"性、爱、婚"得到完整体现的故事。莺莺张生处于特定的时代,在实现爱情婚姻的过程中,他们必然和封建家长、封建礼教乃至他们自身的教养、性格,产生激烈的矛盾。这些方面,剧本有非常生动深刻的描写。但要指出的是,剧本写他们的反抗封建势力的斗争,不是写他们为反抗而反抗,更重要的是写他们在反抗封建礼教的过程中,表现出对人性的追求,他们梦寐以求的,是个人的意愿可以不受外力的羁绊,得以充分地发展。我认为,这一点,正是《西厢记》在我国古代剧坛中,特别在以爱情为题材的作品中,能够"天下夺魁"的重要原因,也是它在封建时代脍炙人口,而在封建势力和封建思想已经式微的今天,依然能引起人们共鸣和激赏的原因。

1. 以上观点,引录自苗启明、刘向民:《性、爱、婚的三元统合:"人的生产"前提的人类学考察——从〈基诺族传统爱情文化〉说起》,《思想战线》2009年第4期。

马克思主义的经典承认，共产主义社会是以"每个人的全面而自由的发展为基本原则的社会形式"[1]。历史的每一次进步，都和人性的每一步发展联系在一起。如果我们从人性的角度研究《西厢记》，分析剧作者如何通过戏曲艺术，巧妙地展现对人性理想的追求，将可发现这部被誉为"花间美人"的戏曲，有着不同于一般反对封建礼教作品的天地；将可发现在文学史的领域里，人性意识在不断增强；将可发现民族的价值观，从天道转向人道，正在不断地渐进地苏醒。

1.［德］马克思、恩格斯著，中共中央马克思恩格斯列宁斯大林著作编译局译：《马克思恩格斯全集》第23卷，北京：人民出版社，1972年，第649页。

第一章

西厢记天下夺魁

——《西厢记》的作者问题

山西古剧场，作者的身份

我离开普救寺，要到永济临汾一带参观古代的戏台。一路上车轮滚滚，《西厢记》的故事还在脑际回旋，眼前仿佛还看到张生莺莺的衣香鬓影，耳畔仿佛还听到小姐丫鬟的莺声燕语。公路上萧萧索索的尘土，又把我们带到偏僻宁谧的农村。下了车，几只小犬围着我们转悠，似乎在欢迎远方的来客。

宋金元时代，山西农村的经济相对发达，虽然不是家家泉水，户户垂杨，却也村落连绵，人口繁密，炊烟遍地，牛羊满野，许多村庄都有戏台。到今天，三晋各地，还保存了大量古戏台遗址，成为我国学者考察古代戏曲文物的宝藏。据黄竹三、延保全教授统计，在山西一地，便保存了金元时期的戏台，计有13处之多。像临汾魏村有三元庙戏台，芮城县永乐宫有龙虎殿戏台，万荣县孤山有风伯雨师戏台，永济县董村有二郎神戏台，等等。[1] 这些戏台，一般占地面积都在60平方米左右。有些戏台经过不断重修，现在还檐牙高啄，廊柱矗立，气势恢宏；有些则残破不堪，败瓦颓垣，冷冷清清缩在村中的一个角落，成了农户堆杂物、儿童捉迷藏的去处。我们只能从荒烟蔓草中，想象当

1. 黄竹三、延保全：《戏曲文物通论》，台北：台北国家出版社，2009年，第146—148页。

年戏台上锣鼓喧天、弦歌动地，戏台下万人攒动、扰扰攘攘的情景。

现存山西金元时期的古戏台，都有一个共同点，那就是必然和神庙连在一起。戏台向北，神殿朝南。这说明，当时演戏，是祭祀酬神的活动。演戏，是让神看的，是为了娱神。当然，民众也看，观众席就围在戏台的前面和两侧，鼓锣响处，他们便和神一起看戏。在洪洞县明应王庙，元代延祐六年（1319）《重修明应王殿之碑》，描述了当年祭祀时人神共乐的情景："每岁三月中旬八日……远而城镇，近而村落，贵者以轮蹄，下者以杖屦，挈妻子、舆老羸而至者，可胜既哉！争以酒肴香纸聊答神惠。而两渠资助乐艺牲币献礼，相与娱乐数日，极其厌饫。而后顾瞻恋恋，犹忘归也。此则习以为常。"[1] 可见，当时演戏，既是娱神，也是娱人。当天上神祇享受三牲美酒的时候，也就是民众听歌看戏的盛大节日。

从戏台与神庙的关系，我们不难看出我国古代戏曲总和神仙鬼怪结下不解之缘的原因。且不说许多剧作以神鬼故事为题材，就连许多与神鬼无关的事，也会把他们拉来凑趣。特别是遇到了什么困难，只要神仙出场，便可万事大吉。因此，"戏不够，神仙凑"，成为剧坛上最简单最易行也最有效的解决矛盾的方法。在我国戏曲史上，最杰出的作品，当推《西厢记》《牡丹亭》《长生殿》《桃花扇》。在汤显祖的《牡丹亭》里，写到花神土地、小鬼判官，是他们保证了杜丽娘的再生；在洪昇的《长生殿》里，是牛郎织女引导杨贵妃唐明皇进入了忉利天；在孔尚任的《桃花扇》里，写到马士英阮大铖的

1. 冯俊杰等：《山西戏曲碑刻辑考》，北京：中华书局，2002年，第98页。

1
2
3

鬼魂被牛头马面拉出场示众。唯独以寺庙为背景，有菩萨做道具的《西厢记》，恰恰没有神仙登台。不错，张生也曾见"南海水月观音现"，但那是莺莺！本来，在兵围普救和草桥惊梦等场次，那是很容易让神仙上场来解决危机或指点迷津的，可观众就是看不见《西厢记》出现菩萨的半点灵光。

离普救寺不远，永济县董村的二郎庙，就有一座戏台，据说建于元代至治二年（1322），它应是山西现存较早修建的娱神娱人的场子。我来到这里，登上戏台。戏台对面原有的神殿，早已成为孩子们的课室。仰视晴空，只见白云悠悠，幻成苍狗。我不由得暗想，《西厢记》曾在这里演出过吗？且不说它的内容与祭祀沾不上边，就从它与诸天神佛毫不搭界，说的是"人道"而非传统的"天道"，似不可能得到二郎菩萨的青睐，也未必容易得到当时农夫农妇的认同。像它那样在当时具有超前意识，适合市民阶层的审美情趣，更多注重表现"人"的剧作，其观众，也应更多是在城市的勾栏里。

《西厢记》的作者王实甫，正是一位活跃于金元时期经济政治文化中心城市——大都的剧作家。

杂剧《西厢记》的原作者是王实甫，这是目前学术界取得的共识。但是，它从头到尾，是由王实甫一个人写成的吗？其间有没有人插手增删？这些问题，并不简单，还需要进一步研究清楚。

我国古代的叙事性文学，有一个很有趣的现象，这就是愈是有名的作品，有关它的创作权问题，争论也愈多。像《红楼梦》，有关作者曹雪芹的问题，至今尚有许多悬案;《红楼梦》的后四十回，由谁补写，便众说纷纭。《三国演义》《水浒传》《金瓶梅》，在作者问题上同样有许多争议。固然，文献之不足，是引发人们争议的原因，但这现象的出现，也说明人们对这些名著，有着强烈的兴趣，有人想染指，有人要加工，这一来，往往往让原著演化为集体创作。于是，作者的名字问题便五花八门。反过来，从著作权的争议中，我们可以感受到这些作品影响的巨大。要是它们在文坛上毫不足道，那就谁也不会动这份心思，谁也不会计较它的作者是谁了！

《西厢记》的作者是谁？对此文坛上曾有严重的分歧。明清以来，据学者们归纳，大致有四种说法：

1. 王实甫作。
2. 关汉卿作。
3. 王作关续。
4. 关作王续。

经过争论，人们最终把《西厢记》的著作权，交给王实甫，理由是：

其一，根据文献记载，提出王实甫是《西厢记》的作者，最早见于元代钟嗣成所撰的《录鬼簿》。其后，明初朱权的《太和正音谱》，在"群英所编杂剧"中，也把《西厢记》列在王实甫的名下。《录鬼簿》和《太和正音谱》都是权威性的著作，不容置疑。至于认为关汉卿是《西厢记》作者的说法，最早出现在明代成化年间，比《录鬼簿》成书的时间，足足晚了一百多年。在无法推翻钟嗣成记载的情况下，此说诚不足信。

其二，钟嗣成《录鬼簿》记录了王实甫创作的14种剧目，《西厢记》列于其中，其后，贾仲明补撰的王实甫吊词，也赞誉"《西厢记》天下夺魁"。而在《录鬼簿》中，钟嗣成记录的关汉卿创作剧目，计有六十多种，其中，则完全没有提及《西厢记》和关汉卿的关系。可见，最早出现的有关杂剧《西厢记》的文献，对它的创作权归属的认识，是很清楚的。总之，我们在没有找到足以否定王实甫原创权的确凿证据以前，也只能维持钟嗣成的判断。至于关汉卿有没有续作，下文还会论及。

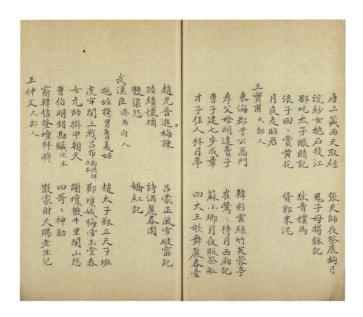

王实甫何许人也？钟嗣成的《录鬼簿》有如下记载："名德信，大都人。"贾仲明所作的吊词，则对他的生平有所描述：

> 风月营密匝匝列旌旗，莺花寨明飙飙排剑戟，翠红乡雄纠纠施谋智。作词章，风韵美，士林中等辈伏低。新杂剧，旧传奇，《西厢记》天下夺魁。[1]

此外，钟嗣成又收录了王实甫名下的剧目，有《西厢记》《双渠怨》等14种。除《西厢记》外，现存剧本有《破窑记》《丽春堂》两种，以及《贩茶船》《芙蓉亭》的残折。这些就是人们所能掌握的有关王实甫生平最详细的资料了。

大都在元代，已经是一个商业色彩相当浓厚的都会。据历史学家的考察，大都城内外有坊市的区分。城

1. ［元］钟嗣成、贾仲明撰，马廉校注：《录鬼簿新校注》，北京：文学古籍刊行社，1957年，第38页。

1. [意] 马可·波罗（Marco Polo）著，[法] 沙海昂（A.J.H. Charignon）注，冯承钧译：《马可波罗行纪》，北京：中华书局，1954年，第379页。

2. [明] 沈榜：《宛署杂记·民风一》，北京：北京古籍出版社，1980年，第189页。

3. 同上书，第189、190页。

4. [元] 夏庭芝：《青楼集》，载中国艺术研究院编：《中国古典戏曲论著集成》（二），北京：中国戏剧出版社，1959年，第7页。

中有五十坊市，分别有米市、牛市、马市、骆驼市，又有杂货市、柴草市、缎子市、皮帽市、珠宝市、文籍市、胭粉市、铁器市，等等，人口繁多，巷陌纵横。据马可·波罗记载："百物输入之众，有如川之流之不息。仅丝一项，每日入城者计有千车。"[1] 黄仲文在《大都赋》里，也记述大都商业的繁荣："天生地产，鬼宝神爱，人造物化，山奇海怪，不求而自至，不集而自萃。"[2] 城市发展，商贾汇集，工余商暇，看戏娱乐，寻欢买笑，成了人们生活中不可或缺的部分。这一来，大都城内，歌台舞榭，勾栏瓦舍，鳞次栉比，朝朝寒食，夜夜笙歌，争妍竞技，各擅胜场。据黄仲文说："华区锦市，聚万国之珍异；歌棚舞榭，选九州之秾芬……复有降蛇搏虎之技，扰象藏马之戏，驱鬼役神之术，谈天论地之艺，皆能以蛊人之心而荡人之魂。"又说："若夫歌馆吹台，侯园相苑，长袖轻裙，危弦急管，结春柳以牵愁，凝秋月而流盼，临翠池而暑清，褰绣幌而雪暖。一笑金千，一食钱万，此诚他方巨贾，远土浊宦，乐以销忧，流而忘返。"[3] 这种情况，和农村戏台的酬神演戏，明显不同。环境的差异，也使市民观众的审美情趣和价值观必然发生变化。

市民的消费，刺激了勾栏的发展，也造就了大量的演员和剧作家。以演员而论，如夏庭芝在《青楼集志》中说："内而京师，外而郡邑，皆有所谓构栏者，辟优萃而隶乐，观者挥金与之。""我朝混一区宇，殆将百年，天下歌舞之妓，何啻亿万。"[4] 说演员有"亿万"之多，自然是夸张之语，但也说明应是为数不少。《青楼集》开列了116位著名的演员，其中很多是"名动京师"的名角。像张怡云、曹娥秀、解语花等，和京中士大夫

《录鬼簿》收录了王实甫剧目14种

来往密切。她们有些能歌善舞，有些歌妓如云英、绛英、秀英、婉英，则"念诗、执板、打和、开呵"样样皆能。《青楼集》还说道："南春宴，姿容伟丽。长于驾头杂剧，亦京师之表表者。李心心、杨奈儿、袁当儿、于盼盼、于心心、吴女燕雪梅，此数人者，皆国初京师之小唱也。又有牛四姐，乃元寿之妻，俱擅一时之妙。寿之尤为京师唱社中之巨擘也。"[1]可见，当时的演员有男有女，而且还有"唱社"的组织，有机会相互支持合作，交流伎艺，便于竞争。

　　在大都，有一大群从事戏曲创作的文化人在这里汇集，撰词度曲，笔走龙蛇。据《录鬼簿》所载，"前辈"

1.［元］夏庭芝：《青楼集》，载中国艺术研究院编：《中国古典戏曲论著集成》（二），北京：中国戏剧出版社，1959年，第22页。

1.[元]夏庭芝:《青楼集》,载中国艺术研究院编:《中国古典戏曲论著集成》(二),北京:中国戏剧出版社,1959年,第15页。

作家如王实甫等,隶于大都籍者,即有17人之多。元人朱经在《青楼集序》中说:"我皇元初并海宇,而金之遗民若杜散人、白兰谷、关已斋辈,皆不屑仕进,乃嘲风弄月,流连光景。"[1]这些人,固然有的是仕宦之余,流连诗酒,逢场作戏地从事戏曲创作,但更多的人无法在仕途上有所作为,便抛开功名利禄,混迹青楼,成为专业的戏曲编导,甚至和演员们一起粉墨登场。像关汉卿被誉为"驱梨园领袖,总编修帅首,捻杂剧班头",这说明有些作家实际已成为戏班的重要成员。至于王实甫,则被视为在"翠红乡雄纠纠施谋智"的人物,可见他在"风月营""莺花寨"这些歌楼伎馆里,担当着运筹帷幄、举足轻重的角色,具有与关汉卿相似的江湖地位。

对于戏曲作家来说,能否成为演出团队的一员,这是重要的。因为,只有熟悉舞台生活的作家,才能熟谙戏曲的舞台性,才懂得安排戏剧冲突,不至于写出只能阅读不能演出的案头化作品。王实甫在《西厢记》的创作中表现出高度艺术才能,能纯熟地组织戏剧的矛盾冲突,制造引人入胜的悬念,善于运用戏剧动作表现人物形象,这和他长期与演员生活在一起,熟识舞台表演的规律有关。

在大都的戏剧圈里,群英汇聚,人才济济。剧作家之间,自然不乏合作的机会,有些被称为"才人"的剧作家,还组织了"书会"。贾仲明在狄君厚的吊词中提及:"元贞大德秀华夷,至大皇庆锦社稷,延祐至治承平世。养人才,编传奇,一时气候云集。"在"书会"中,剧作家们甚至可以合作撰写剧本。贾仲明曾说:"元贞书

山西洪洞广胜寺明应王殿忠都秀作场壁画　元泰定元年

会李时中、马致远、花李郎、红字公四高贤合捻《黄粱梦》。"他们一起交流经验，相互切磋，这当然有利于促进创作的发展。

不过，贾仲明在吊词中也多次提到"驰花阵，夺锦筹"（王廷秀）、"论才情压倒群英"（张寿卿）、"花营锦阵统干戈"（高文秀）等景象，以及描述王实甫处在"密匝匝列旌旗""明飙飙排剑戟"的风月场中的情况。这些颇具刺激性的火爆的形容词，又表明剧作家们在创作和演出中，相互间展开激烈竞争。而彼此的争妍斗胜，也刺激着作家的创作欲望，有助于优秀的作品在比较中脱颖而出。"《西厢记》天下夺魁"，这句话，不仅是对它的高度评价，也影影绰绰地展示了当时剧坛风云角逐的情景。

年代的归属，多人的增改

王实甫生活在什么时候呢？这个问题，与《西厢记》的著作权问题纠缠在一起，颇费斟酌。

在20世纪60年代，陈中凡先生认为王实甫应是与关汉卿生活在同一年代，不过，陈先生认为王实甫当年所写的《西厢记》，不同于今天我们所看到的《西厢记》。从现存《西厢记》的体制明显受到南戏影响的情况看，陈先生认为它应是在元代后期的三十余年间，即于1330—1367年这一时期，人们根据王实甫原作，对其进行了创造性改编而成的剧目。[1]这看法，除了确定现存的《西厢记》是元代后期的产物外，也基本上否定了王实甫的著作权。

王季思先生不同意陈先生的意见，他经过详细论证，认为今本《西厢记》是出于王实甫之手。经过论辩，后来陈先生也承认王实甫原著与今本大体一致，著

1.陈说发表于《江海学刊》1960年第2期，《光明日报》1961年1月29日、4月30日、10月22日。

作权问题基本上解决了。按照王季思先生的推断，"王实甫在戏剧方面活动的年代，主要应在元成宗大德年间（1297—1307）及其前后，他的时代应该和白无咎、冯子振相去不远，而比关汉卿、白仁甫稍迟"[1]。

1. 王季思：《从莺莺传到西厢记》，上海：上海古典文学出版社，1955年，第39页。

近几年，徐朔方先生不同意王季思先生的看法，他认为王说的主要依据，是王实甫的《丽春堂》杂剧中，引用过白无咎的《鹦鹉曲》曲词。至于白无咎，人们认为亦即著名剧作家白朴（白仁甫），因此推定王实甫应比白仁甫活动的年代稍后。徐先生指出，白无咎其实并非白仁甫，而是白仁甫的伯父白贲。"白贲无咎"，是《易》《贲》卦的经文，按古代传统，表字用来释名，所以，无咎应是白贲而非白朴（仁甫）的表字。白贲于泰和三年（1203）中进士。如果王实甫在作品中引用他写的词，那么，王的生活年代就应比白朴早得多。

徐先生又指出，《乐府群珠》收录的关汉卿所写的《普天乐·崔张十六事》，所概括的是王实甫《西厢记》的故事，其中有些句子还袭用王《西厢》，因此，王实甫生活的年代，也应比关汉卿为早。另外，徐先生认为，王实甫的杂剧《丽春堂》所写的剧情与细节，与《金史》所载金代大定年间（1161—1189）发生的情况极为相似，作为戏剧创作，不必查证史实，这只能说明王实甫生活和创作本剧的年代，和历史事件发生的时间相距不远。因此，徐朔方先生认为，王实甫应是金元间人，换句话说，《西厢记》的创作，应是在元代初年就已完成了。[2]

2. 徐朔方先生的意见，详见《从关汉卿的【普天乐·崔张十六事】说起》，《文学遗产》1998年第2期。

徐朔方先生的意见，似更接近于历史的真相。

元代的历史，若从元世祖忽必烈中统元年（1260）开始，至妥懽帖睦尔二十八年（1368）退出北京结束，共计百年左右。王季思先生说王实甫活动于大德年间（1297—1307）恰近于元代的中段。我们知道，陈、王、徐三位教授有师承的关系，但他们对王实甫活动年代的判断，也刚好分别是元末、元中叶、元初三种。他们意见一致的地方，仅仅在承认王实甫这《西厢记》的作者属元代人这一点上。

　　和历代王朝相比，元朝虽属短命的王朝，但毕竟有近百年的跨度。在没有足够的文献资料，特别是没有出土文物足以确凿地证实王实甫的活动年代之前，我认为最稳妥的办法是只确定王实甫是元代人，大体生活在元中叶以前。

　　一般来说，作家的创作，总和他所处的时代息息相关。而在无法过细确定王实甫的生卒年的情况下，我们也无法说明《西厢记》反映的是元代哪一段时期的社会具体面貌，而只能说，《西厢记》是元代，特别是中国封建社会后期社会和思潮的真实反映。幸亏《西厢记》虽撷拾了唐代传奇《莺莺传》的内容，但观众、读者看到的却是元代以来社会上存在并为人们广泛关注的爱情婚姻问题，因此，即使存在着无法判定作者具体年代的遗憾，尚不至于影响人们对《西厢记》题旨的认识。

　　要提请读者注意的是，杂剧《西厢记》的成书过程，也不同于一般的剧作。

　　在王实甫写定《西厢记》以后，元明两代，长达两百多年间，不断有人加工，或增或改，于是，在戏曲史上便出现了《西厢记》版本极为繁烦的现象。陈中凡、王季思、徐朔方三位先生虽然对王实甫活动年代存在分歧，但都确定今本《西厢记》，乃是经过了历代文人陆续修订淘洗而成的剧作。

　　到现在，今人所能看到的《西厢记》最早的本子，是1978年在中国书店发现的只存残叶的《新编校正西厢记》。蒋星煜先生认为它"应该是成化年间刻本……当然也可能早于成化，早至元末或明初"[1]。

　　早在元末或明初，就有人不客气地增补《西厢记》

1. 蒋星煜:《新发现的最早〈西厢记〉残叶》，载氏著《〈西厢记〉的文献学研究》，上海：上海古籍出版社，1997年，第26、27页。

了。贾仲明《录鬼簿续编》詹时雨名下有云："随父宦游福建，因而家焉。为人沉静寡言，才思敏捷，乐府极多，有《补西厢弈棋》，并'银杏花凋残鸭脚黄'诸【南吕】行于世。"[1] 詹的补作，今未见，但暖红室刻本《西厢记》，附辑了无名氏的《围棋闯局》，写莺莺和红娘对弈时，张生越墙闯了进来，这套曲用的也是【南吕宫】，未知这无名氏的残出，是否即是詹时雨的补作。老实说，这情节属画蛇添足，补了也是白补，通行本的《西厢记》把它淘汰了，也是应有之义。在这里，詹时雨或无名氏的举动，只说明在元末明初的文坛上，已经下起增修《西厢记》的"及时雨"了。

人们还知道，明代有人在《西厢记》里加入自己的

1.［元］钟嗣成、贾仲明撰，马廉校注：《录鬼簿新校注》，北京：文学古籍刊行社，1957年，第162页。

中国书店发现的《新编校正西厢记》残叶

曲文，像陆采在《南西厢记序》中指出："本朝周宪王又加【赏花时】于首，可谓尽善尽美。"周宪王即著名戏剧家朱有燉，他所加的是《西厢记》第二本中惠明所唱【赏花时】和【幺篇】两曲。这两曲，许多版本不载，幸亏"弘治本"保留了下来，让我们领略王实甫的《西厢记》被人增补的痕迹。

《西厢记》有多种版本，不同版本在细节、文字或体制的区别，恰好暴露了元明时代人们对它修改的情况。无疑，王实甫是依据杂剧的戏剧形态来进行创作的，所以，它每折以一人主唱，每本必以【络丝娘】打散的做法，和我们在《元刊三十种》中所能看到最早的杂剧体制没有本质的区别。但是，我们又可以看到，明代有些版本，分明有受南戏影响的痕迹，所以竟会在某些唱段中出现角色轮唱的做法。例如"草桥惊梦"的【折桂令】，多数版本都让莺莺主唱（因为这一折的唱段，本来就是由莺莺主唱）。可是，徐士范刊本的【折桂令】，则作：

生唱：想人生最苦是离别，可怜见千里关山，独自跋涉。似这般割肚牵肠，到不如义断恩绝。你虽然是一时间花残月缺，你呵休猜做瓶坠簪折。

莺唱：不羡骄奢，不恋豪杰，生则同衾，死则同穴。

我们且不评论徐士范以轮唱的手法来处理【折桂令】一曲是否妥当，这里只想指出，两者的不同，必定

暖红室汇刻《西厢记》雕版　扬州博物馆藏

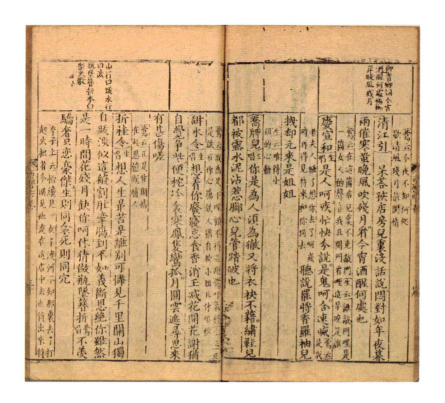

源于其中一方对王实甫的原作作出了修改。

其实，今本《西厢记》劈头第一本的楔子，已经透露出它被修改过的端倪。它的写法是：老夫人先上场说了一番自家身世，然后唱了一曲【仙吕·赏花时】"夫主京师禄命终……"，跟着她让红娘唤莺莺上场，莺莺也唱一曲【幺篇】"可正是人值残春蒲郡东……"。在元代，我们也常见杂剧开头在楔子里先唱一两支曲子，但曲词只由旦或末主唱，像《西厢记》那样由"外"扮的老夫人，以家长身份首唱一曲，并在曲文中让老夫人和莺莺各自显示不同的心境，初步向观众展示性格冲突的写法，不可能是元代的王实甫所能为。所以，金圣叹敏

1. [元] 王实甫原著，[清] 金圣叹批改，张国光校注：《金圣叹批本西厢记》，上海：上海古籍出版社，1986年，第36页。

锐地看到："【赏花时】二曲，不是《西厢》一色笔墨，想是后人所添也。"[1]

有趣的是，明代徐士范的《重刻元本题评音释西厢记》刊本，在第一出《佛殿奇逢》前，有一"末上首引"：

> 【西江月】放意谈天论地，怡情博古通今，残编披览漫沉吟，试与传奇观听。　编成孝义廉节，表出武烈忠贞。莫嫌闺怨与春情，犹可卫风比并。（问内科）且问后堂子弟，今日敷演谁家故事，那本传奇？（内应科）崔张旅寓西厢风月姻缘记。（末）原来是这本传奇。待小子略道几句家门，便见戏文大意。

徐士范刊本《西厢记》开头部分的形态，和《琵琶记》等南戏如出一辙，由此可见杂剧是怎样地深受南戏的影响。至于徐士范吹嘘说他的刊本乃是"元本"，我认为不大可信。我之所以引述这一段与通行本开头部分大相径庭的"末上首引"，也不是认为这绝非王实甫的笔墨，只是想说，无论通行本与徐士范本孰真孰假，都表明《西厢记》确曾被人作过修改。近代戏剧史家卢前在《元人杂剧全集》中曾谓："《西厢记》传本至多，经徐文长、王伯良、陈眉公、李卓吾、王思任、金圣叹诸家评点，几失原书面目。"的确，徐文长诸人对《西厢记》评点的过程，往往也就是修订的过程。你改一点，我改一点，换言之，几代人不断地再加工、再创造，《西厢记》的本来面目必然是大大地改变了。

我们确定《西厢记》的作者为王实甫，但又指出

以徐士范刊本为祖本的熊氏忠正堂刊本《重刻元本题评音释西厢记》

从元到明乃至于清，它又被人不断地修订增改。这就说明，从元及明乃至于清，人们一直认为《西厢记》故事与自己当前的社会生活息息相关。正因如此，才会拿起笔来在王实甫原作中涂涂抹抹。如果说，文学作品是一定时代社会生活的反映，那么，从封建时代后期许多人参与《西厢记》修订润色这一现象看，正好说明它所阐示的旨趣，适合于封建时代后期长达数百年的社会情况。在这个意义上，我认为甚至可以把"王实甫"理解为集体创作的共名。当然，如果能够弄清楚最初出现的那位王实甫准确的生活年代，固然是学术上的一大进展，但若文献阙如，实在无法论定，那也无伤宏旨。此无他，因为《西厢记》这一独特的创作现象，已足够让人们看清楚它的意义，以及它所反映涵盖的生活内容，已足以说明它远远超出于金元之际到元代中叶的几十年，它所表现的内容，更非只是那位活跃于"风月营"中的大都人王实甫一个人的想法了。

不过，为了尊重王实甫的原创，也考虑到这部作品经过多人多年增修的事实，以下，我们把它笼统称为《王西厢》。

第二章

始乱之，终弃之

——莺莺原型的悲剧性

《会真记》写的是爱情悲剧

在今天，游人旅伴，摩挲着普救寺的白玉围栏，想象着当年的莺莺张生是怎样殿角吟诗，是怎样月下听琴的时候，也许没有想到，远在中晚唐时期，即距今约千年以前，已经有不少骚人墨客，到过普救寺来凭吊莺莺的遗踪了。

只不过，那时人们传说中的莺莺，并非是《王西厢》中所写的那一位激情四射的女郎，而是一位含情凝睇、楚楚可怜的少女，它是唐代传奇小说《会真记》里的女主人公。戏剧与小说，主人公的名字虽然一样，行为也颇相似，性格却迥然不同。唐宋间人，从《会真记》中知道在普救寺里发生过一桩风流韵事，对那一位少女莺莺，更多的是同情和怜悯，却不会像今天的游客那样，围拢在西厢墙边的柳树下，嘻嘻哈哈地议论当年张生攀垣一跳的滑稽模样。因为，在唐代，那位名叫莺莺的姑娘，在普救寺度过的是一段凄婉幽怨的岁月。

《会真记》是唐代著名诗人元稹所写的作品，在我国文学史上，它和《李娃传》《霍小玉传》等一样，堪称脍炙人口的短篇小说。

据陈寅恪先生考证，小说里张生在普救寺发生的

那桩风流韵事，是元稹本人的自况。当然，历史学家的判断，也不是没有可能，近世愈来愈多材料证明，元氏与崔、郑氏几族婚姻关系密切。历史学家把作者的生平、经历研究清楚，对人们理解《会真记》大有裨益。不过，《会真记》毕竟是文学作品，作家在进行创作时，即使有生活的依据，有人物作原型，但文学创作容许虚构，也一定要虚构，因此，作品所展示的客观形象，必然是社会某些方面的艺术概括。但我们研究文学作品，不能把它与人物传记等同起来。如果读者或评论家把文学作品的形象，与生活原型等量齐观，甚至把作品视为作者的回忆录，那就不妥了。

元稹的《会真记》写道：唐代贞元年间，张生寓居于普救寺，遇见了正好也在寺中寄寓的崔莺莺。莺莺的美貌，让张生神魂颠倒，于是千方百计地追求，例如托红娘寄简，在西厢的墙边翻爬逾越，等等。后来莺莺经不起张生的诱惑，彼此夜来明去，缠绵欢昵。

《会真记》里的莺莺，性格是矛盾的。表面上，她很矜持，对张生似乎也没有特别的好感，她的母亲为了答谢张生救助之恩，命莺莺出来见面，她还诸多推搪，坐不终席。后来张生逾墙而达于西厢，她严词斥责，让张生羞惭绝望。可是，她忽然携带衾枕，和张生成一夕之欢，"娇羞融冶，力不能运肢体"，而"终夕无一言"。十多天后，张生想念，写诗贻赠，她又翩然而至。其实，从莺莺的行动看，她确也渐渐爱上张生了，当张生"缀春词二首以授之"时，她不是也回信了吗？这一点，宋代的赵令畤是看透了的，所以说她是"密写香笺论缱绻，春词一纸芳心乱"。这也难怪，少女及笄，情窦已开，无法抗拒异性的吸引，本是很自然的事，何况对方还是个才貌双全的情种！人性的需求，使表面上冷若冰霜的莺莺无法自已，所谓"贞顺自保"的那一层薄薄的面纱，到底包不住她心中熊熊燃烧的爱火，终于情不自禁地抱衾与稠，移榻就教。

就《会真记》所写莺莺的性格看，她是内敛的，她诗才琴艺俱佳，却不肯轻易示人，"艺必穷极，而貌若不知；言则敏辩，而寡于酬对"。具有这样个性的人，即使被情丝欲火迷住了眼睛，内心也还是清醒的、沉着的。因此，正在热恋中的她，当知道张生将要离开普救寺前往长安参加科举考试时，尽管愁怨动于颜色，但"宛无难辞"。而当张生在数月后回到普救寺，不久以"文调及期，又当西去"时，莺莺便"阴知将诀"，她终于明白了，于是说了一番感人肺腑的话：

> 始乱之，终弃之，固其宜矣！愚不敢恨。必也君乱之，君终之，君之惠也，则没身之誓，其有终矣。

在莺莺，她完全知道，张生一去，爱情之树将会飘零。看来，她虽然和张生同居了一段时间，但对张生的心，实在未完全掌握。因此，当张生长吁短叹时，她才发现他爱得并不坚决。同时，她又完全明白，她献出了千金之体，与张生"非法同居"，这在当时属说不出口的事情，也根本无法依赖宗法、礼法乃至道德等层面，获得任何的保障。她知道，她自己已经陷入无奈而又无助的地位。

为什么莺莺"已阴知将诀"，知道他们爱情不可挽回？这是因为张生在这即将离开普救寺的时刻，没有向崔母"提亲"。而当时若是"崔张议亲"，是完全可以成功的。事实上，崔母早就知道女儿和张生之间的行为，对此，张生也曾作过试探，崔母"知不可奈何矣，因欲就成之"。倒是张生没有明确的表达。甚至，他在两次即将离去的时候，也没有向莺莺作过将会迎娶的表示。因此，聪慧的莺莺，当然把一切看在眼内。"始乱之，终弃之，固其宜矣！愚不敢恨"，这句话已表明莺莺清楚地知道事情的结局。

又过了一年，张生文战不胜，栖止于京，写信给莺莺，馈赠"花胜""口脂"等用于修饰的小礼品。莺莺当然明白这是什么样的意思。她的回信，首叙思念的殷切，跟着是一段感人肺腑的陈辞：

> 鄙昔中表相因，或同宴处；婢仆见诱，遂至私诚；儿女之情，不能自固。君子有援琴之挑，鄙人无投梭之拒。及荐枕席，义盛意深，愚幼之心，永谓终托。岂期既见君子，不能以礼定情，致有自献之羞，不复明侍巾帏。没身永恨，含叹何言！倘仁人用心，俯遂幽劣；虽死之日，犹生之年。如或达士略情，舍小从大，以先配为丑行，谓要盟之可欺。则当

骨化形销，丹诚不泯，因风委露，犹托清尘。
存没之情，言尽于此；临纸呜咽，情不能申，
千万珍重！珍重千万……

这封信，写得何等凄婉。它有怨恨，有责备，有爱恋，有冀望。莺莺明白，在封建礼教和道德织成的牢笼里，她自己"不能自固"，失身于张生，这是咎由自取。张生违背了山盟海誓，她也只能如哑子吃黄连，苦在心里。她甚至表示，如果张生为了自己的前程，另娶高门，"舍小从大"，她也可以理解，她准备接受张生的欺负，准备骨化形销，吞服苦果。当然，莺莺的信，是自责，但也是委婉的对张生的责备。这一点，张生是理解的，所以才把信向朋友公开，表示自己干的只属一段无伤大雅的风流韵事而已。

即使莺莺在信中的话，说到了"以先配为丑行，谓要盟之可欺"这个程度，她依然爱着张生。她送交张生的礼物是寄寓着爱情"坚洁不渝，终始不绝"的玉环，是表示自己放不下思绪的"采丝"，是暗喻自己沾满泪痕的"文竹"。虽然是千里鹅毛，却显得情深如许，这和张生寄来的小礼物，实不可同日而语。此无他，因为莺莺对张生还是痴情眷恋，还抱有一线的希望。显然，这一封文情并茂的信，笔尖流出的不仅是墨，而且是泪，是心中的血。

这封信，是作者元稹对莺莺的感情作出的更透彻、更凄苦的描绘，它感动了千百年来的读者，却丝毫没有感动张生。于是，《会真记》留在人们心坎中的，是永恒的遗憾。

"始乱终弃"悲剧的根源

　　作为王实甫《西厢记》的人物原型,《会真记》里的张生与莺莺,其关系就是如此。他们之间,不能说没有过爱,但他们对爱情婚姻的理念存在差异,出现了矛盾冲突,最后导致悲剧的结局。命运悲剧的受害者,是莺莺;而导致张生忍心抛弃莺莺的,是盘踞在他心头、支配着他理智的门阀观念。

　　在唐代,人们门阀观念严重,《新唐书·杜兼传》说:"民间修婚姻,不计官品而上阀阅。"[1]所以崔、卢、李、郑诸大姓,成了士流高攀联婚的目标。有些人,设法托认高门,以提高自己的地位。像《霍小玉传》的霍小玉,曾自称是霍王之女,后来便向李益说出真情:"妾本娼家,自知非匹。"而莺莺,按陈寅恪先生考证,"莺莺所出必非高门,实无可疑也",又说"惟其非名家之女,(张生)舍之而别娶,乃可见谅于时人"。[2]陈先生是把元稹的家世,和《会真记》直接挂钩,"以诗证史",进而以论证文学作品,此法对研究文学作品而言,只供参考。不过,就《会真记》所写的情况看,崔家确是破落了,因为相国死了,没了靠山,即使不至于像霍小玉那样沦落,起码已不可能成为张生向上攀爬的垫脚石。门庭的衰败,对莺莺的前景会有什么样的影响,她是知道的。所以,张生一提出赴京考试,莺莺便泪流满面,"阴知将诀"。这种情况,和《霍小玉传》写小玉和李益分别时的心境,如出一辙。小玉对李益说:"以君才地名声,人多景慕,愿结婚媾,固亦众矣。况堂有严亲,室无冢妇,君之此去,必就佳姻。"如果说,莺莺和霍小玉有什么不同,那不过是刚烈的小玉把心里话和盘托出,内敛的莺莺则把话藏在心里,只"泣下流连,

1.[宋]欧阳修、宋祁:《新唐书》,北京:中华书局,1975年,第5206页。

2.陈寅恪:《元白诗笺证稿·读莺莺传》,北京:古典文学出版社,1958年,第111、112页。

趣归郑所"而已。

　　到后来，社会风气有所改变，《通志》卷二五《氏族略第一》声称，"自五季以来，取士不问家世，婚姻不问阀阅"。当然，风气的转变有一个过程，一般来说，晚唐时期，门阀婚姻的风尚开始式微，代之而起的，是人们更注重官品的高低。高官厚禄之家，成了士流联婚的热饽饽，士子们一旦娶了高官的千金小姐，仕途则未可限量。这状况，其实也是门阀观念的变种。门阀重血统，官品重名位，两者虽有所区别，但把婚姻作为攀登阶梯的实质，则是一样的。就以《会真记》的作者元稹来说，他得以平步青云，不正是由于考取功名以后，做了金龟之婿么！据韩愈说："仆射（韦夏卿）娶裴氏皋女，皋父宰相耀卿，夫人于仆射为季女，爱之，选婿得今御史河南元稹。稹时始以选校书秘书省中。"[1]元稹笔下的张生，有着他自己的影子，张生之所以轻易不言婚事，正是由于当时士流"待价而沽"的风尚，是新门阀观念对青年心性的荼毒。对于这点，元稹自己，其实也是有所感悟甚至是愧疚的。他曾写过《赠别杨员外巨源》一诗：

1.［唐］韩愈：《韩昌黎全集·监察御史元君妻京兆韦氏夫人墓志铭》，北京：中国书店，1991年，卷廿四。

> 忆昔西河县下时，青衫憔悴宦名卑；
> 揄扬陶令缘求酒，结托萧娘只在诗。
> 朱紫衣裳浮世重，苍黄岁序长年悲；
> 白头后会知何日，一盏烦君不用辞。

　　这诗是元稹回忆自己在山西一领青衫、宦名卑下时的情景。他提到"结托萧娘"，这萧娘，应该就是《会真记》写到的莺莺形象的原型，亦即杨巨源提到"肠断萧娘一纸书"的那一位。元稹回忆了和她的关系，并且发出"朱紫衣裳浮世重"的感慨。不过，感慨悔悟是一回事，现实生活又是另一回事。在唐代，社会上看重的，是士人能够脱下青衫，穿上朱紫衣裳，改换了门庭，爬上了高枝。很明显，浮世追求地位变化的风气，注定曾相结托的萧娘，无法摆脱被抛弃的命运。

张生从最初狂热追求莺莺开始，一直就没有和她谈婚论嫁的愿望。你不能说张生没有动过真情，像他在京城给莺莺寄点小礼物，总不算是虚情假意。他在分别时的长吁短叹，在各自婚嫁后要求见面，被拒时"怨念之诚，动于颜色"，这些，都不是假装的。不过，张生的"情"，掺杂着"利"，而"利"，又制约着他的"情"。因此，当张生发现和崔莺莺谈婚论嫁，会影响他攀上高枝时，"利"便压倒了"情"，这便是他"娶"字儿始终说不出口的缘由。

爱情与婚姻，应该是统一的。但是，即使在一夫一妻制的社会条件下，事情也会出现复杂的情况。有些人，有爱情没有婚姻；有些人，有婚姻没有爱情。而即使有情人成了眷属，爱情也会出现变数。所以，如何对待婚姻和爱情的关系，也真能揭示人的品质和性格。在莺莺，她把爱情与婚姻视为一体，视婚姻是爱情的归宿；在张生，他只求取情欲一时的满足。当然，我们并非说张生是只追求"一夜情"的登徒子，他在莺莺婚后还提出以外兄的身份求见，便说明他也实在未能完全忘情。但他压根儿未有过与莺莺婚配的决心。因为，他虽可以有妻有妾，而先娶即为元配。在崔家，崔相国已死，家道中落，张生若娶了莺莺当元配，对他向上爬没有好处，就等于堵塞了自己改换门庭的道路。因此，"始乱终弃"的结局，实在是不可避免的。

若就张生曾与莺莺相爱并且深知莺莺的希冀而言，此人确属于薄幸；若就封建时代的法制、礼教以及唐代盛行门阀制度的环境而言，张生的行为，倒算不上是恶行。在门阀制度和观念的主宰下，为了提升地位而牺牲爱情，对家族来说，被视为识大体、顾大局的事。所以，张生竟坦然把自己与莺莺的情事，公之于众，还说不娶她是因为她太美了，可能是个妖孽，"予之德不足以胜妖孽，是用忍情"，甚至振振有词地说一番"大凡天之所命尤物也，不妖其身，必妖于人"的大道理。而当时舆论，竟是"多许张为善补过者"！按照元稹的说法，张生的"过"，在于他和莺莺勾搭上了，这于礼不合（连莺莺在给张生的信中，也承认"不能以礼定情，致有自献之羞"呢）！有"过"而能"补"，则善莫大焉！从唐人多以张生的风流韵事为谈资的情况看，起码人们觉得他为了自己的前途，抛弃了莺莺，是合"理"的。在这里，我们可以看到当时看重门阀的社会风气，可以看到门阀的婚姻观念，正是扼杀人性的凶手。

造成《会真记》中莺莺婚姻悲剧的另一重要原因，是封建时代女性人格的不平等。

人类的婚姻，从群婚制进入一夫一妻制，自然是一种进步。但在父权社会中，男性无论在经济上还是政治上，都居于主导地位。一夫一妻，只存在于名义上，丈夫纳妾，或是以寻花问柳作为婚姻的补充，是被容许的。所以，长期以来，所谓一夫一妻制，是事实上的一夫多妻制。

在我国封建时代实行一夫一妻制的漫长过程中，女性的地位是日益下降的。相对来说，唐代妇女的地位，比宋代以后还要好一些。那时候，社会上受胡夷之风的影响，女性在婚姻家庭生活方面，日子好过一些，个别人甚至在政治上可以有所作为，像武则天，不是当上皇帝了吗？有些后妃贵妇，还养了"面首"！当然，这是极端的事例和现象，但它们的出现，也说明有着一定的社会基础。而就妇女们的总体情况而言，由于父权亦即男性权力主宰一切，连最强悍的妇女，最终也处于从属的地位，武则天的儿子，只能姓李而不姓武，唐朝天下也最终回归于李姓，这不就说明了一切吗？与妇女在婚

姻家庭中的处境相联系，长期以来，人们受到儒家思想
的浸润，妇女的品格，也以温柔敦厚居多，所谓内敛的
婉雅的个性，实质上是妇女长期在男女关系中，处于弱
势和被动位置的折射。在《会真记》里，莺莺幽婉忍隐
的性格，与此也不无关系。

正因为妇女所处的历史地位，即使有人在恋爱婚姻
中得遂其所愿，最后也难以摆脱弱势的局面。为人们所
熟知的卓文君和司马相如的婚姻故事，其流传的过程和
变化，很典型地展示了封建社会妇女命运的特点。

《会真记》不是写到了莺莺给张生弹琴吗？（不过，

《王西厢》和董解元《西厢记》诸宫调，倒是写张生给莺莺弹琴的。）而以琴声打动对方感情的细节，正是来自《史记》里有关司马相如和卓文君的故事。据说汉代司马相如给文君弹的是【凤求凰】一曲。在《王西厢》第二本第四折，张生隔墙给莺莺弹唱的，也正是【凤求凰】，剧作者还特别让他说明："昔日司马相如得此曲成事，我虽不及相如，愿小姐有文君之意。"可见，莺莺和张生这两个人物，无论在《会真记》，还是在《西厢记》，都与文君故事有不解之缘。

史载，司马相如和卓文君算是姻缘美满的，他们双双私奔，当垆卖酒，弄得卓文君之父卓王孙毫无办法，只好成全了他们。后来司马相如还高车驷马，衣锦还乡，一家子风光得很。

不过，民间却不是这样看的。在这故事流传的过程中，人们传说司马相如发迹之后，在茂陵爱上了另一个女子。文君知道了，便写了《白头吟》一曲，曲中有"闻君有两意，故来相决绝"之句，表示自己知道被相如抛弃，决心和他一刀两断。事见《西京杂记》。

我认为，民间传说给卓文君加上了悲剧的结局，是大有深意的，事实上，在妇女总体上处于弱势的环境中，说卓文君最终有白头之叹，比写她有幸福的归宿，显得更具典型性，更能概括反映封建时代女性的命运。

在唐代，传奇小说多有写女性得到爱恋而又最终被抛弃的情况，这正是唐代社会现实的反映。不错，唐代礼法对女性贞节的要求，比明清时代要宽松一些，但请勿忘记，所谓"七出"的律令，正是在唐代制定的。依律："一无子，二淫佚，三不事舅姑，四口舌，五盗窃，六妒忌，七恶疾。"[1]为女子者，若有其中一条，都得扫地出门。请看，这不是清楚地规限了女性在婚姻和家庭中的位置吗？而女性一旦被休弃，也只能暗自悲叹遇人不淑，无可奈何。唐代诗人顾况，曾写过《弃妇词》一诗，诗云：

> 记得初嫁君，小姑始扶床。
> 今日君弃妻，小姑如妾长。
> 回顾语小姑，莫嫁如兄夫。

这诗在平实中显出沉痛，也表明女性被抛弃的情况相当普遍，因此才有弃妇对小姑的叮嘱。

如果说，《弃妇词》比较简略，那么，唐代有一首不太被人留意的诗《代九九》，便写了一名女性从被爱、被娶到被休的全过程：

> 昔年桃李月，颜色共花宜；回脸莲初破，
> 低蛾柳并垂。
> 望山多倚树，弄水爱临池；远被登楼识，
> 潜因倒影窥。
> 隔林徒想像，上砌转逶迤；谩掷庭中果，
> 虚攀墙外枝。
> 强持文玉佩，求结麝香缡。阿母怜金重，
> 亲兄要马骑。
> 把将娇小女，嫁与冶游儿。自隐勤勤索，
> 相要事事随。
> 每常同坐卧，不省暂参差；才学羞兼妒，
> 何言宠便移。
> 青春来易皎，白日誓先亏。僻性嗔来见，
> 邪行醉后知。
> 别床铺枕席，当面指瑕疵。妾貌应犹在，

1.［唐］长孙无忌等撰、刘俊文点校：《唐律疏议》卷十四"户婚律"，北京：中华书局，1983年，第267页。

君情遽若斯。

的成终世恨，焉用此宵为！鸾镜灯前扑，
鸳衾手下撕。

参商半夜起，琴瑟一声离。努力新丛艳，
狂风次第吹。[1]

1.〔唐〕元稹：《代九九》，载《全唐诗》第六册，北京：中华书局，1999年，第4650、4651页。

请猜猜这诗的作者是谁？

就是写了《会真记》的元稹！

元稹的这首诗，在《元氏长庆集》中没有收录，见于五代韦縠编撰的《才调集》，后亦收于《全唐诗》第422卷。这诗写一名女性如何被"冶游儿"看上，他如何问聘，"阿母"如何看重聘礼，婚后如何过了一段美好的日子，后来，丈夫另有新欢，夫妇如何闹翻，二人半夜如何大打出手、终告仳离等过程，叙事抒情，细腻完整，颇有参考价值。

和《会真记》一样，《代九九》也是以妇女的被"始乱终弃"为题旨的，但诗人的同情，却完全在受伤害的妇女方面。在这里，我们先不去论述元稹为什么对待同一题旨的态度有所差异，只想提请读者注意，这"始乱终弃"的题旨，在同一作家的创作中反复出现，正说明妇女的悲剧命运，是作者瞩目读者关心的具有普遍性意义的社会问题。诗的最后两句"努力新丛艳，狂风次第吹"，特别提醒那些后来的女人，要注意前车之鉴，这和《弃妇词》所写的盼望小姑莫嫁薄幸之夫，和《会真记》中莺莺对张生"还将旧来意，怜取眼前人"的晓喻，异曲同工，发人深省。

请看，即使是《代九九》中那位"娇小女"，明媒正娶，谨遵妇道，也因丈夫另有新欢，遭到被"出"的命运，何况《会真记》里的莺莺？可怜的莺莺，干的是连她自己也承认"不能以礼定情"，属于"有自献之羞"的见不得人的事。她对爱情的追求，首先被看矮了半截，又怎能理直气壮地去讨回公道！

正因为《会真记》里的莺莺，处在被动的境地，所以，她实在无法挽回付出的一切。当张生只顾飘飘欲仙，一心一意在她的衣香鬓影里磨磨挨挨，从不愿意谈婚论嫁的时候，莺莺便注定要走向悲剧的命运。而应对这无可奈何的失败，莺莺只能忍耐，只能幽恨满腔，最多只能以诗句发泄积聚多时的怨愤。总之，她无处可以申说，更没有丝毫还手反抗之力。在张生，他居然没有认为自己有什么不妥，因为根据当时婚姻体制和社会潮流，爱与不爱、娶与不娶，主动权完全属于男性，社会舆论也完全支持男性。

在男女不可能获得平权的封建社会中，即使是在较为开放、妇女地位还不至于像明朝清朝那样每况愈下的唐代，弱者的名字，也只能是女人！因此，当两性婚姻爱情关系出现矛盾时，失败的命运，悲剧的苦果，注定落在女性的头上。当然，对此，女性也会有反抗。这些反抗，可以博得同情，却于事无补。有些研究《会真记》的学者，认为莺莺嫁后不见张生，写了"弃置今何道"的诗句，乃是"反抗"的表现。我觉得，姑且说是反抗吧，但声音是多么的微弱，多么的可怜！它只能让人们看到莺莺内心的痛楚与懊恼，至多是夹杂着冷峭与怨恨。

其实，在唐代的传奇小说中，《霍小玉传》中的霍小玉，婚恋也是不幸的。而霍小玉的性格，则比《会真记》里的崔莺莺，要刚烈得多。霍小玉遭到李益的"弃置"，怨愤而亡，化为厉鬼，其鬼魂要使食言负心的李益日夜家宅不安。但是，《霍小玉传》这些写法，不过是作者浪漫主义的想象。它反说明了受到损害的霍小玉，死后强梁，无非是生前无法反抗，才依靠虚无缥缈的鬼魂，去弥补人世间弱者的心头之恨。在唐代，传奇小说的作者，对刚烈的小玉，尚且只能如此处理，那么对柔弱的莺莺，也只能让她对自己的命运，发出无可奈何的怨叹。

元稹在《代九九》中对待被抛弃的妇女的态度，和在《会真记》中对莺莺的态度，虽有不同，但总体而言，是一致的。在《会真记》里，元稹虽然写到了莺莺"犯错误"的过程，却带着同情的笔调，否则，这部传奇小说便不会有如此凄美的风格，此其一。不错，作者只是客观地描绘张生的"始乱终弃"，也说到社会舆论认为张生"为善补过"，却并非就认同了这样的行为。有些学者，把历史上的元稹曾有多次婚姻的经历，与《会真记》里的张生联系起来，说作者写张生的"为善补过"，乃是为自己的行为辩护。对此，我不敢苟同。因为，如果仔细分析他在小说中对莺莺一往情深的描写，以及他在《代九九》一诗中对不幸妇女的态度，就可以看到，他的同情，是在被损害的妇女方面。作者在小说里虽然记述了张生对"是用忍情"的解释，也说到当时的舆论肯定张生"为善补过"，但元稹并不认为张生这样做是合情合理的。道理其实很简单，因为如果他真的认同张生的行为，那么，他就不会同情被抛弃的莺莺了。

很清楚，元稹所写张生对莺莺的"始乱终弃"，非关个人的品性问题。唐代门阀婚姻制度的不合理，以及封建时代妇女地位、人桎的不平等，正是《会真记》莺莺婚姻悲剧的根源。

写出了人的复杂心态

传奇小说的作者元稹，不管其创作《会真记》的动机如何，他能够展示唐代现实的婚姻悲剧，让读者从故事的字里行间，意识到唐代封建婚姻制度的不合理、不平等，已是弥足珍贵的了。值得注意的是，他能细腻地表现出在婚恋中人物复杂的心理活动，表现出人性的追求和人性的弱点，塑造了莺莺这一独具个性的典型人物。在我国文学史上，这是新的突破。就写"人"而言，元稹功不可没。

决定文学创作成败的标志，是作品能否写出"人"，塑造出鲜明的人物性格，表现出鲜活的人的思想感情。而"人"是复杂的，作者愈能表现出人物思想感情和性格的复杂性，那么，作品的形象、意象，也就愈生动、愈细致、愈深刻。这一点，无论对叙事性作品（例如戏剧、小说），还是对抒情性作品（例如诗、词、散曲），都是适用的。

我认为，唐代文学之所以超越于前代，是因为许多作品能够写出"人"的复杂性，让读者看到一个个完整的立体的生命。

在我国诗坛，以婚姻爱情为题材的诗歌，一般是民歌。进入中唐，文人逐渐开拓了情诗的领域，以李商隐为代表的诗人，敢于揭示"身无彩凤双飞翼，心有灵犀一点通"的恋人的矛盾心态，把"人"的思想感情的复杂性和盘托出，这正好说明文学的创作水平，已被推进到一个新的高度。

婚姻、恋爱，乃人之大伦。在这个问题上，作者也最容易抓住人的内心律动，表现人情、人性。而"人"的思想感情的矛盾冲突，和社会环境、风气，有着千丝万缕的联系。因此，作者所描写的"人"在婚恋问题上种种斑驳陆离的内心活动，也可以作为窗口，透过它观察五光十色的现实世界，观察社会生活的微妙变化。

唐人许多有关婚恋问题的诗作，写得细腻感人，比前代的诗作高明，往往是由于诗人们敢于描绘男女青年出格的行为，敢于描绘他们异端的违悖传统的内心世界。

其实，在任何时代，婚恋之事总不是那么单纯的，即使是女性，容或心旌动摇，举棋不定，出现二三其德的情况，也是难免的。作为心理活动的一个过程，也属正常。问题是，作品如何表达人的心灵深处的颤动，敢不敢表现与崇尚贞节的道德观念相悖的一闪念，敢不敢正视"身无彩凤双飞翼"与"心有灵犀一点通"的矛盾。这一点，可以说是人们观察作者艺术水平的重要标杆。

在中唐，诗人张籍写过一首名为《节妇吟》的诗：

> 君知妾有夫，赠妾双明珠；
> 感君缠绵意，系在红罗襦。
> 妾家高楼连苑起，良人执戟明光里。
> 知君用心如日月，事夫誓拟同生死。
> 还君明珠双泪垂，恨不相逢未嫁时。

这首诗，题下有注云："寄东平李司空师道。"据说，当时军阀李师道意欲罗致张籍于帐下，可是张籍已经接受了别人的招聘，便用了这首诗，委婉地拒绝李师道的好意。

张籍以比兴的写作手法，表明自己的心迹，其创作的主观动机，有题下之注可证，当然是可信的。但是，他所写的题材，所用的比喻，实在匪夷所思！那一位自作多情的仁兄，明明知道对方是有夫之妇，还露出其缠绵之意，以双明珠相赠。呜呼！其情可知矣！有趣的是，那位有夫之妇，竟然接受对方的情意，把明珠系在红罗襦之上，岂不是等于搭上线了吗？只是她经过了一番思想斗争之后，理智终于战胜了感情，也许是"良人执戟明光里"的家庭背景，也许是"同生死"的盟誓言犹在耳，结果，这女子不得不珠泪双垂，归还赠珠。"恨不相逢未嫁时"，这表现出女性极度矛盾和苦恼心情的名句，也得以传诵千古。而当人们吟诵这让许多人从心底里共鸣的句子时，谁也不会想到，这是张籍老头子向李师道发出的近于肉麻的推诿，倒是觉得，它典型地展示了在不尽如人意的婚姻恋爱中，人们在灵魂深处泄露出的不平静的雨丝风片。我认为张籍能够表现出人的复杂性，这是他在诗歌创作上的新成就。

张籍所写的诗中情景，在汉乐府《陌上桑》一诗中是出现过的。那位名叫罗敷的女子，也有类似"执戟明光里"的夫婿，也碰上了一个前来兜搭挑逗的"使君"。不过，罗敷的态度坚决得很，她毫不留情地给予对方当头一棒，大大咧咧地声称"使君一何愚""使君自有妇，罗敷自有夫"，绝没给对方有一点机会的余地。罗敷这斩钉截铁的态度，和张籍所写的女子，两者的心态，相距何其遥远！有趣的是，那曾经犹豫过、动摇过，把双明珠系在红罗襦上的少妇，竟被张籍誉称为"节妇"！当然，她没有失身苟且，但她是动了心的，她绝非"我心匪石，不可转也；我心匪席，不可卷也"（《诗经·柏舟》）。显然，她完全不是儒家所推许的心如止水的贞女。在这里，我们没有兴趣比较汉、唐女性思想境界的高下，我们注意的是中唐以后人们对"节"的理解，注意的是唐人对婚恋的态度更加宽容。正因如此，作者就有可能更注意表现人的思想感情的矛盾冲突，从而能在作品中更完整、更深刻、更生动地展现人性及人情。

《会真记》的作者元稹，是中唐时代著名的诗人，在诗歌创作上有卓越的成就。他也和张籍一样，善于展现人的思想矛盾。在他的诗集中，收有《古决绝词》三首。其二云：

> 噫春冰之将泮，何余怀之独结？有美一
> 人，于焉旷绝。
> 一日不见，比一日于三年，况三年之旷别！
> 水得风兮小而已波，笋在苞兮高不见节。

矧桃李之当春，竞众人之攀折。

　　我自顾悠悠而若云，又安能保君皓皓之如雪。

　　感破镜之分明，睹泪痕之余血。

　　幸他人之既不我先，又安能使他人之终不我夺？

　　已焉哉！织女别黄姑，一年一度暂相见，彼此隔河何事无？

　　此诗收在《乐府诗集》卷四十一，附录于传说是写卓文君婚后事的《白头吟》之后。附录者显然认为，这诗是以卓文君的口吻抒发情感的。但清人冯班却从张生是元稹的自喻这一点着眼，认为"微之弃双文，只是疑他有别好，又放他不下，忍心割舍，作此以决绝"[1]。若作如是观，那么，《古决绝词》则是从男性的角度发话了。但不管怎样，元稹在这一首诗里，要表现的是婚恋者复杂的内心世界。他思眷对方，爱着对方，却又害怕对方会抛弃自己，而且也理解出现这种结局的可能性，因为他自知只有"占先"的优势，却难保后劲之不继。况且对方是"桃李当春"，争着攀附的人多着呢！这首诗，精练而又直接写出热恋中的人那种又忧又爱、患得患失的微妙心态，可以称得上是中唐时期诗坛的上乘之作。

　　冯班和陈寅恪先生一样，把《古决绝词》和《会真记》联系起来，也不是没有道理的。即使《会真记》里的张生，不等于现实生活中的元稹，但《古决绝词》中抒情主人公的心态，和《会真记》里莺莺心绪所表现的复杂性，真有相近之处。可以说，正是由于元稹懂得要捕捉人的内心微妙的律动，所以在抒情性和叙事性的作品中，都取得了卓越的成就。

　　和《节妇吟》《古决绝词》一样，《会真记》在文学上之所以受人瞩目，也在于它能充分展现莺莺内心细致

1. 转引自苏仲翔：《元白诗选注》，北京：古典文学出版社，1957年，第41页。

复杂的矛盾冲突，描绘出她在和命运抗争过程中的希望与绝望，描绘出她的思想感情交织着欢乐与无奈。这是一个栩栩如生的人物形象，它不是一个概念化的反封建符号，而是一个有血有肉有鲜明个性的"人"。

然而，人生在世，理智和感情，总会出现不可名状的矛盾。有些事，理智上明知不可为，感情却往往或是让人丧失理智，或是把人心搅得支离破碎。反过来，感情的河流汹涌澎湃，理智却筑起堤防，硬是让自然之情性，扭曲为乖异的旋涡。这理智与感情在内心的交战，正是人间痛苦的源头；而理智与感情相隔的鸿沟越深，磨合的可能性越小，人的内心痛楚，也就越难以缓解。

古往今来，杰出的文学作品之所以能够深深地吸引读者，作品中的人物形象之所以能够烙印在读者的记忆里，主要是因为作者能够深切地表现出作品中人物理智与感情的冲突，它们的冲突越尖锐，越深刻，越是无法消融解决，从审美的意义而言，这形象就越完整，越美。也许可以说，文学创作是一种"残酷"的解剖艺术。

元稹的《会真记》成功之处，也恰在于能够清楚地揭示出莺莺理智与感情交煎的内心世界。就理智而言，她分明看到张生的薄幸，看到不可避免的始乱终弃的结局。但是，她在感情上却无法和张生切割，因此才会提出"君乱之，君终之"的愿望，还给张生鼓奏《霓裳羽衣》一曲，满足他多次希望聆听的要求。弹罢，她"投琴拥面，泣下流连"。理智与矜持，毕竟无法抵御感情的冲击。

在《会真记》里，莺莺最初是不愿和异性接触的，但是，既见君子，内心不可能不泛起波澜，尽管她终席一言不发，但愈是不瞅不睬，做出无情冷漠的姿态，就愈显出女孩子初见异性时心情的忐忑。元稹写她当时"双脸断红"，"凝睇怨绝"，这神态正好透露出她内心的

秘密。因此，当张生写了春词二首，让红娘送交给她的时候，她便回应了《明月三五夜》一诗。等到张生应约逾墙而至，达于西厢，她却"端服俨容"，用礼教的大道理教训张生，告诫他"以礼自持，无及于乱"。出人意料的是，过了几天，她却让红娘敛衾携枕去找张生，让张生神魂颠倒，疑心自己是在做梦了。

元稹首先极写莺莺神情举止出奇地庄重，特别是对张生逾墙的申斥，使人感到她凛然而不可侵犯，谁知道作者又写她竟主动去亲近张生！这一百八十度的转向，正好表现出人物内心的矛盾。一方面，莺莺知道不应越礼，应该保持一份女孩儿的矜持；另一方面，异性的吸引力，使她逐步陷入了情网。她收到张生的春词二首，以诗作答，已表明了心旌的动摇，只是一见到张生，"礼法"这无形的绳索，又揪住了她的心猿意马。行为的反复，是她内心痛苦挣扎的表现。最终，"礼法"的樊篱，毕竟抵挡不住青春的诉求，爱情的火焰喷薄而出，让她自己做出了越礼反常的举动。在相偕鱼水之际，"娇羞融冶，力不能运肢体，曩时端庄，不复同矣！"

在元稹笔下，莺莺性格的两重性，表现为内热外冷的个性。即使投进了张生的怀抱，她也不肯轻易透露自己真实的想法，甚至当张生表示"将之长安"，离开蒲郡，她仍"宛无难辞"，只是容露愁怨。总之，她"待张之意甚厚，然未尝以词继之；时愁艳幽邃，恒若不识，喜愠之容，亦罕形见"。按她的脾气，只有在万不得已的情况下，才会有所表露。例如她善鼓琴，张生请她弹奏，她一直拒绝；直到又一次诀别，再没有相聚的机会，她才提出鼓琴。后来一别经年，张生滞留于京，写信给她，却绝口不提婚嫁。这时候，莺莺才写了一封长信，把多年的爱恋、无尽的愁怨，凝汇成一股幽恨的河流，它时而滔滔汩汩，时而婉转呜咽。"幽愤所钟，千里神合"，那交织着爱和恨，交织着希望与绝望的感情，实在动人肺腑。

从压抑着自己感情，到最终不得不让它宣泄，却在奔放中依然保持着内敛、矜持的姿态，这就是莺莺深受礼法约束而又心潮起伏，不断冲击礼法河堤的表现。当然，莺莺最终无法冲破悲剧的命运，"后岁余，崔已委身于人"，回绝了张生的求见。所谓哀莫大于心死，深沉的伤痛，让她关闭了感情的阀门，留在人生图谱上的是一片干涸的荒漠。

冷和热，矫情的外表与激情的内心糅杂在一起，呈现为两重性的人格。礼法的历史沉淀，和现实生活中门阀制度的积垢，压得她喘不过气，而青春的生命，偏偏需要抬头喘息，这一俯一仰之间，便形成了莺莺内敛与亢奋交迭的性格特质。她像是火山顶上的熔岩，外表冷峻，但内里沸腾翻滚，一旦按捺不住，便猛然喷发，而最后废然洒落，烟消云散，熔浆又依然凝结成板块，渐渐冷却，以至于终古。

我认为，《会真记》刻画了一个在悲剧的命运中默默挣扎，并且在灵魂深处闪露出人性光辉的典型，这在夜气如磐、门阀婚姻制度压抑着一切生机的唐代，不能不使人心潮颎洞。为什么《会真记》一经面世，便受到人们的注意，引来了许多诗人的题咏？为什么普救寺这本来没有什么特色的寺院，成了名闻遐迩的丛林？此中答案，不言而喻。

在金元时期，董解元和王实甫等作家，都运用《会真记》的故事框架，敷演改编成诸宫调和杂剧。究其原因，固然是传奇小说中吟诗酬唱、跳墙相会、婚前性行为等情节，既能吸引眼球，又在现实生活中颇具普遍性，固然是它写的是极为敏感的题材，受到社会广泛的关注，在歌台舞榭中有极佳的宣传效应和市场价值，但更重要的一点，是因为《会真记》不像一般的传奇小说那样，只着眼于事件的记述，而是在婚恋故事中，表现不合理的制度对人的压抑，活灵活现地刻画出人的性格，这为文坛打开了如何认识人性、如何描绘人物的橱窗，为作家在创作上提供了榜样。至于《会真记》把崔张故事发生地点，安排在封建时代男女唯一可以际遇的寺宇，让青年人有恋爱的机会，让崔张在应考和居丧这不适合谈情说爱的期间，发生婚前性行为，让他们对情与欲的追求，和封建婚姻制度、主流观念发生严重的矛盾，这种种有趣的描写，都在创作上给予董、王以极大的启发。

《会真记》写出了有血有肉的"人"。小说中莺莺的形象，本来就具有非常独特的艺术魅力，产生了很大的影响。而在新的历史条件下，"人"之情、之性，会有什么样的变化发展？会产生怎样的萌动？那些出现在金元时期的新女性，会是什么样的人物？会怎样地对待婚恋？这一具有普遍意义的问题，吸引了文学家们的目光，让他们在撷拾《会真记》题材和在莺莺原型的基础上，萌发出种种奇思妙想。于是，我国文学史也出现了同一题材而体裁各异，同一名字而性格各异的奇观，有了《董西厢》与《王西厢》。

第三章

自是佳人，合配才子

——《董西厢》对"始乱终弃"的颠覆

宋人对张生态度的变化

元稹的《会真记》产生了很大的影响，到宋代，崔张故事依然是人们津津乐道的话题，像秦观、毛滂诸人，都曾有诗词歌咏其事。不过，时代变了，政治、经济的状况变了，社会舆论变了，对人物的评价，也产生了变化。对张生，唐代人多认为他对莺莺的"始乱终弃"，属"为善补过"，是文人一桩与人品无关的风流韵事，而到宋金之世，人们不是这样看了。请看毛滂所写的【调笑令·之六·莺莺】：

> 春风户外花萧萧，绿窗绣屏阿母娇；白玉郎君恃恩力，樽前心醉双翠翘。
> 西厢月冷濛花雾，落霞零乱墙东树；此夜灵犀已暗通，玉环寄恨人何处。
> 何处？长安路。不见墙东花拂树。瑶琴理罢霓裳谱，依旧月窗风户。薄情年少如飞絮，梦逐玉环西去。

这词重点在于抒写崔张的两情相悦。但毛滂在最后两句，写到张生终弃莺莺，离蒲郡西去，还直指张生为

57

"薄情年少"。这一评价，就像透出的一线亮光，预示宋代婚恋观念的变化。

宋代的赵令畤，写过一组鼓子词【商调·蝶恋花】。

赵令畤的这组词，和唐后期许多诗人只着眼于描叙崔张的爱恋，而回避"终弃"的做法有所不同。它吟咏的是《会真记》的全部故事，并就传奇小说的每一环节给予评价，还抒发一番自己的感受。

首先，赵令畤在序文中指出崔张故事流传的情况："至今士大夫极谈幽玄，访奇述异，无不举此以为美谈。至于倡优女子，皆能调说大略。"可见，尽管到了赵令畤的时代，距《会真记》的写成已经过了三百多年，但崔张故事的影响却与日俱增。据赵令畤说，当时人虽然传诵崔张故事，但"惜乎不比之以音律，故不能播之声乐，形之管弦"，为此，他便以鼓子词来表现崔张的故事。

更重要的是，赵令畤不满当时人们在演述这个故事时，"或举其末而忘其本，或纪其略而不及终其篇"的做法。为了改变这样的创作倾向，他的鼓子词便分为十章，分别写崔张从遇合到分手的全过程。换言之，他要把《会真记》所写的"始乱终弃"的情节主干和盘托出，并且通过鼓子词的形式，披之管弦，让音乐为文学添上翅膀，使故事更动人，传播得更广泛。

赵令畤"又别为一曲，载之传前，先序全篇之意"。现在，请先看看这一首"序曲"：

> 丽质仙娥生月殿，谪向人间，未免凡情乱。宋玉墙东流美盼，乱花深处曾相见。 密意浓欢方有便，不奈浮名，旋遣轻分散。最是多才情太浅，等闲不念离人怨。

在曲中，赵令畤提纲挈领地宣示了自己对崔张悲剧结局的看法，认为"最是多才情太浅"。多才者，自然是指张生，说他情浅，也就等于毛滂所说的"薄情年少"。很明显，赵令畤对张生"始乱终弃"的行为，多少采取了谴责的态度。

在写了崔张最后分手，莺莺拒绝再和张生会晤的一章中，赵令畤的感慨是"旧恨新愁那计遣，情深何似情俱浅"。他指出，张生和莺莺，这求见和拒见的举动，看似"情俱浅"，彼此都变得忍心、寡情。其实，在莺莺，是不得已的，是"情深"的另一种表现。

赵令畤认为莺莺以"情浅"表现情之深，这判断可以理解，但对曾被他评为"多才情太浅"的张生，忽又说他也有"深情"的一面，这岂非使人感到作者的判断是自相矛盾的么？不过，这一点，赵令畤有所解释，他在【蝶恋花】第十一首之后，缀上了一段话："若夫聚散离合，亦人之常情，古今所同惜也。又况崔之始相得而终至相失，岂得已哉！"在他看来，张生"情浅"的表现，也是屈服于某种压力，是不得已的。因此，他把崔张的悲剧命运，归结为像白居易所说的"天长地久有时尽，此恨绵绵无绝期"的一个"恨"字，并且再据此生发一曲，"缀于传末"：

> 镜破人离何处问，路隔银河，岁会知犹近。只道新来销瘦损，玉容不见空传信。　弃掷前欢殊（一作"俱"）未忍，岂料盟言，陡顿无凭准。地久天长终有尽，绵绵不似无穷恨。

所谓"卒章见志"，这一曲，是赵令畤对崔张情事的总判断。在他看来，客观的条件，使张生不得不弃掷前欢；而就其内心而言，实在也是很不忍的，因此，才有所谓绵绵之恨。有恨，便不能仅仅以"情太浅"说得清楚。易言之，赵令畤认为，这爱情悲剧的成因，不完全是张生一个人的责任。在他看来，张生无疑应该受到责备，但须知，他本人也是一名受害者。

至于什么是制造崔张爱情悲剧的"黑手"，赵令畤没有说明，他的认识能力，让他也只能看到这悲剧的产生，"岂得已哉"认为它是不以人的意志为转移的。他又看到，有此"恨"者，"岂独彼生者耶？"可见，在当时，出现像张生那样的人物和悲剧，是属于普遍性的问题。显然，赵令畤已经影影绰绰地感觉到，在张生"情浅"的后面，有其深刻的社会原因。因此，他不像唐代有些诗人那样，以欣赏的目光看待这一桩风流韵事，也不像毛滂那样，简单地以"薄情"把张生骂倒，而是看到隐藏在张生思想矛盾后面，有一股左右着他命运的力量。

从唐代到宋代，人们对崔张故事态度的变化，实际上说明了随着时代的发展，社会的婚恋观发生了变化。如果说，元稹的《会真记》里的张生，对自己"始乱终弃"的行为有所辩解，唐人也多是带着几分欣赏的态度看待张生的浪漫，那么，宋人不同了，他们更多是谴责张生的薄幸，即使赵令畤表示理解张生内心的矛盾痛苦，但张生始终免不了受"情浅"之诟。

现在，我们可以了解为什么赵令畤在【商调·蝶恋花】的序言中，不满有些人在叙说崔张的情事时，只撷取其中片段的简单做法了。因为，这势必无法完整地展现其悲剧的命运，无法让读者和听众领悟到崔张的终天之恨，无法从否定"始乱终弃"的行为中，建立新的婚恋观。

婚姻阻力来自何方

"情浅"的反面，是深情、真情。
"始乱终弃"的反面，是始终如一。

在宋金时代，民间说唱和戏曲舞台，出现了大批以崔张故事为题材的作品。据宋末周密所撰《武林旧事》卷十载，当时官本杂剧段数中有《莺莺六么》；陶宗仪《辍耕录》卷廿五"诸杂大小院本"中，也载有金院本《红娘子》的名目。在南戏中，《永乐大典》所收剧目有《崔莺莺西厢记》（见卷一万三千九百八十三）；而在《宦门子弟错立身》一剧的曲辞中，提到了《张珙西厢记》的剧名；《张协状元》中又有【赛红娘】【添字赛红娘】等曲牌。在徐文长《南词叙录》的"宋元旧篇"目录中，也有《莺莺西厢记》一项。可见，几百年前的传统故事，在新时代的舞榭歌台，竟是遍地开花，脍炙人口。

到今天，上面提到的林林总总的剧目或者唱本，我们再看不到了。万幸的是，当时的一部最具代表性的作品，即由董解元以"诸宫调"体裁撰写的《西厢记》，却流传了下来。这一部叙事性的长诗，不仅自身在我国文学史上占有突出的地位，而且为我们研究杂剧《王西厢》，提供了重要的参照材料。

董解元不知何许人，我们只知道他姓董，有人说他名良，有人说他名琅，都不可靠。至于"解元"，不过是当时对读书人的尊称。其生平无可考。钟嗣成《录鬼簿》把他列入"前辈已死名公"之首，并注明："金章宗（1190—1208）时人，以其创始，故列诸首。"

董解元在《西厢记》诸宫调（简称《董西厢》）的开端，简单作了些自我介绍，他说自己"喜遇太平多暇，干戈倒载闲兵甲"。金章宗在位时处于金代的中期，社会上没有发生过重大的动荡。看来，他的生活比较优裕，而且常混迹市井，过着"醉时歌，狂时舞，醒时罢"那种疏狂散淡的生活。在秦楼楚馆，他颇有名声，"风流稍是有声价，教惺惺浪儿每都伏咱"。可见，他不是一个死读书的道学先生，也不见得是一位对当时体

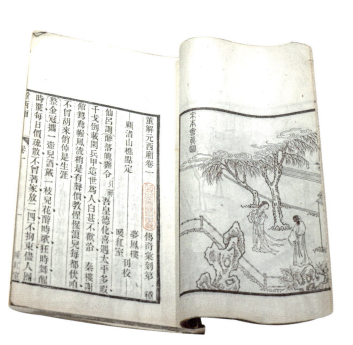
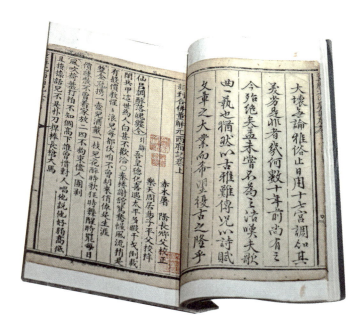

制颇有抵触情绪的知识分子。

就文本的形态而言，《董西厢》是一部以曲调连缀而成的叙事性长诗。所谓"诸宫调"，是一种有说有唱、唱说相续的文艺形式。从《董西厢》又被名为《西厢记挡弹词》的情况看，其演出形式可能类似今天江南地区的"评弹"说唱。"评弹"由一个或两个演员坐着，伴以弦索乐器，自弹自唱。不过，据明代张大复在《梅花草堂笔记》卷五"董解元西厢记"条云：其父"曾见之卢兵部许，一人援弦，数十人合坐，分诸色目而递歌之，谓之'磨唱'，卢氏盛歌舞，然一见后，未有继者。赵长白云一人自唱，非也！"张大复所记，说明诸宫调的演唱，并非只一两个演员自弹自叙那么简单，而是可以由一批演员"分诸色目而递歌之"。按《董西厢》有夫人、张生、莺莺、红娘、郑恒、惠明等诸色人物，那么，起码有六七个演员同台参与演出。又，毛奇龄还以《董西厢》为例，说到金代"连厢词"的上演情况：

> 至金章宗朝，董解元——不知何人，实作《西厢挡弹词》，则有白有曲，专以一人挡弹并念唱之。嗣后金作清乐，仿辽时大乐之制，有所谓"连厢词"者，则带唱带演，以司唱一人、琵琶一人、笙一人、笛一人，列坐唱词。而复以男名末泥、女名旦儿者，并杂色人等，入勾栏扮演。随唱词作举止，如"参了菩萨"，则末泥祇揖，"只将花笑捻"，则旦儿捻花类。[1]

毛奇龄的说法，如果符合金代唱连厢的事实，那

1. [清]焦循：《剧说》，载《中国古典戏曲论著集成》（八），北京：中国戏剧出版社，1959年，第97页。

$\frac{1}{2}$

↖ 暖红室汇刻《董解元西厢记》 清暖红室刘世珩刊本 中国国家博物馆藏
↖《新刊合并董解元西厢记》 明万历二十八年周居易刊本 中国国家博物馆藏

　么,《董西厢》这诸宫调的演出,和杂剧相比,就只差
没有让歌舞结合于演员一身了。换言之,它距完整意义
上的戏剧演出,其实只有一步之遥。

　　董解元的《西厢记》,故事内容取材于元稹的《会
真记》,其情节的框架,也和《会真记》相近。但它们
之间最大的区别是:《会真记》写的是"始乱终弃",《董
西厢》虽也写"始乱",却始终不弃。这一来,故事后
半部分的情节,以及作品中几个人物形象的性格,就有
了全新的变化。

　　在董解元笔下,张生自始至终是热爱着莺莺的情种。
为了强调张生对爱情的执着,董解元加大了在婚恋问题上张生所受到的压力，因而重新塑造莺莺之母的形象。

我们知道，在《会真记》里，莺莺之母在莺莺与张生之间，从未制造过什么麻烦，她甚至还有过撮合这一双痴男怨女的意思。但在董解元笔下，崔夫人的面目，就不那么和善了。她对莺莺的管教是严厉的。据红娘说：她知道了莺莺曾在晚上潜出后，"令姜召归，失子母之情，立莺庭下，责曰：'尔为女子，容艳不常，更夜出庭，月色如昼，使小僧游客得见其面，岂不自耻！'莺莺泣谢曰：'今当改过自新，不必娘自苦苦。'然夫人怒色，莺不敢正视"。可见，她严格地要求莺莺守礼，亦即遵守封建礼教的道德规范。对她来说，最重要的是家声与门风。在她的管治下，莺莺也确被教育成一个注意闺范的乖孩子，即使她热恋张生，但常想到的是"姜守闺门，些儿忐地，便不辱累先考！"很明显，莺莺从心底里意识到遵守礼教的重要性。灵与肉的冲突，使她生活在苦恼和尴尬之中，这适足说明老夫人教育的效果。

《会真记》有乱军大掠蒲郡，波及寄居于普救寺的崔家，幸得张生出手相助，崔府乃免于难的叙述，由此张生遂有见到莺莺的机缘。《董西厢》则把这片段发展为说唱故事的重要情节。

在《董西厢》里，乱军包围普救寺，首领孙飞虎的气焰十分嚣张，张生写信给杜确将军，由寺僧法聪带信杀出重围求救。董解元用了颇大的篇幅，描写法聪左冲右突，浴血奋战。这写法，固然和需要尽情展示"诸宫调"吟唱形态的功能有关，同时，也为了说明，在极其险恶的形势下，张生"一封书把贼兵破"，是多么的重要，张生本人，又是多么的有能耐。

　　然而，正是这一个笔下能扫千人军的张生，在老夫人的面前，却显得无能为力。打败了孙飞虎之后，在酬谢的筵席上，老夫人明明知道张生有求婚的意思，只是她不点头，张生也就"通红了面皮"，"软摊了半壁"。后来老夫人许了婚，张生也中了举，只是她听信谗言，说变便变，把莺莺嫁回给郑恒，而身为探花郎的张生，对她的悔婚，也毫无办法。正在最紧要的关头，又只好端出了杜确将军，破了郑恒的骗局，才让老夫人回心转意。

　　"治家严肃，朝野知名"，这是红娘对老夫人的评价，而治家，当然是以封建信条为原则。其实，老夫人对以一封书退了贼兵的张生，也是有好感的，她回答张生的求亲陈辞时说："如若委身足下，其幸有三：一则漫塞重恩，二则身有所托，三则佳人得配才子，妾甚愿

也。"这番话，并不是搪塞之词，而是老夫人真实的思想。至于为什么她又不能答应把莺莺相许，道理很简单，那是因为她在孙飞虎包围普救寺张生挺身而出时，她对张生的许诺，明明只是以"祸灭身安，继子为亲"为酬谢，并没有以婚姻作为交换的条件。原因是，她的丈夫崔相国早就把女儿许给郑恒了，她不能不信守承诺，不能不秉承先夫的决定。当然，郑恒是她的亲侄，郑父是当红的大官。儒家的道德信条，家世的利益，使她不可能出于报恩和出于好感，便贸然考虑张生的要求。所以，她的拒婚，是有道理的。

至于后来张生莺莺夜夜偷期，老夫人不得已许亲，原因固然是生米已煮成熟饭，无可奈何。更重要的是，红娘用一番"治家报德"的大道理说服了她，让她心服口服，只好承认"贤哉！红娘之论"，并收取了张生订婚的聘礼，以示诚信。

很清楚，无论老夫人是婉拒婚事，还是应允婚事，左右着她意志的，正是封建道德的信条。

董解元虽然一再说"相国夫人从来性气刚，深有治家风范"，"作事威严，治家廉谨"，但也写到她作为母亲，对女儿有着母性的深沉的爱。当她被红娘说服，同意把莺莺许配给张生时，忽又想到："未知莺莺心下何似？恐女子之性，因循失德，实无本心。"她担心的是，女儿虽然失身于张生，"性"迷心窍，也许未经过深思熟虑，因此，她还必须征求女儿的意见。换言之，如果女儿只是一时"性"起，追求的是一夕之欢，而没有以终身相许的本意，那么，她就收回成命，也用不着考虑什么贞节、失身之类的问题了。可见，她是把女儿切身的利益，摆在首要的地位。正因如此，当她听信了郑恒所说有关张生另娶高门的谗言时，便认为女儿受到张生的欺负，一怒之下，又把她重新许配给郑恒了。就在这一刻，老夫人还担心莺莺承受不了刺激，又"嘱付红娘：'你管取恁姐姐，是伫命里十分拙，休教觅生觅死，自推自撅'"。在这里，她做出毁约的决定，同样是出于女儿利益的考虑。

回过头来看，当初，贼兵包围普救寺，逼胁索取莺莺，而莺莺也决心从贼时，"夫人泣曰：'母礼至爱，母情至亲，汝若从贼，我生何益！'……言讫，放声大恸"。这至情至性的眼泪，表明老夫人把女儿视为心头肉。她是家长，又是母亲。作为家长，她必须恪守礼教的规范，这是冷冰冰的道德教条；作为母亲，她有着与生俱来的母性，这是暖烘烘的有血有肉的人性。此两者，格格不入，而又统一在一个人物形象中，形成了人物的两重性格。另一方面，它也让人们看到，那看似密不透风的封建体制、道德罗网，在和人性的交接中，实际上出现了空隙。古往今来，多少爱情的树苗，往往就是透过这样的空隙得以成长。

作为先相国的未亡人，家道中落，加上心灵上又有母性的软肋，这使得她往往在威严中会流露出软弱的情绪，会可怜巴巴地显得无助和无奈。不过，对子女而言，她毕竟是家长，她代表着家族的利益、门第的威望；她的身后，有封建体制和道德观念的支撑；她的意志，是封建势力的集中体现。因此，即使是满腹才华并且见惯世面的张生，一旦和她意见相左，便自然地矮了半截。别以为她是区区一老妪，董解元设置这一人物，是要让她成为横亘在崔张爱河中的一座大山。

上面说过，元稹《会真记》中的崔母，对莺莺张生的两情缱绻，不仅没有一涉，而且当知道木已成舟时，还想顺水推舟。而在董解元笔下，这崔老太太可不是省油的灯，尽管董解元处处展示她有真诚的母爱，但更处处显示家长的威严和权力。即使张生中了举，当了官，她要推翻许婚的盟聘，张生也毫无办法，奈何不得，差不多要滚入绝望的悬崖。若不是白马将军又一次伸出援手，《董西厢》里的崔张，也将和《会真记》里的崔张一样，走向悲剧的命运。

《董西厢》的老夫人，是一个具有复杂性格的人物形象，是既严酷又爱子女的封建家长的典型。为什么董解元要让《会真记》原本中对崔张情事多少起着助力作用的崔母，转变为年轻一代婚恋的阻力呢？这一点，既与作者对"人"的理解有关，与他要塑造出一个更具普遍意义的上层老妇形象有关，也和他要改变故事"始乱终弃"的题旨，改变对张生形象的认识有关。

《董西厢》的题旨

张生形象的重塑，是《董西厢》最大的亮点。

在《会真记》里，不存在崔母拒绝张生求婚的问题，张生的跳墙，乃至后来的密约偷期，也没有受到其他人的干预。但是，在《董西厢》里，情况就不一样了。由于董解元先写了张生求婚并遭到老夫人婉拒的情节，而张生跳墙和崔张两人的偷情，乃是在老夫人拒婚之后发生的，这一来，他们的所作所为，便不仅仅是越轨，不仅仅是"不能以礼定情，致有自献之羞"了，而是直接违反了封建家长的决定，完全不被容许的了。在唱本里，董解元写张生不顾一切，率性由之，从而大大加强了崔张爱情违反礼教的性质。

《会真记》里的张生，也很爱莺莺，但志在猎艳；他看到莺莺的美色，便急不可耐。红娘问他："何不因其德而求娶焉？"他回答："若因媒氏而娶，纳采问名，则三数月间，索我于枯鱼之肆矣。"而一旦得尝禁脔，这一个张生便逐步抽身退出。他从来没有想过要为莺莺的一生负责，他的行为，属登徒子好色性质。所以，《会真记》所谓"乱"的开始，实际上，也是"弃"的

乘夜逾墙　月下佳期　铜胎画珐琅《西厢记》人物故事图盘
清　广东省博物馆藏

开始。

《董西厢》里的张生，和元稹所写的张生完全不同。不错，《董西厢》写张生在离开蒲郡参加会考之前和莺莺相恋，其间如以琴声挑逗，隔墙唱和，红娘传书，跳墙被斥等情节，均本于《会真记》。但是，唱本和小说最大的区别是：它写张生离开普救寺和离开了莺莺以后，一直忠于婚姻的承诺。在赴考途中，张生梦魂萦绕。一旦考试及第，他立刻派人给莺莺报喜，告诉她"指日拜恩衣昼锦，是须休作倚门妆"。后来因病耽搁，未能返回蒲郡，而当接到莺莺因他迟滞未归颇多怨恨的来信时，他"才读罢，仰面哭，泪把青衫污"。他又想："此恨凭谁诉？似恁地埋怨，教人怎下得？索刚拖带与他前去！"他下决心治装东返。可见，张的心，一直没有离开过莺莺。

人，到底是复杂的。《董西厢》里的张生，虽然一不是登徒子，二不是薄幸郎，可是，也有过思想的反复。董解元写道，当张生考上科举，心急如焚地回到普救寺，以为可以和莺莺同偕花烛时，谁知道老夫人听信谗言，告诉他"已从前约"，把莺莺重新许配给郑恒了。这一下，让张生如遭五雷轰顶，"扑然倒地，只鼻内似有浮气"。在绝望之余，张生也曾出现过放弃的念头。他思忖："郑公，贤相也，稍蒙见知。吾与其子争一妇人，似涉非礼。"这"礼"字，竟成了他的紧箍咒。

《董西厢》写张生思想动摇的原因，无非是：第一，他本来是遵从封建礼法的恺悌君子，除了在莺莺的美貌面前无法自持以外，他也一直不敢违抗代表着封建礼教的老夫人。想当初，老夫人在贼兵退后告诉他不能许婚的原委，"张生闻说罢"，"筵席上软摊了半壁"，但只能"诺诺地告退"而已，牙缝里从不敢说半个"不"字。所以，在以为再也无法回天的情况下，不禁彷徨退缩，也不期然想到和上司之子争夺妻子，"似涉非礼"。这样的思想状态，颇符合张生这一人物性格的一贯表现。第二，张生遭受这突如其来的打击，晕头转向，对莺莺也产生了误解，以为她已改变了初衷。所以，当老夫人命令已适郑恒的莺莺，和他以"兄妹之礼"相见时，便怨恨她"岂思旧恩"，"佯把眉黛攒，金钗钏，坠乌云，恨他恨他，索甚言破？是他须自隐"。在愤懑和惊愕的情况下，张生便不由自主地呈现出怯懦的一面。

确实，在《董西厢》里，知书识礼的张生，在老夫人面前，始终是软弱的。但是，即使在"遭此屈辱"被迫到了绝境的情况下，他心中一直没有放弃莺莺。他在客舍中彻夜悲叹，致令法聪和尚也为他打抱不平，"猛然离坐起，壁间取下戒刀三尺"，要替他劫走莺莺，让他们一起逃之天天呢！等到莺莺黄夜前来，诉说隐衷，两人释除误会，而又无计可施，还准备一起悬梁，"生不同偕，死当一处"。要不是法聪和尚建议他们投奔白马将军，那么，枉死城中又多了一双冤鬼。

董解元按照人物性格的发展逻辑，写软弱的张生克服了自身的软弱，乃至准备为爱情作出牺牲，这一切，无非是为了彻底改变《会真记》所写的"始乱终弃"的题旨，改变几百年来张生"薄情"的形象。与此相联系，《董西厢》里的莺莺，也一直执着地爱着张生，她不同于《会真记》里那位闺中的怨女，而是不理会郑恒的谗言，冲破老夫人的管束，自始至终与张生不离不弃。这一点，我们将在后文中谈及。

为什么《董西厢》要改变《会真记》"始乱终弃"的题旨呢？

所谓"乱"，是指在婚姻问题上，男女双方不按照封建礼教的规定，不理会什么"父母之命，媒妁之言"，擅自接触，乃至产生婚前性行为。根据儒家的看法，男女关系乃人之"大防"。在封建时代，家庭是社会的细胞，家长在家庭中享有绝对的权力。男女结合，事关家庭的发展，因此，父母作为一家之长，从家族的利益出发，当然绝对有权处理其子女最为私隐的包括男女性关系问题。为了防范子女越过家长的权力私自接触，封建统治阶层制定出了诸多不合人性的规矩，宣扬钳制人心的道德规范，散布毒化社会的舆论，诸如什么"男女授受不亲"之类。凡此种种，不必细述。

吊诡的是，包括孔、孟在内的儒家老祖宗们，也认识到男女对性的要求乃属人的本能，这是人之大欲。所谓"食、色，性也"，本性，本来不应受到压抑，但是，当本性和家族利益发生冲突时，封建统治者便要求"大欲"必须服从于"大防"。一旦约束人性的堤防，被爱欲的洪流冲缺，就被视为淫泆，就叫作"乱"。对"乱"，那是必须口诛笔伐的，特别对女性而言，及于"乱"者，则"国人俱贱之也"，是社会所不能容许的。

我们不妨回头看看上面说过的《会真记》。在唐代，元稹写到莺莺最终的被抛弃，一方面是当时门阀制度所酿成的婚姻悲剧，另一方面，也是卫道者们对作"乱"者的告诫。为什么那一位薄情的张生，对莺莺始而乱之，终而弃之的行为，竟被唐代的舆论肯定，"时人多许张为善补过者"呢？此无他，无非是张生"觉今是而昨非"，后悔违反了封建道德，后悔当初的"乱"，于是，人们便同意让莺莺做了堵塞礼教堤防缺漏的牺牲品。若从封建礼教的角度看，莺莺的被"弃"，则是咎由自取的，谁叫她不守闺范黄夜偷情了？所以，唐代不少人"是用忍情"，认为莺莺犯了过错，自应受到惩罚。

不过，我们看待文艺作品却不能简单化。从《会真记》所展示的莺莺的形象看，人们对她的遭遇，实际上更多是给予同情的。不管元稹的创作动机如何，甚至让张生把她说成是"尤物"，说一番尤物"不妖其身，必妖于人"的大道理，而在客观上，却没有让人们觉得莺莺应该受到贱视。相反，她所展现的无言的哀怨，绵绵的幽恨，只会让人们看到一个受到伤害的凄美的形象。

从古以来，文坛上写情与理、人性与礼教发生矛盾的作品，比比皆是，因为，人们无法回避"大欲"与"大防"的冲突。在封建体制居于主流位置的年代，一些作者不可能不被封建礼教、封建道德所毒化，也要宣扬"万恶淫为首"，抑制青年对情与性的追求。而实际上，不少人的内心深处，对出了"乱"子的男女，也不乏同情和理解。最明显的是，司马相如和卓文君私奔，明明是突破了封建之"大防"的，他的当垆卖酒，明明是让封建家长下不了台阶的。按道理，这对"乱"搞男女关系的男女，该被发配到阿鼻地狱才是。然而，人们竟让司马相如题桥柱，乘驷车，风光得不得了。这到底是批判他们的"乱"，还是同情他们的"欲"了？

《会真记》也是如此。当然，莺莺自作自受，她的被"弃"，也可说是"罪"有应得，但作品的客观形象，却无论如何不可能起到"国人俱贱之也"的效果。相反，人们只会为她的不幸惋惜，只会和她一起品味命运的苦涩。莺莺的"乱"，不合于礼，却发乎情，因此《会真记》既指出他们有"过"，因此张生需要"补过"，同时，作者又让愁思恨绪缠绕着莺莺的形象，从而使读者深深地同情她的永恒的遗憾。

由唐而入宋金，时代在发展，董解元对崔张故事的看法，和元稹大不相同了。在董解元看来，莺莺爱上了张生，乃至无媒自荐，以身相许，这虽然是不合法的，但董解元让她和《会真记》的莺莺，遭遇并不一样。

在《董西厢》中，当初，莺莺几次和张生相遇，对他也有几分好感，但谈不上有非分之想。后来张生设计救了她的全家，她知道他求婚而被母亲婉却，更知道他为了她而病得死去活来。这一来，她就下决心移樽就教，成全了张生的愿望，也满足了她自己难以启齿的青春之梦。按照她的想法，知恩不报，见死不救，都是不妥的。"仰酬厚德难从礼"；"如顾小行，守小节，误兄之命，未为德也"。这两大条理由，使她不顾一切，自荐枕席。知恩图报，这是封建礼教一直鼓吹的传统道德，莺莺认为，知恩而不报，便属失德，这一点，老夫人也不得不予以认同。既然莺莺知道张生有才，在心底里有一份爱，又感到必须救张生之命，酬张生之德，感情和道德加起来的分量，远重于"小节""小行"，心理的天平，便倒向张生。换言之，正在说服自己要大胆去爱的莺莺，终于找到了能够解开自家心结的绳头，找到了能够抵御刀风箭雨的盾牌。于是乎几经踌躇，反复掂量，便毅然与张生密约偷期了。她知道，这行为尽管不合于礼教所规范的小节，却合于礼教所推崇的大德。

到后来，老夫人明确把她许配给张生，接受了张生的聘礼，竟又再一次反悔，把莺莺交回给郑恒，这便属失信；而莺莺毅然和张生私奔，乃属守信的举动，是恪守礼教信条的表现。总之，《董西厢》写莺莺违反了父母之命，却没有失德，从大的方面来说，她是按照封建规范的大道理来规范自己的行为的。因此，即使她小节有亏，却仍不失为名门的佳人淑女。

也正因为《董西厢》里的莺莺，是有情有义、遵守道德标准的佳人，则张生对她"之死靡它"，不离不弃，就有充足的理由。所以，当张生重新见到已被许配给郑恒的莺莺时，二人"各目视而内心皆痛"，"好心酸，寸肠千缕若刀剜"，便毅然决然，甚至准备和莺莺双双赴死。总之，在董解元笔下，张生绝非"银样镴枪头"的货色，而是一个敢作敢为的才子。

董解元写红娘在说服老夫人让莺莺嫁与张生时，说了这样一段话：

　　君瑞又好门地，姐姐又好祖宗；君瑞是
尚书的子，姐姐是相国的女；

　　姐姐为人是稔色，张生做事忒通疏；姐
姐有三从德，张生读万卷书；

　　姐姐稍亲文墨，张生博通今古；姐姐不
枉做媳妇，张生不枉做丈夫；

↑ 堂前巧辩　五彩《西厢记》人物故事图大笔筒　清康熙　广东省博物馆藏

姐姐温柔胜文君，张生才调过相如；姐

姐是倾城色，张生是冠世儒。

——卷六【般涉调·麻婆子】

这番话，相对成文，恰切表明张生莺莺是很般配的
一对。而在《董西厢》全篇的最后，在带有总结意味的
【南吕宫·瑶台月】一曲中，开头一句是："自今至古，自
是佳人，合配才子。"这一点，正是董解元婚恋观的完
整表述。为什么说佳人合配才子？这是因为他们自身各
自具备相应的条件。而且，他们之所以被视为"佳人"
和"才子"，是他们的行为，毕竟可以为当时的主流思
想所接受。正如张燕瑾学兄所说："作者是想通过张生和
莺莺的恋爱故事，来表现这样一个愿望，就是让普天下
所有的才子佳人，都配合成双，都如愿以偿。"[1]张兄还
指出，所谓才子佳人，实即是封建礼法能够容纳的"君
子淑女"。

总观《董西厢》，董解元一直让崔张的恋爱故事，
贯串着"才子知恩""佳人报德"的题旨。他认为，张
生对莺莺，不是登徒子式的好色，而是一生一世的真
爱；而莺莺则要报答张生的拯救。知恩报德，这符合
儒家一贯鼓吹的道德规范，是无可非议的，因而作者
认为崔张的行为，都应该给予肯定。后来，文坛上的
卫道先生们纷纷指责《西厢记》，但请注意，他们骂的
是《王西厢》，却很少涉及《董西厢》，其原因，盖在
于此。

如上所述，尽管《董西厢》采用了《会真记》的题
材，但两者却有本质的区别。当然，《会真记》作为传
奇小说，它在文学史上的价值，是不容置疑的。然而，
时代在发展，观念有不同，当董解元要通过崔张的遭
遇，来表达自己的婚恋观时，便对《会真记》的故事情
节和人物性格作了全新的改造，从而把崔张最后劳燕分

1. 张燕瑾:《西厢记浅说》，南昌：百花文艺出版社，1986年，第53页。

飞的悲剧，变为大团圆结局的喜剧。《董西厢》全曲的最后两句是："若使微之见新调，不应专美伯劳歌。"董解元明确地表示，他所写的崔张恋爱故事，是不让《会真记》专美于前的新的创造。

婚恋观的嬗变

"自是佳人，合配才子"，这何止是董解元个人的想法，它也是宋金时代人们普遍的婚恋观。

在《会真记》里，莺莺自然是佳人，张生自然也是才子，但是，他们最终配不起来。原因是，门阀制度要求婚姻当事人门当户对。当张生感到崔家门第有可能成为他飞向高枝的累赘时，元稹认为，他抛弃莺莺，才子不配佳人，虽然很遗憾，但还是属合"理"的。很清楚，功名至上，把婚姻视为功名的垫脚石，这就是唐人主流的婚恋观。

而金代的董解元却认为，是才子，就应配上佳人。爱情是首要的，门第功名，不应视为婚姻的绊脚石。所以，他让才子张生和佳人莺莺终成眷属，让他们不悖礼教而顺其情，得成佳偶而遂其性。在他看来，天理人欲，各得其所，这才是合乎理想的，才是美的！婚恋观的变化，正是他提出"自是佳人，合配才子"这一理念的因由。

两情相悦，始乱之，而终不弃之，关键在于作为矛盾主导方面的男性。

说唱文学作者董解元，为适应市场的需要，虽然以社会上广泛流传的崔张故事作为唱本的题材，但在他笔下，那些穿着唐代衣冠的人物，体现的却是宋金时代的社会意识。作为爱情故事矛盾主导方面的男性人物张生，也摆脱了《会真记》中以元稹作原型的阴影，被塑造为新的人物形象。而董解元对张生形象的重新塑造，又和社会上人们如何看待宋金时代知识分子的命运和品格有关。换言之，《董西厢》中的张生，乃是作者根据宋金时代人们新的审美观念，在《会真记》故事情节的框架上，重新塑造出来的才子形象。

众所周知，一定时代的审美观念，受到一定时代社会经济政治和社会状况的制约。作家作为社会的一员，社会的变动必然直接影响作家的价值观，从而影响他创作的取向，影响他对人物形象的塑造和对审美对象的评价。

在残唐五代，中原地区经历过天翻地覆的变乱，特别是黄巢举事，"内库烧成锦绣灰，天街踏尽公卿骨"（《秦妇吟》），社会的大动乱，导致社会关系出现重大的变化。魏晋以来，世家豪族作为封建社会统治阶级的主导势力，迅速被庶族地主阶级所代替，一些出身于中小地主阶级甚至出身于低层的知识分子，也有可能进入主流社会，分取到利益的大块蛋糕。在宋代，当被视为进身阶梯的身份隶属、血缘关系，随着世家豪族的衰落逐步淡化时，科举考试就成了知识分子"攀上枝头变凤凰"的必由之路。

科举制度的出现改变了魏晋以来所谓"九品中正"的用人制度，改变了由世家豪族占据要津的那种"贵胄蹑高位，英俊沉下僚"的状况，这对促进国力的发展，显然产生过重要的作用。

不过，唐代的科举，又是极不完善的。首先是，每年科举录取的名额，即所谓中进士者，只有二三十人，录用面十分狭窄。更重要的是，求试者为了通过这条极窄的渠道，便要使出各种手段打通关节，推销自己。而这种托人情、走后门的弊端，竟是很普遍的，而且被视为合理合法的。可以说，唐代科举制度相对于"九品中正"制度的先进性，以及它通过人脉提挈的劣根性，同时存在。这又适足说明唐太宗虽然有"天下英雄入我彀中"的胸怀，虽然愿意团结地主阶级的各个阶层，可是，世家豪族依然盘踞在政权的核心，各种体制和意识形态，依然以有利于世家豪族的统治利益为依归。

唐亡，中原经历了一段变乱时期，社会各阶层力量的对比发生变化，世家豪族的势力被边缘化，社会上的许多体制也出现了变动。以用人的制度而论，宋代承袭了唐代的科举制度，但又有不同的做法，产生了不同效果。《宋史·职官志序》指出："宋承唐制，抑又甚焉。"[1]甚焉者，是说它有了很大的发展。在录取进士人数方面，每年可多至五六百人了。此外，唐代中进士者，只获得个"出身"，等于只得了衔头、学位，要当官，还要通过吏部的选拔。而宋代士人，一旦中了进士，就成了天子的门生，因为他们都经过"殿试"，都曾有过接近"天颜"的荣耀。因此，他们可以立刻获得进入仕途的入场券。可见，宋代的知识分子，只要踏上科举的阶梯，在他眼前摆着的就是一条光明大道。

宋代的科举制度也比较严格。

唐代科举制度的弊端，宋太祖赵匡胤是知道的，他指出："向者登科名级，多为势家所取，塞孤寒之路。今朕躬亲临试，以可否进退，尽革前弊矣。"[2]因此，宋代帝王每年都亲自主持殿试，既示恩荣，也示公正。此外，朝廷也花费不少心思，防范考试弊端，实行多次改革，其初衷，确也想招揽人才，让王朝的统治能够发展稳定；也想让广大知识分子相信青云有路，死心塌地十载寒窗，专心苦读，从而消弭社会的不稳定因素。所谓"广开科举之门，俾人人皆有觊觎之心，不忍自弃于盗贼奸宄"。[3]这段话，和盘托出了宋朝认真地对待科举的目的。

不管怎样，宋代重视科举，是收到了较好的效果的。它为北宋赢得了相当长的政治、经济发展时期。徐

1.［元］脱脱等撰：《宋史》第六册，北京：中华书局，1975年，第3768页。

2.［清］毕沅：《续资治通鉴》，北京：中华书局，1957年，第188页。

3.［宋］王栐撰，诚则点校：《燕翼诒谋录》，北京：中华书局，1981年，第1页。

有贞说："宋有天下三百载，视汉唐疆域之广不及，而人才之盛过之。"[1]这些人才来自科举考试。当千千万万处于下层的知识分子，都认为科举之路大有奔头而趋之若鹜时，便让不少有才能的人，有可能通过科举考试，在竞争中脱颖而出。因此，在宋代，乃至金代，确也在各个领域中涌现出一大批出类拔萃的人才。而且，确也有不少出身贫寒之士，有机会厕身于统治阶层，一展才干，位至高官。像范仲淹、寇准、欧阳修、吕蒙正诸人，幼失怙恃，穷得买不起纸笔，但都因考上科举，一登龙门，风云际会，从此富贵逼人，乃至名留史册。

至于在董解元生活的金代，科举制度也延续北宋以来的做法。为了巩固和扩大占领区的统治，金朝急需通过科举考试招揽大批人才。所以，金太宗于天会元年（1123）九月即位，十一月即举行考试。"时以急欲得汉士以抚辑新附，初无定数，亦无定期。"[2]天会二年（1124），甚至在一年间连续两次开科取士。而录取的办

1.［明］徐有贞：《重建文正书院记》，载李勇先、王容贵校点：《范仲淹全集》，成都：四川大学出版社，2002年，第1196页。

2.［元］脱脱等撰：《金史》第四册，北京：中华书局，1975年，第1134页。

法和给予及第者的恩荣，也一如宋朝。

正由于社会评价人才的重心向科举倾斜，因此，当董解元介绍他所肯定的男性角色时，强调的是他们的学问而非门第。像说张生，"平日春闱较才艺，策名屡获科甲"（卷一【仙吕调·赏花时】），又像说白马将军杜确，"祖宗非佃佃，也非是庶民白屋。不袭门荫，应中贤良科举"（卷三【中吕调·碧牡丹缠令】）。显然，董解元评价人才的准则，和唐代的元稹诸人重视门阀出身，大不一样了。

总之，宋朝的建立，意味着世家豪族统治势力的衰落和庶族地主的兴起，从此，整个封建社会后期，除了在元朝的一段外，科举考试贯彻始终。诚然，即使几经改革，科举制度依然存在许多弊端，而且越来越趋向腐朽，但是，无论如何，它给予人们"机会均等"的感觉，给人们提供了改变命运的可能性，也把整个社会的目光，吸引到那些通过科举脱了蓝袍换紫袍的幸运者身上。

"将相本无种，男儿当自强"，这句流行于宋金乃至于整个封建时代后期的话语，正好反映了出身于不同阶层的人士，有可能进入封建统治政权的社会现实。而要获得改变命运的入场券，很大程度上是依靠拼命读书，考上科举。宋真宗颁行的《劝学书》云：

> 富家不用买良田，书中自有千钟粟；安居不用架高堂，书中自有黄金屋；
>
> 出门莫恨无人随，书中车马多如簇；娶妻莫恨无良媒，书中有女颜如玉。

"状元及第"门花 清 广东省博物馆藏

男儿欲遂平生志，六经勤向窗前读。

在当时，"朝为田舍郎，暮登天子堂"，亦即通过科举考试从而改变人生者，也大有人在。这些幸运儿一旦成为天子门生，便是人们眼中的香饽饽，连有权有势的豪门大户也视之为抢手货。据《武林旧事》载，殿试放榜唱名时，"自东华门至期集所，豪家贵邸，竞列彩幕纵观。其有少年未有家室者，亦往往于此择婚焉"[1]。显然，奇货可居，当登上天子堂者被人选择去做乘龙快婿的时候，他自然也可以有多种的选择。

在这样的情况下，社会舆论相应地发生了变化，人们开始密切地注视着这些幸运者是如何对待人生、如何对待家庭的问题了。

与此相联系，当世家豪族主导的门阀制度逐步衰落，在婚姻方面，门当户对的条件逐步淡出时，男女双方以相互爱慕为条件，以所谓"才子合配佳人"的个人因素为条件，便得到适当的强调。婚恋观的变化，也使人们不再认同那些由于注重门第，而在婚姻问题上"始乱终弃"的"善补过者"。正因如此，董解元沿用了《会真记》的题材，而又重塑了张生的形象，改变了悲剧的结局，这分明和时代婚恋观的变化有关。

人啊人！别看"人"字只是一撇一捺那么简单，人，是会变的。境遇不同，人性也会发生变化。这就是马克思之所以提出要研究每一个时代的人变化了的本性的原因。

宋金之际，改变了卑微地位的士子，往往也就改变了往日的心性。上面说到的范仲淹等几位在历史上赫赫有名的人物，中举当官以后，生活都变得十分奢侈。此无他，封建时代士人寒窗苦读的目的，主要是想捞取"黄金屋"与"颜如玉"。人性的弱点，让许多饱读圣贤经典的人，在生活上走向堕落。而在婚姻问题上，那些

1.［宋］四水潜夫辑：《武林旧事》，杭州：西湖书社，1981年，第28页。

因缘际会改变了命运的人，如何对待爱情，如何处理妻小，又是最能考察出人们心性变化的试金石。

如果说，唐代人把男子负心看成无足轻重的风流韵事，那么，宋金之世，改变了命运得以爬上高枝的人，假如抛弃了妻孥，另觅新欢，就要受到猛烈的鞭挞。这是因为，权势容易使人腐败，随着宋金之世科举的推行，不少人由此获得了权势，富而忘本贵而易妻的行为，俨成风气。在新的社会矛盾面前，人们的同情，自然倾向于受害者方面。

另外，随着门阀制度的弱化，人们对个人权益和对女性地位的认识，也与唐代有所不同。在婚恋问题上，爱情专一受到揄扬，负心变节则为人们所不齿。董解元《西厢记诸宫调》改变《会真记》中张生原型的做法，正是受到了社会观念变化制约的体现。

文学作品是时代的晴雨表，一定时期社会的价值观和舆论取向，必然在文学作品中得到反映。大约在董解元生活的年代（金章宗完颜璟，1190—1208），南戏也逐渐流行。据徐渭的《南词叙录》称："南戏始于宋光宗朝，永嘉人所作《赵贞女》《王魁》二种实首之。"[1]宋光宗朝为1190—1194年，恰与董解元生活时代相当。《赵贞女》是根据宋金时代流传甚广的民间传说写成的戏文，故事说蔡二郎考中状元后，抛弃了前妻赵贞女，贪恋富贵，入赘相府。赵贞女上京寻夫，还被蔡二郎派人暗杀。于是人天震怒，蔡二郎遭暴雷劈死。《王魁》则是据《王魁负桂英》的传说改编。此外，宋代的民间伎艺中，还有《王宗道负心》《陈叔文三负心》等剧目。这些作品，虽然都已失传，但从其取材和名目来看，分明都以谴责负心男子攀龙附凤、移情别恋为题旨。

我们今天能够看到的最早最完整的戏文剧目是《张协状元》。这一部初期南戏，它的题材，也和《赵贞女》等故事差不多。它写书生张协，落难时得到贫女的救

1.《中国古典戏曲论著集成》（三），北京：中国戏剧出版社，1959年，第239页。

助，两人结成夫妇。后来张协中了状元，便抛弃贫女，入赘于宰相王德用府中。贫女上京寻夫，被张协驱逐追杀。几经曲折，贫女被王德用收为义女，最后终于与张协相见团圆。显而易见，这戏的情节与《赵贞女》故事相近。最后它写贫女总算与张协团圆，这整脚的结局虽然反映了人们善良的愿望，但从整个戏的倾向看，它分明给予"始乱终弃"的负心汉以严正的谴责。

宋金时代的文学作品，在连篇累牍地谴责负心汉的同时，也力图树立感情专一、不离不弃的男性人物形象。

在话本里，《五代史平话》中写到刘知远发迹变泰的故事，有人又写了《刘知远诸宫调》，这是现存除《西厢记诸宫调》以外的唯一诸宫调残本。这唱本写出身低微的刘知远，娶了李三娘为妻，经历了许多磨难。后来刘知远投军，打了胜仗，当了统帅，却没有忘记曾共患难的李三娘，最后夫妻重聚。另外，《永乐大典》所存戏文三种中，有《宦门子弟错立身》一剧，写的是金朝河南府同知的儿子完颜寿马，虽是宦门子弟，却迷恋民间艺人王金榜的爱情故事。完颜寿马违抗父命，宁愿抛弃功名利禄，跟随王金榜冲州撞府以演戏为生。最后他的父亲也只好同意他们的婚事。这个戏，和《张协状元》一样，属于早期的南戏。但戏的题旨，却刚好和《张协状元》相反，它要歌颂的是不计较身份地位、坚贞不二的爱情。

上述两类作品，题旨不同，但它们所展示的是同一的婚恋观。谴责一方由于地位的变化抛弃另一方的行为，与歌颂不因身份地位的不同而变化的坚贞不二的爱情，实际上是正反两面的同一命题。生活在宋金之际的董解元，把《会真记》里"始乱终弃"的张生，改变为不离不弃的张生，让一个广泛流传的故事题材，在题旨上发生一百八十度的变化，这正是时代在发展，社会婚

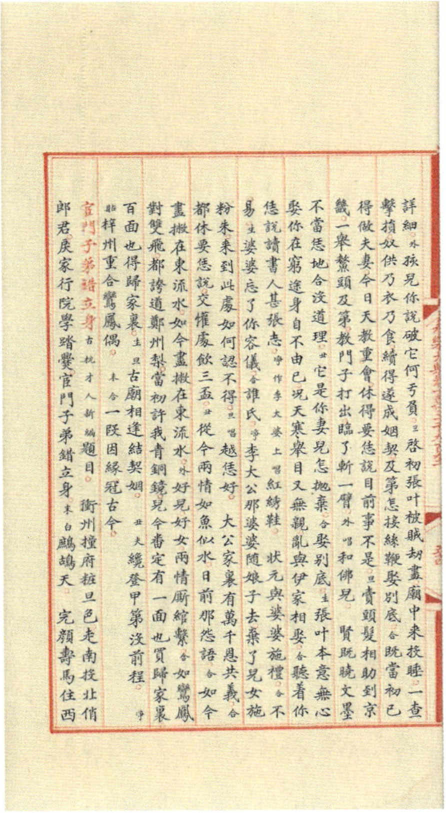

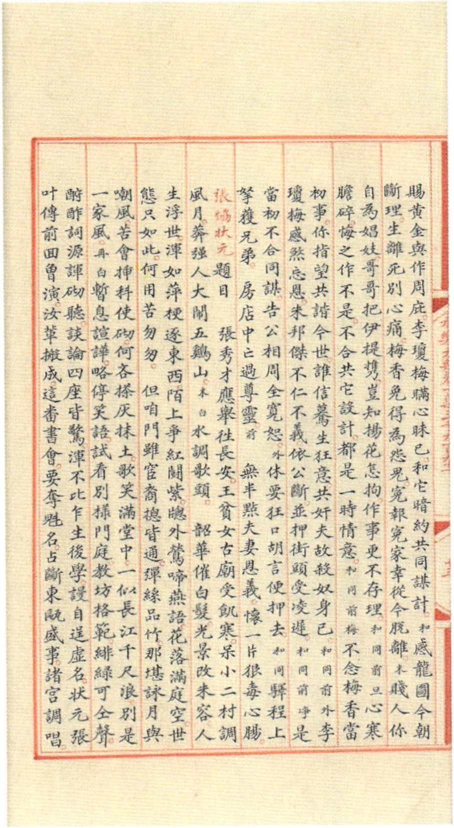

恋观和审美观发生变化的集中体现。

在爱情与名利地位之间,《会真记》里的张生,把后者放在第一位;《董西厢》里的张生,则与之相反。这一点,说明了宋金之际对"情"的普遍重视,说明人们对个人的意志和感情的要求有更多的谅解,这是时代变化社会进步的表现。

不过,《董西厢》所体现的婚恋观的进步,是有限的,和唐代重视门第的婚恋观相比,它只迈出了一小步。在世家豪族日渐衰落,地主阶级必须大力鼓吹礼教和理学以巩固其封建统治的宋金时代,《董西厢》所表达的婚恋观,也必然有着深刻的时代烙印。让男欢女爱和知恩报德相互缠绕包裹的做法,正是董解元被封建教条束缚着前进脚步的表现。

时代的洪流,滚滚向前,它涌到王实甫脚下,涌到元明时代知识分子的脚下。追求人性自由的浪潮,更猛烈地冲击封建礼教的堤防。于是,一种新的有别于宋金之际的婚恋观又出现了。崔张的爱情故事,流传到王实甫诸人的视野,他们又有了新的解读,又重新塑造了这故事的人物形象。这就是我们今天看到的以王实甫的名义创作,并集中了元明时代许多人的智慧,不断修订完成的杂剧《西厢记》。

第四章

若无新变，不能代雄

——《王西厢》的新格局

从"挡幻"到"剧幻"

入元以后，戏曲表演成了艺坛的主流。这包括唱念做打的表演形式，让观众趋之若鹜。那时候，诸宫调、说书、杂耍等伎艺，虽然还在舞台上流行，但以故事情节为主干，把诸般伎艺综合起来进行表演的戏曲，在艺术形态上，明显更能适应时代审美的需要。一时大河上下，塞北江南，艺人们令相把故事编演，我国剧坛也出现了第一个黄金时代。

令人不可思议的是，就在戏曲这一表演形态在艺坛冉冉上升之际，突然冒出万丈光芒，出现了一部震古烁今的剧作，这就是王实甫的《西厢记》。

中国人，有谁不知道《西厢记》？

中国人，有谁不晓得那"待月西厢下"的莺莺？不晓得那风流倜傥颇似"银样镴枪头"的张生？不晓得热情地为人牵丝引线的红娘？

贾仲明说："新杂剧，旧传奇，《西厢记》天下夺魁。"其实，《西厢记》的出现，岂止在当时压倒一大片，千百年间，它在剧坛上的成就，又有哪一部作品能够企及？或者说，在同样是以婚姻爱情为题材的剧作中，只有明代汤显祖的《牡丹亭》差可比肩。不过，就剧本情节结构的完整性而言，《王西厢》优于《牡丹亭》；就其在普罗大众中的影响而言，《王西厢》也大于《牡丹亭》。

朱权在《太和正音谱》中，对元代剧作家的创作风格有过很形象的评价，他说关汉卿之词如"琼筵醉客"，王实甫之词如"花间美人"。确实，王实甫不像关汉卿那样以豪辣酣畅的笔法描写现实，不会像醉客般发出浪漫主义的遐想。《王西厢》中也没有惊天动地的情节，它确像是在鲜花丛中徘徊的美人，活色生香，悠游顾盼，婉婉动人。而剧作者那细腻优美的笔触，却写出了人的思想感情最细微的律动。

不错，《王西厢》这"新杂剧"，是以元稹的"旧传奇"作为创作的蓝本的。但它在爱情故事中表现人性的萌动，其强烈程度远高于《会真记》与《董西厢》。可以说，它让我国古代剧坛第一次闪耀出人性的光辉。

判断作家和作品在文学史上的价值和地位，最重要的是看他能否创新，"若无新变，不能代雄"[1]。《王西厢》之所以能称雄于一代，夺魁于文坛，正是由于它有新变。这变，表现于创造了爱情故事的新题旨，让"旧传奇"呈现新格局。

前面说过，入宋以后，在剧坛上，已经出现不少以崔张故事为题材的戏剧，不过，它们都没有流传下来。原因很简单，王实甫所写的《西厢记》登上舞台，就如一轮红日，破晓时喷薄而出，它的光辉，笼罩一切，别的写崔张情事的戏，像是黎明时分的星星，都变得黯淡无光，久而久之，自然也销声匿迹。

不错，《王西厢》所写的崔张故事，其情节进行、人物关系，与《董西厢》没有很大的差异。诸如崔张在佛殿上奇逢，月夜琴挑，隔墙吟和，孙飞虎兵围普救寺等，骤然看去，它似乎是《董西厢》的翻版。更有甚者，《王西厢》在不少地方，还改头换面地搬用《董西

1. [南朝梁]萧子显：《南齐书·文学传论》，北京：中华书局，1972年，第908页。

厢》的词句。例如：

（1）《董西厢》：颠来倒去，全不害心烦。

——卷一【大石调·蓦山溪】

《王西厢》：使别人颠倒恶心烦。

——第三本第二折【中吕·快活三】

（2）《董西厢》：不会看经，不会礼忏。

——卷二【仙吕调·绣带儿】

《王西厢》：不念《法华经》，不礼梁皇忏。

——第二本楔子【正宫·端正好】

（3）《董西厢》：戒刀举把群贼来斩，送斋时做
一顿馒头馅。

——卷二【仙吕调·尾】

《王西厢》：我将这五千人做一顿馒头馅。

——第二本楔子【正宫·叨叨令】

　　像这样的情况，在《王西厢》里是经常发生的。这也难怪，因为《董西厢》的语言，实在妙不可言。正如吴梅先生说："董词的文章，实是天下古今第一"，"前人赞他好，是拣他词藻美艳处；我赞他的好，在本色白描处……董词文章，就是平铺直叙，却不全用词藻，方言俗语，随手拈来，另有一种幽爽清朗的风致"。[1] 王实甫把董解元用过的词语，顺手牵羊，窃而用之，这也不是不可理解的。

　　有趣的是，王实甫在偷龙转凤的过程中，有些地方，还会发生点金成铁、张冠李戴的毛病。像在第一本第二折，《王西厢》让张生一上场便唱【中吕·粉蝶儿】一曲："不做周方，埋怨杀你个法聪和尚！借与我半间儿客舍僧房，与我那可憎才居止处门儿相向。"所谓"不做周方"者，不给予方便之谓也。从《董西厢》的剧情看，张生"惊艳"后，便向法聪问这问那，要求借给

1. 吴梅：《元剧研究》，载刘麟生等：《中国文学讲座》，上海：世界书局，1935年，第8页。

他僧房半间，"早晚温习经史"，实则想找寻机会接近莺莺，而法聪，则一一答应了；《王西厢》倒让张生劈头便埋怨他不给予方便，这实在毫无道理。

不过，若把这段情节和《董西厢》作一比较，事情便可清楚。原来，《董西厢》在写张生初遇莺莺时，有这样一段描写："佳人见生，羞婉而入"，张生便冲了上去，岂知被法聪"一只手把秀才揪住，吃搭搭地拖将柳阴里去"，并且对他鲁莽的行为一再劝阻。对张生来说，这法聪和尚确是不给予他方便的，因此，《董西厢》便有这句"不做周方"的唱词。《王西厢》没有采用《董西厢》的这一细节，或者，有些版本原来有此细节，却被后来的整理者删去了，而在唱词上，又疏于照应，于是就冒出了"不做周方"的话头，让观众感到莫名其妙。

又例如，在第二本第一折，王实甫让崔莺莺唱【油葫芦】一曲：

> ……这些时坐又不安，睡又不稳，我欲待
> 登临又不快，闲行又闷，每日价情思睡昏昏。

对这曲，凌蒙初认为："'登临又不快，闲行又闷'数语，乃道张生者，移为莺语，觉非女人本色。"[1]的确，所谓登临，是指登高望远，这话用于莺莺，不合她的身份，女孩子深锁闺中，不可能有什么登临的举动。一查《董西厢》，这原来属于写张生的唱词。它说张生自从遇见莺莺，坐立不安，六神无主，"待登临又不快闲行又闷，坐地又昏沉"（卷一【正宫·尾】）。显然，王实甫把这句唱词搬用过来，稍一疏忽，移作莺莺语，便让人觉得不是女人本色。

《王西厢》脱胎于《董西厢》，这是没有疑问的，但是，从它的总体格局来看，是全新的。这一来，莺莺和

1. 转引自陈志宪：《西厢记笺证》第一册，北京：中华书局，1948年，第4页。

张生的故事就有了质的飞跃。在杂剧中，剧中人虽然也叫张生、莺莺，但两者的个性、神韵，绝不是《董西厢》里的张生和莺莺，正如《董西厢》的张生和莺莺，并非《会真记》所写的同名人物一样。

崔张故事人物名字和题材同一，而其实质却有根本的变化，人们把这现象称为"幻"。像明代闵遇五在崇祯年间刻印的本子，称为"六幻《西厢》本"。他所谓"六幻"是说崔张故事经过六次的幻变：元稹《会真记》为"幻因"；董解元《西厢记挡弹词》为"挡幻"；王实甫《西厢记》为"剧幻"；传说关汉卿续写的《西厢记》第五本为"赓幻"；李日华《南西厢记》为"更幻"；陆采的《南西厢记》为"幻住"。后三幻，可以不论；而前三次的幻变，确是崔张故事发展的三个里程碑。

其实，这三次的"幻"，正是不同时代婚恋观变化的产物。社会意识形态的蜃影，折射到文坛上，作者的笔触产生了微妙的变化，导致笔下的同名人物，具有不同的神韵。名同而神异，人物神韵、个性的不同，让人物关系生发出不同的含义，从而使故事的题旨出现实质性的变化，这就是"幻"。

就前三"幻"而言，《王西厢》的出现，是至关重要的。它让人们看到，在12世纪的中国大地上，有一个幻影在徘徊。

人问影：你是谁？

影回答：我是"人"！

开场两个关键性的改动

是哪处歌台舞榭，勾栏瓦肆，箫管声喧，锣鼓声碎？
是谁家戏班子弟，旦末净丑，粉墨登场，装龙扮虎？

是谁人歌喉婉转，响遏行云，舞态如风，对答如流，引得万头攒动，众生颠倒：或是如痴如醉，意乱神迷；或是心领神会，点头咂舌；或是攘臂喧呼，同哭同笑？

原来，我国12世纪最具魅力的综合性表演艺术形式——戏曲，开始演出了。

戏曲演出，首重开场。在12世纪，我国剧坛出现了两个戏种，一为杂剧，一为南戏。它们分峙南北，演出形态各异。

在南戏，开场时有所谓"副末开场"的程式。它一般有两首曲子，中间也有说白，由一名演员代表编剧者或代表戏班，以一支曲子作自我介绍，诉说创作的意图；然后，用另一支曲子向观众介绍故事梗概，剧情进展。这负责开场的演员，除了后来由南戏发展为"传奇"的《桃花扇》外，都不是剧中人。

在杂剧，开场则比较简单。它从一开始即进入剧情，由剧中人作自我介绍，并介绍出场或将要出场的人物，介绍即将展开的戏剧矛盾的来龙去脉，这叫"自报家门"。然后由主唱的演员唱曲，进入剧情的主体部分。

《王西厢》的演出形态，属于杂剧。但是，它的开场，和一般杂剧最大的不同点，是在第一本的楔子中，由两个剧中人即老夫人与莺莺，分别各唱一曲。（有意思的是，老夫人在整部戏中，也仅仅只唱了这一首曲。）就剧中人都能唱曲这一点上说，《王西厢》是吸取了南戏的做法的，但它没有采用南戏开场的程式，而是从一开始便让剧中人进入剧情。由于参与开场的两个角色都能开唱，在唱词中可以展示不同的心态，这又使戏剧矛盾能迅速开展。可以说，《王西厢》这独具特色的楔子，一下子就把观众的心抓紧了。

现在，让我们看看《王西厢》是怎样开场的。

在第一本楔子中，老夫人第一个上场。她首先介绍了自己的家世，说丈夫是崔相国，不幸病故。有女"小字莺莺，年一十九岁"，已许配郑恒为妻。现在正"写书附京师去，唤郑恒来"扶相国灵柩回故乡安葬，谁知道路途有阻，便寄居于普救寺。她想起了先夫在日，从者数百，家势显赫，如今至亲只剩三四口儿了。

一阵感伤之后，老夫人唱了【仙吕·赏花时】一曲，叹息"夫主京师禄命终，子母孤孀途路穷"的命运。曲终"血泪洒杜鹃红"一句，道出了她凄凉的心境。

看到杜鹃红，老夫人想到暮春时节的困人天气，也想到年方十九的女儿，会是春困无聊，于是吩咐侍女红娘："你看佛殿上没人烧香呵，和小姐闲散心耍一回去来。"叮嘱完了，她便下场了。

老夫人这一番话，看似简单，却清楚地介绍了整个故事发生的背景。

地点：普救寺。这是唐代武则天娘娘的香火院，是天下名刹，更是和尚居住的修行禁欲的地方。这空间，如果用色调表现，它应是灰暗的。

时间：暮春。从崔府的范围看，这家子处于居丧期间，相国的棺材还停放在寺院里面；从社会的情况看，那时正值兵荒马乱，以致道路阻隔，崔家几口，可谓有家而归不得。这光景，如果用色调表现，也应该是灰暗的。

关于戏剧时空的设置，《王西厢》和《会真记》《董西厢》是一样的。但《会真记》只把时空作为崔张奇遇的机缘，并没有特别的意义。《董西厢》唱本卷一，作者在作了自我介绍后，首先写张生赶考，到了蒲州，顺便到普救寺参观，随即遇到了莺莺。很清楚，小说和唱本，都是循例开科，其间没有特别值得注意的地方。

《王西厢》则在剧本的开头，在戏剧矛盾尚未充分展开的时候，便通过老夫人以自报家门的方式，先把故事发生的特定时空介绍清楚。这就首先向观众说明，她的一家，正处在一个非常的时期和非常的环境里，让观众在戏的开场，就受到灰暗的时空气氛的笼罩。当我们随着戏剧的进行，看到整部戏所贯串的却是喜剧色彩时，便会理解《王西厢》首先强调故事时空的意义。

在老夫人的自报家门中，有两个问题值得我们注意。

第一，她说她"只生得个小姐，小字莺莺，年一十九岁"。按，元稹的《会真记》当张生问及莺莺年纪时，崔母回答："今天子甲子岁之七月，终今贞元庚辰，生十七年矣。"而《董西厢》则让法聪介绍莺莺"是崔相国的女孩儿，十六七"。《董西厢》还特别指出，这年龄的确定，是有依据的，因为唐代李绅的《莺莺本传歌》就说过，"绿窗娇女字莺莺，金雀鸦鬟年十七"。

这就怪了！为什么《王西厢》不同于人物原型，平白地给莺莺增添了两岁，从17岁改为19岁呢？

第二，老夫人很强调莺莺已经许嫁郑恒，还特别提到已写信"唤郑恒来相扶回博陵去"。这一句，十分重要，它表明郑恒和崔家有半子之分，关系已十分确定，否则，就不可能有唤他扶柩归葬的问题。

而在《董西厢》，董解元则写在张生求婚的时候，老夫人首先对他表示好感："才子得配佳人，妾甚愿也。"只是，"先相公秉政朝省，妾兄郑相幼子恒，年今二十，郑相以亲见属，故相不获已，以莺许之恒"。因此，她反复表示自己的无奈。不过，崔郑两家的关系，却未达到可以唤郑恒前来扶柩归葬的程度。所以，当唱本卷七写"郑相子恒至蒲州，诣普救寺，往见夫人，夫人问曰：'子何务而至于此？'"表现得颇为惊讶。

也正由于《董西厢》写崔郑婚约，只属一般信守言诺的关系，因此，老夫人在听了红娘的规劝以后，很容易把婚约推翻，决定让莺莺嫁给张生，理由是"虽先相以莺许郑恒，而未受定约"，并且很乐意正式接受了张生的聘礼。依据金元制度，男女订婚，"议定写立婚

1.《元章典》影印本，北京：中国书店，1990年，第12页。

书"，禁止"悔亲别嫁"[1]。后来老夫人又听信郑恒的谗言，决定把莺莺嫁给郑恒，这倒是她违反当时法令"悔亲别嫁"了。因此，《董西厢》所写莺莺张生的反抗，实在只是据"法"据"理"，即和不守理的老夫人力争的行为，只是在婚姻问题上作有限度的叛逆。

和《董西厢》不同，《王西厢》一开始便让老夫人说明已去信通知郑恒前来扶柩，这等于明确承认郑恒和崔府已有半子之分。这样，她的确没有悔婚的理由，因为"法"和"理"都在郑恒的一边。与此相联系，《王西厢》写老夫人在"拷红"一折，听了红娘的规讽以后，不得已地同意把莺莺给了张生，但是，她不仅没有收取张生的聘礼，而且声言"俺三辈儿不招白衣女婿"，命令张生立即上京取应。显然，老夫人在无可奈何的情况下，对莺莺张生婚事的口头认可，对她来说，并没有任何的约束力。当衔命前来扶柩的郑恒到了眼前，亲上加亲的原意开始发酵，早已确定的婚约，使她无法回避。加上郑恒的花言巧语使她迷糊，她也自然很容易推翻了对张生的承诺。这一来，《王西厢》所写的莺莺和张生，他们的行为，就不同于《董西厢》的莺莺和张生，他们不仅是违背了父母之命，而且破坏了崔郑已成定论的受到法纪保护的婚约，反抗了封建社会既定的法理。很明显，《王西厢》里的莺莺和张生，他们对封建礼教的叛逆程度，要比《董西厢》强烈得多。他们是在向法理和世俗挑战！

由此可见，《王西厢》在老夫人的自报家门中，加上了"一壁写书附京师去，唤郑恒来相扶回博陵去"一句，这看似简单，却是非同小可的一笔，它实质上改变了题材原型的人物关系，改变了整部戏剧的规定情景。诚然，《王西厢》用寄书唤郑恒来的行动，来表明崔郑关系的特殊，而非直截了当地说明莺莺与郑恒是已婚还是未婚，这一独特的只可意会没有言传的处理，确实让观众有模糊的感觉。但是，也正因为《王西厢》让莺莺处在"妾身未分明"与"已分明"之间，也给人物关系的发展预留余地，同时也巧妙地为情节发展创造了悬念。

观众看戏，对舞台上人物所发生的事情，包括人物之间如何产生矛盾，矛盾如何发展、如何解决，人物的命运或事情的结局，会是什么样的答案，总是怀着一份好奇心，总是一面看戏，一面有所期待。吊起观众的胃口，让观众不断地在期待中得到艺术享受，这需要作者具有制造悬念的艺术技巧。可以说，悬念是引起戏剧兴趣的主要因素，是在戏剧中能够抓住观众的吸盘。

悬念的创造，有两种类型。

有一类作品，情节曲折，观众和剧中人一样，一切被蒙在鼓里，对故事情节的谜底一无所知，等到矛盾解决，观众才和剧中人一起恍然大悟。这类作品，也能引起观众一次性的兴趣，但不可能让观众感到它隽永耐嚼，其味无穷。

《董西厢》制造悬念的方法，便属于这一类型。它写张生从一开始便追求莺莺，但作者没有让观众知道莺莺与郑恒有婚约在先。等到卷三，写张生设计退了贼兵正式求婚的时候，作者才告诉人们——莺莺已许郑恒，观众也才发觉才子与佳人的爱情会出现波折。换言之，作品情节的主线以及主要人物的矛盾冲突，到第三卷才得到展开。这一来，故事开始阶段的矛盾并不复杂，在观众看来，张生未必没有迎娶莺莺的可能性，他们对张生命运的牵念之绳，也"悬"得不高。

另有一类作品，它会把故事先向观众交代，让观众对情节发展的可能性有所了解。当剧中人的行为和戏剧矛盾，朝向观众预先知道的不同方向发展时，观众便会为剧中人焦急，便会更牵挂人物的命运。也由于观众处在相对客观的或居高临下的审视位置，因此，他们看戏，不仅关注期待戏剧矛盾的解决，更注重观察人物在解决矛盾的过程中，是怎样地显露性格特征和内心世界的。显然，这一种创造悬念的手法，比前面的一种，当是居于更高的层次。

《王西厢》在第一本第一折开头的楔子，让老夫人开宗明义说明莺莺与郑恒的特殊关系，从而让观众从一开始，就完全明白这特殊关系对人物行为的制约。因此，当作品写到张生狂热地追求莺莺，而莺莺也热烈回应的时候，观众便不能不为他们的命运捏一把汗，不能不焦虑地注视情节的发展，不能不抱着很大的兴趣观察崔张在和封建礼法的矛盾中所表现的性格。紧接着，在第二本，老夫人在贼兵围寺时发表了"有退得贼兵的，将小姐与他为妻"的声明，而张生果然以一封书退了贼兵时，观众也必然急切地希望知道老夫人如何处理莺莺与郑恒的特殊关系。这一切的牵挂，都从老夫人在自报家门时所作简洁的交代中引发。很清楚，《王西厢》在戏的开头的悬念设置，有效地加强了戏剧冲突的张力，让作品从一开始便具有引人入胜的艺术魅力。

楔子的两支曲子

老夫人自报家门以后，唱了【仙吕·赏花时】一曲，沉重地诉说家道衰落、子母孤孀的伤感。

《王西厢》在全剧的开头，特别强调老夫人对家道中落的在意，这是十分重要的一笔。因为，维护家族的利益、声誉这一动机，支配着老夫人全部的戏剧行动。她对女儿的管教，对女婿的选择，也都以有利于家族为前提。《王西厢》在戏的开始，通过写老夫人对家世盛衰的感慨，一下子就把人物思想感情的核心，呈现在观众的眼前，让观众看到她行动的本质。所以，不要轻易放过这几句看似平淡的唱词，事实上，老夫人在戏里许多出人意表和不可理喻的行为，都可以从她对家世的看重中得到解释。如果说，在全剧中，老夫人是封建礼教的代表，那么，全剧开头的几句唱词，便揭示出她对家族利益的考虑，它像是一片玄色的云，从一开始就笼罩在崔张爱情之树的天空上。

从感慨家世的沦落，老夫人想到她的女儿莺莺了，她"只生得一个小姐"，女儿是她的心头肉。相国亡故以后，母女相依为命，日后的家世兴衰，必然和女儿的命运联系在一起。在那暮春天气，好生困人，老夫人不由得想起女儿，关怀她在恼人天气中的感受了。于是唤出红娘，叮嘱她：

> 你看佛殿上没人烧香呵，和小姐闲散心耍
> 一回去来。

周天先生指出："休要小看这两句话，也休要轻轻放过它。就这两句话，作者已经将老夫人的灵魂揪出来摆在读者面前了。"[1]确实，这两句话妙不可言。作为母亲，老夫人也和天下的母亲一样，深深爱着自己的骨肉。春色恼人眠不得，她生怕女儿不开心，闷出个病来，于是让她"耍一回"。可见，对莺莺而言，老夫人是关怀备至的慈母。

但是，由于《王西厢》安排莺莺的"耍一回"，是由老夫人下令才得以进行的，换言之，如果老夫人没有通知红娘让莺莺"闲散心"，莺莺也只能待在"寂寂僧房人不到，满阶苔衬落花红"的院落里。这一来，莺莺的衔命"闲散心"，竟又像是被拘禁的囚徒，得到了放风的机会一样，这实在可悲得很。

老夫人让莺莺出来呼吸新鲜空气，这无疑是对女儿的爱，但她又提出了一个条件："佛殿上没人烧香。"因

1. 周天：《西厢记分析》，上海：古典文学出版社，1956年，第5页。

为如果有人烧香，小姐便会被僧俗人等窥见，便有失封建礼教的规矩，损害了相国门第的名声，那是不能容许的。小姐即使是再烦闷，也只能待在屋子里。可见，老夫人首先关注的是规矩和家声。不错，她爱女儿，但又以符合礼教规范为前提。通过这明确、独特而又简单的叮嘱，作者让人们从剧本的开端部分，便看到了老夫人的性格特点，看到浓重的封建思想和真挚的母爱，统一在这"即即世世老婆婆"的身上。

这就是"人"，具有两重性格的人！

在老夫人的叮嘱下，红娘和莺莺上场了。

红娘是服侍小姐的丫鬟，同时又作为老夫人意志的执行者。在确定"佛殿上没人烧香"的情况下，她说声"小姐有请"。作者还不嫌重复地让她告诉莺莺，是"老夫人着俺和姐姐佛殿上闲耍一回去来"。有了老夫人的尚方宝剑，她俩便到殿里闲行了。在这里，《王西厢》轻轻落墨，却清楚地勾勒出戏剧人物的关系。

无疑，莺莺和红娘是按照老夫人之命去闲耍的，而且，佛殿上也的确没有人烧香。但是，她们和老夫人都没有想到，佛殿没有人烧香，却可以有人前来闲逛。结果，她们遇见了张生，"正撞着五百年前风流业冤"，接着演出了一幕惊天动地的爱情喜剧，这完全为老夫人所始料不及。

我们知道，在《西厢记诸宫调》里，董解元没有安排老夫人着莺莺到佛殿闲耍的细节。莺莺出现时，"手捻粉香春睡起，倚门立地怨东风"，张生则是从"半开朱户，瞥见如花面"的。他们的相遇，与老夫人完全沾不上边。而《王西厢》却安排了老夫人着莺莺到佛殿散心的细节在先，那么，当观众们看到张生在佛殿上东顾西盼的时候，便想到这违背了老夫人规定的状况，会不会让莺莺张生彼此撞见，撞见了又将如之何等一连串问号。很明显，《王西厢》安插了这一细节，为戏剧情节

的发展设置了悬念，让观众从第一本的楔子，便立即跟随着角色进入戏剧规定的情景。

老夫人疼爱女儿，所以要让女儿闲耍散心；老夫人遵守礼法，重视家声，所以严防女儿被人窥视。这统一在人物形象中的思想矛盾，在家世家声未受到威胁的情况下，母性、人性的一面占了上风，因此，"治家严肃"并且"有冰霜之操"的老夫人，主动地提出给女儿以适当的活动空间。但她万万没有想到的是，正是她爱女心切，以致百密一疏，出现了她最不想见到的局面。她下达的命令，刚好给了女儿缔造爱情的机会，换言之，作为封建家长的被动处境，也由她让莺莺出来"闲散心耍一回"而生。正如金圣叹所说："此处闲闲一白，乃是生出一部书来之根，既伏解元所以得见惊艳之由，又明双文（即莺莺，下同）真是相国千金秉礼之小姐。"[1] 人们看到莺莺张生的佛殿奇逢，不禁想到，正是老夫人自己，给女儿打开了方便之门，这对严格遵守封建礼教的老夫人而言，实在是莫大的讽刺。而《王西厢》的这一安排，使戏剧从一开始，便呈现出喜剧性的色彩。

现在，莺莺出场了，她也唱了一曲：

> 可正是人值残春蒲郡东，门掩重关萧寺中；花落水流红，闲愁万种，无语怨东风。

莺莺作为崔府的重要成员，父亲的亡逝、家势的凋零，对她来说，实是至关重要的。按理，《王西厢》在写了老夫人对家道沦落的伤感以后，也应让正在服孝守灵的莺莺，承接着抒发一番。

1.［元］王实甫原著，［清］金圣叹批改，张国光校注：《金圣叹批本西厢记》，上海：上海古籍出版社，1986年，第36页。

扫码观剧

佛殿奇逢　仿仇英、文徵明《西厢记》图册
清　黑龙江省博物馆藏

然而，有趣的是，莺莺吐露的竟是"有女怀春"的情怀。这位窈窕淑女，没有思亲，只在思春。值此暮春天气，水流花谢，她想到青春易逝，可又与人隔绝，便禁不住满怀幽怨。欧阳修有句云"莫怨东风当自嗟"，《王西厢》正是吸取这样意境，来表述莺莺怅惘的思绪，让她以自怨自艾在幽闺自怜的方式，透露对处境的不满，曲折地传达出对青春的渴求。徐士范在他的《重刻元本题评音释西厢记》中，对此曲的批注云："开卷便见情语。"确实，让莺莺一上场便突出对"情"的冀盼，正是王实甫的用意所在，其后剧中所写的人物行动，便环绕着这一"情"字，抽丝剥茧地开展。

　　《王西厢》的开卷，只设置了两首曲子。两首曲子的基调，都是伤感的。老夫人为家世伤感；崔莺莺则为青春伤感。不同的伤感，不同的情味，在楔子中相映成趣。母女二人，以同样的曲调，各唱各的怀抱，展示出不同的思想感情，也预示两人之间，由此展开了矛盾冲突。

　　莺莺和老夫人处在同一的环境里，却有着明显不同的感情取向，这就是代沟！《王西厢》在戏的开头，就让它隐约地展现，也留给了观众广阔的想象空间。

第五章

临去秋波那一转

——佛殿奇逢和莺莺的主动追求

五百年前风流业冤

我在永济城西蒲津渡口的遗址边，看见野地上蹲着一尊唐代的铁牛，据说，这是考古人员近年在黄河故道上发掘出来的。出土后，也许只略经收拾，铁牛身上依然存有锈迹，像是在向人们诉说历史风雨的侵蚀；铁牛的眼睛，也许被游客千手摩挲，倒还光润，显得炯炯有神。它似乎默然地凝视远方，又似乎在静静地思考。

铁牛原来是站在黄河边上的，它重达千斤。古代的时候，人们铸造它，既是让它镇压据说是经常在黄河中肆虐，弄得天下滔滔的水怪，也是用它系住铁索，搭成浮桥，勾连两岸。《永济县志·开元铁牛铭》说："桥如长虹，筏如游龙，缆之维之，如砥如墉。"[1] 现在，浮桥已不存在，但可以想象，这里一定是熙熙攘攘的去处，多少官员野老、商贾儒生，踏着浮桥南来北往，从这里走向他们要去的前方，走向人生的未来。

当年的张生，也走到黄河浮桥的边上了，可是他没有扶索沿缆，踏上征途，倒是扭一个弯，又回到永济城里。说实在的，如果当初他囊书仗剑，渡河应考，就不会在普救寺里碰见莺莺了，他的人生道路，肯定又会是另一种样子，所以，巧遇莺莺实在是事出偶然。

1. 永济县志编纂委员会编纂：《永济县志》，太原：山西人民出版社，1991年，第412页。

世间事，有多少被偶然的因素左右着，这就是所谓机遇，所谓命运，也就是人们在未知数面前惶惑迷惘，乃至于求神问卜的原因。不过，时代环境、人物性格，大体上可以规定人生发展的轨迹。性格决定命运，偶然性是人生发展的条件，而受时代因素影响的人的性格，乃是人生发展的依据。

中国封建社会进入后期，各种社会条件，促使人对人生的价值有了新的认识。金元之际在《王西厢》里出现的张生，他的为人处世以及对婚姻的态度，已经不同于唐代《会真记》中的张生，也不同于董解元笔下的张生。王实甫所写的张生，即使跨过浮桥，直往京师，没有遇上莺莺，也会遇上别的女子，也会生出另外一种情节，演出另外一部追求"有情人终成了眷属"这一理念的人生戏剧。

我的目光从黄河边上，从铁牛铸像转回到永济公路上。公路转了一个弯，通向峨嵋塬上的普救寺。这公路，会是在古驿道的基础上修建的吧？公路边积淀的是厚厚的历史尘埃。当年，张生肯定也是从这里进入普救寺的……

现在，《王西厢》让张生上场了。

张生上场，自报家门，说自己"先人拜礼部尚书"，因病亡故，现在自己书剑飘零，功名未遂。他来到蒲郡，是准备赴京应考的。顾盼踯躅，他感慨地说："万金宝剑藏秋水，满马春愁压绣鞍。"抒发出胸怀大志而又怀才未遇的情绪。

关于张生的家世，《董西厢》和《王西厢》，都说他的父亲官拜礼部尚书，可是，元稹写《会真记》里的张生，却没有强调其出身，从他后来"达士略情，舍小从大"抛弃莺莺的行径看，应不是什么名宦之后。说他父亲是大官，始作俑者应是《董西厢》。唐代的礼部尚书，被视为朝廷六部之一举足轻重的大官。宋以后，礼部尚书职掌天下礼仪、祭享、贡举的政令，其职能与礼教、礼制有极大的关系。《董西厢》让张生多了一个礼部尚书之子的头衔，看来是要增加张生身份的重量。所以，他笔下的张生，是要自诩家世的不凡的。当他向老夫人乘酒自媒时，便说："小生虽处穷途，祖父皆登仕版，两典大郡，再掌丝纶，某弟某兄，各司要职。"而红娘，在说服老夫人时，也说："生本名家，声动天下"，"君瑞又好门地，姐姐又好祖宗"。很明显，《董西厢》强调张生是大官之后，是要表明他与莺莺的婚姻，也是门当户对的。

当然，这一点，不是《董西厢》宣扬的重点，它的题旨，确在于反对父母干涉儿女的婚恋，主张佳人合配才子。不过，它显然也把门当户对视为"合配"的一个条件。在这里，我们也隐约看到了前朝门阀制度的婚恋观，给董解元留下颇深的烙印。

继《董西厢》之后，王实甫也让张生成为礼部尚书的儿子。不过，《王西厢》没有把这视作门当户对的筹码。张生除了在自报家门时说到自己的身份外，以后再没有提及。当老夫人食言"赖婚"时，张生气急败坏，也只声称："既然夫人不与，小生何慕金帛之色？却不道'书中有女颜如玉'？只今日便索告辞。"而在"拷红"一折，《王西厢》笔下的红娘在说服老夫人时，并没有提张生的出身背景，和《董西厢》里的红娘说他有"好门地"的声口完全不同。

有趣的是，《王西厢》也让郑恒说："先人拜礼部尚书，不幸早丧。"你看，他竟和张生一样，也是死了的礼部尚书之子。礼部尚书一职，不可能由两个人同时担任，若郑父与张父为前后任，那么，前后任之子共同争夺莺莺，实在十分凑巧。而这样的安排，既非受史实的约束，又没有特别的含义，只能是作者的编造。在瞎编的不经意间竟让两个礼部尚书之子碰在一起，这适足说明《王西厢》对人物的出身门第，并不在意。

再者，《王西厢》让张生当上了礼部尚书之子，而张生在戏中给观众的印象是：此人并不守礼遵礼，和乃父的官衔职责大相径庭。这一来，剧本对张生身份的设置，便颇具讽刺意味。如果说，让张生作为礼部尚书之子，是《董西厢》和《王西厢》具有深意的安排，那么，《董西厢》着意在其"尚书"的家世，《王西厢》则着眼于对"礼部"的嘲弄，它让人们从张生的行为与家世的对照中，感受到人物的喜剧色彩。

《王西厢》写张生到了黄河边上了。他看到了黄河形势，唱了【油葫芦】和【天下乐】两首曲子：

> 九曲风涛何处显，则除是此地偏。这河带齐梁，分秦晋，隘幽燕。雪浪拍长空，天际秋云卷；竹索缆浮桥，水上苍龙偃。……

> 只疑是银河落九天；渊泉、云外悬，入东洋不离此径穿。……

这两曲，吐属如虹，气象雄伟，也让人感到张生有不凡的气度。王骥德在其刊本的评点中指出："曲中直咏黄河，甚奇，然亦本董解元词意，皆俊语也。"确实，《董西厢》在卷一【仙吕调·赏花时】和【尾】中，有"黄流滚滚时复起风涛""正是黄河津要，用寸金竹索，缆着浮桥"等语句，但是，它是抧弹词的歌唱者，从旁观的角度叙述黄河的景色。《王西厢》却化用其意象，让张生出场时以第一人称唱出。通过这细微的改动，观众既从唱词中"看"到了黄河的景色，更感觉到张生此人具有开阔的眼界和豪宕的胸襟。从他对眼前景物的形容，特别是把浮桥看成偃卧着的蛟龙，这丰富的想象力，说明他不是拘谨酸腐的秀才，而是敢想敢说、风流洒脱的俊角。

　　张生到了蒲郡，安顿了住宿，便问店小二："这里有甚么闲散心处？名山胜境，福地宝坊皆可。"让小二随便指点。小二告诉他普救寺是个好去处，他便悠悠然信步前往参观。

　　张生到了普救寺，法聪和尚引导他进了佛殿，看过钟楼，游了洞房，登了宝塔，然后又转回佛殿中去，"数了罗汉，参了菩萨，拜了圣贤"。就在这时候，他遇见了莺莺。

　　这一段细节，《王西厢》的安排极有层次，它表明：其一，张生虽然赴考，却也在意游览，颇有闲情逸兴，可见不是专心于功名利禄之辈。其二，他先是被人指点到普救寺游览，进寺后又是跟随着法聪闲逛，在寺中，他随意参观，一路逶迤而行，转回到佛殿之上，才陡然遇上莺莺，说明这完全是事出偶然。可见，张生并非专门寻花问柳的好色之徒。

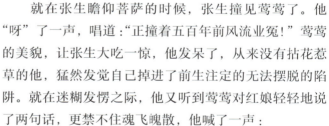

　　就在张生瞻仰菩萨的时候，张生撞见莺莺了。他"呀"了一声，唱道："正撞着五百年前风流业冤！"莺莺的美貌，让张生大吃一惊，他发呆了，从来没有拈花惹草的他，猛然发觉自己掉进了前生注定的无法摆脱的陷阱。就在迷糊发愣之际，他又听到莺莺对红娘轻轻地说了两句话，更禁不住魂飞魄散，他喊了一声：

扫码观剧

　　　我死也！

　　他觉得，自己这一下子全完了，绝对无法自拔了。莺莺的花容月貌、娇声呖呖，像磁石一样吸附着他的目光，他看到她那樱桃般的小嘴，白玉般的牙齿，杨柳般的腰肢，轻云般的步态，真是国色天香，人间少有。

　　"我死也！"这是一句高度性格化的台词。张生完全想不到有这样的奇遇，也完全想不到他遇见的莺莺有如

此惊人的美貌，他"魂灵儿飞在半天"，脑袋里只留下一片空白，他简直像虚脱，又像被电击，他心灵震撼，如痴如醉。在这里，王实甫以极夸张的语言，准确地传达出人物在特定情景下的神态，把张生惊艳的呆态、狂态，刻画得栩栩如生。

惊鸿一瞥，莺莺被红娘带走后，张生心猿意马，再放不下。"十年不识君王面，始信婵娟解误人"，这时候，功名利禄，对他全无所谓了，"小生便不往京师去应举也罢！"张生决心一下，剧本的戏剧冲突，也从此展开。

张生一见钟情，爱上了莺莺。

在人类社会中，男女情爱往往是最难以言喻的，不过，古往今来，男女爱悦，一般只有两种模式。一种是双方初见时并没有爱的意欲，而经过一段时期的相处，或是双方的性格脾气相互有所了解，或是利益的驱使，彼此逐渐产生了爱的意念，在性生理的作用下走向实际结合，从而产生爱情。这种模式，普遍存在于要求遵循"父母之命，媒妁之言"的婚姻体制之中。另一种模式，便是一见钟情。明代的汤显祖在《牡丹亭》题词中说："情不知所起，一往而深。"这句话，可以说是男女初见立即被对方吸引的心情概括。确实，作为当事者，他们真的会不知道自己为什么忽然萌生情根爱苗，他们会被自己的怦然心动弄得糊里糊涂。但是，只要客观地冷静地观察，所谓"一见钟情"，实际上都是可以琢磨到其"情之所起"的根由的。

从心理学的角度看，人的行为，其动机的产生，需要由内驱力决定；内驱力则需要由外部条件的刺激、诱

佛殿奇逢　禹之鼎《会真全图》　清　爱尔兰切斯特·比彗图书馆藏

导而触发。众所周知，人认识事物的过程，总是由表及里的。认识主体对客体的认知，其第一印象，无疑有着至关重要的作用。所谓认识主体所产生的第一印象，是客体的外表，反映到主体的视觉，从而在其大脑的皮质细胞中形成视象。男女之间互相认识的第一印象，是由对方的容貌、体态、气质构成的。换言之，这表象，便是对方的"色"。由此可见，"色"，是男女相悦的基础。我们可以不赞成男女单纯以貌取人，但不能不承认：貌是取人的重要条件，不能不承认外表是吸引对方眼球，从而引导彼此作进一步理解的驱力。

承认"色"的认知作用，便存在着这"色"美还是不美的问题。

判别人的容貌、体态美还是不美，应是有客观的标准的，例如五官的大小、位置搭配得是否端正、身段线条与比例是否得当等，人们都有一致的认识。当然，不同文化背景的民族、阶层，处在不同的历史时期，对美的感受存在着差异。因此，判别男性、女性美丑的标准，必然受到社会群体意识的制约。由于每一个人对客体的认识，是由客体的表象反射到接受者的大脑皮质细胞作用而成的，而每个人的审美理想，又和接受者作为认识主体的自身经历、背景以及文化积淀等主观因素，有着密切的联系，这一来，它也必然是认识主体判断对方美还是不美的重要条件。

人们不是有所谓"情人眼里出西施"的说法吗？其实，这正是认识客体的表象，和认识主体的审美理想刚好吻合而产生的现象。在《红楼梦》里，林黛玉和贾宝玉初次见面，双方便有好感。当宝玉出现时，"黛玉一见便吃一大惊，心中想道：'好生奇怪，倒像在哪里见过的，何等眼熟！'"而宝玉一见黛玉，也"笑道：'这个妹妹我曾见过的。'贾母笑道：'又胡说了，你何曾见过？'宝玉笑道：'虽没见过，却看着面善，心里倒像是远别重逢的一般'"（见第三回）。当然，曹雪芹这样的写法，带有说明宝黛木石情缘乃属宿命的性质，却又符合男女双方一见钟情的内心活动。为什么他俩从未见过面却又彼此眼熟，这正是因为对方的形象，恰好和潜藏在各自内心中的审美理想相互契合，于是彼此入眼、顺眼，觉得面善，觉得对方是自己向往的美的化身，由此萌发了爱的根芽。显然，宝黛的一见钟情，和张生一见莺莺，便说"正撞着五百年前风流业冤"的感受，是一致的。

值得注意的是，男女的钟情，这情，不同于亲情、友情。男女之情，必然和性吸引联系在一起。因此，一旦被异性吸引，情之所钟，产生爱念，这也是人的本能，是属于正常的生理现象。那种所谓柏拉图式的恋爱，反而是人性的扭曲。

在我国文学史上，不乏描写婚姻爱情的作品，但像《西厢记》（也包括《董西厢》）这样对当事人被丘比特之箭射中时的种种情态，作如此细致、如此透彻的描绘的，那还是第一次。这一点，和宋以后商业、城市的发展，使人性也开始得到相应的重视有关。当人们注意到人性的存在，正视一见钟情的合理存在，便敢于以浓重的笔墨，津津乐道地描写它发生的全过程。我认为，能够这样做，是人们认识的进步，是文学创作的进步。

当然，当事人一见钟情以后，情况的发展，又会千差万别。《会真记》里的张生，对莺莺一见钟情，其后则忍心抛弃；而《王西厢》写张生对莺莺则是锲而不舍，至死靡他。这一位被风魔了的张解元，是百分之百的"志诚种"。于是，《王西厢》在第一本第一折，愈写张生一见钟情之风魔，愈能表现他对莺莺之志诚。很明显，《王西厢》在戏的开始，展示了人性的重要方面，也为人物性格的发展作出了铺垫。

"临去秋波"是全剧的关窍

就在张生转回佛殿闲逛的时候，莺莺也上场了。当下，剧本的舞台提示是：

（莺莺引红娘拈花枝上云）

作者给人物设置"花枝"的道具，让她"拈"着上场，这道具与人物构成的意象，大有深意。

在暮春三月，莺莺满怀春思，寻春解闷，拈着花枝上场，这细微的动作，有助于表现人物内心微妙的律动。它既和上文"闲愁万种，无语怨东风"相呼应，又意味着她对春天和青春的爱惜。少女爱花，这固然是爱花的美丽，同时，鲜嫩的花，也是少女的青春年华的写照。因此，作家们往往以少女对花枝的态度，来表现她们对自己的态度。唐代诗人皇甫冉的《春思》有"楼上花枝笑独眠"之句，杜秋娘的《金缕曲》有"花开堪折直须折，莫待无花空折枝"之句，分明都把花枝作为青春的譬喻。《王西厢》让莺莺拈着花枝出现，这就让演员"带戏上场"，即使她没有开言，观众也已经从她的举止，感受到她的思想活动了。

上面说过，《董西厢》也有张生初遇莺莺的情节。它写张生是在参观佛殿以后，"偶过垂杨院，香风散，半开朱户，瞥见如花面"，"转过荼蘼架，正相逢着宿世那冤家"。显然，他们是在院落相遇的。《王西厢》却把他俩初见的地点，安排在佛殿上。

佛殿，本来是六根清净的佛寺中最是神圣庄严的去处，而《王西厢》却让这里成为情天欲海的源头。同时，让莺莺在佛殿上出现，也合理地使张生大吃一惊，以为是神仙下凡，发出了"南海水月观音现"的赞叹。因为传说南海观世音菩萨，身披白衣，拈花微笑；而闲耍散心的莺莺，服孝期间，浑身缟素，她也笑拈花枝。这形象，在佛殿里蓦然显现，简直同观音菩萨一个模子。只是大慈大悲的观世音普度众生，而莺莺则颠倒众生而已。在这里，《王西厢》对崔张初见地点的改动，巧妙地让剧本增添了讽刺意味，让它从一开始便呈现出浓重的喜剧色彩。

莺莺来到佛殿的时侯，心情颇是轻松。她像是出笼的鸽子，一旦得到主人放飞的哨声，便用嘴爪整饰羽毛，拍拍翅膀，飞上天空。她在佛殿上闲耍，享受着霎时的身心自由，陶醉在淡淡的三月春光里。这时，她根本没有注意到有人窥看着她，"他那里尽人调戏，弹着双肩，只将花笑拈"。她只觉得这偌大的佛殿，空廊廊的，便向红娘说："红娘，你觑：寂寂僧房人不到，满阶苔衬落花红。"这句话语带双关地吐露出一点春愁。

这时候，红娘看到张生了。她立刻想起了老夫人"佛殿上没人烧香"的规定，现在既然有人，便赶紧提出："那壁有人，咱家去来。"

莺莺也看到张生了。请注意，《王西厢》这里给演员的舞台提示是：

（旦回顾觑末下）

莺莺这举动，张生念念不忘，他那句脍炙人口的唱词"怎当他临去秋波那一转"，就是对这动作的描述呼应。

先师董每戡教授曾经指出："戏，就是这样的，不是文章，往往一句话，一个字，胜过千言万语，因为真正的'戏剧语言'不是文章，而正是王实甫所写在台本上的这种'动作的语言'，是动的而不是僵化干瘪、无

1. 董每戡：《五大名剧论·西厢记论》，《董每戡文集》中册，广州：广东高等教育出版社，1999年，第166页。

生命的语言；一个字，一句话，都蕴藏着无限丰富的内心动作，无数句的'潜台词'，都是人物的灵魂在说无声的话语。"[1]这是深谙舞台艺术的真知灼见。在这里，《王西厢》所写的一句舞台指示，就蕴藏了无比丰富的潜台词，真切地传达出莺莺的内心世界。

早在20世纪60年代，著名戏剧评论家戴不凡先生，在《论崔莺莺》一书中，对莺莺"回顾觑末"一句就有精辟的分析，并且由此申述，指出："细看《王西厢》原本，莺莺主动爱张生的这条线，是一直贯串下来的。"[2]戴先生的论断，给笔者很大的启发，本书也在这基础上"接着讲"，试图对《王西厢》的创作作进一步的分析。

2. 戴不凡：《论崔莺莺》，上海：上海文艺出版社，1963年，第42页。

"回顾觑末"，这样的一个举动，在今天看来，十分稀松平常。女孩子发现有陌生的人，下意识回头一看，这实在是不足为怪的应有之义。但是，在金元之际，莺莺这行为就很不一般了。要知道，这一个舞台提示，是《王西厢》刻意的安排。如果是舞台演出，我认为这里的处理，绝不能草草。当莺莺回觑，演员彼此对上眼神之际，应该有一个"停顿"，乐队应在这节骨眼上，伴之以一锤小锣给予衬托，庶几符合剧作者设置这一提示的神韵。

扫码观剧

《王西厢》对这一细节的安排，是刻意和细腻的。它写首先发现张生的是红娘，红娘发出警告，拉着莺莺往家里走。其用意，无非是怕莺莺被生人瞧见，坏了名声，坏了规矩。谁知道，这反提醒了莺莺，她不是急急忙忙地躲避，反而"回顾觑末"！

为什么说莺莺"回顾觑末"是《王西厢》刻意的安排？如果我们把《董西厢》与之比较，问题便可以清

▲ "拈花枝上"，并"回顾觑末"的莺莺
佛殿奇逢（局部） 禹之鼎《会真全图》

楚。在《董西厢》里，唱本写张生遇见莺莺时，她正在院子里一个人"倚门立地"。发现有人，立即躲避，"佳人见生，羞婉而入"。这情态，和《王西厢》里的莺莺截然不同。对勘之下，可以清楚地看到，剧本中红娘陪侍莺莺回顾等细节，属《王西厢》的全新创造。别小觑这一改动，它牵涉对故事题旨和人物性格的改造。

就戏剧效果看，《王西厢》让红娘发话在先，这在警示莺莺的同时，也提醒观众注意莺莺有什么样的反应，观众的目光，必然集中到莺莺的身上。

谁知道，这一个莺莺，并不是像《董西厢》所写那样，"羞婉而入"，而是顺着红娘的话，一面回家，一面回眸，顾盼之间，心踌躇而步踟蹰。于是，红娘的发话，成了莺莺回觑的蓄势之笔，它让这一戏剧动作具有更强烈的效果。

另一方面，剧本写红娘警告在先，那么，莺莺的"回顾觑末"，分明是有意为之。在封建时代，为女子者，需要遵循礼教规定的三从四德，在日常生活中，礼教规定"非礼勿言，非礼勿视，非礼勿听"。《董西厢》里的莺莺"羞婉而入"，是符合封建教条的要求的。而《王西厢》让莺莺"回顾觑末"，则完全是把"非礼勿视"的原则和母亲的教诲，扔到东洋大海里去了。看来，各种各样的条条框框，无法抑止莺莺对异性的好奇心。这眼波，传达出年轻的心尽管受到礼教的拘系，却又随时可以冲破牢笼的信息。

由于《王西厢》在楔子中就写到莺莺春愁荡漾，写到她走进佛殿时"有女怀春"的情态，写到她那番"寂寂僧房人不到"实即心房落寞的表白，沿着这条动作线，剧本便让观众觉察到人物"回顾"所包含的内心活动。她的"觑末"，绝不仅仅出于好奇，而是有意无意地放射青春的魅力。眼角留情处，风情千万种，这也是少女们常有的事。四目交投，莺莺发觉对方是个风流倜悦的人物，"风乍起，吹皱一池春水"，她禁不住"临去秋波那一转"，怦然心动，嫣然离开了佛堂。

眼睛是心灵的窗口，如果把莺莺的动作线联系起来，她那"秋波"透露出的个中情意，观众是可以感受到的，而且张生也从莺莺的眼神中领悟到了。所以，当他看到莺莺"回觑"以后，更是心猿意马。他从莺莺的神态步态中，分明觉察到她在眼波中泛出的爱意。这一点，剧本让他多次反复地申说，像：

> 且休题眼角儿留情处，则这脚踪儿将心事传。
> 虽然是眼角儿传情，咱两个口不言，心自省。
> 怎当他临去秋波那一转，便是铁石人也意惹情牵。
> 昨日见了那小姐，倒有顾盼小生之意。
> 小姐呵，你不合临去也回头儿望。
> 今日多情人一见了有情娘。

总之，张生一直认定莺莺对他是"有情"的。

当然，上面引述的，是张生一面之词，那么，他是在单相思地自作多情吗？不然。我们从"佛殿奇逢"之后莺莺的举止中，可以看到她的"回觑"，委实对张生有所属意。

在第一本第二折，当张生在佛殿遇到红娘时，剧本写了他们之间一段非常精彩的戏：

> （末云）小生姓张名珙，字君瑞，本贯西洛人也，年方二十三岁，正月十七日子时建生，并不曾娶妻……
> （红云）谁问你来？

（末云）敢问小姐常出来么？

（红怒云）先生是读书君子，孟子曰："男女授受不亲，礼也。"……先生习先王之道，尊周公之礼，不干己事，何故用心？早是妾身，可以容恕；若夫人知其事呵，决无干休。今后得问的问，不得问的休胡说！

张生的自我表白，既狂且迂，有趣得很，怪不得红娘称他是"傻角"；而红娘以礼教的规矩，义正词严地给予训斥，也揭穿了他"非礼"的用心。

当红娘回到房中，把张生的情状告诉莺莺时，剧本写莺莺的回应是：

（旦笑云）红娘，休对夫人说。

红娘对张生的张狂表示反感，而张生的行为干系着莺莺声誉，按照她的身份和所受的教育，对此应显得比红娘更加反感。谁知道，《王西厢》笔下的莺莺，不以为忤，倒笑了！这一方面是张生的举动确是逗得很，另一方面，她也知道了张生的用心，不禁莞然。所以，她笑着吩咐红娘"休对夫人说"，她已经向着、护着那非分越礼的张生了。从这里，又反过来证实她在佛殿上"回顾觑末"时，也怦然心动，那临去秋波的一转，并非是无意中的流转，而是一见钟情，萌生爱思。这一点，莺莺也是承认了的，她描述自己当时的心态是：

往常但见个外人，氲的早嗔；但见个客人，厌的倒褪；从见了那人，兜的便亲。

——第二本第一折【那吒令】

不错，她也说不清为什么自己会一反常态，但这

红责张生　仿仇英、文徵明《西厢记》图册

种莫名其妙的躁动，无非是男女之间钟情的表现。在莺莺，正是张生"他脸儿清秀身儿俊"，在刹那之间便吸引着她，让她"兜的便亲"，不能自已。当然，作为女性，她不可能像张生那样主动出击，但从她的眼波中，观众分明看到她心扉开启，看到她和张生的"互动"。

心有灵犀一点通，敢于违背"非礼勿视"的准则，向陌生的男性放射青春的魅力，这是在一定历史条件中女性所能做出的主动追求爱情的表现。

其实，在明清，人们对《王西厢》设置莺莺这一动作的含义，也是觉察到的。徐士范指出："'秋波'一句是一部《西厢》关窍。"他明白莺莺的秋波是情之所系，正是她敢于对张生有情，才使故事情节和人物性格得以开展，使《王西厢》不同于其他的描写爱情的作品。

金圣叹的目光，更加敏锐，他知道，如果莺莺有"回觑"的动作，那么，她便过于大胆和主动，有失大家闺秀之"礼"。因此，在贯华堂改本《西厢记》中，金圣叹删去了莺莺"回顾觑末"的舞台提示，还在批语中指出："此一折中，双文岂惟心中无张生，乃至眼中未曾有张生也。"[1]他还硬说崔张四目交投的举止为后人所加，是"后之忤奴必谓双文于尔顷已作目挑心招种种丑态"[2]。至于对"怎当他临去秋波那一转"这一名句，他无法删掉，便把"怎当他"改为"我当他"，意即莺莺的眼波本来没有转，只是张生自作多情，自认为她眼波转动而已矣。很明显，金圣叹也知道"眼波"是戏的关窍。关窍一改，戏的旨趣便有不同的性质。

《王西厢》写敢于回觑张生的莺莺，她对爱情追求的主动性，更明显地表现在"墙角和吟"的一场戏里。

莺莺和张生墙角联吟，原是《董西厢》在《会真记》基础上创造的一个重要情节。它写张生寄居普救寺后，闲行遣闷，"是夜月色如昼，生至莺庭侧近，口占二十字小诗一绝"。刚好院门开了，"瞥见莺莺"。原来

1. ［元］王实甫原著，
［清］金圣叹批改，张国光校注：《金圣叹批本西厢记》，上海：上海古籍出版社，1986年，第43页。

2. 同上书，第41页。

墙角联吟　铜胎画珐琅锦地开光《西厢记》图方形倭角茶叶罐
清　东莞市博物馆藏

莺莺在院中，整顿衣裳拜月。她听到有人吟诗，依韵亦口占一绝。张生听了，意态如狂，他"没些儿忌惮，便发狂言，手撩衣袂，大踏步走至根前"，把莺莺吓得颤成一团。幸而红娘走过来高声喝住，才给莺莺解了围。这一段，《董西厢》写莺莺贸贸然与人唱和，表明她也春思萌动，所以张生撞出来时，她虽然惊恐，却没有走开，"兰闺久寂寞"，她甚至未尝不愿意和这陌生男子有所接触。红娘出来干涉，"把一天来好事都惊散"，"促莺同归"，她只好无可奈何地离去。

《王西厢》的"墙角和吟"，情节的轮廓和《董西厢》一样，不过，它巧妙地改动了一些细节，从而创造出另一个墙角和吟的莺莺。

就在张生高吟一绝的时候，红娘告诉莺莺："这声音便是那二十三岁不曾娶妻的那傻角。"由于在这之前，作者先安排了张生遇见红娘的自我介绍，以及红娘转告莺莺的情节，因此，莺莺听到红娘的提示，明明知道是那傻角在吟诗，明明知道他一直在打她的主意，可是，她的反应竟然是："好清新之诗，我依韵做一首。"这一来，旁观的红娘瞧见了，知道了小姐原来对那傻角颇有点意思，也禁不住语带双关地调侃：

扫码观剧

你两个是好做一首！

《董西厢》和《王西厢》，崔张唱和的诗句，是一样的。但作者设置的场景不同，表现出的效果和人物性格便完全不同。

在《董西厢》，张生不知道隔墙有人，吟诗以抒写情怀；莺莺则不知道隔墙是谁，和诗缘声以遣闷。在《王西厢》，张生是打听到"小姐每夜花园内烧香"，有意乘月偷窥，当偷听到莺莺、红娘的对话和她对月的祷告时，便有意高吟一绝。而莺莺，也明知张生在存心挑逗，却乐于回应。场景一变，他们的唱和，便成了调情。这时候，张生抓紧时机撞出去了。《王西厢》写当时的情景是：

> 我拽起罗衫欲行，（旦做见科）他陪着笑脸儿相迎……（红云）姐姐，有人，咱家去来，怕夫人嗔着。（莺回顾下）

《王西厢》写莺莺是第二次回顾张生了，这是作者由"佛殿奇逢"写莺莺"回顾觑末下"延续而来的人物连贯动作，它非常清晰地让观众看到，当张生撞出来时，莺莺是正面地笑脸相迎的，后来受掣于红娘，不得不离开，离开时的回顾，分明是依依不舍的情态。而这大胆、主动的行为，又反过来证实"佛殿奇逢"时莺莺"临去秋波那一转"的强烈戏剧动作，具有丰富的内涵以及对情节推进的意义。

正因如此，金圣叹感到《王西厢》的处理与他所理解的守礼的相国小姐身份体统不合，便也把莺莺第二次回顾的细节删除；把"他陪着笑脸儿相迎"改为"他可陪着笑脸相迎？"让这句变为张生单向的猜想。金圣叹又把这折的【绵搭絮】"虽然是眼角儿传情，咱两个口不言，心自省"改为"何须眉眼传情，你不言，我已省"。金圣叹这些拙劣的做法，也反过来证实思想敏锐的他，确实觉察到"回顾觑末""秋波一转"这关窍对于人物和题旨的重要性。

三次"回觑"和年龄改动

莺莺和张生第三次见面，是在"张君瑞闹道场"的第四折。

《董西厢》写崔张在斋醮相遇时，张生"觑着莺莺，眼去眉来。被那女孩儿不睬，不睬"。而在《王西厢》，却在道场上延续莺莺前头两次的"回觑"，发展为十分有趣的一幕，它写张生在莺莺面前做张做致，点灯烧香。这一切，莺莺当然看在眼内，剧本写道："（旦与红云）那生忙了一夜！"跟着，她插唱了一首【锦上花】：

> 外像儿风流，青春年少；内性儿聪明，
> 冠世才学。扭捏着身子儿百般做作，来往向人
> 前卖弄俊俏。

如果说，在"佛殿奇逢"和"墙角和吟"时，莺莺只在红娘面前和张生四目交投，而这一次，便在公开的场合，在众目睽睽下直面张生了。她注意到他的外相，掂量着他的内性，也暗笑他的做作卖弄。显然，佛殿上包括和尚在内的所有男性，都把目光聚焦到莺莺身上；莺莺的视线、心神，则萦绕在张生的身上。至于忙前忙后的张生，也用一只眼睛瞧着莺莺。他也觉察到她目光的流注，她眉梢眼角放出的电波，让他感受到"那小姐好生顾盼小子"。

《王西厢》写莺莺和张生一而再，再而三的视线接触。在传统的数字中，"三"，意味着"多"。多次的心灵碰撞，让莺莺对爱情的追求一发不可收拾。

从莺莺多次和张生的眼神接触中，可见《王西厢》写她在"佛殿奇逢"的第一次见到张生，是至为重要的。正是作者设置了"临去秋波那一转"的"关窍"，让观众从她"回顾觑末"的举动中，知道这窈窕淑女包藏着一颗火热的心。心扉一旦开启，热力也就喷薄而出。人的本性，春思的萌动，使长期处在寂寞幽闺的莺莺，便不能自己地置"礼"于不顾，和好逑的君子眉来眼去。有了第一次，便有越来越大胆的第二次、第三

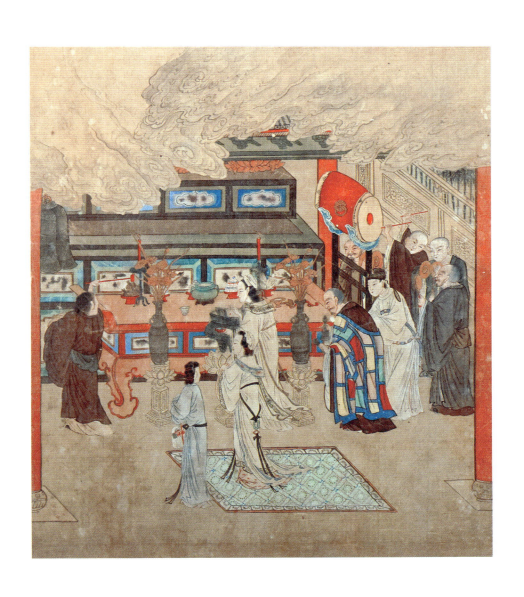

↑ 斋堂闹会　仿仇英、文徵明《西厢记》图册

次。所以，从道场上回去以后，莺莺自己承认："自见了张生，神魂荡漾，情思不快，茶饭少进。"她深深地陷进了那粉红色的爱情泥潭里了。她还说："早是离人伤感，况值暮春天道，好烦恼人也呵！"（第二本第一折）然后，又带出两句韵白：

　　好句有情怜夜月，落花无语怨东风。

　　第一句，是剧作者让莺莺回顾第一本第三折她和张生"墙角和吟"的情景。第二句，则是和第一本楔子她所唱的【幺篇】以及在"佛殿奇逢"中"满阶苔衬落花红"的意思相呼应。可见，《王西厢》很注意让观众感悟到这几个场景的联系。

　　很清楚，莺莺和张生的三次相觑，构成戏剧动作的一条连贯线，而"佛殿奇逢"中莺莺的第一次"回觑"，则是这一条动作线的绳头，它决定了崔张爱情关系发展的性质，决定了塑造莺莺这一人物性格的走向。

　　现在，我们可以回过头来，观察《王西厢》改动《董西厢》在崔张第一次相遇时有关细节的含义了。《董西厢》让莺莺"羞婉而入"，《王西厢》则让莺莺"回顾觑末"，这细节的微调，使莺莺在性格上与董解元笔下的莺莺，有了明显的分野。如果说，董的莺莺依照"非礼勿视"的规矩对待异性，那么，王的莺莺分明是逾越了"礼"的界限。由此开始，《王西厢》的旨趣，也就按照不同于《董西厢》的轨迹发展。

　　牵一发动全身，由于《王西厢》要塑造的，是有别于《董西厢》的另一个莺莺，因此，它保留了故事原型中崔张相遇的情节外壳，但通过在细节上巧妙地调整，从而改变了人物形象的神髓，釜底抽薪地让崔张的爱情故事，呈现全新的面貌。

　　以上，我们分析了《王西厢》设置莺莺"临去秋波"这一细节，以及由此引发的戏剧动作的含义。很明显，强调莺莺的一见钟情，强调她与张生是彼此吸引的"有情人"，特别强调莺莺追求爱情的主动性，正是《王西厢》有别于《会真记》和《董西厢》，在中国文学史和戏曲史上创造出新的格局的体现。

上面也曾说过，我们所看到的杂剧《西厢记》，未必从始至终仅仅由王实甫一个人完成，其间经过元明两代人的不断加工。但是，王实甫在创作中所起的作用和所占的分量，绝对是主要的，所以我们也称这部杂剧为《王西厢》。对王实甫，我们只能约略了解其生平，不过，在现存王实甫的杂剧《韩采云丝竹芙蓉亭》残折中，我们可以看到他写了一个非常大胆主动追求爱情的女性韩采云。她爱上一个书生，有一天，她"夜深私出绣房来，实丕丕担着利害"，跑到书生的窗下求爱；对方不敢接纳，她还数落他"怕担烦恼，惹罪责，为侄儿只怕尊姑怪"。最后得成鱼水之欢，她又叮嘱他"来日个一更左侧，你则要倒倚门儿等待"。[1] 请看，王实甫一贯敢于正视女性对爱情的追求，敢于歌颂她们越礼的举动。可见，《王西厢》写崔张故事，不回避莺莺对爱情的追求，并且从她和张生三次"目成"的关目中，一再表现她的主动和大胆，这绝非出于偶然。看来，时代的发展，婚姻观念的变化，让王实甫心仪那种敢于越礼的新女性。

事实上，金元之际，女性在恋爱婚姻方面所表现出的主动精神，已经相当普遍。像和《王西厢》始创年代相近的《墙头马上》，其作者白朴笔下的女主人公李千金，在墙头上看到骑马的裴少俊，一见钟情，当晚就约他在花园里相会。不料被嬷嬷发觉，她坦然承认，并要求嬷嬷帮助私奔。她躲进裴家，一住七年，养了孩子，等到又被裴父裴尚书发觉，她敢于撕破脸皮，据理力争，结果被赶回老家。在戏中，李千金勇敢地争取婚

1. 该残折存《雍熙乐府》，《四部丛刊续编·集部》卷四。

姻自主，正是金元时期女性在爱情上主动精神的反映。这种状况，俨成风气，以至封建卫道者大为不满，也十分不解，他们也竭力解释为什么以至于此。有人认为："女生而处闺阃之中，溺情爱之私，耳不聆篯史之言，目不睹防范之具，由是动逾礼则，而往往自放于邪僻矣。"[1]卫道者的看法当然可笑，但也说明封建时代后期礼教控制力量相对削弱，藩篱绽破，已经无法有效地限制女性追求爱情的权利，无法遏止人性的醒觉。

现在，我们又可以再回过头来，看看《王西厢》为什么要把莺莺的年龄，从《会真记》《董西厢》的十六七岁，改为19岁了。

在古代，我国男女婚姻年龄，代有差异，但一般的情况是，女子到了"及笄"之年，就可许婚。按《礼记·内则》，女子"十有五年而笄"。换言之，女子到了十六七岁，就到了谈婚论嫁的年龄。如果到达这个年龄而未许嫁，那么，女子有"迟暮"之感，也属正常。所以，明代名剧《牡丹亭》中的杜丽娘自叹："吾今年已二八，未逢折桂之夫；急慕春情，怎得蟾宫之客……年已及笄，不能早成佳配，诚为虚度青春。"在今天，16岁的女孩还是"小小年纪"，但宋元明清几代，"年方二八"就到了婚姻的法定年龄。《王西厢》把莺莺的年龄从十六七岁改为19岁，显然是要让观众晓得：莺莺是个"大龄青年"。"青春女成担搁"（第二本第三折【离亭宴带歇指煞】），这一点，也正是《王西厢》多次让莺莺说到"暮春天气"的缘故。

在18世纪，法国的思想家卢梭指出："人所共有的自由，乃是人性的产物。人性的首要法则，是要维护自身的

1.［明］宋濂等撰：《元史·列女传》，北京：中华书局，1976年，第4484页。

裴少俊墙头马上 《元曲选》插图

生存；人性的首要关怀，是对于其自身所应有的关怀。而且，一个人一旦达到有理智的年龄，可以自行判断维护自己生存的适当方法时，他就从这时候起成为自己的主人。"[1]在《王西厢》，作者特意把莺莺的年龄改为19岁，让她超过了当时法定的婚姻年龄，让她达到了有理智的并且应该可以自行为自己的生存方式做主的时刻。这时候，她表现出对爱情的追求，是符合人性的首要法则的。

春光渐老，青春易逝，莺莺到了这把年纪，礼法对她防之愈严，她思春之情也就愈切，这完全可以理解。不错，她的大胆的举止，于"礼"不合，于"法"不合，却事出有因，情有可原，于人性，则更是合理。在这里，作者对剧中人年龄的"微调"，说明他着力地争取观众对莺莺的同情，争取社会舆论认可莺莺主动精神的合理性。

1.［法］卢梭：《社会契约论》，北京：商务印书馆，1980年，第9页。

第六章

老孙来替老张作伐了

——戏剧冲突的契机

孙飞虎事件

"系春心情短柳丝长，隔花阴人远天涯近。"莺莺和张生经过几次眼神的交换，他们被丘比特之箭命中了。可是，两情能相遂吗？他们的爱情朝着哪个方向发展？他们所处的环境，能够容许他们自由地呼吸，顺其本性地发展吗？

两情相悦，燕婉相好，这本来是很自然的事。窈窕淑女，君子好逑，甚至"登徒之子，搂其东邻之处子"的事，不是也时有发生吗？不过，如果张生和莺莺目成了，跟着毫无阻滞地逾墙钻穴登堂入室了，那就不是《西厢记》了。

我们之所以认为《王西厢》闪耀着人性的光辉，是因为剧作者既肯定人的本能的追求，又看到"人"毕竟是社会上的人。人，不可能不受社会环境的影响、制约；传统和教养，融于人的本性之中，自然与人心融为一体。人们常把心说成是"赤心"，实际上，心不可能全赤，心内斑驳的筋络、杂质，也属心性的一部分。在《王西厢》里，作为"相国小姐"的莺莺，尽管春心情思，比柳丝还要长，但要到达爱情自由的彼岸，还有多少未知数！还要受到多少束缚，经历几许崎岖！否则，莺莺就不会感觉到和张生虽然只隔着花阴，而彼此的距离比天涯还要远了！

路，怎样走下去呢？戏，怎样演下去呢？《王西厢》引进了孙飞虎兵围普救寺的事件。

在《会真记》里，并没有"兵围普救"的一幕，小说只写到"军人因丧而扰，大掠蒲人。崔氏之家，财产甚厚，多奴仆，旅寓惶惶，不知所托"。幸得张生疏通认识的蒲将，崔家得不及于难。《董西厢》把这一段叙述，发展为拮弹词的重要段落，它写孙飞虎围困佛寺，声称"我无他取，惟望一饭"，"众军饥困权停待"，后来知道了莺莺藏在寺内，才产生抢夺过来的念头。

《王西厢》在继承《董西厢》这段情节的基础上，加工改造，它写孙飞虎包围普救寺的目的，就是把莺莺抢过来当压寨夫人。当然，《董西厢》和《王西厢》这两个文本，在处理和尚们与张生、老夫人等如何商议，如何退了贼兵的细节上，有所不同，但最后都写莺莺得救，老夫人对张生表示感激，从而让这情节成为张生与莺莺获得进一步发展关系的机会。

隋唐以来，寺院就拥有许多田产。在金代，寺院占田敛财放贷，受到人们的诟病。王鼎在《平原县淳熙寺重修千佛大殿碑》云："为僧者往往指射佛宇诳诱世财而干没者有之，市膏腴之田为子孙计者有之，举息与人而获厚利者有之。"[1]可见，《董西厢》写孙飞虎的饥兵包围佛寺觅食，写法聪和尚放贷给张生，都有现实的依据。《王西厢》则突出写孙飞虎包围寺院，是为了"劫掳良民财物"，抢掳莺莺。这样的修改，更有利于正面地展示和尚们和张生一起救助莺莺行动的正义性。

就戏剧的结构而言，《王西厢》作为一部描绘才子佳人谈情说爱的作品，作者在旖旎缠绵具有"花间美人"的格调中，插入金戈铁马的场景，自然也有调剂戏剧节奏的目的，使冷和热、张和弛、文和武、动和静的

1.［清］张金吾编纂：《金文最》，北京：商务印书馆，1990年，第1086页。

场面，得以相互衬托，相映成趣。但更重要的是，《王西厢》设置了孙飞虎事件，就使戏剧冲突获得发展的契机。

兵围普救，在《王西厢》所写的崔张故事中，只是一个外部性的偶然事件。说它是外部性的，是因为孙飞虎围寺与张生莺莺的爱情本来没有联系，崔莺莺也不是由于张生的救助，才爱上了他的。说它是偶然性的，是因为谁也没想到崔张在晨钟暮鼓蜂游蝶戏的气氛中，忽然碰上了贼兵包围的恶性事件。

其实，崔张经历过几次目成，彼此相爱已经不可遏止，这时候，任何一个剧作家都不会写张生突然离开普救寺，也不会写莺莺收其放心，去做一个麻木不仁的木偶。因此，他们爱情进一步发展，是必然的。问题是，他们的关系如何发展？横亘在他们面前的法制和礼教的大山，能够逾越么？怎样逾越呢？就在崔张爱情之路似乎走到山穷水尽难以为继之际，孙飞虎事件偶然出现。这样的安排，恰如峰回路转，让戏剧矛盾和人物性格的冲突，进入了新的天地。

作为偶然性的外部因素，它是矛盾变化的条件，又对矛盾的发展起着推动的作用。在《王西厢》里，莺莺和张生相爱，却无由走到一起，这就是一对矛盾；这两个越轨的年轻人，和"治家严谨"的老夫人，彼此如何对待，这又是一对矛盾。设置什么样的情节，从而把各种类型的矛盾以及各种人物性格的矛盾牵合在一起，让它们相互碰撞，迸发火花，这对戏剧冲突的推进和作品题旨的呈现，有着重要的作用。孙飞虎事件的出现，在客观上造成张生和崔家有了直接面对的机会，还逼使老夫人不得不以"许婚"作为退贼的条件，为莺莺和张生的关系创造了发展的可能性。所以，过去有不少评论家，都看到这一偶然性、外部性事件作为戏剧矛盾契机的重要性。像容与堂"李评"本在此处批曰："老孙来替

1.[清]李渔:《闲情偶记》,载《中国古代戏曲论著集成》(七),北京:中国戏剧出版社,1959年,第14页。

老张作伐了。"徐奋鹏的评本也批云:"莺张媒人到了。"他们都看出,《王西厢》对这偶然性事件的设置,实际上是创作技巧的运用。在清代,戏剧家李渔,其至认为"一部《西厢》,只为张君瑞一人,而张君瑞一人,又只为白马解围一事,其余枝节,皆从此一事而生……是白马解围四字,即作《西厢记》之主脑也"[1]。这说法或有偏颇之处,但李渔也分明从戏剧的层面上看到了白马解围这一具体事件,对剧中人物性格和情节发展,有着关键性的意义。

和尚的作用

选取什么样的具体事件作为戏剧矛盾的转折点,作者可以有各种各样的考虑,而他所选取的具体事件的性质、特点,必然影响着整部戏的进程。它和作品的题旨有关,也是作者创作思想的反映。

《王西厢》继承了《董西厢》的做法,写贼兵包围佛寺,硬索莺莺。在这里,佛寺既然作为危机出现的背景,就牵涉到和尚们如何对待贼兵,以及如何对待莺莺的问题。与此相联系,实即牵涉到作者对待和尚的态度问题。

汉代以来,佛教传入中国,从此,社会上各个阶层的受损害者,在无法掌握自己命运的时候,找到了一个精神的避难所。加上历代统治者的推毂,因而佛教大行其道。在人们的眼中,僧侣清静持修,淡泊名利,他们是菩萨的圣徒,在社会上享有崇高的威信。可以说,

白马解围 仿仇英、文徵明《西厢记》图册

千百年来，推崇佛教的威灵圣洁，宣扬佛教的教义教条，一直在意识形态各个领域中占据重要的位置。在元代前期的戏曲舞台上，也广泛流行《度柳翠》《忍字记》《东坡梦》等宣扬佛教宗旨的作品。

但是，寺院由于可以占田免赋，和世俗社会在经济利益上存在矛盾。而佛门中又良莠不齐，在儒、道、佛三教争夺信徒的竞争中，佛教也受到许多人诟病。特别是佛门制定的清规戒律，其中不少属于禁欲主义的范畴，与人性的自然发展相违背。因此，随着宋代以来商业经济的进一步发展，民主思想进一步抬头，人们对人的自我价值有所认识，"存天理，去人欲"的理学主张越来越受到冲击。与此相联系，佛门禁欲的戒律，也成为人们攻击的箭垛。抹去菩萨头上的灵光，把圣徒还原为凡人，是当时人们正确认识佛教的有效办法。

在我国古代的戏曲舞台，常常出现一个有趣的现象："戏不够，神仙凑。"当戏剧的矛盾无法解决的时候，神仙（也包括菩萨）就来帮忙了，于是一切迎刃而解，阿弥陀佛！这情况，既说明剧作者才力之不逮，也说明宗教力量对舞台影响之严重。若按那些凡夫俗子的做法，当孙飞虎兵围普救寺，崔府在危急之际，菩萨显灵，吓退贼兵，不是万事大吉了吗？可是，整部《王西厢》，却没有出现半个菩萨的影子，这在古代的戏曲作品中是极为罕见的。当然，戏中参与解决危机的重要人物，也与菩萨有关，他们就是菩萨信徒惠明等一批和尚。不过，这些和尚，毕竟都是"人"，是彻头彻尾的凡人。

王实甫对待和尚的态度，很有意思。在他所写的另一本杂剧《吕蒙正风雪破窑记》中，也有和尚出现。《破窑记》取材于《唐摭言》中王播的故事，据说王播贫贱时，每逢木兰寺的寺僧敲钟吃饭，便去白吃。寺僧们很厌烦，故意饭后才敲钟，让王播吃不上饭。王播很生气，便在壁上题诗。二十年后，王播当了宰相，和尚们知他显贵，便用碧纱罩着他墙上的诗，以示尊崇。这种势利的态度，令人齿冷。《破窑记》把故事的主人公改为吕蒙正，又把"饭后钟"这一情节，改为寺僧受吕蒙正岳父之嘱，用此刺激、羞辱吕蒙正，让他发愤图强，报考科举。于是，和尚们势利的行为，变成用心良苦的善举。显然，在王实甫的笔下，《破窑记》里的和尚，故意给人出难题，虽然是受人之托，却显出了嫌贫爱富的嘴脸，给人的印象是，这些茹斋礼佛的圣徒全是凡夫俗子。

和《破窑记》一样，王实甫写普救寺里的和尚，虽然生活在宣扬"色即是空"的佛门里，却都是有血有肉的俗世凡人。君不见，他们也爱美爱色，在佛堂上看到了莺莺，他们一个个都像嘴角流涎的馋猫。在《王西厢》"闹斋"一折中，作品有一段非常搞笑的描写：

（众僧见旦发科）（末唱）【乔牌儿】大师年纪老，法座上也凝眺；举名的班首真呆僗，觑着法聪头做金磬敲。【甜水令】老的小的，村的俏的，没颠没倒，胜似闹元宵……

本来，追荐亡灵，气氛凝重，可是，和尚们一见莺莺，都发了昏，甚至把前边的光头当作铜磬来敲击，真令人忍俊不禁。在这里，作者当然意在通过众人的惊艳侧写莺莺的美，同时，他也让人看到，和尚们在美色面前，一个个不能自已，一个个都把色空的信条和禁欲的清规置诸脑后，此无他，因为和尚们都是有情有欲的凡人。也正因如此，所以张生敢于一再和长老调笑，既说要和他同睡，又说他和红娘可能有不干不净的勾当。总之，《王西厢》从没有把和尚们看成不食人间烟火的角色。

　　在《王西厢》里，普救寺的和尚，又都是好人。在孙飞虎威胁要焚烧佛寺抢夺莺莺，崔府走投无路的时候，是长老向老夫人建议，公开向僧俗征询退贼之策；当张生需要有人能杀出重围，去给白马将军下书的时候，是长老建议他用激将法，激惠明和尚挺身而出。

　　那惠明，"不念《法华经》，不礼梁皇忏"，是一位勇猛非常的武僧，他憎恨孙飞虎"能淫欲，会贪婪"，禁不住义愤填膺，愿意冲锋陷阵，"大踏步直杀出虎窟龙潭"，"将这五千人做一顿馒头馅"。这一段唱词，本色泼辣，蒜酪之味十足，精彩异常。《王西厢》通过写惠明的霸气和杀气，把和尚们慷慨豪侠见义勇为的精神，表现得淋漓尽致。而在人物的设置上，粗犷豪猛的

惠明和儒雅沉着风流倜傥的张生，相映成趣，构成鲜明的性格对比。总之，正是在惠明的帮助下，张生才能够"一封书将半万贼兵破"，才让他和莺莺的婚事成为可能。

其实，《王西厢》写普救寺的和尚们，对莺莺张生的恋爱一直抱着同情的态度，每逢他们遇到困难，长老都表示关心。在张生不得不奉命参加科举考试时，和尚也来长亭送别，说将来"做亲的茶饭少不得贫僧"，还

斋坛闹会　闵齐伋《西厢记版画》　明崇祯六色套印本　德国科隆东方艺术博物馆藏
白马解围　《重刻元本题评音释西厢记》　明万历熊氏忠正堂刊本

发出"从今经忏无心礼，专听春雷第一声"的感慨。后来，郑恒出来搅局，老夫人又把莺莺许给郑恒，长老便替张生说话，努力促成崔张的婚配。

《西厢记》让宣扬清心寡欲的佛门，发生一段惊天动地的爱情故事，这本身，就别具讽刺意味。让笔者注意的是：《王西厢》不像元代的许多度脱剧那样，把爱与欲写成必须抛弃的原罪，也不像一些嘲僧骂佛的作品那样，把思凡的出家人数落得无地自容，而是毫不讳言，普救寺的和尚也爱美，也好色，却又不及于乱。在"闹斋"的一折中，作者写和尚们虽然在美色面前发愣发呆，十分搞笑，可没有任何越轨出格的行为，更没有在崔府有难时趁火打劫。显然，作者写和尚们佛殿上的举止，除了要创造喜剧性的气氛以外，也说明爱美是人的天性，说明和尚也有七情六欲。讲究修心养性的僧侣尚且如此，何况凡人！由此可见，"尚未娶妻"的张生和"闲愁万种"的莺莺，一见钟情，"不由人口儿里作念心儿里印"，这是完全合乎人情的。至于作者还以浓墨重彩，写惠明"舍着命提刀仗剑"，让普救寺的和尚们在相当程度上介入莺莺和张生的婚姻纠葛，更说明即使是本来与世无争、不涉嫁娶的出家人，也把心向着莺莺和张生，希望这两个有情人终成眷属。这样的处理，又从另一个侧面表明崔张爱情受到广泛的支持，因而是合理的。凡事既合情，又合理，纵使遭遇阻挠，终归胜利可期。这一点，正是《王西厢》强调莺莺张生终于如愿以偿的重要原因。

千士之诺诺，不如一士之谔谔，在"存天理，去人欲"的喧嚣中，《王西厢》让禁欲的僧侣有意无意间为崔张的爱情开了方便之门，这又深化了戏剧的题旨，从侧面烘托追求自由和人性的普遍性价值。当许多人还在封建礼教面前唯唯诺诺的时候，《王西厢》脱颖而出，站到时代的潮头，展现出创作思想的进步性。就剧本艺术构思看，《王西厢》把孙飞虎事件作为戏剧矛盾的契机，这突发性的危机，使情节发展的态势，像在平缓流动的江河上忽然掀起万丈波澜，它改变了戏剧冲突的节奏，从而让剧中人在湍急的旋涡中，显现出不同的姿态，展示出不同的性格。

三计和五便

《王西厢》出现三百多年后，一部深受它影响的伟大作品——《红楼梦》面世了。在《红楼梦》的第三十三、三十四回，写到"宝玉挨打"的情节。

当时，宝玉的父亲贾政，认为儿子"在外流荡优伶，表赠私物，在家荒疏学业，逼淫母婢"，于是下令把宝玉按在凳上着实痛打。

宝玉挨打，是大观园里发生的激烈的矛盾冲突。环绕着这陡然出现的突发事件，曹雪芹以细腻的笔触描绘了几个人物对待宝玉的态度。首先到怡红院里探望宝玉的是薛宝钗，她手里托着一丸药走进来，看到宝玉能睁眼说话，便叹道："早听人一句话，也不至有今日！别说老太太、太太心疼，就是我们看着，心里也……"刚说了半句，又忙咽住，红了脸，低下头，含着泪，那一种软怯娇羞、轻怜痛惜之情，溢于言表。第二个来看宝玉的是林黛玉，她坐在宝玉身边，千言万语无从说起，半天，方抽抽噎噎地道："你都改了吧！"第三个对这事表态的是袭人，她到了王夫人房里，吞吞吐吐说出自己的想法："论理宝二爷也得老爷教训教训才好呢！要老爷再不管，不知将来还要做出什么事来呢。"然后又说园里姐妹众多，应有男女之分，劝让宝玉搬到园外……

曹雪芹写这三个女孩子，心里都牵挂宝玉。宝钗对宝玉有规劝，有怜惜，从她的言语和眼圈儿一红的举止中，可以看出她对宝玉的爱。但是，她对封建家长的严酷，不敢置评。这暧昧的态度，正好表明她是恪守闺范的淑女。黛玉就不同了，她哭肿了眼睛，虽然只说了一句话，却表现出对宝玉爱得那么深刻。她也似乎在劝告宝玉改变"出格"的行为，但那探询的口吻，更多表现出对宝玉的同情和委婉的对封建家长压制的不满。至于丫头袭人，倒是认同封建家长对宝玉的教训，认为他该挨打，否则会发生伤及风化的问题。然而，正是这个袭人，早就作过怪，出过轨，与"贾宝玉初试云雨情"。她的进谗，显得特别虚伪。

在生活中，每当形势突变，社会矛盾冲突激化的时候，人们必然会根据自身的认识、利益，确定自己的立场，从而显露自己的性格、情感。在文艺创作中，如果作家能抓住一个具体的尖锐的冲突事件，环绕着它展示不同人物的态度，让各种人物在同一矛盾的进程中，显现出不同态度的鲜明对比，那么，作品的人物性格就显得愈加鲜明，反过来，它又能进一步展现情节的生动性。《红楼梦》中"宝玉挨打"一段，正是运用了这一写作的方法，从而成为文艺创作的范例。

在文学史上早于《红楼梦》出现的《王西厢》，正是环绕着"兵围普救"的戏剧冲突，描写了几个主要人物的态度，让莺莺、张生和老夫人的性格形象，在惊风骤雨的危机中显现得栩栩如生。

孙飞虎下了最后的通牒，限三日内把莺莺送与他为压寨夫人，若"三日之后不送出，伽蓝尽皆焚烧，僧俗寸斩，不留一个"。这时候，莺莺惊得六神无主，"将袖梢儿揾不住啼痕，好教我去住无因，进退无门"。在火烧眉毛走投无路之际，她向老夫人提出三种对待贼兵的办法：第一，把她献给贼汉为妻；第二，让她自练套头寻个自尽；第三，不拣何人，若能退了贼兵，便倒赔妆奁嫁给他。这三种办法，后来被评论者称为"三计"。

莺莺在万分惊惶的情况下提出"三计"，前两计，

扫码观剧

是走极端的，肯定是不可行的，若把莺莺送交孙飞虎，或让她寻个自尽，戏也就演不下去了。不过，"病急乱投医"，作者这样的写法，毕竟很符合剧中人在手足无措时的心态。

而在这两计都被否定后，莺莺退而求其次，便顺理成章地想出了折中的方案。老实说，作者让莺莺逐一提出了三条计策，就创作的手法而言，其目的，是为了由前两计引出第三计。换言之，前两计是虚的，它的设置，无非是要突出第三计。当观众看到莺莺的建议一再被否决，心情也愈来愈紧张时，忽然峰回路转了，老夫人无可奈何地接受了折中的办法。这办法，又恰恰可以让张生挺身而出，让崔张的爱情有向前发展的可能。于是，观众紧张的心情才像一块石头落地。显然，跌宕的节奏，强化戏剧的悬念，使剧情的演进摇曳多姿。

无疑，《王西厢》设置的三条计策，只有第三计，才是推动剧情的要害。

在《董西厢》，唱本是没有这第三计的。当兵围普救寺时，老夫人吓得昏过去了，莺莺始则提出"乞从乱军……上救夫人残年，下解寺灾，活众僧之命"的第一计，夫人不从，莺莺又提出一死以存贞孝的第二计。正在"褰衣望阶下欲跳"时，张生就拍手大笑，跑将出来自称有计。所以，它不存在第三计的问题。显然，让莺莺说出只要能退贼兵，"不拣何人"，都可以娶她的关键性主张，是《王西厢》在故事原型基础上的新创造。

清代的金圣叹不同意《王西厢》这样的处理，他在改本中，让第三计由老夫人提出：

> （夫人云）我的孩儿，却是怎的是？你母亲有一句话，本不舍得你，却是出于无奈！如今两廊下众人，不问僧俗，但能退得贼兵的，你母亲做主倒陪房奁，便欲把你送与为妻……

金圣叹为什么要把原是莺莺所说的"第三计",改由老夫人提出呢?道理很简单,在他看来,谈婚论嫁之类的话,怎能出自作为大家闺秀的大姑娘之口?其实,当莺莺最初提出把她献与贼汉时,金圣叹已经批评云"岂有此理",认为这主意不合莺莺的身份。

　　强调莺莺的身份,是金圣叹修改原剧的用意,这一点,从他把【青歌儿】一曲"母亲,都做了莺莺生忿(不孝的意思)",改为"母亲,你都为了莺莺身份",便可以清楚地看出。当然,出于对艺术的敏感,金圣叹也明白,第三计是绕不过的,否则便无法引出张生定计的细节。为此,他就作出了颇为拙劣的改动。

　　不过,金圣叹的改动,却又提醒了我们,《王西厢》写莺莺在"兵围普救"时的表现,确是不符合身份的。而在危急存亡之际,"士急马行田",莺莺顾不上考虑自己的身份,愿意以婚嫁为条件以解燃眉之急,这正是人情人性的流露,是莺莺超越身份桎梏的勇敢表现。从《王西厢》一再写莺莺几次回觑张生,强调她敢于置"非礼勿视"的教条于不顾的举动看,作者让莺莺提出第三计,不仅符合人物性格的发展逻辑,而且适足说明莺莺根本没有考虑自己的身份,或者可以说,这是她思想叛逆的某种折射。

　　莺莺提出牺牲自己,是有所考虑的。这就是《王西厢》让她说的"五便":

　　　【后庭花】第一来免摧残老太君;第二来
　　免堂殿作灰烬;第三来诸僧无事得安存;第四
　　来先君灵枢稳;第五来欢郎虽是未成人,须是
　　崔家后代孙……

　　请看,莺莺想到许多,想到父母兄弟,想到僧众寺庙,在无计可施的情况下,她只好考虑把自己豁出去。

当然，我们也不必把莺莺的决定，说成具有多么高尚的品德，但是，为了众多人的生死，她没有考虑自身的屈辱，这样的思想境界，实也难能可贵。

写到这里，笔者想起在20世纪90年代，到日本九州大学作学术交流的情景。当时，笔者作了有关"西厢记研究问题"的报告。有一位教授在会上提问说，按他的理解，优秀的戏剧作品，不容许舞台上有多余人物。他不理解《西厢记》为什么要给莺莺安排一个弟弟，而这弟弟，实际上没有多少戏。

我很佩服这位教授读书的细心，他的发问，倒提醒我们注意剧本人物的安排以及我国古代家庭形态的问题。

按照过去的传统，有儿有女，是理想的家庭模式。根据"不孝有三，无后为大"的观念，儿子负有传宗接代的责任，在家庭中的地位至为重要。因此，当家庭遇上了难题，为女儿者，勇于自我牺牲，以保存宗嗣，被视为值得肯定的行为。为此，我国古代的文学作品，在需要突显女儿对家庭的责任感时，往往便给她安排一个弟弟。像《木兰辞》写花木兰之所以代父从军，是因为"阿爷无大儿，木兰无长兄"，可是，她却有一个"磨刀霍霍向猪羊"的弟弟。为了让老父和弟弟免服兵役，木兰便挺身而出，这事迹，成为流传千古的佳话。

同样，《王西厢》写在孙飞虎兵围普救寺时，莺莺准备牺牲自己以救全家，特别还让她考虑到欢郎的安危，这意味着她具有明事理识大体的素质。至于作者让欢郎以弟弟的身份出现，也适足说明他写作技巧的高明。试想，如果欢郎被处理为兄长，那么，对付孙飞虎，就应由作为男子汉的哥哥出面，轮不到莺莺着急，更无法推出张生智退贼兵的场面了。

可见，欢郎的戏虽然不多，却非纯属多余，《王西厢》设置这一个人物的动机是以此烘托莺莺的品德。不

错，她大胆主动追求爱情，却不是只顾一己之私的淫娃荡妇。我认为，指出这一点，是颇为重要的，只有如此，才能理解《王西厢》之所以强调"五便"，以及安排欢郎这一次要人物的用意之所在。

惠明的粗豪，张生的机敏

就在崔府走投无路，宣布"两廊僧俗，但有退兵之策的，倒陪房奁，断送莺莺与他为妻"的时候，张生"鼓掌上云"："我有退兵之策，何不问我？"

一般来说，古代戏曲剧本很少给予演员舞台提示，演员怎么样举手投足，完全由他根据自己对剧情和人物的理解，自由发挥。但在这里，《王西厢》却提醒饰演张生的演员，应该是一边鼓掌，一边上场。

在今天，元明时代《西厢记》的舞台演出情况，我们已经无法知晓了。但按《王西厢》的提示可以推想，当老和尚代表崔府宣布了这项决定，舞台上扮演僧众的演员一定是交头接耳，扰扰攘攘，即使没有闲杂人等出现，也会以适当的音乐营造嘈杂凌乱的氛围。这时候，张生从"古门道"走出，他一边走，一边鼓着掌，然后在舞台中站定亮相。他这不同寻常的动作，肯定会强烈地吸引观众以及老夫人、崔莺莺等人的注意，肯定会把舞台上的各种声浪压下去。显然，作者这样的舞台提示，是要让人们把目光聚焦到张生一个人的身上。所以，尽管在这场戏里，张生的戏份不多，但作者通过舞台提示告诉人们，张生的表现才是戏的重心。换言之，贼势的嚣张，和尚的紧张，崔府的慌张，在某种程度上是张生形象的烘托。

《王西厢》给的舞台提示，也告诉饰演张生者要带戏上场。鼓掌而出，这是张生充满信心的表现。其实，在贼兵包围普救寺的时候，被困在寺里的张生，已经想到了请求白马将军前来解救的计策。他的鼓掌上场，说明他胸有成竹，此其一。其次，作为一个正直善良的知识分子，在僧俗遭受到无妄之灾，一旦玉石俱焚，殃及池鱼，连自己也无法脱身的情况下，他迟早也会挺身而

扫码观剧

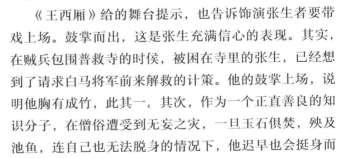

《西厢记》给莺莺安排了一个弟弟
惠明寄简（局部）　仿仇英、文徵明《西厢记》图册

出，设计退贼。想不到就在这关键时刻，听到老和尚的大声宣示，这又使一直没法和崔家搭上关系的他，喜出望外，因为他自认搬兵之计十拿九稳，崔家女婿完全有可能做定了。因此，这"鼓掌上"的形体动作，不仅表明他敢在危难时刻挺身而出的过人胆识，而且还包含着惊喜和自信的复杂心态。

信心满满的张生，出场时先卖出了第一个关子，他宣称："我有退兵之策，何不问我？"老夫人赶紧询问："计将安在？"他却诱导老夫人重新宣示"但有退得贼兵者，将小姐与他为妻"的条件。当此条件得到三头六面的坐实，他认为莺莺必然是属于他的"浑家"，然后卖出第二个关子，让莺莺红娘统统回到卧房，把场上紧张的气氛稍稍舒缓。老夫人依然很着急，追问："此事如何？"他又卖出第三个关子：先请长老诓骗贼兵退一箭之地，定三日之内献出莺莺，以作缓兵之策。这一切安排妥当，才说出派人请白马将军前来解围的意图。这场戏，《王西厢》写老夫人、老和尚一再问计，显得惊惶焦急，而张生却一板一眼有条不紊地安排。不同人物不同的心理节奏，两相比衬，让观众更清楚地看到张生的机智和镇定。

有人说，张生鼓掌而上的时候，首先要老夫人再一次明确许婚的承诺，而不是把退贼救人放在第一位，分明有做交易的味道，这不是有损张生的形象吗？确实，从张生的表现看，他不是那种纯粹见义勇为的英雄。当然，如果老夫人没有许嫁莺莺的公告，在寺门将破之际，张生为了救僧俗和救自己，也会设计解决燃眉之急。但是，既然老夫人公告在先，张生看到了既可以救人，又可以娶美的希望，他就把两者联系起来。加以他正在对莺莺朝思暮想，自然又把娶美放在第一位。于是，他需要一方面对付孙飞虎，一方面对付掌握莺莺命运的老夫人。

无疑，张生把"许嫁"作为"退贼"的条件，未免有动机不纯甚至油滑之嫌。问题是，《王西厢》也从来没有考虑过把张生写成"高、大、全"的英雄人物，事实上，剧本中写他流于俗气流气的地方还真不少。他有才智，在爱情问题上是个真诚的勇士，而又是有时狂态十足，有时憨态可掬的书呆子。总之，《王西厢》不讳言张生这一人物在性格上的弱点，但这不是作者在创作上的缺点，因为，作者要塑造的，本来就是个有血有肉、色彩斑斓的人物。

　　另外，《王西厢》让张生首先要求老夫人重申许嫁莺莺的承诺，就情节发展而言，也有它的必要性。因为，剧本让张生以为这一招十拿九稳，谁知后来老夫人竟翻云覆雨。这样的安排，便为"赖婚"一场蓄势，它有助于增强作品的戏剧性，也有助于对老夫人形象的塑造。

　　在一方面稳住了老夫人，一方面稳住了孙飞虎以后，张生开始调兵遣将了。他接受老和尚用激将法的建议，激出了莽和尚惠明，于是有了他和惠明的一段对手戏。

　　在这场戏里，张生高叫："有书寄与杜将军，谁敢去？谁敢去？"他明明知道寺里有一个能够厮打的惠明，可是故意不请他出马，故意小觑和尚们。这一激，惠明便应声而出，他首先唱了几支曲子，介绍自己：

　　　　不念《法华经》，不礼梁皇忏，飚了僧伽帽，袒下我这偏衫。杀人心逗起英雄胆，两只手将乌龙尾钢椽搦。

　　在他看来，那些贼兵不过是小菜一碟，"我将这五千人做一顿馒头馅"。张生便故意问他：

　　　　你是出家人，却怎不看经礼忏，则厮打为何？

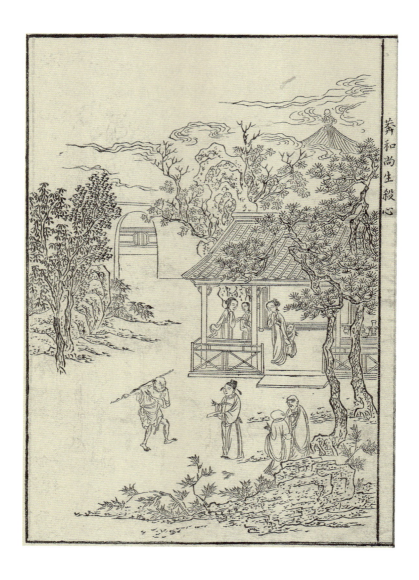

这等于说不相信他会武功，因为按一般情况，和尚应只会念经，他是和尚，不去念经，却会厮打，这于理不合，言外之意是说惠明吹牛。惠明气了，他把别的和尚痛骂了一番，说他们"都僧不僧，俗不俗，女不女，男不男，则会斋得饱也则向那僧房中胡渰"，认为张生根本不应把他和别的和尚相比。

张生又进一步挑逗：

他倘不放你过云如何？

这等于说他虽会武艺，却未必打得过人家，不相信他能够突围送信。惠明更气了，《王西厢》让他一口气唱了七支曲子，说明将会怎样地厮打：

......

远的破开步将铁棒彪，近的顺着手把戒刀钐；有小的提起来将脚尖撞，有大的扳下来把髑髅勘。

瞅一瞅古都都翻了海波，晃一晃厮琅琅震动山岩；脚踏得赤力力地轴摇，手扳得忽剌剌天关撼。

......

这一连串排比句，兀傲泼辣而又气吐如虹，活画出莽和尚的威猛和激动。他认为诸人对他不理解，越说越气，竟反过来嘲讽张生，"若是杜将军不把干戈退，张解元干将风月担，我将不志诚的言词赚。倘或纰缪，倒大羞惭"。张生不是担心他冲不出重围送不出书信吗？他说他倒担心张生的信不起作用，让他送了也是白送呢！这反唇相讥的冷峭，说明惠明真的被激出了无名火，假如不让他突围送书，反而万万不能；而从他粗犷豪放火辣辣的言辞中，人们已相信惠明力能扛鼎，相信他可以摧枯拉朽，战胜贼兵。也正因如此，《王西厢》没有必要正面描写惠明如何突围，如何杀敌，因为观众从他的唱词中，便完全可以想象得到他那左冲右突，如入无人之境的情状。

《王西厢》的这场戏，无疑主要是描绘惠明的粗豪威猛，作者以浓油赤酱的语言风格，把鲁莽和尚的形象，烘托得栩栩如生。而在正面描写惠明恶狠狠地生气的过程时，也从侧面渲染了张生的品性。你看，他本着"激将"的宗旨，一步一步引惠明入彀，三番两次把惠明逗得怒火中烧。他言语不多，说来似是平心静气，与惠明说得如江海倒泻、气急败坏的态度，刚巧形成了鲜明的对比。而作者越是让张生的言语说得轻巧，越能显得他的话具有"四两拨千斤"的分量，从而也就越能显出张生的机警和才智。观众看到了张生举重若轻的表现，也都相信所托得人，相信他的信具有"笔下横扫千人军"的分量，预见到张生一定能退了贼兵，娶得莺莺。

许多研究《王西厢》的人，都忽视了作者在这场戏中使用了一石二鸟的写作手法。倒是清代的金圣叹，凭着其敏锐的艺术鉴赏力，感受到这场戏虽是明写惠明，实也暗写张生。他引用砑山（即王瀚，金圣叹密友）的话说：

> 美人于镜中照影，虽云着自，实是看他。细思千载以来，只有离魂倩女一人，曾看自也。他日读杜子美诗有句云："遥怜小儿女，未解忆长安。"却将自己肠肚移置子女分中，此真是自忆自……[1]

1.［元］王实甫原著，［清］金圣叹批改，张国光校注：《金圣叹批本西厢记》，上海：上海古籍出版社，1986年，第101页。

在金圣叹和王斫山看来，《王西厢》中这场戏的写法，就像元剧《倩女离魂》写倩女的魂魄离开躯体那样，她升腾起来，既看到了自己的肉身，又看到了自己的魂魄，亦即一眼看到两个方面。这写法，也像杜甫在《月夜》一诗中那样，既想象儿女未懂得思念远在长安的自己，实即亦写自己思念远在故乡的儿女。这叫作"诗从对面飞来"，一支笔写了两个地方。同样，《王西厢》在表面上，似乎只写了惠明的叱咤风云，而透过他怒不可遏的吼叫和勇不可当的气势，却又看到张生指挥若定、收放自如的机敏。

"眼观旌节旗，耳听好消息"，当张生目送惠明大踏步下场的时候，观众们看到他的形象，已不是只会怜香惜玉、吟诗作赋的书生了，站在舞台上的，是一个气宇轩昂的身影。

老夫人的态度

在贼兵包围普救寺的时候，《王西厢》写老夫人的反应是：

> 老身年六十岁，不为寿天。奈孩儿年少，未得从夫，却如之奈何？

老夫人把自己的性命安危，并不看得十分重要，她一心扑在女儿身上，而关注女儿的要点，则是她将被掳去，"未得从夫"。显然，使她最为放心不下的，不是母女将要生离死别，不是女儿的生死存亡，而是她的婚姻问题。所谓"未得从夫"者，未得嫁与郑恒也，按照老夫人的想法，郑恒是她的侄儿，郑莺结合，可以"亲上加亲"，加上崔父已亡，崔府中落，依附郑尚书的家势重振祖业，是她一直追求的核心利益，而这一点，又以莺莺能否"从夫"为前提。当然，我们不能说老夫人不爱女儿，但在她心目中，占第一位的是门第的利益，《王西厢》让她在性命悬于一线之际，透露出内心世界，不能不使观众感到一丝寒意。

如果把《董西厢》和《王西厢》作一比较，不难发现，它们处理老夫人在这关键时刻的表现，是有差别的。在《董西厢》，老夫人一听到贼兵围寺，"仆地唬倒"，莺莺等急忙抢救，"多时稍苏"。莺莺思忖，这一次，苟且偷生也不是，一死了之也不是：

> 夫人便泣曰："母礼至爱，母情至亲。汝
> 若从贼，我生何益！吾今六十，死不为夭。所
> 痛莺莺幼年未得从夫，孤亡萧寺。"言讫，放
> 声大恸。

显然，上引《王西厢》所写老夫人的话，正是由此演化而来。不过，老夫人话中表现对女儿挚爱之情以及昏倒痛恸等富于感情色彩的举动，都被王实甫删去了。这一来，在危急存亡之际，《王西厢》的老夫人，相对显得镇定，也显得相当冷峻。而《王西厢》作这样的修改，是必要的，是作者出于对人物的动作的贯串线，以及情节进一步发展的考虑。

《王西厢》写莺莺提出对付贼兵的"三计"，第一计是把她献与孙飞虎。老夫人当即反对，她强调的是："俺家无犯法之男，再婚之女"，若从此计，"却不辱没了俺家谱！"请看，她想到的不是亲情难舍，而是这样会辱没门第的名声，损害家族的利益。莺莺提出"不如白练套头儿寻个自尽"，这第二计，决绝得很，作者写老夫人没有搭腔。实际上，如果真的没有其他办法，按照老

夫人的思路，女儿从贼，败坏家声，确是生不如死。要是同意女儿立即去死，确也说不出口，因此作者让她没有表态，而直接写莺莺说出第三计："不拣何人"，若能退贼，便和他结婚。这就给了老夫人回旋的余地。为了解除燃眉之急，老夫人也只好勉强同意，她的回应是："此计较可。虽然不是门当户对，也强如陷于贼中。"

请注意，老夫人的表态很有分寸，"此计较可"，是认为此计比较可取，却不属满意，因为不知道谁能退贼。看来，她要求的"门当户对"的婚姻条件，是不能达到了，但不必让女儿立刻死去，或者立刻"陷于贼中"，倒不失为缓兵之计。在生死存亡的关头，老夫人依然考虑着婚姻与门第利益的问题，《王西厢》也一再注意点明她思想的要害，这也使我们明白它为何要删去上引《董西厢》那些具有亲情色彩的描写。

有关《王西厢》对兵围普救莺莺提出三策的描写，清代评论家毛西河评点云：

> 三曲（指【后庭花】【青歌儿】【柳叶儿】）
> 凡三策，分作三段："第一来"起至"龃龉"一段是献贼之策；"待从军"至"全身"一段是自尽之策；"都做了"至"秦晋"一段是退兵结婚之策。末策是本意，然须逐节递入方妙。[1]

1. 引自王季思校注，张人和集评：《集评校注西厢记》，上海：上海古籍出版社，1987年，第51页。

毛西河从戏剧性的角度，指出第三策才是作者所要表述的本意，这认识是有见地的。因为场上表演，不可能让莺莺从一开始就说出"不拣何人"能退贼者便即嫁与的主张，而必"逐节递入"，让危机逐步升级，走到山重水复疑无路的时候，才峰回路转，推出第三计，亦即导出作者用以推动剧情的本意，这样做，才可能收到使剧情跌宕多姿、抑扬顿挫的艺术效果。换言之，毛西河懂得，莺莺的第一策、第二策，不过是虚笔，不过是剧作者让剧中人和观众的神经越绷越紧，是为第三策的出台，预作铺垫。就这方面而言，毛西河的评点，表明他确实具有敏锐的艺术观察力。

但是，毛西河把《王西厢》对这场戏的处理，仅仅视为出于戏剧性的需要，显然又未完全抓住问题的要害。我认为，作者设置"三策"的目的，很重要的一点，是通过看老夫人对每一策的反应，"逐节递入"地展示她的形象。正是剧作者让她一而再，再而三地表态，观众可以看到她始终把门第名声、家族利益置于至高无上的地位，作为考虑一切问题的出发点。这样，尽管她也哭泣，也愁烦，但在母爱的亲情中，又夹杂着一股冷酷之气。反观《董西厢》，董解元虽然也让莺莺提出三条计策，却没有让老夫人逐一回应，也没有在这关键时刻还喋喋不休地叨念"门当户对"之类的问题。由此可见，《王西厢》对这场戏的改造，有着突显老夫人性格阴沉一面的用意，并非如毛西河所说的那样简单。

如上所述，《王西厢》环绕着兵围普救这一突发性事件，让戏中的主要人物在激烈的矛盾面前，分别显露各自的态度，这样，人物的性格，在对比中表现得更加鲜明。

惠明带着张生的信冲出重围，白马将军带着救兵来了，普救寺之围解除了，莺莺人生未卜的悬念解除了。《王西厢》让孙飞虎吃了100军棍，这比《董西厢》让他被白马将军拿下斩首示众的处理，显得更细腻、更有分寸一些。因为普救寺里的僧俗毕竟没有受到实质性的损害，佛门有好生之德，加以让孙飞虎被打得咧嘴龇牙，嗷嗷大叫，比让他身首异处，在舞台上更具有喜剧性的效果。

这时候，观众也都会长长舒了一口气。当然，莺莺和张生的关系，将会如何发展，这又引起人们关注。老夫人对莺莺的"第三策"，只说是"此计较可"，显得比

白马解围 《新刻魏仲雪先生批点西厢记》 明末存诚堂刊本

较勉强，有所保留。现在，死亡的威胁不复存在，局势完全改观，她果真会履行对张的承诺吗？这又让观众产生了新的悬念。

按道理，张生莺莺的婚姻应该不成问题，因为张生很聪明，他见了白马将军，便告诉他老夫人许婚的诺言，而白马将军也一再表示祝贺，强调知道是"夫人面许结亲"，临别时还说"异日却来庆贺"。这些话，当然还有着"见证"的含义。面对救命恩人白马将军两次三番的致意，老夫人也说了些客套话表示感谢。

当时，莺莺、红娘以及老和尚，都以为婚事已定，婚期在即，大家满心欢喜。只是张生对老夫人的态度，多少还拿不准，忍不住向老和尚打听。和尚当即安慰他："莺莺亲事拟定妻君。"总之，一干人等，虽然各有各的想法，但场上洋溢着一片欣喜的气氛。

"只因兵火至，引起雨云心"，一场"兵围普救"的祸事反引出了婚事。《王西厢》以诡谲的笔触、跌宕的情节，引领观众带着期待的心情，进入新的场景。

第七章

小姐近前拜了哥哥者

——两代人的正面交锋

红娘的转变和"闲笔"的妙用

在封建时代，青年男女要求婚姻自主，必然和恪守封建思想维护家族利益的家长发生冲突。当孙飞虎事件解决以后，人们等待着看老夫人如何对待莺莺和张生的婚姻，于是，《王西厢》出现了"赖婚"的重大关目，这也是剧中安排的第一次矛盾激化的场面。

在第二本楔子的末尾，白马将军下场后，老夫人便向张生发出邀请，说"到明日略备草酌，着红娘来请，你是必来一会，别有商议"。这时候，人们也都知道明日就有好戏发生，也憋足了劲，等待观看崔张关系的发展。

若按一般作者的写法，紧接着楔子，就应写在饮宴场面上老夫人和年轻一代的交锋。可是，《王西厢》的第二本第二折，竟是让"红娘来请"这四个字发展为一场戏。

这场戏，写张生一早便等着红娘来请，他焦急得很，而且为了见莺莺，他认真打扮，"皂角也使过两个也，水也换了两桶也，乌纱帽擦得光挣挣的"。这几句话，引人发噱。凌蒙初点评云："酸得妙，自是元人宾白。"[1] 这自白，把张生的憨态点染得活灵活现，他越想精心打扮得干干净净讨人喜欢，却越显出酸不溜秋的气味。

红娘上场了，这一折由她主唱。

1. 引自王季思校注，张人和集评：《集评校注西厢记》，上海：上海古籍出版社，1987年，第70页。

　　这时候，她是满怀感激之情，奉老夫人之命邀请张生赴宴的。因为她知道，"我想若非张生妙计呵，俺一家儿性命难保也呵！"覆巢之下无完卵，假如崔府遭灭顶之灾，莺莺或自尽，或从了贼汉，作为侍婢的红娘，前景可想而知。而现在乌云吹散了，一家儿死里逃生了，连带着她的命运也明朗了，她那份高兴的心情，也可想而知。加上张生在佛堂上怎样调动惠明，怎样指挥若定，结果不费吹灰之力，"一封书把贼兵破"，其才华机智，其沉着镇定，红娘都看在眼里。现在，老夫人命她专诚请客，她判断是要落实许婚的诺言，所以也满心欢喜。"张君瑞合当钦敬"，在她看来，张生不仅是她们的救命恩人，而且是英雄，是才子。

　　说实在的，在孙飞虎事件以前，红娘对张生的看法，与此大不一样。

我们记得，红娘第一次见到张生，是在张生撞见莺莺的时候。红娘一见佛殿上有人，机警得很，立刻拉莺莺往回走。因为她既要侍候莺莺，又要执行老夫人派给她的对莺莺"行监坐守"的命令。应该说，她很理解老夫人的意思，也努力尽忠职守。在"佛殿奇逢"张生和莺莺对觑时，红娘正在一旁，当然也看在眼里。后来张生向她作自我介绍，她不禁又好气又好笑，立刻搬起一套大道理给予申斥，弄得张生尴尬不堪。后来觉察到莺莺对张生也有所属意，她并不以为然，特别在"墙角和吟"，张生撞将出来而莺莺则"陪着笑脸儿相迎"时，红娘便赶紧拉着莺莺回转，搅和了崔张互通心曲的时机。这行为，明摆着她并不欣赏张生的大胆。等到"闹道场"时，红娘见到张生做张做致，觉得他既狂又迂，实在看不上眼。总之，在张生智退贼兵以前，红娘一直执行老夫人的命令，对张生不仅没有好感，反嫌他有点轻狂、轻浮、轻薄。

现在，情况不同了，红娘眼中的张生，也变得可爱了。这天，张生开门拜揖，红娘觉得他"衣冠济楚庞儿俊"，"据相貌，凭才性，我从来心硬，一见了也留情"。她明白了为什么小姐会被他引动，因为连自己对这风度翩翩的美男子，多少也有些动心了。

红娘对张生态度的转变，除了看到张生的才智，认为他配得上美丽的小姐以外，很重要的一点，是孙飞虎事件触发了她对"情"的理解。不错，她曾执行过老夫人"行监坐守"的意旨，间阻过崔张的接触，让张生发出过"不做美的红娘太浅情"的怨怼。不过，经过兵围普救的一役，她明白了人情人性是压抑不了的。当张生感叹想不到能与莺莺得成婚姻的时候，红娘说："姻缘非人力所为，天意尔！"她当然知道老夫人对女儿严于管束，知道莺莺已配郑恒，但终于也知道，情，是管不住的。所谓"天意"，指的正是爱情不以家长意志为转移的规律。因此，原来以为不可能的事，就因情之所至，成了可能，"谁想一缄书成了媒证"。她还说：

> 世间草木本无情，自古云："地生连理木，水出并头莲。"他犹有相兼并。

她认为，草木无知，也成连理，这是出于草木的本能、本性。人非草木，谁能无情，因此，才子佳人的互相吸引，是可以理解的。"谁无一个信行，谁无一个志诚"，红娘深深地感悟到：爱情的萌发，姻缘的结合，属于"天意"，它是人的本性自然而然的存在，是不能够也不应该间阻的。显然，经历过生死关头暴风骤雨的洗礼，本来就潜藏在她身上的人性也苏醒了，也就能将心比心，理解张生和莺莺的爱情。这一点很重要，它是红娘对崔张态度转变的基础。

红娘来请，早就等待着的张生，又紧张，又高兴，人家"请字儿不曾出声"，他"去字儿连忙答应"。在这里，《王西厢》安排了一个有趣的细节，它让张生对红娘说："小生客中无镜，敢烦小娘子看小生一看何如？"这便引出红娘唱了一段【满庭芳】：

扫码观剧

> 来回顾影，文魔秀士，风欠酸丁。下工夫将额颅十分挣，迟和疾擦倒苍蝇，光油油耀花人眼睛，酸溜溜螫得人牙疼。

张生说"客中无镜"，这是他要求红娘审视他的装扮的理由，同时也向观众提示注意他的举止，于是，剧作者在舞台上给予张生充分表演身段的空间，让他突出地表现"来回顾影"扭扭捏捏的姿态。在戏里，红娘的唱词，既是一面镜子，如实地反映出张生的神态，又让人们从她的眼中，感受她对张生的印象。她的评点，令人忍俊不禁，配合着张生的摇头摆尾、顾影自怜，舞台上当会产生强烈的喜剧效果。

金圣叹指出，"从来秀才天性与人不同，何则？如一闻'请'便出门，一也；既出门，反回转，二也；既回转，又立住，三也，'顾影'者，立住也"，并认为"普天下秀才则必如此"。[1] 显然，金圣叹凭着敏锐的艺术鉴赏力，从人物简短的唱词和对话中，看到了它包含着张生的几个动作，而这些举动又恰恰表现出许许多多知识分子，在异性面前往往注重仪容搔首弄姿的酸态。金圣叹还说，这些行为，连他也不能免俗，因为这是秀才的共性。观众们看到张生如憨如呆的模样，都不禁会心一笑，感受到知识分子共有的酸味。

一直焦急万分地等待红娘来请的张生，当知道喜事来临的时候，高兴得发昏，但正准备赴宴的他，忽又止步不前了，他一再追问红娘，那边厅房有什么布置？筵席上将邀请些什么人？没备财礼怎么办？在这里，《王西厢》安排张生一连串的发问，很符合人物感情和性格发展的逻辑。因为张生虽然得意忘形，但他毕竟是文章锦绣的聪明人，当幸福来得似乎是太容易的时候，高兴之余，反而将信将疑，觉得不踏实，于是产生了种种顾虑。酸溜溜而又机智，狂热中不乏冷静，这正是作者所要塑造的张生这一人物性格的特点。

张生的提问，红娘——作了回答。她告诉他"俺那里准备着鸳鸯夜月销金帐"；告诉他不用准备财礼了，他的功劳就是聘礼了；告诉他不必多虑，老夫人只专诚请他一个；等等。红娘的话，有点夸张，她甚至自作主张，例如不收聘礼之类的话，哪里是她的身份说的！不

1. ［元］王实甫原著，［清］金圣叹批改，张国光校注：《金圣叹批本西厢记》，上海：上海古籍出版社，1986年，第114页。

过，这也难怪，她同情莺莺张生的爱恋，便巴不得他们早日成婚。加上她看到了老夫人当面许婚，认为这婚事不容逆转，便充满信心地说服张生。等到张生一再向她询问，本来带着讪笑风趣口吻说话的她，觉察到他有点迟疑，反而担心此人临阵退缩，于是，她口气也变了，显得越说越正儿八经了，她明确指出，邀请他是"夫人的命"，"道足下莫教推托"。她还想让张生立刻赴宴："和贱妾即便随行。"可见，在这戏里，红娘的心态也有一个发展的过程，而从她认为张生巴不得立即应邀，到她自己巴不得张生立即应邀，这态度的变化，说明她对崔张同情的真切，完成使命的迫切，而她心态的变化，又巧妙地成为表现张生心理变化的一面镜子。

经过了红娘的解释和劝说，张生对成亲的前景深信不疑了，高兴之余，他又发起昏来了。这时候，剧作者让红娘先下了场，只让张生一个人吊场，他关了书房门，发挥一通性幻想。他想着"小生到得卧房内，和姐姐解带脱衣，颠鸾倒凤"，还想象她"云鬟低坠，星眼微朦，被翻翡翠，袜绣鸳鸯"。很明显，张生关上了门，是不让人看到他想入非非的神情；而作者恰恰是要在舞台上，突出让他吊场，让观众看到他的内心活动。这样的处理，固然有迎合市民消费心理的一面，也清晰地展现出张生作为风流秀士的痴与狂。而极写张生的狂喜，让他做足了白日的春梦，让观众也等待着看他的"被翻翡翠"，便为下一场老夫人赖婚的情节，做足了铺垫。

红娘奉命请宴的场景，原可作为过场戏处理，甚至可以让红娘上场对张生说一声"请"，张生跟着她下场就行了。但是，《王西厢》却用一折的篇幅，把极平凡的情节写得摇曳生姿，把张生的轻狂痴憨和红娘机敏泼辣的个性，在相互映衬中显得更鲜明。

就结构而言，这一折的安排，也别具巧思。

在这折之前，孙飞虎事件是全剧矛盾冲突的第一个小高潮；在这折之后，紧接着的老夫人赖婚，又是一个小高潮。这两个高潮，都与剧中人命攸关，其中人物的冲突紧张尖锐，剧情如惊涛骇浪，如电闪雷鸣，让观众的心情绷得紧紧的。如果把两个高潮并列，虽说剧情紧凑，却没有跌宕，从而也缺乏张力，容易使观众的神经难以承受，出现审美的疲劳。《王西厢》不同凡响之处，在于它在剧本两个高潮的夹缝之间，安排了红娘请宴的一幕。这一幕，既作为两个小高潮的结合部，又写得细腻舒缓、轻松愉快，充满喜剧性色彩。就像画家画了两个耸立的高山，高山之间，出现了一片佳木葱茏的平原，或出现一湾流水潺潺的溪涧，它们既是山的过渡，也是山的衬托。有了过渡地带的衬托，两边的山，也显得更加雄秀，更加高峻。

总之，《王西厢》红娘请宴这一折的设置，似乎是无关紧要的闲笔，但有了它的映托，前后两个小高潮更让人惊心动魄，而整个戏的情节发展，也更有松有紧，有疏有密，起伏跌宕，摇曳生姿。王骥德指出："《西厢》妙处不当以字句求之，其联络顾盼，斐亹映发，如长河之流，率然之蛇，是一部片段好文字，他曲莫及。"[1]正由于作者在进行构思时胸罗全局，前后顾盼，从而使这闲闲的一笔，具有联络映发的妙用。

1. 见《校注古本西厢记考》，引自王季思校注，张人和集评：《集评校注西厢记》，上海：上海古籍出版社，1987年，第219页。

环绕着敬酒的细节

张生一心以为鸿鹄将至，兴冲冲地赴宴了。这就有了老夫人"赖婚"的一折。

张生来到了后堂，老夫人立刻向他感谢救命之恩，说请他来是"聊备小酌，非为报礼"。张生以为婚事在望，巴不得立即看到莺莺，对"小酌"还是盛筵，自然不以为意。老夫人让他喝酒，请"先生满饮此杯"，他声称"长者赐，少者不敢辞"，一仰脖子喝了下去，痛快得很。礼尚往来，他还回敬一盏。从老夫人和张生互相敬酒的细节，剧作者让人们感到老夫人似乎要厚待张生，感恩知礼；而张生则兴头十足，豪情满怀。很清楚，这首次的饮酒，让戏剧的场景平添了几分暖意。

　　在筵席上，摆上酒，是必然的，而把"酒"这一道具运用到极致，则是"赖婚"最为生动细腻的写法。这一点，联系下文，我们将会越加明白剧本构思的巧妙。

　　张生对老夫人所给的礼遇，也以谦逊的毕恭毕敬的态度回应，他处处摆出准女婿的姿态。等到老夫人吩咐红娘："去唤小姐来，与先生行礼者！"这一下，张生乐了，但仍然表现得很沉稳，颇庄重。当然，红娘也乐了，观众也乐了，让小姐与先生行什么礼？不是不言而喻了吗？在这里，《王西厢》把关子卖足，人们就等着看张生莺莺行周公周婆之礼了！

　　关于"赖婚"一折的思想意义，许多学者都有论及。我只想着重提请读者注意《王西厢》对人物动作的处理。

　　戏曲是作用于观众视觉和听觉的综合艺术。在舞台上，演员的肢体动作和声调的高低快慢，如果在进行中节奏突然出现变化，必然会对观众的视觉或听觉造成强烈的刺激。观众的心灵受到震动，又必然会加深对演员这一特定行为的认识，从而也加深了对人物动作所蕴含的内心活动的理解。以话剧演出为例，演员肢体的动作线突然中断，或者，活跃的对话突然煞住，出现一个短暂的冷场，这就是"停顿"。以充满动态的舞台而言，

"停顿"是动作、声音的暂时中止，是动势的突变。可是，这"停顿"恰能让观众看到角色内心的激烈活动。因此，高明的剧作者和导演，都会充分运用"停顿"，获取良好的戏剧效果。

在戏曲舞台上，人物动作、表情节奏的强烈变换，也具有"停顿"的意义。例如"亮相"，它指演员肢体身段的动作线，突然改变了正在进行的节奏，停住不动，并且做出优美的造型。其作用，就和话剧表演的"停顿"如出一辙。加上它停顿的姿态，呈现出雕塑般的美，配合着锣鼓点的衬托，于是，戏剧动作节奏的变换，便能收到强烈的舞台效果。

《王西厢》的"赖婚"一折，作者安排了几次戏剧节奏的强烈变换。

老夫人和张生寒暄一番后，命红娘请莺莺出来见客。莺莺不知道来者是谁，犹豫不前，后来知道来者是张生，便着意地梳妆打扮。作者让她唱了【新水令】一曲：

扫码观剧

> 恰才向碧纱窗下画了双蛾，拂拭了罗衣上粉香浮浣，只将指尖儿轻轻的贴了钿窝。

红娘看到她装扮得如此娇美的模样，也忍不住赞叹。而莺莺，对自己打扮也颇为自得："你道我宜梳妆的脸儿吹弹得破"，"知他命福是如何，我做一个夫人也做得过"。这时候，莺莺的心情既畅快，又自信。"女为悦己者容"，她本来已经够美了，还要细心画眉毛，贴花钿，要让张生看到她有着天仙般的容貌。在这里，我们不妨回顾张生邀请红娘看看他打扮得如何的细节。显然，剧作者让两个有情人在会见前细心打扮的神态互相呼应，这就增强了戏剧场景的喜剧效果，也为后来老夫人赖婚时气氛突变预作铺垫。

莺莺唱了几段表现内心兴奋的曲子，扭扭捏捏窕窕婷婷地上场了。若按一般写法，莺莺上场，与老夫人、张生施礼便可，《王西厢》却添加了一个细节，让人物的动作出现引人注意的"停顿"。

在莺莺未上场时，张生等久了，便对老夫人说"小子更衣咱"，于是离开座位，走了出来。恰巧碰见了正要上场的莺莺。这时候，剧本的"舞台指示"是：

（做撞见旦科）

你看，正在出门的张生，撞见了莺莺，正在进来的莺莺，撞见了张生，他俩同时停住了脚，四目交投，彼此都愣了。他们在行走中的节奏出现强烈变换，也让观众看到了他们情绪的变化。在张生，他早就急着要见莺莺，想不到一出门突然撞见，自然又惊又喜，呆呆地挪不动脚步；在莺莺，本也急着要见张生，正想抬步进门，猛然间，张生竟就在眼前撞个正着，"唬得我倒躲、倒躲"，她又是吃惊，又是羞涩，不由自主地倒退了两步。很清楚，作者让张生莺莺突然停步，这就是"停顿"，是动作节奏强烈的变换，它胜过千言万语，让人看到了他们心如鹿撞般惊喜的情态。正如金圣叹指出："一对新人，两双俊眼，千般传递，万种羞惭，一齐纸上活灵生现也。"[1]在这里，作者增加人物突然私下撞见的细节，就像电影那样给予人物特写的镜头。而凸现张生莺莺意外的惊喜，又为他们之后意外的沮丧留下伏笔。

莺莺和张生在门外对了眼神，然后装着未见，一前一后走到堂上。舞台的指示又写道：

（末见旦科）

这表明，刚才张生和莺莺的撞见，是在门外发生

1.［元］王实甫原著，［清］金圣叹批改，张国光校注：《金圣叹批本西厢记》，上海：上海古籍出版社，1986年，第125页。

的。他们的含情脉脉的情景，老夫人并不知道，而观众则是看得清清楚楚。当张生莺莺到了堂上，在老夫人面前做出了规矩的样子，不禁让人窃笑。

这时候，张生莺莺以及红娘，都以为老夫人会兑现诺言，幸福即将来临，他们的内心，充满了期待。这也难怪，因为他们三人都当面听到老夫人许嫁莺莺的宣示，现在张生立下了大功，"救了咱全家祸"，岂有不成亲之理？

就在他们以为即将要圆"鸳鸯夜月销金帐"好梦的时候，老夫人云：

> 小姐近前拜了哥哥者！

这话一出，张生莺莺听来如五雷轰顶，他们都明白，如果承认了兄妹关系，那是不能通婚的。这一来，他们都愣了，戏剧动作的节奏强烈地改变了。于是又出现了另一次"停顿"。《王西厢》的处理是：

> （末背云）呀！声息不好了也！
> （旦云）呀！俺娘变了卦也！
> （红云）这相思又索害也！

这三人各说各的独白，明显都是"打背躬"，观众都听得清楚，而场上演员，则相互都"听"不到。当三个人各说各话的时候，戏剧进行的节奏，又强烈地变换了，原本志忑紧张、热烈期待的气氛，突然改变了，莺莺和张生的肢体身段和表情，一刹那间像僵住了。那时的场景是："荆棘刺怎动那，死没腾无回豁，措支剌不对答，软兀剌难存坐。"（【雁儿落】）简直一切都凝固麻木了。而节奏的"停顿"，舞台的静态，正好说明两代人矛盾冲突的白热化，说明张生和莺莺的五内沸腾，失魂

↑ 夫人停婚　仿仇英、文徵明《西厢记》图册

落魄。这样的处理，是《王西厢》又一次让戏剧节奏强烈变换的妙用。

一段冷场后，老夫人打破僵局，她着红娘热酒，令"小姐与哥哥把盏者！"这话说得轻巧，分量却很沉重，它等于重申：张生和莺莺是兄妹关系。《王西厢》在这段细节的舞台提示是：

（旦把酒科）（夫人央科）（末云）小生量窄。
（旦云）红娘接了台盏者！

在前面，《王西厢》已经写过老夫人向张生敬酒的细节，现在，剧作者又在"酒"上做文章。

关于这段戏，学者们曾有过争论。20世纪50年代，陈中凡先生认为：张生没有饮酒，"莺莺便把杯子掷给红娘"，"她没有敬张生酒，她把杯子摔给了红娘。她不仅内心感情在沸腾着，在外表动作上也很强烈，也有一定程度的反抗"[1]。多数人不同意陈先生的见解，认为当着老夫人的面掷杯，等于当面让老夫人难堪，这过于激烈的行为，不符合金元时期大家闺秀的性格。

1. 见《读西厢记随笔》《答对〈读西厢记随笔〉的商榷》，载《剧本》1954年第1期和第12期。

确实，从莺莺的思想发展轨迹看，她不可能做出"掷杯"这样过激的动作。而且，张生没有饮酒，这杯怎样"掷"呢，难道连酒也泼了吗？不过，陈先生注意到《王西厢》对酒杯的运用，注意到作品环绕着戏剧动作来表现人物的性格，这样的分析方法，还是很有启发意义的。

莺莺第一次把盏，张生没有接，所以才会有"夫人央"，央也无效。这时候，酒杯在莺莺手中，她递过去不是，不递过去也不是，既尴尬，又懊恼。显然，酒杯在她手上擎了好一会儿，这又是另一次"停顿"，然后她才会命红娘接将过去。而剧作者安排这一个动作，便把舞台的焦点，集中到酒的上面。

↑　夫人停婚　禹之鼎《会真全图》

在张生，他才不会接过莺莺敬的酒哩！若喝了，不就等于承认了"兄妹之礼"吗？在老夫人，她当然巴不得张生接酒，若喝了，等于跌进了她所设的机关。在莺莺，当然不情愿张生接盏，但她又不得不递盏，递了而张生不接，也让她颇为狼狈。在红娘，她正在一旁看"戏"，揣度着张生莺莺会怎样对待这杯酒，猛然间，莺莺让她把酒杯接了过来。请看，环绕着这酒杯，传过来，传过去，在传接的动作中表现出各个人物的心态，真是满台是戏，精彩得很！

张生没喝酒，老夫人脸上也过不去了，她又发话："再把一盏者！"这一再要求，分明有强逼的味道了。剧本提示是：

（红递盏了）

请注意，这一盏酒，是由红娘而不是由莺莺递过去的。从莺莺的唱词"一杯闷酒尊前过……从因我，酒上心来较可"看，又从后来红娘说"张生，少吃一盏却不好"看，显然，红娘敬的这杯酒，张生是喝了的。因为张生被劝不过，而且这杯酒是红娘递的，和从莺莺手上接过来有所不同，所以他勉强喝了下去。但是，不管怎样，酒毕竟算是喝过了，不能与莺莺成婚，也成了定局了。所以，喝了酒的张生，"低首无言自摧挫"，动弹不得，嗒然若丧。

这折戏，剧本写了张生三次和喝酒有关的细节。张生从爽快地喝，乃至不肯喝，再到不得不喝；从兴兴头头地喝老夫人的酒，到不喝莺莺的敬酒，再到喝红娘递上的酒；从以为要当女婿，到不承认"兄妹关系"，再到事实上不得不接受老夫人的策划。其间，戏剧冲突和人物性格发展的线索，通过细节的联系，显得十分具体、清晰，充分体现出剧本的艺术魅力。

老夫人的两重性格

老夫人赖婚，这"赖"，是《王西厢》最重要的艺术创造，是确立它能够在剧坛上"天下夺魁"的主要因素。

要判断文学作品的历史地位，既应该溯源，追寻其题材、体裁乃至思想、写作方法和风格的渊源，又应该考察它在创作上有没有新的创造，还要横向比较，审视它与同一时代的作品相比有什么特异之处。很明显，把作品的坐标放在纵横的交点上，看它和前代以及同代作品的同与不同，看它有什么样的创新，看它提供了哪一些前所没有的创造，这是评价它历史地位的准则。

以体裁而言，杂剧《王西厢》融合了南戏的因素，成为金代以来的新样品，这一点，人们多有论述。以题材而言，其渊源，来自《会真记》与《董西厢》，但作品的题旨以及矛盾性质、人物性格，与前两者既有联系，又有创造性的新发展。这创新，集中表现在老夫人赖婚的行为上。由于"赖婚"一折写的是封建家长和年轻一代第一次正面交锋，剧作者对交锋形态的写法，必然牵动戏剧的矛盾和人物的描绘，因此，它对整个剧本有着特别重要的意义。

封建时代年轻男女争取婚姻自由，和封建家长展开斗争，这样的情况是常见的，在文学作品中，以描写青年男女争取爱情自由和家长反对婚姻自由为题材者，所在多有。但是，写家长以抵赖的办法反对婚姻自由，维护家势利益，则是《王西厢》的首创。

《会真记》里的崔母，巴不得莺莺与张生结缡，不存在赖婚的问题。到《董西厢》才出现老夫人不同意崔张婚事这一关键性的情节。不过，它虽然写老夫人不接受张生的求婚，却不是采用"赖"的手段。

在《董西厢》里，当初贼兵包围普救寺，老夫人对张生许诺的条件是："祸灭身安，继子为亲。"她明明只说谁能拯救她一家，她就收养谁当干儿子，如此而已。当干儿子，而非当女婿，区别是很清楚的，这确实不存在许婚的意思。既没许婚，便无所谓"赖婚"的问题。因此，当张生计退贼兵，应邀赴宴的时候，老夫人让欢郎、莺莺"出拜尔兄"，应该是信守承诺的表现。只是张生一厢情愿，自忖立下了天大的功劳，"一门亲事，十分指望着九"（卷三【黄钟调·侍香金童】）。这一来，欢郎出拜时，他不高兴了，因为当了"继亲"，婚事便告吹了。所以老夫人又令莺莺出拜哥哥，他就不客气了，乘着酒意直接提亲了。老夫人不得已，也老老实实告诉他不能许婚的原因。当然，在对待婚姻问题时，老夫人作为封建家长，是站在年轻人的对立面的，但她所做的，确不是抵赖的行为。

《王西厢》有关老夫人拒婚的情节，是在《董西厢》原型的基础上改造而成的，其重点，在于把老夫人对莺莺张生的婚事，从《董西厢》的婉拒，改变为赖账。这一改，老夫人的性格以及戏剧矛盾的性质，也就有了重大的变化。

当人们看到张生喜滋滋、莺莺羞答答地站在舞台上时，谁也没想到曾经信誓旦旦地宣称"能退贼者，以莺莺妻之"的老夫人，忽然变了卦。这强烈的动作，让莺莺张生一下子如掉进万丈深潭，让红娘蓦然间晕头晕脑，也让剧情急转直下。

不过，仔细研究，其实《王西厢》对老夫人的"赖婚"，早就安排了伏笔，她的变卦，绝非偶然，只是人们不察，容易和张生一起被蒙在鼓里，等到恍然大悟的时候，你不能不佩服作者细针密线的艺术技巧。

记得在兵围普救，莺莺提出不问何人能退贼者即许下嫁的主意时，老夫人的回应是："此计较可。"所谓

"较可"，表明她对这主意并非很满意，但在万分紧急并且除此无计可施的情况下，她只好以此作为权宜之计。"较可"两字，很准确地表现出她思想的犹豫。

你说老夫人从一开始便存心抵赖么？也不是。在生死关头，出于求生的本能，她选择了姑且可以接受的办法，这倒是真心实意并且迫切地希望有人挺身而出的。她的确考虑过，这将不能做到"门当户对"，但也强如陷于贼中。大难当头，她首先要解决的是身家性命的问题。在生与死的矛盾面前，除此之外，没有别的抉择。因此，她实在没有欺诈和捉弄张生的意思。

不过，等到白马将军抓住了孙飞虎，崔府的危机解除了，形势完全改变了，老夫人的思想也就活络了起来。所以，白马将军对她说"张生建退贼之策，夫人面许结亲。若不违前言，淑女可配君子"这番话，明显是作为有势有权的救命恩人，希望她进一步表态，落实许婚的承诺。而老夫人的回答是："恐小女有辱君子。"

别以为这只是短短的一句客套话，其实里面大有文章。按理，白马将军发话的重点，是"若不违前言"，老夫人的回应，应该明确表示不会违背前言；假如要表示客气，也应该说小女能配君子实乃三生之幸之类。而现在，老夫人只说恐怕配不上张生，这并没有表示一定执行诺言的意思。妙就妙在老夫人不作正面的表述，有意无意地回避了"若不违前言"的话题。她的回答，既是客客气气的，又是模棱两可的。显然，对老夫人来说，当排除了让莺莺"陷于贼中"这灭顶之灾以后，张生是否符合"门当户对"的婚姻要求，便成了首要考虑的问题。于是，就在与白马将军应酬的时刻，"赖"的苗头，便影影绰绰，有所萌露。所以，白马将军一走，她叮嘱张生明日必来一会，"别有商议"。

好一个"别有商议"，这意思是：另外有所商议。但她刚许过婚，人们以为她要商议的无非是与成婚有关的问题，根本不会考虑她话里的玄机。总之，老夫人后来赖婚的举动，并非突然，作者在创作上也早就作了绵密的安排，它是合乎老夫人性格发展的逻辑的，只是作者有意让几个被胜利冲昏头脑的年轻人出乎意料，感到突然与震惊而已。

在老夫人看来，赖婚也是有道理的。因为莺莺确是曾许与郑恒为妻，按当时法例，男女双方"议定写下婚书文约"，是禁止"悔亲别嫁"的。[1]更重要的是，郑恒是郑尚书的长子，这一家与崔府"门当户对"。何况，郑恒是她的侄子，郑崔联亲，"亲上加亲"。这一层，对她来说是至为重要的（试看《红楼梦》写王夫人让她的侄女王熙凤掌管大观园，从而显现她在贾家的重要统治地位，便可以明白"亲上加亲"的意义了）。因此，老夫人认为，只有让莺莺嫁给郑恒，才能符合家族的利益。

但是，让老夫人为难的是，张生是在她最为危难之际救了她全家性命的恩人，她也当着众人的面，亲口答应让莺莺下嫁以酬谢张生搭救之恩。这样，横亘在她面前的就有守信和报恩的问题。

长期以来，中国社会注重人际关系，注重伦理，特别是在儒家思想的影响下，"仁、义、礼、智、信"成为人们一致认同的价值观。其中，守信，是人们相处的道德信条。所谓"人无信不立"，人而无信，不可以立足于社会。因此，人们一直以"信"作为人的根本，作为社会必须遵守的道德原则。"信"的对立面就是"赖"，赖账，不认账。违反自己作出过的承诺，食言以自肥，则为人们所不齿。

当然，老夫人对张生是感激的，是知道要遵守"报恩""守信"的道德信条的。和许多人一样，当切身利益和道德信条两者没有冲突的时候，她可以标榜道德信条，遵守道德规范；而当两者发生了严重的冲突时，

1. 参见《大元圣政国朝典章》（影印元刊本）上册，第18卷，北京：中国广播电视出版社，1998年，第659、677页。

是维护"门当户对"的家庭利益，还是遵守"言而有信"这最基本的道德，则又另当别论了。老夫人经过衡量，决定维护家族的利益，从而抛弃社会公认的必须恪守的道德标准，对许婚张生的诺言采取"赖"的态度。不过，我们也不能简单地把老夫人看成忘恩负义的老虔婆，她明明知道，这样做有负于张生，她的内心，也未尝没有一丝羞愧。唯其如此，她还是执意一赖到底，这又适足说明她绝对的自私，绝对要把家族利益放在第一位。

"人而无信，不知其可也"，老夫人抛弃道德的准则，维护家族的利益，必然要年轻一代作出牺牲，也必然导致莺莺和张生产生激烈的抵触情绪。在这一折里，《王西厢》安排了好几首曲子，让莺莺一方面体贴张生的失落、悲愤，一方面诉说自己心如刀绞般的痛苦。她知道，今后相思的日子十分难熬，她像掉进了无底深潭，"昏邓邓黑海来深，白茫茫陆地来厚，碧悠悠青天来阔"。她认为母亲的抵赖、失信，"谎到天来大"，是造成这般"毒害"的原因。她唱的【离亭宴带歇指煞】最后几句是："俺娘呵……白头娘不负荷，青春女成担搁。将俺那锦片也似前程蹬脱。俺娘把甜句儿落空了他，虚名儿误赚了我。"她毫不留情地直斥老夫人诓骗说谎，存心作歹，怨怼之情，溢于言表。正如金圣叹指出："看他至篇终，越用淋淋漓漓之墨作拉拉杂杂之笔。盖满肚怨毒，撑喉拄颈而起；满口谤讪，触齿破唇而出。"[1]

西方哲人但丁，曾有一句名言："欺骗在所有人的良心上都做成了创伤。"[2]老夫人的欺骗行为极大地伤害了年轻一代的心灵，也必然引起他们激烈的反弹。莺莺的"满肚怨毒"，集中到一点，就是指责老夫人说谎失信。不错，在以老夫人为代表的封建势力面前，追求婚姻自由的年轻一代，是无能为力的，即使是满腹经纶能

1.［元］王实甫原著，［清］金圣叹批改，张国光校注：《金圣叹批本西厢记》，上海：上海古籍出版社，1986年，第129页。

2.［意］但丁著，朱维基译：《神曲·地狱篇》，第11章，上海：上海译文出版社，1984年，第52行。

够"笔下横扫千人军"的张生，他有办法"一封书把贼
兵破"，却没有办法扭转被动的局面，老夫人的一句话，
便可以把年轻人美好的愿望吹到东洋大海。但是，老夫
人能够阻挠莺莺张生的结合，却阻挠不了他们心灵的沟
通，更无法遏止他们对封建家长的不满。而莺莺直指老
夫人违背做人的基本道德，正是对封建势力极度不满的
表现。从道德的层面，把批判的矛头直指代表封建势力
的老夫人，这是《王西厢》在思想上的重要创造。

　　上面说过，同样是以崔张故事为题材的《董西厢》，
它所写的老夫人不存在赖婚的行为。如果说，《董西厢》
在卷五写到老夫人收下了张生的财礼，却又想把莺莺许
配给郑恒，那是受到郑恒的挑唆，是出于轻信和误会，
那么，《王西厢》所写的老夫人，则是在掂量过利害关
系的基础上，违反社会道德，存心抵赖。这一来，《王
西厢》就不仅仅批判不合理的封建婚姻制度，而且对其
代表人物作出了道德的批判，宣布了封建礼教的代表
人物在道德上的破产。显然，《王西厢》在故事情节上

把"婉拒"改为"赖婚"，这不仅大大强化了戏剧性冲突，更重要的是深化了对封建势力的批判，从而使《西厢记》成为戏剧史上揭露不合理的封建婚姻制度最有力的剧作。

道德的批判，是人格的批判。值得注意的是，《王西厢》没有把老夫人作为封建礼教的符号，而是从人性的角度塑造这一人物的形象。王实甫观察到人的性格的复杂性、多面性，作者写到老夫人坚定地维护家族的利益，但确也真心地感到有负于张生。所以，当张生指责她言而无信，生气地说"小生即当告退"的时候，她没有顺水推舟，让张生一走了事，而是把他留了下来，又一次说"明日咱别有话说"。结果，张生也没有离开普救寺。很明显，老夫人作为一个有血有肉的人，在家族利益已不存在威胁的前提下，她并非心如铁石，她也知道自己在道德上的缺失，知道内疚，知道报恩，因而设法让张生得到补偿，设法使自己的良心也得到救赎。这一来，她的心软，她在良心上的过不去，又给张生和莺莺做成了爱情得以进一步发展的条件。

只有理解《王西厢》是根据人的复杂性来塑造老夫人的形象，才可以解释莺莺和张生为什么有机会密约偷期，解释戏剧矛盾进一步发展的合理性，解释为什么老夫人最不愿看到的事情，后来竟由她一手做成，且在她的眼皮底下发生。她狠心"将颤巍巍双头蕊搓，香馥馥同心缕带割，长拽拽连理琼枝挫"，而在人性中没有完全泯灭的善意，却使事情增添了变数。或者说，她的心，那冷酷坚硬的一面，堵塞了年轻人追求婚姻自由的道路；而她心中的柔软部分，竟成了让莺莺张生得遂爱情之愿的平台。事情发展的结果，是老夫人搬了石头砸自己的脚，不禁使人哑然失笑。但《王西厢》让人们看到的老夫人，乃是活生生的有丰富内心世界的人。

《王西厢》能够这样看待人，描绘人，从人性出发去写人，这在中国戏曲史上是首创。宋金以后，我国商业手工业渐趋发达，在意识形态领域中，人们已注意到人性、心性，已不是仅仅从"理"的角度判断一切，这是时代的进步，思想的进步。《王西厢》从那即使是执行封建礼教、代表封建势力的人物身上，也看到其内心的两重性，这正是人性的怪影在文坛拂动的表现。这影子，哪怕多么淡薄，也是一丝报春的信息。

第八章

隔花阴人远天涯近

——人物心灵的对话

从拜月到听琴

老夫人赖婚，这五雷轰顶般的突然一击，让莺莺张生晕头转向，戏剧的节奏急骤飙升。然而，紧接着矛盾激化和情节的紧绷，《王西厢》却安排了张生月夜琴挑的一幕。

那一夜，月华如练，花影半墙，只有才子默默地操琴，佳人悄悄地聆听，场景是那样的儒雅凄清。随着琴声的忽紧忽慢，如泣如诉，戏剧的节奏也就舒缓了下来。

这一场戏，琴声是三角。

在各种各样的艺术样式中，音乐是最不可思议的。它无影无形，看不见，摸不着，但它的音波，却能像波涛那样，有时会轻轻地抚摩你心灵的崖岸，让你泛起情感的涟漪；有时会如乱石崩云，惊风射雨，把你的心房撞击得狂抖乱颤，热血沸腾。它分明在你耳畔鸣响，却能让你感到万籁无声，心宁意静；它会让你或是"看"到雨打芭蕉，或是"看"到云舒云卷。它不是空间艺术，却能给接受者提供想象的空间，让人如入渺冥，升遐到无边无际的宇宙深处；或者如入精微，觉察到木之末花之须轻细的律动。

　　音乐，又会让人们心灵沟通，出现共鸣的审美现象。演奏者把自己的感情注入琴弦，接受者的心弦就受到感应。音乐，不是语言，却能比语言传达出更微妙的内心活动。当人与人之间的思想感情不能言传或者不易言传的时候，音乐便产生奇妙的中介作用。因此，在爱情生活中，音乐往往会在男女之间扮演"红娘"的角色。本来，爱情，就是人生中浪漫的诗篇，而音乐的传情，能给那些或是甜蜜或是苦涩的诗篇，更添几许浪漫。据说秦穆公的女儿弄玉，听到仙客萧史吹箫，她怦然心动，向他学习吹箫，每于月明之夕，同倚玉楼和鸣，音乐引领她神游于爱情的苑囿，不久双双乘龙上天。那音乐，成就了天上人间的好事。传闻汉代的司马相如，瞥见卓文君的美貌，于是对月"琴挑"，赢得了美人的芳心，那《凤求凰》一曲，也成了爱情音乐的桃色经典。

一般来说，才子佳人往往具有相当的文艺修养，他们所掌握的琴棋书画的技艺，也往往成为爱情的触媒，而音乐所特具的沟通感情的功能，更是能够让那干涸的心田得到润泽，能够浇灌爱情之树，让它开花结果。因此，文学家们创作爱情故事的时候，"小红低唱我吹箫"之类通过音乐触发男欢女爱的场景，也成为描写爱情孕育的有效手段。

我们约略捡读古代的戏剧，像《王西厢》那样利用琴声沟通男女主人公心声的剧作，为数不少。像《竹坞听琴》，书生秦修然听到庵院里有人操琴，小姐郑彩鸾发现"泠泠的指下传，百般的声不圆"，知道有人在墙外偷听。一问之下，原来是未见过面的未婚夫，于是在耳房内共度良宵，"不想这一曲瑶琴声婉转，包藏着那美满姻缘"。看来，如果不是琴声的吸引，这美满姻缘就当面错过了。

明代的名剧《玉簪记》，也写到琴声在爱情故事中的作用。书生潘必正听到道姑陈妙常在月夜弹琴，便前到堂上聆听，陈妙常知道他也懂音乐，便请他操琴。潘必正弹了一曲《雉朝飞》，比喻自己未有妻室。陈妙常也弹了一曲《广寒游》，被潘必正看破了她"春心飘荡，尘念顿起"。当然，后来他们之间的感情也经过许多曲折，但正是音乐打开了彼此的心扉，也让对方相互看到彼此心里的秘密。

莺莺听琴　青花《西厢记》图盘　清康熙　广州博物馆藏

　　在元初，白朴撰写的杂剧《东墙记》，也写有隔墙听琴的细节。白朴是金代遗民，生活年代与王实甫相近，他的《东墙记》写书生马文辅在董府的后花园见到了小姐董秀英，彼此都害了相思病。晚上，马文辅操琴遣闷，而董秀英则领着丫头到园里烧香拜月，不期然听到隔墙有冰弦之响，又听到马文辅吟唱"花影摇风兮宿鸟惊慌，有美佳人兮牵我情肠"之句，不禁怦然心动，便吟诗一首抒情；马文辅听到了，也赶紧依韵相和。《东墙记》的故事情节和《董西厢》《王西厢》相似，这听琴、联吟的细节，迹近模仿；琴声的描写也简单而拙劣。

　　《董西厢》的卷四，是写到了莺莺听琴的情节的。

在老夫人婉拒张生求婚以后，张生一筹莫展，凄凄惶惶，红娘心中不忍，便告诉他，小姐雅好音律，并且叮嘱张生月下操琴，然后"以词挑之，事必谐矣"。张生依计，晚上便抚弦弹奏。红娘回到闺房，又怂恿莺莺前去听琴。莺莺知道老夫人已寝，果然潜到张生房外聆听。张生晓得她们已在窗下，更是卖力地又弹又唱。不过，《董西厢》对琴声的描写比较抽象，和听琴有关的只有卷四【赏花时·尾】一曲：

也不弹雅调与新声，流水高山多不是，何似一声声说尽相思。

张生在简单弹奏以后，立刻弹唱《凤求凰》。莺莺闻之，不觉泪下。"生知琴感其心，推琴而起"，火急开门抱住莺莺，把"女孩儿唬得来一团儿颤"，谁知搂得慌了，抱住的只是红娘。这一段，《董西厢》的描写虽然比较有趣，但是它只着意让张生自夸弹奏的高明，只从说唱者的角度叙说琴的作用，却既没有具体描写张生的琴声，也没有具体描写莺莺听琴时的内心世界，如此一来，月下听琴这本来是充满浪漫色彩的描写，显得没有多少意味。至于让张生冲出门外，搂错了人，更涉恶趣，毫不可取。

《王西厢》第二本第四折"崔莺莺夜听琴"，虽然是在《董西厢》卷四的基础上改写而成的，但情味大不一样。这一折，没有激烈的矛盾冲突，而优美的语言，舒徐的节奏，细致入微地展现人物的内心律动，让观众进入诗一般的意境。

竹坞听琴　王骥德编《元人杂剧选》　明万历顾曲斋刊本

《王西厢》也写到张生在走投无路，声称要解下腰带寻个自尽的时候，是红娘教他在窗下鸣琴的。红娘希望"看小姐听得时说甚么言语"，从中观察小姐对张生的态度，以便作出下一步的对策。到晚上，她果然引动莺莺到花园烧夜香，并且走到书房的窗外，听到张生的琴声了。在这里，《王西厢》首先把戏剧行动设定在"烧夜香"的场景上。

我国古代以婚恋为题材的戏曲，都会有佳人到后花园烧香拜月的细节，其模式一般是，佳人对着月亮上了三炷香。第一炷、第二炷祝祷父母兄弟身体健康家门兴旺云云，第三炷则说不出口，其实心里暗暗祝愿嫁个好郎君之类。于是，袅袅香烟，沟通了人间天上，代表着太阴的月亮，便会帮助她与他去圆阴阳和合的好梦。这种模式，实际上也反映了古代妇女迫切追求美好愿望却又难以启齿的普遍状态。不过，像《王西厢》这样在一部戏中，多次安排了莺莺到花园里烧夜香的场景，并且让烧夜香的细节贯穿在男女双方密约偷期整个过程中的做法，并不多见。

我认为，《王西厢》的细针密线，前后呼应，显然在创作上有特别的考虑。就从渲染整个戏的环境气氛而言，这样的处理，也能收到独特的效果。试想想，在月色如银、花树婆娑的夜晚，"春色恼人眠不得，月移花影上阑干"，莺莺带着几许期待、几许忐忑的心情，一而再，再而三地上场，展开心灵的对话。于是，月痕花影，成了展现才子佳人爱情故事连贯性的主要舞台背景。这特定的风光旖旎的时空，成了衬托着缠绵幽婉恋情开展的底色，也让窈窕淑女和好逑君子的交往，笼罩在香烟缭绕、月光淡荡、如诗似梦的境界里。

在这里，我们不嫌累赘，且先回顾《王西厢》写莺莺"墙角联吟"亦即第一次烧夜香的情景。那时候，张生从和尚口中了解到莺莺有烧夜香的习惯，便到花园里

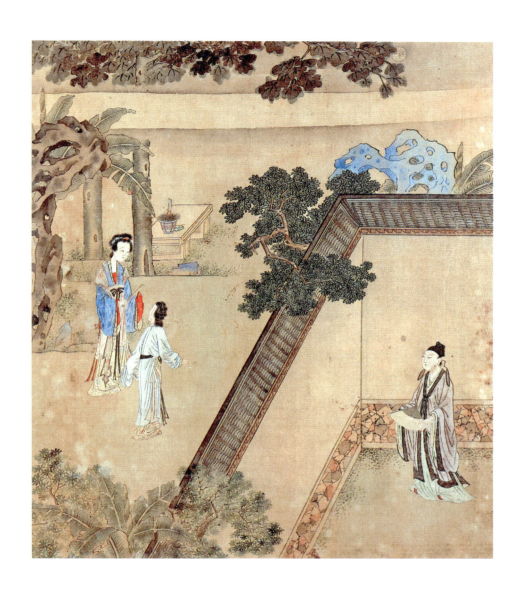

墙角联吟　仿仇英、文徵明《西厢记》图册

隔墙偷窥。他见到莺莺拜月后"长吁了两三声","颇有文君之意",也就在墙角吟诗寄意。莺莺明知道这唱和者就是自称23岁不曾娶妻的"傻角",竟也依韵做了一首。他们情意相通,差不多就笑脸相迎了,只可惜"不做美的红娘太浅情",让他们失去了时机。那一次的烧夜香,莺莺和张生彼此增进了理解,莺莺不仅认识到张生外相的风流倜傥,也知道他具有满腹才华,对他的爱意有深一层的发展;而张生,则从对方"好应酬得快",知道她秀外慧中,对她的追求进一步热切。通过烧夜香时的墙角联吟,他俩知道你有情,我有意。"一天好事从今定,一首诗分明照证",因此,他们忐忑不定的心情又夹杂着甜蜜与期待。当然,他们不知道有没有走到一起的一天,但相通的一点灵犀,却让他们多了一份温馨憧憬。

《王西厢》写莺莺的第二次烧夜香,是在老夫人赖婚之后。这场戏,烧香的时间,也是在月明之夜;烧香的地点,仍是在花园,出场人物也依然是莺莺张生和红娘,但是,作者对前后两次烧夜香的写法,则是大不一样的。

上面说过,上一次莺莺烧夜香,张生是来偷窥的,红娘担当的是"不做美"的角色;而这一次,人物的表现却颠倒过来。本来,莺莺对烧夜香已经没有兴趣,她叹息"事已无成,烧香何济!"倒是红娘因为给张生出了弹琴的一招,便说月色很好,怂恿她到花园里走一遭。结果,这一回却是由莺莺担当了偷听的角色。

上一回,作者让张生上场时唱【越调斗鹌鹑】和【紫花儿序】两曲。当时的景色是"玉宇无尘,银河泻影,月色横空,花阴满庭"。花月交辉,映衬着张生期待偷看美人的心情,场面显得轻松愉快。

这一回,《王西厢》让莺莺上场时,唱的同样是【越调斗鹌鹑】和【紫花儿序】两曲,而她所描叙的景色,则是:

云敛晴空，冰轮乍涌，风扫残红，香阶乱拥。

从莺莺的唱词中可以看到，当夜，天空有云遮蔽，一会儿云收了，晴空朗朗，月轮涌上了天心。可是，狂风骤起，风卷花落，满地残红，搅得一片狼藉。这情景，固然是夜色凄迷的描写，但也是崔张爱情故事进展以及莺莺心情的写照。想当初，崔张彼此虽然有意，却相思无计，正如云遮天际，前景迷茫，忽然遇上兵围普救寺、张生设计解围、老夫人许婚的一役，这就像冰轮乍涌，相爱的人顿觉眼前一片光明。谁知霎时间风云变幻，老夫人变了卦，崔张的爱情之花，便饱受摧残。至于莺莺这一段的心境，也如当晚的夜色，经历过几许阴晴不定，眼前风起花残、肃杀黯淡的气氛，正好是她苦闷怨艾而又落寞无奈心情的映衬。金圣叹对这四句唱词的评点是："只写云，只写月，只写红，只写阶，并不写双文，而双文已现。"又说《王西厢》"有时写人是人，有时写景是景；有时写人却是景，有时写景却是人。如此节四句十六字，字字写景，字字是人"[1]，真可谓搔到痒处，点出了杂剧作者写景的深意。

莺莺到了花园，红娘便咳嗽一声，向张生发出暗示。张生心领神会，他开始弹琴了。莺莺不知就里，便问："这甚么响？"这时，剧本的舞台提示是：

（红发科）

发科，指的是演员做出夸张的表情或动作，例如做鬼脸或以古怪的身段亮相之类。莺莺的发问，红娘没有回答，只在旁"发科"，舞台节奏也出现"停顿"。我们当还记得，在"墙角联吟"时，张生吟诗，红娘即告诉莺莺，这声音是那自称不曾娶妻的"傻角"。现在，她明知是那"傻角"在弹琴，却没有说破。当然，我们今

1.［元］王实甫原著，［清］金圣叹批改，张国光校注：《金圣叹批本西厢记》，上海：上海古籍出版社，1986年，第137页。

扫码观剧

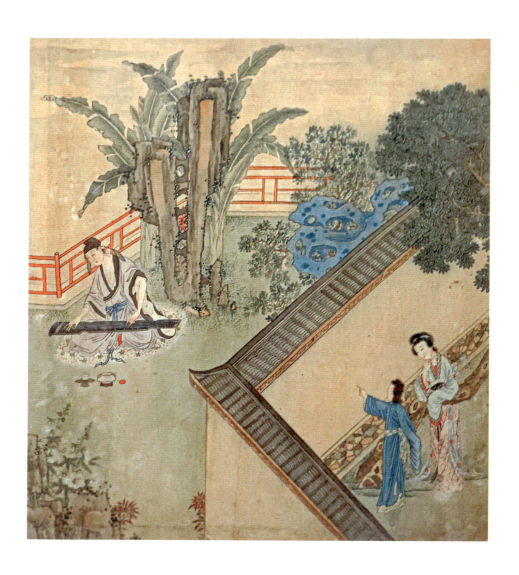

天已无法知道红娘"发科"的模样，但作者给她安排这一特定的举动，肯定是要引起观众对琴声的注意，也有意让红娘的举动逗乐观众，引发出喜剧性的舞台效果。跟着，剧作者用了三支曲子，细写莺莺所听到的张生的琴声，也把观众引入了如诗如梦的境界。

琴声的妙用

怎样捕捉音乐的声音，用语言文字把它表达出来？同时，怎样描绘奏乐者和听乐者在旋律进行中的心理活动？这实在是创作上的难题。

在我国文学史上，描写音乐的优秀作品，并不多见，脍炙人口的是李贺的《李凭箜篌引》和白居易的《琵琶行》。李贺听过梨园子弟李凭弹奏箜篌，他以极其夸张奇幻的笔法表现演奏者的技巧，说那箜篌的高音是"昆山玉碎凤凰叫"，轻音是"芙蓉泣露香兰笑"；说箜篌之声，忽使石破天惊，秋雨逗下，它妙入幽微，让神仙凝赏，鱼龙起舞。显然，被誉为"诗鬼"的李贺，其创作的特点在于对乐声作总体的把握，并且以其无与伦比的想象力，把音乐之声的神奇美妙，形容得匪夷所思，令人目眩魂摇。

白居易的《琵琶行》则把琵琶的演奏过程和琴声的美妙，写得丝丝入扣，细腻入微。诗人首先写琵琶女调弦审音，"转轴拨弦三两声"，才进入弹奏阶段。乐曲在开始阶段，低回婉转，演奏者以拢、捻、抹、挑的指法，向听众说尽心中无限的幽怨。然后，琴声似进入主题阶段，那根大的琴弦"嘈嘈如急雨"，沉重舒长；那根小的琴弦则"切切如私语"，轻清绵密。大弦小弦，错杂交弹，琴声像是大珠小珠，落在白玉盘中，清脆圆润，清脆铿锵。一会儿，琴声像是黄莺在花底婉转娇啼；一会儿，琴声又像是泉水在冷涩的溪涧凝滞。又一会儿，琴音停顿，寂静无声，引人遐想。忽然间，琴声耆然一响，宛如银瓶迸裂。跟着琴声激烈，宛如万马奔腾，刀枪撞击，让听者兴奋激动，血脉偾张，跟随着琴音进入乐曲的高潮。很清楚，《琵琶行》着力于描写音乐弹奏的过程，以"通感"的艺术手段，让读者从诗人对现实事物的比喻中，"看"到了一曲琵琶的动人力量。这样的处理，更容易扣动读者的心弦，因此，在文学史上，《琵琶行》更为人们所熟知，发挥了更大的影响力。

《王西厢》在"崔莺莺夜听琴"一折中，对琴声的描写，个别地方还化用了《琵琶行》的一些句子。可是，由于杂剧作者设置的规定情景和《琵琶行》不同，因此又有不同的意趣。且让我们先看看下面两首曲子：

　　【天净沙】莫不是步摇得宝髻玲珑？莫不是裙拖得环佩丁咚？莫不是铁马儿檐前骤风？莫不是金钩双控，吉丁当敲响帘栊？

　　【调笑令】莫不是梵王宫，夜撞钟？莫不是疏竹潇潇曲槛中？莫不是牙尺剪刀声相送？莫不是漏声长滴响壶铜？潜身再听在墙东，原来是近西厢理结丝桐。

这边厢，莺莺到了花园，红娘咳嗽；那边厢，琴声便响起了。莺莺隐约听到了声响，却不知道是什么声音，她怀疑是自己环佩轻摇时发出细碎的响动，又怀疑是哪里风吹铁马，哪里敲响帘钩。她循着声音走了过去，听得清楚些，便知道声音来自寺院那一边，来自

竹丛曲槛的后面；她依然捉摸不定，这声音到底是寺里撞钟，还是谁家刀剪之声，或者是滴漏之声。在这里，杂剧作者连用了八个"莫不是"的句子，连用了八种不同的声响，写莺莺逐步走来，由远而近，一路在聆听，一边在猜测。她潜着身走到了墙角，这才发现那是张生在鸣琴！而剧作者写莺莺被琴声吸引，渐渐走近书房凝神专注的表情，也从侧面表现出琴声的魅力。接着，莺莺又唱了两支曲子：

↑ 莺莺听琴（局部） 禹之鼎《会真全图》

【秃厮儿】其声壮，似铁骑刀枪冗冗；其
声幽，似落花流水溶溶；其声高，似风清月朗
鹤唳空；其声低，似听儿女语，小窗中，喁喁。

【圣药王】他那里思不穷，我这里意已通，
娇鸾雏凤失雌雄；他曲未终，我意转浓，争奈
伯劳飞燕各西东。尽在不言中。

　　莺莺听到张生的琴声，一会儿雄壮，一会儿怨楚，
一会儿高昂，一会儿低回。这琴声的高低抑扬，固然是
形容乐曲旋律的美妙，但结合在普救寺里发生过的事，
莺莺也分明听到了琴声蕴含着的内容，她知道张生在回
忆贼兵围寺金戈铁马的风波，在诉说被老夫人赖婚后的
幽怨，在表白自己渴望冲上高天自由飞翔的意愿，在期
待能与意中人喁喁细语，互通款曲。如果说，《王西厢》
对琴声的正面描写，有突破前人创作的地方，就在于它
既是写意的，又让人听得出它蕴含着具体的内容。这颇
像后世一些标题音乐，虚中有实，听者可以从音乐的抒
情中感受到作者陈述的曲意。

　　张生的思想感情，莺莺从琴声中听出来了，"我这
里意已通"，一切尽在不言之中，她和张生同样有未谐
鸾凤的痛苦感受。这时候，红娘从莺莺听琴的神态里，
已多少觉察到她内心和琴声的应和，便借故离开。张生
知道窗外有人，"定是小姐"，便"将弦改过，弹一曲，
就歌一篇"。他唱的是司马相如挑逗卓文君的《凤求
凰》，直接唱出了"张弦代语兮，欲诉衷肠；何时见许
兮，慰我彷徨"的词句。

　　张生在弹唱《凤求凰》时，琴音又有了变化，莺
莺听出了"本宫""始终""不同"。那曲调，"一字字
更长漏永，一声声衣宽带松"，它传达出离愁别恨，让
"感怀者断肠悲痛"。在莺莺，她从琴声里知道张生的
情深意密，知道张生的绝代才华，不由得吐露出"张生

呵，越教人知重"的心事。而《王西厢》通过写莺莺听琴时对琴声的共鸣，既透露她对张生爱得真诚，想得深切，实际上也是从另一个角度展现了张生的弹奏水平，显示出音乐的动人力量。这样的写法，一石二鸟，隽永含蓄。

在剧本里，张生、莺莺分别有两段说白：

> （末云）夫人且做忘恩，小姐，你也说谎也呵！
> （旦云）你差怨了我！

这两句，似乎是两人在直接对话，其实不然。按照传统戏曲的表现方式，扮演莺莺和张生的演员虽然是面对面站在舞台之上的，但他们中间，隔着一堵不存在的"墙"，观众可以看到他们，而他们之间，互相是"看"不见的。不错，他们的说白，互有关联，但那是各自在"打背躬"，是弹琴者和听琴者不约而同地在展示各自的内心活动。在张生，他还未了解莺莺对婚姻的态度，当然误以为小姐也在说谎，便在弹琴后发出一声怨恨的喟叹；在莺莺，从琴声里觉察到张生对她有误会的情绪，欲辩无由，不禁觉得委屈，只能在听琴后自言自语，内心作自我的表白。实际上，他们的说白，都是各说各的内心独白，是乐曲诱导出的各自的情思。

这"打背躬"的处理，大有深意。按剧作者对场景的设置，张生和莺莺之间，只隔着"一层儿红纸，几棍儿疏棂"（其实舞台上空空如也），他们爱得那样的热烈，那样渴求鸾凤的和鸣，其实纸窗儿一捅也就破了。但这又万万不能，因为有清规戒律的掣肘，有老夫人威严的监控。所以，尽管他们近在咫尺，却如远隔天涯。莺莺感叹："兀的不是隔着云山几万重。"正道出了有情人在礼教管束下的痛苦与无奈。这样，他们在舞台上相

距愈近，愈能给观众留下宽阔的想象空间。

　　"系春心情短柳丝长，隔花阴人远天涯近。"莺莺即使情丝牵系，却不能逾越横亘在他们面前的无形的屏障，他们只能依靠乐曲接收和传递心声。于是，无言的乐曲，是沟通他们心灵的桥梁。然而，乐曲的无言，也使他们不可能在沟通上全无窒碍，只能意会，未有言传。他们情感虽然得到了交流，而思想矛盾依然在纠缠。其间虚虚实实，似明还暗，它恰切地表现出戏剧冲突和人物性格的特点，也是剧作者利用琴声，利用音乐独具的审美效能，来主导这一场戏的巧妙之处。

　　莺莺感觉到张生的怨恨，也不由得不思考自己的处境。她非常希望和张生成亲，"若由得我呵，乞求得效

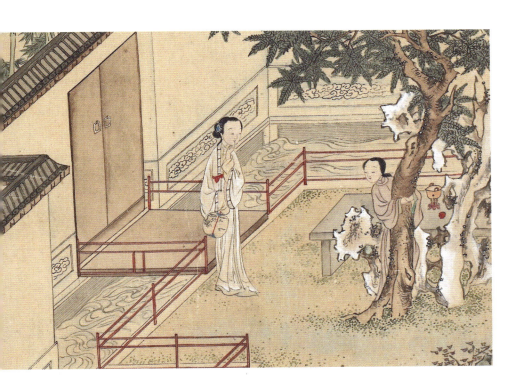

鸾凤"，但是，她明白，阻碍他们婚事的祸首是老夫人，是"俺娘的机变"，改变了招婿的承诺，是"俺娘无夜无明并女工"，企图拘系她的身心。她明白，要改变自己的命运，首先是要和张生通信息，让他知道她的想法。很清楚，月下听琴，是莺莺下决心和张生进一步沟通的催化剂。"怎得个人来信息通"成了她必须考虑的急务。但是，她也知道，萌生这样的决定，是非常危险的，因为它有悖于礼教，违反了母命。因此，她下了决心，却是心如鹿撞。思想的矛盾，让她心情忐忑，像心虚的小偷，既想得手，又害怕被人看破，害怕反先被人窃去她内心的秘密，抓住了把柄。

正在这时候，红娘又上场了，她告诉莺莺："夫人寻小姐哩，咱家去来！"莺莺大为紧张，她正担心自己的思想被人瞧破哩！谁知红娘猛然出现，还搬出了老夫人的令箭，这一下，让她手足无措，"唬得人来怕恐"。她赶紧和红娘周旋，拦住了她，要她别大呼小叫，以免惊动了老夫人，"则恐怕夫人行把我来厮葬送"。

关于这段戏，金圣叹评云："写双文胆小，写双文心虚，写双文娇贵，写双文机变，色色写到。"[1]这判解十分准确。而莺莺此时此刻的心理活动，正是莺莺后来既要让红娘为她通信息，又千方百计遮遮掩掩的思想根源。当然，红娘也从莺莺听琴的前后态度中，觉察到小姐对张生的真实思想，这也是她后来敢于为他们传书递简的行动依据。

1.［元］王实甫原著，［清］金圣叹批改，张国光校注：《金圣叹批本西厢记》，上海：上海古籍出版社，1986年，第143页。

由此可见，《王西厢》通过乐曲的传递，把张生、莺莺以及红娘三个人的心理状态联系起来。乐曲，成了这一场戏的焦点，也成了演员互动的纽带。乐曲的抑扬起伏，牵动角色的心弦，掀起了感情的朵朵浪花。由于在舞台上有"墙"分隔，所以弹者自弹，听者自听，旁观者红娘，甚至在大多时间借故离开了现场。表面上，人物之间直接互动的机会也不多，然而，那看不见的角色内心的律动，却受到乐曲的支配。张生、莺莺没有交谈，而那婉转悠扬的乐曲，透出窗棂，越过东墙，观众也分明知道他俩的情感流汇，心弦应和。显然，那乐曲，是无形的彩带，把舞台位置疏离的角色牵合在一起，这场戏，角色之间没有激烈的矛盾，但人物的内心有激烈的碰撞。正像平湖千顷，只是微澜荡漾，其实是涟漪之下，旋涡回转，波底沸腾，乱流暗涌。

第九章

赖简的前前后后

——兼谈重复手法和戏曲道具的巧妙运用

"信息通"，莺莺主动精神的再次流露

在普救寺的后花园里，回廊曲径，花树扶疏，我看到不少红男绿女，来到这里参观游憩，总喜欢到传说是张生住过的房子里张望。

房子里面，光线较暗，实在看不清楚有什么样的摆设，想来无非是放着一几一琴、一椅一床之类。当年，张生就在这狭窄的空间，度过了多少不眠之夜，也受用过一段缠绵旖旎的风光。如今人去房空，光影朦胧，反能让人们平添几分遐想。

房子外面，倒是柳树摇风，杏花照眼，在草香袭人的自由气息里，我还看到一些年轻人在打手机、发信息，也许是要把在普救寺看到的优雅景色，想到的温馨感受，告诉远在千里的莺朋燕侣吧！时代不同了，沟通方便了，人们一旦想到什么，只要指头轻点，海角天涯，近如咫尺。今天的年轻人，自然无法想象当年的莺莺，也是站在这树底花前，和张生只隔着一层窗纸，却无法传出自己的心事。不过，当莺莺听了琴声，作出了"怎得个人来信息通"的决定的时候，你便可以知道，"身无彩凤双飞翼，心有灵犀一点通"，古往今来，有情人希望互通信息的念头，都是一样的。

男女互通信息，在今天是稀松平常的事，在古代，则是天大的难题。而互通信息，从古到今，却是必须的。为了解决横亘在人际关系特别是男女之间沟通的障碍，古人异想天开地创造了"鱼雁传书"的传说，最为浪漫的，还有所谓"青鸟"的神话。据汉朝班固所写的《汉武故事》说，有"三青鸟如鸾，夹侍王母旁"。这青鸟，是西王母的侍者兼使者，专门为西王母寄情达意。当然，神仙使者，无所不能，凡间既无从阻拦，时空都可以超越。李商隐的《无题》诗云："蓬山此去无多路，青鸟殷勤为探看。"蓬山与人间，相隔不可以道里计，但青鸟往还，瞬息可达。从另一方面看，古代这些神话传说的存在，正是人们渴望男女之情得以顺利沟通的反映。

在《西厢记》里，莺莺想到的为她通信息的青鸟，正是在她身边的侍女——红娘。

不过，莺莺要和张生"信息通"，对她来说，既是困难的，也是非常勇敢的抉择。这是因为，首先，这完全是违反礼教规定的行为，万一被老夫人知道了，这不是当耍的。即使能瞒住老夫人，但莺莺长期接受礼教的教育，明知和男性"信息通"，迹近"非礼"，干这样的事，合适吗？其次，莺莺知道，要找替她和张生通信息的人，唯一的人选就是红娘。而红娘，是老夫人派来"行监坐守"的，既要依靠她，又要瞒住她，这稳妥吗？再者，作为知书识礼的小姐，靠丫头来往传话，一旦被看破了心事，脸皮上搁得住吗？凡此种种，均属莺莺的"心中之贼"。要解除这捆束在心头的绳索，确实让莺莺费煞踌躇。但是，莺莺"惹恨牵情"，实在无法自拔，也只能下定决心，行此险着。于是，在《王西厢》第三本的楔子，就有莺莺派遣红娘探望张生的一场戏。

要知道，在《董西厢》里，虽也写到莺莺受到琴声的感动，但她从来没有想到要和张生通信息。至于他俩知道对方对自己的倾慕，那只是红娘自作主张，为他们两下里打探。而《王西厢》则写莺莺敞开了要和张生通信息的想法，让她第二天早上起来，即派红娘看望张生。所谓"问病"是假，"看他说甚么"是真。很清楚，《王西厢》看似只轻轻落墨，其实是处处注意突出莺莺追求爱情的主动精神，显现她大胆坚定的个性。

为西王母通信息的侍者青鸟，是神物；为莺莺通信息的侍者红娘，却是凡人。凡人有思想，有感情，对事物有自己的考虑。莺莺要让红娘为她与张生通信息，而这人间的"青鸟"，又有什么样的想法呢？她仅仅是充当邮递员的角色吗？这一点，正是《王西厢》第三本第一折所要展示的问题。

古代女子深锁闺中，男女授受不亲的教条缚住了女子的手脚，使她们不大可能有和异性直接沟通的机会。在这种情况下，无论是男子希望与小姐接触，或是女子希望与男性交流，往往倚靠身边的婢仆传达情意。因此，在古代的爱情生活中，丫头确也担当了重要的角色。唐代的传奇小说，其中多篇都有婢仆们替恋人沟通心事的描写，像《会真记》所写的红娘，就为男女主人公递信传话，来往奔走。不过，唐传奇所写的人间青鸟，全只是工具。她们的任务，纯粹是传递；她们的作用，等同后世的"邮票"，而不是活生生的人。《王西厢》却把起着青鸟作用的丫头视为"人"，让红娘在传书递简的过程中展示思想感情的活动，栩栩如生地让处于丫头地位的少女展现独特的个性，这在中国戏曲史上，可说是全新的创造。

莺莺要和张生沟通，唯一的办法，是让红娘替她"信息通"；而红娘，则同情崔张，愿意充当他们的"撮合山"。这两者之间，目的没有分歧，不是一拍即合了吗？

其实，不然。

在莺莺，她感觉得到红娘一直是母亲派在自己身边的坐探，"小梅香伏侍得勤"，对她一定要倍加小心，否则，出现破绽，被她告到老夫人那里，便会有灭顶之灾。当然，莺莺并不知道红娘内心的想法，不知道她的态度已经发生了变化。再者，小姐的身份，少女的羞涩，也让莺莺不愿意红娘知道她内心的秘密。因此，既要倚靠红娘，又要千方百计瞒住红娘，这便是莺莺决心"通信息"时所采取的方针。

在红娘，内心也有种种的考虑。上面说过，在张生计退贼兵和老夫人赖婚以后，本来负有"行监坐守"任务的红娘，已经改变了对待莺莺张生爱情的态度。从莺莺"月下听琴"的表现中，她也逐步摸清莺莺在被迫以"兄妹相称"之后的想法。但是，她又知道，莺莺有许多"假意儿"，这千金小姐，会真的敢于跨越礼教的藩篱吗？会愿意被人知道她的内心世界吗？会放下架子，让丫头替她"送暖偷寒"吗？凭着红娘对莺莺性格的了解，她虽然愿意帮助莺莺与张生沟通信息，却不能不有所顾忌，不能不对小姐做进一步的观察。于是，在和封建势力矛盾激化以后，被压抑的年轻人一方，内部也出现冲突。这冲突，是人物性格差异的反映，是年轻人之间对追求爱情自由态度不同的反映，实际上，也是封建礼教和民主思想在年轻人内心角力的折射。

正因为红娘对莺莺有所顾忌，所以，当莺莺叫唤红娘，问她"怎么不来看我"时，剧本安排了她们一段对话：

（红云）你想张……
（旦云）张甚么？
（红云）我"张"着姐姐哩！

你看，红娘回答的第一句话，本来是要直白地讪笑莺莺在想念张生，可是只说了半句，莺莺一抢白，她赶紧改口。显然，红娘机敏地发现，莺莺是分明想着张生，却又害怕被人识破。这里的对白，虽然简短，但透露了红娘和莺莺两人之间，从落实"通信息"想法的开始，就首先互相试探，互相揣测对方的心态。请注意，《王西厢》在"闹简"中揭示人物之间激烈紧张而又妙趣横生的冲突，就从这几句对白中微露了端倪。

《王西厢》第三本的第一折由红娘主唱。她装得很不情愿的样子，接受了莺莺指派去看望张生的使命。到了书房，剧作者没有让她敲门进去，而是让她站在窗下，"把唾津儿润破窗纸"，偷窥张生在里面做些什么。

润破窗纸偷窥，这是一个非常性格化的动作。我们知道，人物的一举一动，和他的身份、性格是有密切联系的；反过来，在戏曲的演出中，角色的一举一动，又是他所扮演的人物身份性格的表现。因此，优秀的戏曲作者，便巧妙地选取具有特色的动作，使人物的个性展现得更加鲜明突出。

就在红娘所站立的窗下，莺莺不也曾于此月下听琴吗？尽管她也很想了解张生，"没人处便想张生"，但剧作者不可能让她润破窗纸偷窥。因为，这举止与大家闺秀的身份不合。而对红娘的处理就不同了。红娘奉命到书房去，她一边走，一边想起这里发生过的事情，想到"夫人失信，推托别词，将婚姻打灭"，结果让莺莺张生两下里害相思。到了窗下，她又想起张生口口声声说对莺莺爱得要生要死，"睡昏昏不待观经史"。她越想越兴奋，当走到了和张生只有一纸之隔的位置时，出于好奇，这机敏的丫头，自然不禁想要从旁观察张生，看看他在书房里做些什么，于是不禁做出了偷窥的举动。丫头的身份和活跃的性格，使她不会计较偷窥男子的行为是否合适，而这行为反过来恰好表现出她的身份和

个性。当她润破窗纸，往里一瞧时，"觑了他涩滞气色，听了他微弱声息，看了他黄瘦脸儿"，证实了张君瑞确实在害相思，这一来，又让红娘知道张生并非在人前虚情假意，从而进一步增加了对他的同情，怜悯之心也油然而生。

金圣叹对《王西厢》让红娘偷窥张生的处理十分赞赏，他指出："从窗外人眼中写窗中人情事，只用十数字，已无不写尽。"又指出："与其张生伸诉，何如红娘觑出？与其入门后觑出，何如隔窗先觑出？盖张生伸诉便是恶笔，入门觑出，犹是庸笔也。"[1]确实，这空灵机趣的写法，不仅能恰切表现红娘的性格，而且展示出张生的情真意切。这"志诚种"的确是入骨相思。

1.〔元〕王实甫原著，〔清〕金圣叹批改，张国光校注：《金圣叹批本西厢记》，上海：上海古籍出版社，1986年，第152页。

红娘对通信息态度的变化

红娘看准了张生的情态，便敲门进去，代表莺莺探望张生。

莺莺让红娘看望张生，主要希望从中得到张生的信息，她吩咐红娘"看他说甚么？你来回我话者"。张生一见红娘，以为她一定带来莺莺的信息，便说"既然小娘子来，小姐必有言语"。谁知道，莺莺放出的只是试探性气球，根本没有发话。他们都想知道对方有什么言语，都想从对方的言语中揣度对方的态度。《王西厢》这简短的说白，把莺莺张生相互试探的心态描绘得细腻入微。当然，红娘没有捎话，张生未免有点失落，但他没有想到，红娘在润破窗纸偷窥以后对他更加同情了。

锦字传情 禹之鼎《会真全图》

她老实告诉他：莺莺对他一直是朝思暮想，废寝忘食，"至今脂粉未曾施，念到有一千番张殿试"。这信息，比什么言语都重要。张生一听，便大胆地提出要求：请她带给莺莺一封信简。红娘立即回绝，"只恐他翻了面皮"，不肯冒这个风险。

红娘的拒绝，出人意料，但也在人意料之中。

按说，红娘是奉命来"通信息"的，张生请她捎信，不就是通信息吗？为什么敢作敢为的红娘，竟不肯答应呢？在今天看来，这实在匪夷所思，也违背了"通信息"的初衷。因此，红娘的回绝，也让观众心里咯噔一声，感到意外。

不过，仔细一想，剧作者的处理，又是意料中事。因为，莺莺要"通信息"者，乃是打听对方消息之谓也，而不要红娘去说什么，更没有授权让她传书递简。因为打着"兄妹"的招牌问病，是说得过去的；如果私相授受，性质就变了，便非礼法之所能容。何况白纸黑字，一旦弄糟了，是跳进黄河也洗擦不清的。红娘虽然同情张生，但是要她递简，那实在十分为难，此其一。其次，她虽然知道莺莺也爱着张生，而小姐的脾气，她是知道的，万一莺莺不敢搞过头，认为递简乃"违法乱纪"，那么，冒失地替张生出此一招，岂非自讨苦吃！事实上，红娘的担心，后来也为莺莺"闹简"的行止所证实了。因此，细心的红娘瞻前顾后，拒绝张生的要求，也是意料中事。

问题是，张生这傻角想疯了，他竟想贿赂红娘，说出传简事成，以后多予金帛酬谢的话。这把红娘气得发昏，她觉得被张生看扁了，一怒之下，她把张生骂得狗血淋头。不过，张生的请求，又反成了激将法，"我虽是个婆娘有志气"，在既生气又可怜他病急乱投医的情况下，红娘倒答应了张生传简的请求。

张生写信了，红娘在一旁看着，这一回，倒是红娘

锦字传情　钱书《绣像西厢时艺》

惊呆了。她看到张生文不加点，笔走龙蛇，觉得他真的有才。她越看，越觉得这傻角很可爱，"忒聪明，忒敬思，忒风流，忒浪子"，也越发认为莺莺是爱对了，越发坚定了帮助他们的决心。红娘发现，张生既志诚，又有才，和莺莺十分般配，因此，她自己也彻底改变了对张生的态度。她答应"这简帖儿我与你将去"，甚至诚诚恳恳，正儿八经，劝告张生："先生当以功名为念，休堕了志气者！"

劝张生勿因谈情影响了功名，这话出自红娘之口，实在又是出人意料的一笔。但是，剧作者的写法是合理的。因为红娘发现张生确是个人才，是可以让莺莺托以终身的。而当时，士人唯一的出路，便是争取功名。有功名，便有了一切。红娘希望张生有出息，希望莺莺有美满的归宿，在大环境和社会思潮的影响下，作为丫头的红娘，也只能视争取功名为正途。她告诫张生："休为这翠帏锦帐一佳人，误了你玉堂金马三学士。"这话似属冬烘，也不同于张生为了追求莺莺不顾一切放弃考试的做法，却是对张生莺莺将来生活的殷切期待。诚然，人们未必同意红娘的想法，却可以从她对"才"的珍惜中，看到她对张生真诚的态度。

正因为看到张生有真才实学，红娘改变态度了，她答应张生"这简帖儿我与你将去"，并且对成功充满信心，"凭着我舌尖儿上说词，更和这简帖儿里心事，管教那人儿来探你一遭儿"。请看，红娘从不肯为张生传简，到乐于为张生传简，这态度发生了一百八十度的转变。变化的关键，在于她确认和敬重张生的"才"。出于对莺莺未来美满生活的考虑，她明知这传书递简的事儿充满风险，却愿意冒险一搏。很清楚，剧作者对红娘态度变化的处理，固然有欲扬先抑，让故事情节的发展出现曲折跌宕的效果，更重要的是，这突出了红娘真诚待人以及无私助人的心性。

通信息中的勾心斗角

《王西厢》的第三本，在第一折写红娘到书房里窥看张生的动静；紧接着的第二折，便写红娘到闺房里，窥看莺莺的动静。就"窥看"这一动作而言，它在剧本里是重复出现的。

在文艺创作中，我们常会看到作家们运用重复的手法。这写法，恰似双面刃，它会有平板呆滞之嫌，但也能加深审美受体的印象。为了加深人们对作品的印象，有些作家往往刻意运用重复的手法，同时又注意在重复中呈示变化，从而让作品呈现出独特的美感。

《王西厢》写红娘为崔张"信息通"，是非常重要的戏剧动作。在"信息通"的过程中，红娘要观察张生是否真的害了相思病，按照小丫头好奇的脾气，杂剧作者让她润破窗纸窥视，是合理的。其后红娘为张生传书递简，她明知道这是兵行险着，内心不禁忐忑紧张，当回到小姐闺房时，首先小心翼翼，窥视莺莺的情态，这也是合乎情理的举动。在这里，两次的偷窥，重复的动作，恰切地根据红娘的身份个性，突显"信息通"事件的重要性。另一方面，《王西厢》在红娘窥视莺莺的描写中，改变了规定情景，这又使同一的戏剧动作，具有不同的内涵，从而让观众在妙趣横生中加深了对人物形象的理解。

红娘在第三本第二折上场的时候，早早起来等候她回来的莺莺，等得不耐烦，困思上来，又再睡过去了。剧本先作出这样的安排，给红娘的"窥视"留下了空间。

红娘来到莺莺的香闺，唱了几首曲子：

【中吕·粉蝶儿】风静帘闲，透纱窗麝兰

香散，启朱扉摇响双环。绛台高，金荷小，银
釭犹灿。比及将暖帐轻弹，先揭起这梅红罗软
帘偷看。

　　此曲第一、二句，写红娘走到莺莺闺房的窗子外
面，屋子里，伊人还在憩睡。太阳出来了，黑暗留在
后面，可是屋里依然静悄悄。窗下帘幕低垂，纹风不
动，只有麝兰香气透出窗纱，篆烟隐隐。这支曲子，从
"静"与"闲"写起，强调周遭无声无息，也为下文莺
莺放刁撒泼，主仆间的吵吵嚷嚷留下空间。

　　第三句，写红娘有点犹豫了，她揣度莺莺还未起
来，便想探个究竟。她"启朱扉"，打开了房门；摇响
了门环，弄出点声音，意在观察莺莺的反应。谁知走进
屋子里，只见灯烛还点亮着。这表明莺莺一夜没有睡
好，刚刚才阖眼睡去，不知东方之既白，房里便"银釭
犹灿"了。此曲的最后两句，写红娘走到莺莺的床边，
轻弹暖帐，这分明想让莺莺知道动静，知道床边有人。
可是，莺莺依然没有反应。红娘只好揭开罗帐，偷看莺
莺睡成个什么样子。

　　这一曲，写红娘从门外进入房中，再蹑手蹑脚走近
莺莺床边的过程，小丫头既想让小姐知道她的到来，又
不敢鲁莽地把小姐惊醒。她"揭起这梅红罗软帘偷看"，
和在张生屋外的"润破窗纸"偷看，举动如出一辙，但
偷看的对象不同，红娘内心的活动也完全两样。如果
说，她在偷看张生时带着居高临下的审视心态，那么，
在偷看莺莺时，红娘则是心怀鬼胎。因为她手上有着
要交出来的信，这信，不知道会不会成为"定时炸弹"。
下一步凶吉未卜，她需要预先知道莺莺对她来回话的
反应。谁知莺莺睡过去了，没有反应，这反使她忐忑不
安，便有那近于鬼祟的举动。而从红娘前后两次偷窥行
动的对照中，剧作者深刻地揭示"信息通"的复杂性，

生动地展现红娘性格的机敏。

红娘唱的第二首曲，是【醉春风】：

> 则见他钗𫝋玉斜横，髻偏云乱挽。日高犹
> 自不明眸，畅好是懒、懒。（旦做起身长叹科）
> （红唱）半晌抬身，几回搔耳，一声长叹。

这一曲，像是"美人春睡图"，它写红娘偷看到的
莺莺睡懒觉的情态。第一、二句，说莺莺钗横髻堕，浓
睡未醒。红娘看到她娇慵的模样，不禁觉得可笑可怜。
跟着，莺莺醒过来了，曲的后三句，则是写红娘看到莺
莺初醒的情态。"半晌抬身"，她睡眼惺忪，却还躺着，
好一会才抬起了身体。"几回搔耳"，她完全醒了，但似
是魂不守舍，又似有什么放心不下，在左思右想。"一
声长叹"，看来，莺莺想来想去，越想越烦，无可奈何，
只能喟然长叹。这三句，作者把红娘眼中莺莺醒来的过
程，写得十分细腻。在红娘，她当然知道小姐愁思牵系
的缘由，但又只在一旁观察，等待莺莺的反应。

莺莺是知道红娘已经回到房间里的。本来，她早
就等待着红娘，所以一上场就说红娘"偌早晚敢待来
也"。当醒了过来，瞥见红娘，按理，自然急着要向红
娘问个究竟。可是，她没有开腔，正眼不看红娘，装成
没事人一样，只在一边叹气。很明显，她不想主动向红
娘发问，以避免被红娘看出她内心的焦急。她用表面的
平静，压住了内心的焦躁，为的是尽可能维护自己的面
子，遮掩内心的秘密。

在红娘，她是被小姐派往问病的。按理，她从张
生处回来，就该向小姐报告张生的情况了，她也知道小
姐心里想着张生，是该会问"张生有什么话说"的。可
是，小姐摆出不问不闻、若无其事的样子，这闷葫芦究
竟卖的是什么药？红娘明白小姐有许多假意儿，所以，

她也先不开腔，只等待莺莺的发话，以便随机应变。

莺莺和红娘把主动权留给对方，在舞台上，演员没有直接的交流，没有矛盾，表面上气氛平静，甚至出现了"静场"，其实，双方内心都在紧张地活动着，都在判断形势，互相窥测，互相琢磨。剧作者根据人物的性格，安排这片刻的平静，而这静场又正好是暴风雨来临前的前奏。

红娘不想主动，可是她答应了张生的要求，必须让莺莺看到信简。她又知道钗横鬓乱的莺莺，有起床梳理的习惯，便乖巧地把简帖儿搁在妆盒儿上，"看他见了说甚么？"果然，莺莺对镜梳妆，看到简帖儿了。这时候，剧作者让红娘唱了第三支曲子：

　　【普天乐】晚妆残，乌云亸。轻匀了粉脸，乱挽起云鬟。将简帖儿拈，把妆盒儿按，开拆封皮孜孜看，颠来倒去不害心烦。（旦怒叫）红娘！（红做意云）呀！决撒了也！厌的早扢皱了黛眉。（旦云）小贱人，不来怎么？（红唱）忽的波低垂了粉颈，氲的呵改变了朱颜。

这曲首两句，写莺莺坐到了镜子前边，看到自己妆残发乱，便开始重新打扮了，她"轻匀了粉脸"，显得颇为用心。这时，尽管她很想知道红娘带回来了什么信息，但她沉得住气，不动声息。"轻匀"两字，说明她未发觉有什么异常，还在专心致志地涂脂敷粉，实际上也是耐心等待红娘的回话。

猛然间，她发现妆盒儿上面放着简帖，不禁心头上骨突一下，头也不梳了，赶紧把乌云拢起。她绝没想到，妆盒上会有简帖儿；但又知道简帖儿的出现，意味着什么。这一下，突如其来，"乱挽"一语，生动地表现出她惊愕失措的神态。

"将简帖儿拈"，莺莺拿起信了。"把妆盒儿按"，她按下了妆盒的盖子，不准备梳妆了。然后，拆开了封皮，开始专心认真地看信。在红娘看来，莺莺当然明白张生信里写的是什么，小姐把信颠来倒去不厌其烦地细看，不就说明她把信简放在妆盒上，让小姐自己发现的做法，颇为得计么？红娘以为，她琢磨到小姐的心事了，她在暗笑，在得意，心上那一块紧张的石头也仿佛落了地。当观众看到莺莺孜孜地细看情书，听到红娘唱

↑ 妆台窥简　闵齐伋《西厢记版画》

"颠来倒去不害心烦"这俏皮的一句时，也会跟着松了一口气。

红娘看到莺莺颠来倒去地看信，她没有想到，莺莺也正在琢磨她，正考虑着怎样对付她。显然，过分乐观的红娘想错了，当莺莺怒喝一声"红娘"时，红娘才发现自己的计算有误。

据说明代戏曲家汤显祖，对这曲的最后三句，有过精辟的评点，他说："三句递伺其发怒次第也。皱眉，将欲决撒也；垂颈，又踌躇也；变朱颜，则决撒矣。"这懂得创作三昧的艺术家，确能体察出《王西厢》写这三句的用意，皱眉、垂颈、变脸，三个动作，细致地刻画出莺莺发怒的过程。

发怒而有过程，正说明莺莺有着诸多的考虑。她知道，简帖儿是红娘带来的，红娘不直说，放在妆盒上，分明是在试探，有等着看笑话的意味。莺莺不愿红娘摸透她内心的秘密，更要表示自己遵守礼教的规矩，因此对这私相授受的信件来往，自然必须作出强烈的反应。但回头一想，她又需要依靠红娘去"信息通"，若自己大发脾气，万一红娘再不肯买账，或者闹将起来，岂不全砸了锅？于是，她垂首踌躇，把气吞了回去。再仔细一想，这样做，也不行。假如不表态，不发作，等于默许了张生越礼的行径，公开了少女不愿示人的秘密，结果，非但把柄全被红娘拿在手里，便是眼前的脸皮，也放不下去。再三衡量，她便"发怒"了。

其实，小姐有许多"假意儿"，红娘是预料到的，她不是早就跟张生说过，莺莺会"拽扎起面皮来"，会把简帖"嗤嗤的扯做了纸条儿"么？只不过，让红娘感到意外的，是她看错了莺莺"颠来倒去"地阅信的表情，是她在一旁窃笑得早了一些，是她没有想到莺莺会采用突然爆发的方式。就剧本而言，在细节处理中采用欲擒先纵的手法，也能收到曲折腾挪深化矛盾的效果。

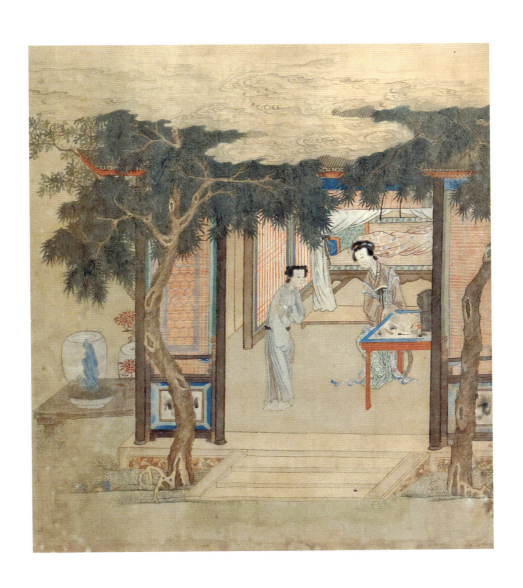

↑ 妆台窥简　仿仇英、文徵明《西厢记》图册

跟着，莺莺叱问红娘：

> 小贱人，这东西那里将来的？我是相国的
> 小姐，谁敢将这简帖来戏弄我？我几曾惯看这
> 等东西？告过夫人，打下你个小贱人下截来！

莺莺这段说白，连声痛骂红娘为"小贱人"，摆出了主人的架子和怒气冲天的模样，她故意询问简帖从哪里来，故意强调相国小姐高贵的身份和一向的循规蹈矩、冰清玉洁，这首先是把她和张生的关系撇清；跟着说要告过老夫人，表示自己见得人，曝得光，无所畏惧。这段话，说得气势汹汹，显得理直气壮。

看来，莺莺的担心在两个方面。首先，红娘带信过来，她是否知道信的内容？万一她知道张生约会的事情，岂不十分尴尬？加上红娘从夫人那边过来，如果老夫人已经知道了自己这不端的勾当，岂不百口莫辩？因此，她出其不意地采取了主动进攻的姿态，以为这可以压住红娘，可以表明自己的"清白"，而又连消带打，摸清红娘的底细。

红娘本来就知道小姐有许多"假意儿"，所以对莺莺的放刁撒泼，并不意外。她立刻回敬莺莺："小姐使将我去，他着我将来。"这等于当面拆穿莺莺，说她明知故问，假装不知道这简帖儿的来历。更重要的是，莺莺不是问谁"戏弄"她么？红娘回答："我不识字，知他写着什么？"这一下，便堵住了莺莺的嘴。莺莺不是说要"告过老夫人"么？红娘毫不示弱，她把莺莺数落一番，并且做出要往夫人处出首的模样。

红娘一心一意地帮助张生和莺莺，她说要去出首，分明也是乖巧的"假意儿"。而莺莺，倒慌了手脚，她赶紧揪住红娘说："我逗你要来！"这时候，她低声下气，死乞白赖，又是求饶，又是解释。当观众看到原是严辞

厉色的莺莺态度作了一百八十度转变的时候，不禁莞尔，都会觉得这一趟过招，赢家无疑是红娘。

不过，仔细琢磨，在莺莺和红娘互相摸底的冲突中，占便宜的其实是莺莺。

"我不识字，知他写着什么?"红娘的辩解，倒提醒了莺莺，红娘确实目不识丁，她怎么知道简帖儿的内容？在莺莺，她既要依靠红娘去和张生通信息，又不相信那"行监坐守"的红娘，更不想放下小姐的架子，让红娘知道她那悖礼越轨的心事。现在好了，她知道张生的简帖儿并未"泄密"，何况，红娘说要"去老夫人行出首"，分明老夫人还未知道这发生的一切。总之，莺莺知道了自己的担心，全属多余，当然便一下子改变态度。所以，与其说红娘摸到了莺莺的底，不如说莺莺更摸清了红娘的底，而且知道依然可以使用这一条"信息通"的渠道。这一来，莺莺立刻改变了态度，女儿家的狡狯，于此也可见一斑。

红娘不识字，莺莺放心了，也提醒了莺莺可以采用写简帖儿的方式，瞒住红娘而与张生沟通。于是，她先给红娘说了几句好话，在稳住了红娘的情绪后，立刻回信，并且公开了回信的内容，声言"着他下次休是这般"。她声色俱厉地向红娘表明：让她去看望张生，不过是"相待兄妹之礼，如此非有他意"。她还警告红娘，不能再替张生通信息了，否则"必告夫人知道，和你个小贱人都有话说"。这番话，说得斩钉截铁。随后，剧作者给演员的舞台提示是：

（旦掷书下）

莺莺掷书，随即下场，这是一个大幅度的形体动作。它十分清晰地表明严正的立场，凌厉的态度，矜持的身份。这举止，不由得红娘不认真地对待了。

这折戏，剧作者给莺莺安排了三次引人注目的动作，首先让她在睡醒后向着红娘吼叫，跟着让她揪住红娘求情，再就是写了回信掷之于地。每次的举动，都让观众感到十分突然，它比用语言更清晰地表明在戏剧冲突中莺莺心情的变化，而从莺莺的由硬到软，又由软到软硬兼施，进一步恰切地表现出她的"假意儿"。特别是"掷书下"的动作，显得神态决绝，不容分说。这一下，让红娘怔住了，连观众也会吓一大跳，以为"信息通"的事情就此了结。

　　莺莺把信扔在地上，拿出了主人的脾气，对此，红娘是很不满的。所以，剧本没有让红娘当即把信捡起来，而是先唱了【脱布衫】一曲，在背地里狠狠地指责莺莺，说她态度横蛮，"小孩儿家口没遮拦，一味的将言语摧残"；讽刺她装假正经，口不对心，"把似你使性子，休思量秀才，做多少好人家风范"。牢骚发过了，这才把信从地上捡起，"（红做拾书科）"。毕竟，小姐的命令不容违抗，张生可怜巴巴的模样也让她同情，何况，她早就看破他俩相恋的心事，决心做一个"缝了口的撮合山"。这一切，使得她到底还是硬着头皮把简帖儿拾了起来。

　　显然，剧作者处理红娘捡信的形体动作，也是很有考究的。如果莺莺掷了信，红娘立即去捡，便不容易表现红娘的心中有气。而让红娘先唱一曲，狠狠地诟骂莺莺，任由那简帖儿搁在地上，那么，剧情就出现了"悬念"，观众的注意力便集中到简帖儿上。这担负着"信息通"作用的简帖儿，就成了舞台的焦点，没有生命的道具，就有了"戏"。可见，红娘拾不拾简，在什么时候拾简，在什么样的情绪中拾简，剧作者都作了周密的安排。而这样处理的核心思想，是要表现红娘这一个"人"，说明这一个同情别人而又感到"两下里做人难"心有不甘的人，其间有多少难题，多少委屈，多少气恼，她的心境如何复杂！

这折戏，从写红娘怀着鬼胎带着简帖儿上场，到她骂骂咧咧带着简帖儿下场，她和莺莺在"通信息"问题上的矛盾，暂时告一个段落。谁能想到，在这风静帘闲烛光掩映的绣房里，在美人春睡玉体横陈的场景中，忽然演出了唇枪舌剑的一幕！是的，这里没有腥风血雨，但两个小女子的勾心斗角，竟如两军对垒，你来我往，紧张曲折，一直揪紧观众的心弦。一时间，莺莺发起突击，占了上风；一时间，红娘连消带打，以杀手锏猛然反击，让莺莺落荒退却；谁知莺莺玩的又是锁魂枪，让红娘中了招而不自觉。有趣的是，她们在互相攻杀见招拆招中，一直在互相试探，互相摸底。这颇似后来京剧中有名的折子戏《三岔口》：两个武士在黑暗中，谁也弄不清对手的方向，于是一边摸索，一边厮杀。当然，《王西厢》的第三本第二折，莺莺和红娘只是口角之争，演的是文戏。如果说，我国传统戏曲有所谓"武戏文做"的演法，那么，我们未尝不可以说，《王西厢》的这一折戏，倒是"文戏武做"。别看场面只有衣香鬓影，叽喳拌嘴，其实在莺燕追逐诮啄唧哝的背后，处处隐着杀机，布着陷阱，"消息儿踏着泛"，谁稍一失手，谁就满盘落索。

莺莺和红娘的冲突，是由莺莺对红娘的不信任而引起的。莺莺所处的环境以及她所受的教养，必然使她要处处掩饰自己追求人性自由的内心秘密，处处提防红娘的觉察。可以说，她那百般乖巧的"假意儿"，实质上是封建礼法的阴影在这深闺少女身上的折射，是追求人性和传统礼法两种思想在她脑海里斗争的反映。在红娘，则以为自己全心全意地帮助莺莺，莺莺也应将心比心，真心对待。谁知莺莺对她百般遮瞒，"言语摧残"，她自然感到十分恼火而又无可奈何。显然，她和莺莺在性格上的矛盾，是真心儿和假意儿的矛盾，说到底，也是人性和封建性之间的矛盾。

不过，这折戏写莺莺和红娘之间的冲突，毕竟是误会性的冲突，其冲突的过程虽然紧张激烈，却又充满喜剧性。人们在被兔起鹘落的节奏拨动心弦的同时，又会觉得妙趣横生。因为，莺莺和红娘毕竟是站在同一条战壕里的，她们之间不存在大是大非、你死我活的问题，而只是性格差异处境不同导致彼此冲突。因此，她们冲突的过程，具有浓厚的喜剧色彩，她们的角逐和种种表现，让观众们忍俊不禁，感受到紧张的气氛又透露出机趣幽默的韵味。

环绕着简帖儿写人物的性格

莺莺掷书下场，她和红娘在递简问题上的过招，表面上也告一个段落。

对莺莺的态度，红娘当然是很生气的，在前往张生书房送简帖儿的过程中，她一路骂骂咧咧，大发牢骚，怨愤之情，跃然纸上。

《王西厢》写红娘替张生拿简帖儿送给莺莺，后来又让她替莺莺把简帖儿送回给张生，这一来一往两段情节的进程，是一样的。例如，莺莺在等待红娘回话时，她一个先在舞台上独白：

> （旦上云）红娘伏侍老夫人不得空便，偌早晚敢待来也？

而张生在等待红娘回音时，剧本也让他一个人在舞台上独白：

> （末上云）那书倩红娘将去，未见回话。

我这封书去，必定成事。这早晚敢待来也？

很清楚，《王西厢》又一次运用"重复"的艺术手法，甚至连重要的语句也一模一样。

不过，在红娘上场后，两段的场景便不相同了。前一段，莺莺等红娘，等不及，"困思上来"，便睡了；醒后瞥见了红娘，却装没见着；见到了简帖儿，又有一番做张做致。而后一段，《王西厢》写张生等候红娘，他一见了，便急不可待，追问"擎天柱，大事如何了"。请看，这两个"有情人"在等候信息时，心情同样是焦急的，但其表现的情态，却完全不同。剧作者正是通过他们在同一事情中不同情状的对比，更深刻更生动地表现他们的个性。

有趣的是，红娘是衔命前来回信的，按理，张生一问，红娘把拿在手上的简帖儿递将过去，不就解决问题了吗？但《王西厢》却写红娘没有交信，她正在气头上，只回答："不济事了，先生休傻！"这绝妙的一句，把张生这"傻角"刺得又酸又疼，他急了，反认为是"小娘子不用心"。受了委屈的红娘更加生气，剧本让她唱了两支曲子，发了一通牢骚，告诉张生，没有希望了，"早寻个酒阑人散"，然后斩钉截铁说"只此，再不必申诉足下肺腑"并且扭头便走。这晴天霹雳，让张生如遭灭顶之灾，他眼前只有红娘这一根救命稻草，便"跪下揪住红科"，死命不放，哭着哀求红娘救他一命。

在这里，《王西厢》又一次提示演员采用"揪住"红娘的形体动作。

在前段，红娘说要去向老夫人自首，莺莺一手把她揪住；这一段，红娘回身要走，张生也是一手把她揪住。这重复出现的"揪"的举动，同样是十分强烈的，同样是对红娘的恳求。但莺莺的"揪"和张生的"揪"，神态并不一样。在莺莺，她虽然焦急，但作为主子，她知道只要低声下气地恳求，红娘是会放她一马的，所以这情急的动作中又带着嬉皮笑脸；在张生，他面临的是生死问题，所以，他确是情真意切的，剧本写道："（末跪哭云）小生这一个性命，都在小娘子身上。"显然，在情节进展的关键时刻，剧本再一次让演员采用同一形体动作，来表现不同的性格和心态，在艺术上产生了强烈对比的效果。

在红娘，她两次的被揪住，心情也是不一样的。莺莺揪住了她，她知道小姐在"做戏"，于是娇嗔一声："放手，看打下下截来！"她也知道替小姐通信是为难的事，"我若不去来，道我违拗他，那生又等我回报"，只好忍气走一遭。等到张生也揪住了她哭诉，她更为难了，她明知小姐会有什么样的反应，"消息儿踏着泛"，明知事情若是败露了，会有什么样的危险，"老夫人手执着棍儿摩挲看"。但是，她确也同情张生，为他的真诚所感动，所以说"禁不得你甜话儿热趱，好着我两下里做人难"。

红娘前后两次感到为难，内心斗争的不同，表明她越来越深地被卷进莺莺张生为争取爱情奋力斗争的旋涡里。这事情，本来与她无关，而她出于同情的主动参与，却让自己处在十分被动的境地，"你待要恩情美满，却教我骨肉摧残"。不过，在一次又一次的为难中，红娘一次又一次地隐忍，她的高贵的品质和机敏泼辣的个性，便一次又一次地得到展现。

在被张生揪着缠着弄得十分为难的时候，红娘想起了自己是带来莺莺的回简的，而莺莺分明说过回简是要警告张生，于是，她拿出了简帖儿递将过去："我没来由分说，小姐回与你的书，你自看者！"谁知张生接过来一看，喜出望外，高兴得手舞足蹈，他告诉红娘，小姐骂他都是假，书中之意，是要和他约会的。红娘也才知道"寄书的瞒着鱼雁"，原来自己上了莺莺的当。

↑ 锦字传情 《西厢记》人物故事图盖缸　清康熙　故宫博物院藏

这场戏，环绕着简帖儿，写红娘往来传递，其间曲折变化，引人入胜。等到红娘一而再，再而三地嘲责张生，告诉他"不济事了"，张生也感到绝望，万分失落之际，忽然峰回路转，绝处逢生。张生接到莺莺约会的暗示，他如获纶音，戏剧场景也从张生的哭哭啼啼转为欢天喜地，从红娘的极其懊恼转为十分错愕。这一下，气氛的强烈变幻，情节的起伏腾挪，极尽开阖顿挫之妙。观众听到张生说小姐要和他"哩也波，哩也啰"，都会捧腹大笑；而听到他解释莺莺所写的诗简，也会哑然失笑。随着张生兴高采烈手舞足蹈向红娘解释莺莺的诗简，剧本的喜剧性一泻千里，畅快淋漓。

为什么《王西厢》的这场戏，能够产生如此动人的戏剧效果？很重要的一点，在于剧作者对红娘递信时机的处理。按照情节的要求，红娘的任务是送信。试想想，如果红娘到了书房，立即把信交给了张生；张生打开一看，事情完全明白，戏就告一段落。而现在，剧作者先让红娘传话，先发一通牢骚，要张生死了心，于是，她和张生的冲突，就如掀起了万丈波澜。直到红娘把话说绝，"大决撒"回身要走，眼看事件全面崩盘的时候，剧作者才让红娘想起手中的信，戏剧矛盾也就急转直下。很明显，红娘交信的时机，牵动着矛盾的进程，《王西厢》这巧妙的安排，导致情节出现了峰回路转的奇观。

金圣叹认为这段戏"行文如张劲弩，务尽其势，至于几几欲绝，然后方肯纵而舍之，真乃恣心恣意之笔也"[1]。这评说，当然有精辟之处。但要指出的是，剧作者的高明，首先是他从人物在特定环境中特定的心理、性格出发，去处理情节的发展逻辑。为什么红娘到了书房，没有立刻交信？这是因为她受到委屈，满肚子不高兴，她的心思全在怨怼莺莺的"不肯搜自己狂为，则待要觅别人破绽"上面，加上张生还诸多埋怨，这使红娘

1.［元］王实甫原著，［清］金圣叹批改，张国光校注:《金圣叹批本西厢记》，上海：上海古籍出版社，1986年，第170页。

更气更急。她忙着责备、说明，那封重要的简帖儿，反被置于脑后，直到最后一刻，才记起来把它交给张生。无疑，这情节的进程，是人物性格的发展决定了的；反过来，这样的安排，又使人物的形象显得更加鲜明、突出。金圣叹只从结构的角度，评论这场戏具有忽紧忽弛忽纵忽收之妙，反有买椟还珠之嫌了。

如上所述，《王西厢》"闹简"这一段戏，实际上是写三个人在"信息通"中互相摸底。张生是明目张胆地摸，莺莺、红娘则是暗暗地摸。在人物的矛盾冲突中，聪明情痴又显得傻傻呆呆的张生，夹在两个机敏狡狯的女性中间，被弄得七颠八倒，似乎是全盘尽输，其实，他才是最大的赢家，因为，他终究明白了莺莺的真心相爱和红娘的热心相助。而红娘和莺莺，各有各的"假意儿"，也各摸到了对方的底。最后，莺莺利用了红娘的不识字，把寄书的"鱼雁"瞒住了。在这一回合，似乎莺莺是显得更聪明的胜利者，但是，她万万没有想到，张生会向红娘公开她回简的内容，会向她解剖情诗的哑谜。这真是聪明反被聪明误，莺莺只想到要瞒住红娘，可没想到张生不是和她有同一的想法。结果，她的底，最终还是被红娘摸到了。当然，惊喜若狂的张生解错了诗，让红娘也误以为小姐当晚就要约会，引起天大的误会，那又是另一回事了。

莺莺和张生，只能以特定的"信息通"方式保持爱情的联系，这方式所表现的历史和时代的局限性，导致人物之间产生一连串的误会。《王西厢》精彩之处，正在于巧妙地利用它来表现戏剧的冲突和人物的性格。当观众看到这一封"简帖儿"，在三个人物之间传来传去，引出几多曲折、几多冲突的时候，会感到这一道具，像是游龙舞蹈前头的那颗明珠，它来往回旋，引导着游龙奔腾逶迤地前进。显然，在戏剧中活用道具，就能产生无穷的艺术魅力，让观众兴往神来，目不暇接。

《王西厢》在传书递简"信息通"的情节中，人物唱词的精妙绝伦，人物动作的巧妙安排，人物内心的微妙复杂，种种安排，在我国古代的戏曲作品中，达到了无可企及的高度！

第十章

张生为什么跳墙

——描绘喜剧人物性格点睛之笔

"跳墙"的符号性作用

王实甫的《西厢记》有"张生跳墙"的一幕，它写得精彩绝伦，脍炙人口。

张生看了莺莺的回简，决心践约。当人们看到张生攀墙一跳，看到莺莺惊呼有贼，看到红娘让张生下跪挨骂的时候，不禁时而捧腹大笑，时而会心微笑。这一折，情节的刺激性与强烈的喜剧性融为一体，最能集中地展示《王西厢》的艺术风格。而张生跳墙这一极具个性化的举动，后来深入人心，成了勇敢追求爱情的男士那种鲁莽浪漫行为的"共名"。

但是，张生为什么跳墙，这最耐人寻味，并且引起许多人怀疑。

我记得，早在1963年左右，著名剧作家石凌鹤先生率领江西赣剧团到广州上演《西厢记》。演出后，当时的广东戏剧家协会组织座谈会，先师王季思教授和石凌鹤先生都有出席，我有幸叨陪末座。在会上，就有人提出张生为什么要跳墙的问题。对此，石先生指出："《西厢记》的'赖简'，诗中明明写道：'待月西厢下，迎风户半开，隔墙花影动，疑是玉人来'。莺莺分明开门等候，为何要跳墙过去呢？这是几百年一直未解决的问

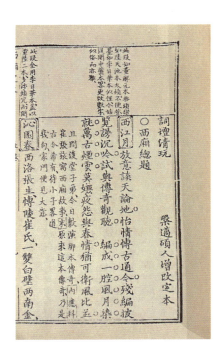

题。承某同志指出，清代某一版本写着由于红娘气愤小姐对她不信任，她到时候把小姐打开的门悄悄关上了，逼得张生不能不跳墙过去。"[1]

石先生所说的某同志，即王季思老师，所谓清代某一版本，即《槃薖硕人增改定本西厢记》。确实，这个问题，让观众和研究者长期困惑。而"跳墙"这一关目，在《王西厢》中至为重要，我们有必要对它作深入的分析。

我认为，《西厢记》中张生跳墙的举动固然可笑，但是，这一关目之所以迭代流传，和"跳墙"的独特含义，是有所关联的。

在文学史上，描写与跳墙行为有关的作品，最早见于《诗经·郑风》：

1. 石先生的发言后来刊载于《光明日报》，1962年5月9日。

《槃薖硕人增改定本西厢记》
乘夜逾墙　钱书《绣像西厢时艺》

将仲子兮，无逾我里，无折我树杞。岂敢
爱之？畏我父母。仲可怀也，父母之言，亦可
畏也。

　　将仲子兮，无逾我墙，无折我树桑。岂敢
爱之？畏我诸兄。仲可怀也，诸兄之言，亦可
畏也。

　　将仲子兮，无逾我园，无折我树檀。岂敢
爱之？畏人之多言。仲可怀也，人之多言，亦
可畏也。

　　诗中所写的那位仲子，就是跳墙的角色。墙，是空间的间隔。古代女子居于墙内，男子则在墙外。男女双方之守规矩者，即使有意于对方，也只能隔墙窥望，像宋玉写的《登徒子好色赋》不是说那东墙之女，隔着墙窥伺了他三年了吗？仲子却没有登徒子那么守规矩，他要跳墙了，这就让他的恋人颇感为难。逾其墙，意味着打破区分内外和男女的间隔，这当然被视为跨越男女大防的严重事态，是父母诸兄和社会舆论万万不能容许的。所以，诗中的女主人公，虽然也很爱仲子，却希望他不要跳墙。

　　看来，在古代，男子跳过墙去和女子幽会的事情，是经常发生的，这种行为，和封建礼教的规矩大相径庭。孟子在《滕文公章·下》指出："丈夫生而愿为之有室，女子生而愿为之有家。父母之心，人皆有之。不待父母之命，媒妁之言，钻穴隙相窥，逾墙相从，则父母国人皆贱之。"孟子特别把跳墙的行为，挑出来严加斥责，正好说明它具有相当的广泛性和代表性，以至于孟子要大声疾呼，把它作为"反面教材"。不过，孟老夫子的告诫，显然没法完全遏止人们的欲望，后世的文学作品记录并反映跳墙的事件者，所在多有，像《世说新语》载：贾充之女容貌光丽，韩寿"闻之心动，遂请婢

234

潜修音问，及期往宿。寿矫捷绝人，逾墙而入，家中莫知"。贾家有域外进贡的奇香，贾充让其女佩用。有一天，这贾老头儿忽然嗅到了韩寿身上有香气，其味与其女所佩的相同，便有所怀疑，有所觉察，"而垣墙重密，门阁急峻，何由得尔？"但经过调查取证，知道确实是韩寿逾墙，与其女偷尝禁果。"充秘之，以女妻寿。"[1]这桩事，让贾充很没面子，却只好哑子吃黄连，吞下了苦果。不过，人们对韩寿的行为却津津乐道，"窃玉偷香"也成了风流韵事的同义词。有趣的是，《西厢记》里所描写的张生请婢女潜修音问，其后逾墙而入，搂其处子等情节的基本框架行为，与韩寿偷香的故事如出一辙。当然，我们很难说崔张故事写张生跳墙，来自韩寿的跳墙，但《王西厢》第三本第二折，有红娘怂恿张生跳墙一曲，曲中说："隔墙花又低，迎风户半拴，偷香手段今番按……"（【耍孩儿·二煞】）其间，影影绰绰有着韩寿传说的积淀。

跳进别家的后园，这意味着触犯成规，侵犯私密，是对法制的逾越和对社会道德的违悖。《王西厢》第一本第一折写莺莺回觑张生后进入墙内，张生被隔于墙外，他唱【柳叶儿】："呀！门掩着梨花深院，粉墙儿高似青天。"这里所说的"墙"，语带双关，当然不光是指那只有几尺来高，用作区隔空间的建筑物，否则怎会说它"高似青天"来着？另外，就戏曲演出而言，演员纵身一跳，乃是大幅度的形体动作，它能强烈地吸引观众的眼球。因此，金元时期许多杂剧作家，都会运用"跳墙"这一特定动作，以表现一定的含义。我们粗略检索，除《王西厢》外，在戏中涉及爱情婚姻并以"跳墙"作为戏剧矛盾的契机或焦点者，即有多种。例如：

《墙头马上》第二折，裴少俊私会李千金，有"做跳墙见科"。

1.［南朝］刘义庆：《世说新语·惑溺第三十五》，北京：中华书局，1954年，第244页。

《东墙记》第三折，马彬私会董秀英，云："我掩上书房门，好去也。早来到墙边，跃而过去。"

《碧桃花》楔子，张道南寻找飞进徐知县后花园的鹦鹉，"做跳墙科"，巧遇徐碧桃。

《三虎下山》第二折，花荣逃亡，见一去处，"（跳墙科云）我跳过这墙来，原来是一所花园"，巧遇李千娇。

在爱情戏中"跳墙"动作出现的普遍性，说明了它在演出中具有符号性的作用，它是攀跳者敢于跨越道德藩篱的标志；而当观众看到舞台上出现跳墙的举动时，也必然把它和桃色事件联系起来。这一点，实际上成为金元杂剧乃至后世戏曲表演的定式。在"跳墙"行为被"国人皆贱之"的年代，作家敢于把这定式公之于舞台，给予正面的表述，这本身可以视为对礼教传统的背离，是在一定程度上对情欲追求的肯定。当然，如何通过"跳墙"表现人物的性格和作品的题旨，我们从不同的作家的不同处理中，又可以看出他们不同的创作水平。

张生解错了诗

自从《会真记》写了张生逾墙和莺莺幽会以后，骚人墨客都很关注普救寺的那堵墙。据说《会真记》是元稹的自况，他老人家对墙就一直没有忘怀，在《嘉陵驿二首篇末有怀》其二，便有"墙外花枝压短墙，月明还照半张床；无人会得此时意，一夜月明西畔廊"。宋金以来，凡与崔张故事有关的诗文，无一不提到墙，像秦观的【调笑令】云："明月拂墙花影动"；毛滂的【调笑令】云："落霞零乱墙东树"，"何处，长安路，不记

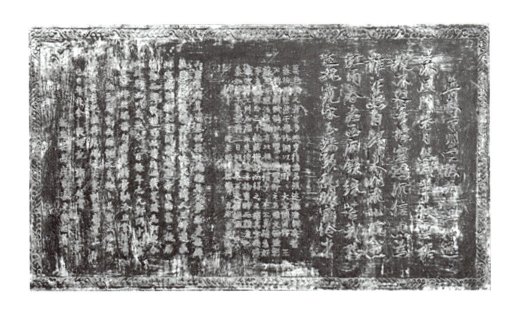

墙东花拂树"；赵令畤【蝶恋花】云："花动拂墙红萼
坠，分明疑是情人至"。近年，山西文物部门复修普
救寺时，竟发现了《普救寺莺莺故居》金代诗碣一方，
碣上有七律一首，后四句云："花飞小院愁红雨，春老
西厢锁绿苔；我恐返魂窥宋玉，墙头乱眼窃怜才。"诗
为金代大定年间蒲州副使王仲通所写。[1] 很有趣，王仲
通认定普救寺真有莺莺这回事，而且还把那堵墙提上
一笔。可见，人们一直很看重"张生跳墙"这一典型
性事件。

　　无疑，《王西厢》写张生跳墙，其情节本于《会真
记》和《董西厢》。不过，人们从来没有怀疑过《会真

1. 参看全毅先生：《西厢
记新证——金代普救寺
莺莺故居诗碣的出土和浅
析》，载《西厢记新论》，
北京：中国戏剧出版社，
1992年，第334页。

↑《普救寺莺莺故居》金代诗碣

记》里张生的跳墙。因为它分明写着："崔之东墙，有杏花一树，攀援可逾。既望之夕，张因梯其树而逾焉，达于西厢，则户果半开矣。"《董西厢》中张生的跳墙，也不成问题，因为它写张生跳墙后，才喊红娘："快疾忙报与你姐姐，道门外玉人来也。"很明显，《会真记》《董西厢》里的莺莺，是约张生在房里相会的，诗简中说"迎风户半开"的户，当是指房子的门而言。所以，《董西厢》的莺莺，不会被那跳墙而下，走过了一段路才来到跟前的张生吓一大跳。当然，《董西厢》也写到有人大吃一惊，不过，那并非不在场的莺莺，而是红娘。

必须注意的是，作为戏曲，《王西厢》有不同于元稹和董解元的写法，它把莺莺张生出现矛盾冲突的地点，由在西厢门外，改为在后花园里。园里有墙，墙上有"角门儿"，两边可通。在这里，《王西厢》根据戏曲演出的特点，改变了规定情景，从而使张生跳墙的举动呈现全新的意趣。

《王西厢》写张生接到诗简的时候，是红娘受了莺莺的气，拒绝再替他俩效劳的时候，更是张生感到爱情已经无望的时候。可是，张生打开诗简一看，原来是小姐约他幽会。这时，他喜出望外，红娘便问："怎见得他着你来？你解与我听咱。"他解道："'待月西厢下'，着我月上来；'迎风户半开'，他开门待我；'隔墙花影动，疑是玉人来'，着我跳过墙来！"这段话很重要，晚上，他即据此跳墙赴约，其后便发生了一连串的喜剧性冲突。

莺莺的诗，暗示可以和张生幽会，这一点，张生的理解是完全没有错的。但是，幽会的具体方式和时间，是否一如张生的解释？那就大有问题了。

按照《王西厢》所安排的舞台设置，角门儿就在墙边，所以后来红娘一开角门，叫一声"赫赫赤赤"，张

乘夜逾墙　禹之鼎《会真全图》

生这呆鸟便在墙边呼应了。当然，按照我国古代戏曲的表演形态，舞台上只是空荡荡的，根本没有实体的墙和门，所谓"墙"和"门"，不过是通过演员的形体动作，虚拟它们的存在。但是，按《王西厢》的处理，它认为观众都已经"看"到门和墙是连在同一舞台平面上的。这一来，便有问题了：既然墙边有着角门儿，张生为什么不从门而过，还要跳墙？这就是上文所说的石凌鹤先生和许许多多读者提出的疑问。

对此最早提出问题的，其实是槃薖硕人。他在《增改定本西厢记》中提出：

> 夫既曰"迎风户半开"以待其来矣，又何必解作使跳墙？而下【要孩儿】一段唱跳东墙，此诸本之误。习者演者，皆未体认户半开一句。予想莺乃约生之由户而来，特以墙花影为号耳。红憾其瞒己，故生入户遇之，即推出于墙外，而使之跳墙以难之也。此乃红之侮弄，非莺之重生意也。[1]

石凌鹤先生所说的清代某版本，即是这《增改定本西厢记》。不过槃薖硕人并非清人。校友陈旭耀博士指出："徐奋鹏（1560—1642）字自溟，别号笔峒生、槃薖硕人等，江西临川人"，《抚州府志》有传，"汤显祖为之称誉"。[2]可见，明代人已经发现了《王西厢》张生跳墙的疑窦，并且给予解释，甚至妄加删改。

徐奋鹏是从戏曲演出的角度审视《王西厢》的，所以才会发现演出时崔、张、红三人处于同一舞台空间，墙和门也"呈现"于同一舞台平面。而门又明明开着，那么，为什么张生还要跳墙？因此，他认为这是红娘的侮弄，是红娘故意作出这过分的胡搞。

我认为，张生的跳墙，根源是他对莺莺的诗简理解

1. 中华书局上海编辑所编辑：《槃薖硕人增改定本西厢记》上卷，北京：中华书局，1963年，第69页。

2. 陈旭耀：《现存明刊西厢记综录》，上海：上海古籍出版社，2007年，第188页。

错了，这不是红娘捉弄，更不是张生的才华问题，而是《王西厢》出于刻画人物形象的需要，苦心经营的艺术安排。

张生解错了诗，他解错了什么地方？

张生对诗的第一句的解释，是没有错的。至于第二句"迎风户半开"的户，指的是哪里？是指莺莺闺房的户，还是指张生书房的户，或是指花园里的角门儿？那就莫衷一是了。有人认为，那"户"，应是指莺莺房里的户，并且考证一番"门"与"户"的区别，说明莺莺所说那半开的"户"，只能是内室的小门[3]，认为莺莺是说开着房门等待张生。这说法，似有点深文周纳了。假如真是如此，那么《王西厢》的张生，向红娘解诗时就应说"他开户待我"，而不是说"他开门待我了"。可见，《王西厢》里的张生，也不是把"门"与"户"区分得很清楚。

在张生心目中，诗中所指的户，是指角门儿而言。在《王西厢》，剧作者让这道角门儿有很多戏，"佛殿奇逢"时张生遇上莺莺，莺莺秋波一转，进入角门；"隔墙酬和"时，张生从门外撞进来要会莺莺，红娘忽地把角门儿关上，张生只好望门兴叹。由于这角门儿和张生有不少因缘，莺莺所指的户，他以为就是指此处，这也是可以理解的。

至于诗简的第三、四句"隔墙花影动，疑是玉人来"，张生认定是莺莺叫他跳墙过来，这是百分之百的"主观主义"。这两句，不过是莺莺盼念之辞，她想象着隔墙花影动摇，意中人便会翩然而至。总之，这十个字，无论如何不能凭空生出一个"跳"字来？而张生却坐实小姐是让他"跳"，这真是一个可笑的疏忽。

值得一提的是，在《会真记》和《董西厢》里，莺莺诗的第三句，均作"拂墙花影动"，但《王西厢》则改"拂"为"隔"。我翻阅了手边几本《王西厢》版本，

3. 王万岭：《张生解诗何错之有》，载《戏曲艺术》2003年第1期。

包括最早的"弘治本"和流传很广的"暖红室本",都是如此。我认为,这一字之改,颇有文章,因为《会真记》《董西厢》中的莺莺,确是暗示张生逾墙以达于西厢,诗中用"拂"字是恰切的。但是《王西厢》改变了这个细节的构思和场景,它所塑造的莺莺,并没有叫张生跳墙,于是把"拂"改为"隔"。因为,如果仍旧作"拂墙",还可以理解为墙头上有影拂动,多少和"逾"有些联系。而改为"隔墙",则清楚地说,是墙的另一边花影在动。既是隔开了墙,莺莺怎能看见影在动?我认为,《王西厢》这里细微的改动,其实是细心得很,生怕若沿用"拂"字,或多少也会让观众和张生一样发生误解。现在,挑明是"隔",那么,诗的后两句,明明只是莺莺想象之辞,其中并没有"跳"的意思。然而,偏偏是那样平易的诗句,多才的张生却理解错了!

妙趣横生的喜剧性

有人认为,张生解错了莺莺诗简中"疑是玉人来"的"玉人"一词。他们认为《王西厢》中的"玉人",乃是女性的代指,亦即指莺莺,并征引古代诗文以及《王西厢》中许多以"玉人"比喻女性的词句为证。据此,"疑是玉人来",应是指莺莺说自己前去幽会。后来莺莺"酬简",便果然是和红娘"抱衾与裯"到书房送上门去了。

这一意见,自然也能给人以启发,不过,窃以为古人用"玉人"一词,既可指女性,也可指男性。在《王西厢》里,红娘说:"原来是玉人帽侧乌纱。"《董西厢》卷四【双调·搅筝琶·尾】由张生唱:"快疾忙报与你姐姐,道门外玉人来也。"此二例所说的玉人,便不

242

是指女性。可见，玉人的用法未必需要严分男女。至于莺莺后来私诣书房，那是已经知道不能再瞒住红娘，已经明确通知"今宵端的雨云来"，这和当初她千方百计想瞒住红娘的心情大不一样了。不可想象，莺莺在寄"待月西厢下"那首诗时，一方面不想让红娘知道她有约会的意向，一方面当晚竟和红娘一起，到后花园幽会去了。

其实，诗无达诂。我国诗歌的创作，往往具有语言模糊或者意象朦胧的特点，它需要读者在接受时，按照自己的生活经验给予补充、解读，换言之，审美受体对审美主体往往需要进行再创造。这是以文字符号作为创作手段的诗歌所特具的魅力，也是接受者对诗歌的理解，往往不同于作者主观意图的原因。例如，王之涣的《登鹳雀楼》说"欲穷千里目，更上一层楼"，也许诗人真的只是希望人们从楼的第二层爬上第三层，但读者又可把诗意理解得更周延、更深刻，审视出其中含有丰富的哲理。

在《王西厢》里，张生做出跳墙的莽撞行为，问题就出在他对莺莺那首诗整体的理解，和莺莺原意大有出入。这样的处理，正是剧作者刻意的安排。至于张生解错哪一句，是把"玉人"一词理解为男还是为女，似也不必深究。

请注意，《王西厢》是有意让莺莺原诗的意思，写得不那么直露显豁的。本来，在《会真记》和《董西厢》里，莺莺的诗题为"明月三五夜"。《会真记》写张生收到诗简时是"二月旬有四日"，于是"既望之夕，因梯其树而逾焉"，这与"三五夜"的时间对应。《董西厢》则把张生收到诗简的时间，设定在月之十五日，所以张生说："今十五日，莺诗篇曰《明月三五夜》，则十五夜也。"（见卷四）张生遂据此而赴约，也是说得过去的。很明显，无论是《会真记》还是《董西厢》里的张生，都不存在解错诗的问题。至于这两部作品里的莺莺，也都翻了脸，那是它们所写的两个莺莺，各有各的心态，笔者于此不拟论述了。

可是，在《王西厢》里，莺莺所写的诗，是没有诗题的，这一来，诗意显得比较模糊，莺莺虽然表达了约会的意向，却没有任何有关时间的暗示。而张生，竟然毫无根据地说：小姐"着我今夜花园里来，和他哩也波，哩也啰哩！"这实在十分滑稽。为了强调这一点，《王西厢》还在红娘离开书房后，给张生设置了一段精彩的独白，写他由于认定幽会时间就在当日，便焦急地等待太阳下山，一会儿诅咒"今日颓天百般的难得晚"，一会儿催促太阳"疾下去波"，一会儿埋怨"太阳何苦又生根"，显然，《王西厢》一方面有意删去了故事原型的诗题，避免"三五夜"一词会使人产生误解，一方面却着重写张生一口咬定了约会的时间，反复渴望黑夜的来临，还一厢情愿地发挥他的性幻想。这一减一加两面下注的写法，使崔张的矛盾冲突更具喜剧色彩。

在莺莺，《王西厢》写她当晚确是到花园里去了，但那是红娘请她去烧香，而并非她有意当晚就前去幽会。所以，作者写她一边赞美着月明风清，一边走进后花园，神态并没有什么异样。当然，在红娘眼中，小姐则心怀鬼胎，"打扮得身子儿诈，准备着云雨会巫峡"，但那是由于红娘接受了张生对诗的解释，先入为主，便戴着有色眼镜去观察莺莺的举止。如果我们把"酬简"一折，作者写莺莺明确通知张生"今宵端的雨云来"，准备前去幽会时扭扭捏捏的模样，与本折写她跟着红娘烧香时的神态作一比较，便可知道她当晚确是没有赴约的心理准备。

《王西厢》写莺莺的诗没有设定约会的时间，而张生则莫名其妙地认为是约他"今夜里来"，此其一。更

↑ 乘夜逾墙　仿仇英、文徵明《西厢记》图册

严重的是，莺莺的诗没有着他跳墙，他却在给红娘解诗时，凭空生出个"跳"字，此其二。这样一来，当他在晚上做"跳墙搂旦科"的时候，不把莺莺吓得半死，才怪呢！

如果说，《王西厢》对张生误解约会时间的写法，还比较隐晦，那么，对张生误解约会的方式，便不惜多次点明。作品反复环绕着"跳"字，引导观众注意"跳墙"这一视点。它写张生首先得意扬扬地向红娘解说小姐"着他跳过墙来"，随后，忽然又害怕起来，担心"小生读书人，怎跳得那花园过也"。倒是红娘大力鼓励他跳，"怕墙高怎把龙门跳？嫌花密难将仙桂攀"，他才下定决心，排除万难。更有甚者，剧本写当晚在后花园里，红娘先打开了角门儿，走进墙的那边，和张生通了"赫赫赤赤"的暗号。张生以为她是小姐，一把搂住了她，红娘便骂："禽兽，是我！"这时候，张生忘了跳墙的"吩咐"了，他已饿得个"穷神眼花"了。倒是红娘提醒他"休从门里去，则道我使你来，你跳过这墙去"，他才回过神来，真的"手挽着垂杨"跳过墙去。

无疑，《王西厢》让张生先搂红娘，乃是制造噱头，但它也表明张生实在急得忘乎所以。当观众看到他误搂红娘，为之忍俊不禁时，谁知道还引出更大的笑料。这傻角分明知道角门儿开着，可是一经红娘提醒他"休从门里去"，他才想起小姐是"着我跳过墙来"的，便真的过其门而不入，昏头昏脑地跳将过去。请看，《王西厢》为了凸显"张生跳墙"的行动，先写他兴高采烈地认为莺莺着他跳墙，跟着写他竟说害怕墙高，不敢去跳；等到晚上到了墙根，又忘了要跳；而门儿开着，明摆着不用跳时，他却出人意料地奋力一跳。总之，跳还是不跳？跳时忘了跳，不用跳却跳，剧作者环绕着"跳"字，手法摇摇曳曳，最后点睛之笔，落在"末作跳墙搂旦科"的强烈动作中。当人们看到莺莺花容失色，惊呼"是谁"的时候，几百年来，无不为之喷饭。

张生为什么要跳墙？这无非是他解错了诗。对此，有人怀疑：张生才华绝世，岂会有解错诗之理？其实，对坠入情网的人来说，爱情是他心中的暴君，使他理智不明，判断不清，一意孤行，不计后果往痴狂的方向飞奔；而愈聪明的人，愈会犯低级的错误，这是在现实生活中经常发生的事。《王西厢》抓住了人物在特定环境中的特定状态，来表现形象独特的个性，这使它能在戏曲创作中取得卓越的成就。

我们毫不怀疑张生的才能，也不怀疑红娘的机敏，可是，为什么张生连诗也解错了？就客观情况看，是因为诗歌这一特定体裁本身可具语言模糊性；就主观的情况看，在张生，接到诗简时，是红娘对他发了一通脾气，拒绝再为他俩当"缝了口的撮合山"的时候，是他感到爱情已经绝望的时候。可是，当打开诗简一看，原来是小姐约他幽会！这时，像是从天上突然掉下了一块大馅饼，正饿得头昏眼花的他，大喜过望，头脑发热，于是聪明一世，懵懂一时，以致差之毫厘，谬以千里。这就是戏中人物所处的特定情景。而《王西厢》这样的处理，正是要表现聪明的志诚种至痴至呆的个性。至于红娘，由于怨恨小姐不信任自己，"颠倒瞒着鱼雁"，立心要瞧破她，"看你个离魂倩女，怎发付掷果潘安"。她又不识字，自然相信了张生对诗简的解释。当晚，她便怂恿莺莺到后花园"烧香"，开了角门儿后，又怂恿张生跳墙，于是便发生了令人捧腹的笑话。

只要我们仔细分析，又可以发现，《王西厢》为了让人们注意这匠心独运的处理，它是处处关照着观众，要留心张生的解诗并且猜错了的问题的：

第一，当红娘问张生对解诗有没有把握时，他回答："俺是个猜诗谜的社家，风流隋何，浪子陆贾，我那里有差的勾当！"

第二，红娘离开了书房，张生又急又喜，独白云："小生是猜诗谜的社家，风流隋何，浪子陆贾，到那里挖扎帮便倒地。"

第三，当晚，就在张生临跳之前，红娘再一次核实："真个着你来哩？"他答："小生猜诗谜社家，风流隋何，浪子陆贾，准定挖扎帮便倒地。"

第四，后来莺莺翻脸，红娘在旁边唱道："却早禁住隋何，进住陆贾。"

第五，莺莺发脾气后回去了，红娘便嘲笑张生："羞也！羞也！却不风流隋何，浪子陆贾！"

第六，跟着红娘唱【离亭宴带歇拍煞】："猜诗谜的社家，歪拍了'迎风户半开'，山障了'隔墙花影动'。"

同样意思的话，在有关"跳墙"的情节中竟反复出现六次之多，这并非行文累赘，而是剧作者紧紧抓住"猜诗谜的社家"解错了诗这一环，处处提醒人们注意。可见，《王西厢》处理张生为什么跳墙的艺术构思，用意是清楚的，只是后人不察，让这精警之笔反成了"千古疑案"。

当晚，毫无思想准备的莺莺被张生一跳一搂，当然下意识地惊呼。后来虽然知道这家伙竟是张生，可是红娘在旁，怎能让张生那样胡搞？于是，少女的羞怯，传统思想的约束，身份的优越感，对红娘的猜忌情绪，霎时间一齐涌上心头，便立刻翻脸喊贼。再说，虽然莺莺也大胆追求爱情，但在这特定的情景中，突然碰上了张生轻狂冒失的举动，如果她不发作，那倒是咄咄怪事！

《王西厢》是一部抒情性喜剧，我认为，作者对"张生跳墙"这一情节的处理，不仅有助于塑造张生、莺莺、红娘三个人物的性格，更重要的是，有助于渲染剧本的喜剧色彩，使它呈现出与其他崔张故事不同的特质。上面说过，《会真记》和《董西厢》都写到张生跳墙，也写到莺莺翻脸，但读者听众，能笑得起来吗？又暖红室刻本《西厢记》附录之九，辑录了无名氏的《围棋阗局》残折，其中也有张生跳墙的描写。它写张生夜里走到墙边：

> （旦对红奕，末云）听有棋声，此是莺莺
> 小姐与红娘月下下棋。不免悄悄的逾墙，走到
> 棋边看数着若何？我且过去看咱。（做逾墙科，
> 旦、红惊科）

用不着分析，《围棋阗局》的张生跳墙，也没有什么可以引人发笑的地方。

同样是"张生跳墙"，《会真记》等所写的"跳"，不可能让人发笑；而《王西厢》所写的"跳"，却让人不可能不发笑。究其原因，首先在于《王西厢》要把崔张故事构建为喜剧，因此，尽管它依据故事原型，沿用张生跳墙这强烈的动作，但由于作者对人物的性格重新审视，从而让这一重要的情节呈现全新的情趣。

现存王实甫的剧作，有《韩彩云丝竹芙蓉亭》残折。其中【游四门】有云："却正是蒺藜沙上野花开，可不道'疑是玉人来'。"【尾声】又云："怎肯教信断音乖，则要你常准备'迎风户半开'。"曲中直接运用了与张生跳墙有关的诗句，可见他对这一情节的热衷。当他以戏曲体裁改编崔张故事时，便根据重新塑造人物形象和营造喜剧效果的需要，苦心孤诣地调动各种艺术手段，让跳墙的事件脱胎换骨。

如上所述，《王西厢》继承了《董西厢》张生跳墙这一推动爱情发展的情节，却一方面巧妙地改变了戏剧

的规定情景和场景，另一方面，把故事原型中不曾解错诗的张生，改为糊里糊涂地解错了诗。总之，以误会贯串在这场戏的矛盾冲突中，从而使情节充满喜剧性，使人物形象具有鲜明的个性，这就是《王西厢》写张生跳墙取得非凡魅力的奥秘。

第十一章

今宵端的雨云来

——怎样看"酬简"中的性描写

"双斗医"科范的作用

张生经过"跳墙"的折腾，他真的病了。

老夫人知道了，便请长老找太医给张生看病。

莺莺也知道了，便请红娘捎给张生一个药方。红娘开始是不愿意的，后来还是答应了。这就引出了"酬简"的一幕。

在红娘来到书房之前，《王西厢》安排了一个怪怪的片段。这片段只有两句舞台提示：

（洁引太医上，《双斗医》科范）

"科范"，指的是一个程式化的片段。至于《双斗医》，据王季思老师对这提示的注释云："闵遇五曰：'《双斗医》，元剧名，见《太和正音谱》，必有科诨可仿。犹他剧"考试照常"之类。'友人叶德均曰：'《双斗医》，院本杂剧均有之，其插演于杂剧中者，必是院本。'按《降桑椹》剧第二折，有太医及糊涂虫（亦太医名）插科，疑即此所谓《双斗医》科范。"[1]

《降桑椹》一剧，写蔡顺给母亲疗疾，孝感动天，桑树竟在大雪天长出桑椹，供他为药。此剧的第一折，

1. 引自王季思校注，张人和集评：《集评校注西厢记》，上海：上海古籍出版社，1987年，第135页。

251

插入王伴哥与白厮赖的大段诨闹。第三折则插入桑树神、雷公、电母的歌舞表演。而在第二折，就插入两个医生即糊突虫与太医的诨闹。这两个庸医是拜把兄弟，一起给蔡母看病。一个给她右手把脉，一个给她左手把脉；一个说病人患的是热症，一个说患的是冷症。于是争执起来，互相厮打，一边打，一边一递一个的念白：

> （太医打糊突虫云）：我能调理四时伤寒。
> （糊突虫打太医云）：我善医治诸般杂症。
> （太医云）：我疗小儿肚泻惊痫。
> （糊突虫云）：我治妇女胎前产后。
> （太医云）：我会医四肢八脉。
> （糊突虫云）：我会医五劳七伤。
> ……
> （太医云）：我会医胸膛上生着孤拐。
> （糊突虫云）：我会医肩膀上害着脚疔。

然后，他们打打闹闹地下场。这就是所谓"双斗医"。有趣的是，在《降桑椹》各折的诨闹表演中，又可安排插白，在表演区之外那些类似检场的人员，也能参与哄闹。这些段子，乃是具有程式性的院本，是一些与情节没有直接关系的杂耍。

金元时期的杂剧以及早期的南戏，在演出过程中，往往插演大量和剧情无关的杂耍。这种形态，和杂剧继承了宋代杂戏的表演有关。据《东京梦华录》卷八载，六月六日神诞时，"于殿前露台上设乐棚，教坊钧容直作乐，更互杂剧舞旋"。又说"自早呈拽为百戏，如上竿、趯弄、跳索、相扑、鼓板、小唱、斗鸡、说诨话、杂扮、商谜、合笙、乔筋骨、乔相扑、浪子杂剧、叫果子、学像生、倬刀、装鬼、研鼓、牌棒、道术之类，色色有之"[1]。这诸如此类的杂耍，宋金时代也称之为院本

1. ［宋］孟元老等著：《东京梦华录（外四种）》，上海：上海古典文学出版社，1956年，第47、48页。

或杂戏，它们是群众喜闻乐见的表演形式，当金元时期出现具有叙事性的戏剧时，这些杂耍伎艺也羼入其中插演，让演出显得花花杂杂，所以，人们便把这一剧种，称为杂剧。特别是，在杂剧的折与折之间，或是为了表示情节告一段落，或是为了让演员有足够的改换装扮时间，它往往会插演诸般与情节无关的杂耍作为分隔。当然，现存的元代杂剧文本，折与折之间的杂耍插演，都看不到了，但是，明代臧晋叔在编纂《元曲选》时，他是知道元杂剧的折与折之间有杂耍插演的，只是他把这些东西删掉了，致使今天的读者误以为元杂剧的表演很纯粹，一点也不杂。其后，臧晋叔改订《玉茗堂四种传奇》之《还魂记》，在其第二十五折的眉批中便指出："北剧四折，只旦本供唱，故临川于生旦等皆接踵登场。不知北剧每折间以爨弄、队舞、吹打，故旦末当有余力。"至于像上面引述《降桑椹》插演《双斗医》的情况，在现存的元杂剧中所在多有。正由于金元杂剧演出时具有杂七杂八的特点，所以被命名为"杂"。而从杂剧的"杂"，也说明了金元观众重视戏曲娱乐性的审美趣味。我认为，这是我国戏曲在表演上不能忽视的传统。[1]

我们今天看到的《王西厢》文本，在折与折之间，完全没有被诸般杂耍分隔的痕迹。如果当初的原本，也有过许多杂耍插演的话，那么，正好说明现存的颇为纯净的文本，乃是经过明人删削改编的成果，这也是杂剧《西厢记》是由王实甫初创而后为元明文人不断修改、集体写定的佐证。

值得注意的是，为什么在《王西厢》的第三本第四折里，却有《双斗医》科范？这一个与剧情没有直接关系的杂耍，在剧本中出现，到底有什么作用呢？

无疑，《双斗医》是很搞笑的段子，当观众被太医和糊突虫的打闹逗得哈哈大笑时，剧情的连贯线也被打断了，人们甚至暂时忘却了等待观看红娘又到书房通信

1. 请参阅拙文《元剧的"杂"及其审美特征》，载《文学遗产》1998年第3期。

息的事。

　　我认为,《王西厢》正是从剧本结构上考虑,有意识地中断情节的贯串线。因为就通信息的事件而言,红娘为它往来奔走多次了。传话,递简,回简,传话。这通信息的内容虽有不同,而场景却是相似的。为了调剂剧场的气氛,调整观众的情绪,《王西厢》便在红娘最后一次传书给张生,而张生又病骨支离,让人为他担心惦挂的时刻,插演一段《双斗医》科范,从而使这一次与前两回的"通信息",场面上的气氛大不相同,不致让观众产生情节重沓的感觉。

　　另一方面,《王西厢》插上这一段科范,也使老夫人对张生的关心变得可笑。老夫人知道张生病重,紧张起来,一面让长老延请太医,一方面又着红娘去张生住处,询问太医有关张生的症候,该吃什么汤药。谁知道,请来的却是一双活宝!这一来,太医和糊突虫的行为越是滑稽可笑,越显得老夫人糊涂迂腐,完全不懂青年的心理。同时,这一番浑闹所营造的气氛,也为下文红娘拿出了莺莺的"药方",让张生霍然而愈的喜剧性场面,提供了极有讽刺意味的铺垫。

　　无疑,《王西厢》在"酬简"前插演《双斗医》科范,不过是枝节性的安排,然而我们从这细微之处,倒可以看到剧作者在艺术上的匠心。

历史主义地看待涉"性"的问题

　　莺莺以诗简告诉张生:"今宵端的雨云来。"晚上,经过红娘的催促,她半推半就地到了张生的书房,有情人共成云雨之欢。在这里,《王西厢》用了几支曲子,写张生莺莺两情缱绻的情况,其中【胜葫芦】【幺篇】两曲写得比较露骨,引起了人们的争议。

过去的评论者，多认为这套曲子"诲淫"，"猥俗"，"莽率俚浅"，"殊无蕴藉"，倒是金圣叹认为："有人谓《西厢》此篇最鄙秽者，此三家村中冬烘先生之言也。夫论此事，则自从盘古至于今日，谁人家中无此事者乎？若论此文，则亦自从盘古至于今日，谁人手下有此文者乎？谁人家中无此事？而何鄙秽之与有？"[1]金圣叹还认为：剧作者"意在于文，意不在于事也。意不在事，故不避鄙秽，意在于文，故吾真曾不见其鄙秽"。显然，金圣叹的说法，有强词夺理之嫌，因为"事"与"文"，本来是结合在一起的，不可能事鄙而文不鄙。但值得注意的是，金圣叹实际上认为在作品中写性爱，也并不鄙秽，因为此事家家都有发生，何鄙秽之有？换言之，他认为"性"是人的自然之性，是人性的一个方面。既然其事并不鄙秽，在文学作品中给予表现，也是可以的。在他看来，《王西厢》中对"性"的描写，是适度的，文字的表现是美的，因而不存在鄙秽的问题。

至于"酬简"所写的有关性爱的文字，是否适度，是否会刺激观众的官能，此属见仁见智。但剧本既要写"今宵端的雨云来"，那么，即使文字写得再含蓄、再蕴藉，也依然会引起观众对"性"的遐想。实际上，这一段涉"性"的相对露骨的文字，《王西厢》也一直刻意给它穿上诗化的外衣，用辞遣句，力求美妙而不污秽。所以金圣叹认为，崔张这桩事，是"妙事"；表现它的"文"，也是"妙文"。其实，剧情发展至此，即使《王西厢》没有正面写"性"，甚至只让张生莺莺相携转入幕后，而现场观众，难道就不知道里面会发生什么事么？不会联翩绮梦，想入非非了么？再者，根据我国古代戏曲表演的传统，舞台上表现"性"，不可能出现"脱"的场面。所以，《三西厢》是否涉及鄙秽，实在也不必过虑。值得研究的倒是，为什么在封建礼法依然森严的时代，在戏曲创作依然强调"不关风化体，纵好也

1. [元] 王实甫原著，[清] 金圣叹批改，张国光校注：《金圣叹批本西厢记》，上海：上海古籍出版社，1986年，第209、210页。

枉然"（《琵琶记》语）的时代，《王西厢》竟会在爱情戏中，把"性"的描写搬上舞台？

在人类社会中，男女相处，两情相悦，大脑皮质细胞自然会有"性"的萌动。因此，情与欲，实际上是结合在一起的。人世上，不可能有柏拉图式的恋爱。男性和女性之间，那种没有"欲"的情，乃属亲情、友情，而不是爱情；同样，没有情的"欲"，只是动物本能的冲动，更不是爱情。很清楚，如果人们肯定爱情是人类社会中的正当行为，那就不必对"欲"有任何的排斥。保加利亚理论家基里尔·瓦西列夫在《情爱论》中甚至提出："研究和观察表明，爱情的动力和内在本质是男子和女子的性欲，是延续种属的本能。"[1]他还认为，爱情是人性的同义语，爱情的秘密乃是人性的秘密。因此，如果从人性的角度看待爱情的追求，或者从男女对爱情的追求表现人性，那么，在文学作品中涉及性描写，本属正常之义。对它的评价，不存在应不应出现的问题，只存在写得美还是丑的问题。

翻开我国的文学史，不难发现，古代的文学作品，早就出现了涉及"性"的描写。被封建卫道者奉为经典的《诗经》和《易经》，有些地方，对"性"的描写甚至相当露骨。像《召南·野有死麕》在"有女怀春，吉士诱之"之后，就出现"舒而脱脱兮，无感我帨兮，无使尨也吠"之句，你看，那位怀春的少女，竟求那位吉士别动手动脚，别惹得狗儿也吠了起来。他们在野地上干些什么？不问可知。至于《易经》的《咸卦》，爻辞中写道："咸其拇"，"咸其腓"，"咸其股"，"咸其脢"，"咸其辅颊舌"。所谓"咸"，即感也，动也，这里是指吻的意思。而"拇""腓""股"，等等，是人体的各个部分。这爻辞所写的，无非是那男士对女士进行性挑逗。这一点，连荀子都看得很清楚，他指出："《易》之《咸》见夫妇，夫妇之道不可不正也。"[2]所谓夫妇之道，指的是男女的

1. ［保］瓦西列夫著，赵永穆、范国恩、陈行慧译：《情爱论》，北京：生活·读书·新知三联书店，1984年，第1页。

2. 有关《咸》的分析，请参阅拙著《周易辨原》，广州：广东人民出版社，2008年，第311页。

性行为。可见，古人在作品中，对此也并不讳言。只是后世的道学家们视而不见，或者千方百计地曲解了这些被他们视为不雅的"经典"之作。至于历代的民歌，虽经人篡改，而有关性描写的词语，屡见不鲜。事实上，那些黄色的段子，在民间的作品中，一直是普遍的存在。

唐以前，在文人创作的作品里，确实尽量回避有关性的描写。但是，到了封建时代的后期，情况便与前大不相同。以宋词为例，且不说流行于市井的柳永的作品，里面多有涉及性挑逗的描写，就连生活在贵族之家的女词人李清照，在她那首脍炙人口的【凤凰台上忆吹箫】里，也出现"香冷金猊，被翻红浪"这些涉性的句子。在当时，人们是知道这话的含义的。据王和卿的【小桃红】云："夜深交颈效鸳鸯，锦被翻红浪。"《墙头马上》的【后庭花】也写道："恨不的倚香腮，左右偎，便锦被翻红浪，罗裙作地席。"我们知道，李清照的词，写的是和所爱者分别时的情思，而连她那样身份的仕女，竟也把夜里的绸缪聚上笔端，这说明，宋代的文人雅士，把作品中出现性描写视为常态。

在金代，《董西厢》早就写到莺莺抱着衾枕与张生幽会的情景。在卷五，它首先写张生梦见莺莺到来，便与她"锦被翻红浪，最美是玉臂相交，偎香恣怜宠"（【仙吕调·绣带儿】）。后来莺莺果真依约来到书房，与张生尽鱼水之欢，唱本更用【大石调·洞仙歌】和【中吕宫·千秋节】两支曲子，很露骨地描写他们的性行为。显然，当时的听众对这些描写颇感兴趣，所以董解元才会不惜使用涉"黄"的语言，迎合大众的口味。

以《董西厢》为创作蓝本的《王西厢》，在写到莺莺到书房里和张生偷情的时候，既继承了《董西厢》的做法，也为了迎合时尚，使用了颇能刺激观众官能的文字，这很容易理解。当然，如果《王西厢》对有关莺莺张生偷情的描写，只作暗场处理，例如让他俩下场，留下红娘作风花雪月的旁叙，也未尝不可，观众也会明白崔张在里面干些什么！不过，《王西厢》一贯强调张生莺莺追求爱情的主动性，在"酬简"一折，作者直露地渲染他俩的性行为，而不采用含蓄暧昧的写法，这反更能展现剧本醺畅淋漓的风格。

在封建时代后期，商品经济渐次发展，市民阶层渐次壮大，封建统治力量相对削弱。为了强化统治，钳制异端思想，封建势力要求人们"存天理，灭人欲"。他们视人欲为洪水猛兽，因为，容忍人的欲望，承认人有"欲"的本能，承认人性的存在，便会动摇封建统治势力赖以生存的思想基础。在"灭人欲"的教条被高唱入云，统治势力加强礼教宣传之际，文坛上的性描写，却日趋泛滥，乃至于像《王西厢》那样，敢于把人欲呈现在舞台之上，在众目睽睽中展现"性"，这显然是对"存天理，灭人欲"的反拨。

其实，在封建时代后期，人们对统治阶级推行禁欲以至窒息人性的主张，一直是十分反感的。最明显的例子是，提出"存天理，灭人欲"主张的朱熹，就被人揭露是一个纵欲的伪君子，说他引诱两个年轻的尼姑为妾，说他把儿媳的肚子也弄大了。朱熹害怕了，赶紧向皇帝承认自己的主张是"伪学"。人们对理学这釜底抽薪的打击，让道学先生极其狼狈。因此，如果和当时整个社会意识形态的斗争联系起来，那么，文学作品出现性描写，不仅是为了迎合市民的口味的问题，而且可以视为对封建主流思想的一种挑战。

涉"性"描写与人性观念的醒觉

《王西厢》写张生的钟情热恋，乃至颠鸾倒凤，都发生在和尚谈经礼佛的普救寺里。

月下佳期　禹之鼎《会真全图》

按说，《王西厢》这一剧本的小说原型，元稹名之曰《会真记》。会真者，会仙也。元稹是说张生会见了神仙一样的莺莺，倒没有在篇名中强调他们遇合的地点。

到金代，董解元以诸宫调的形式重新创作张生、莺莺的故事，定名为《西厢记》，又称《西厢挡弹词》或《弦索西厢》。其后，王实甫的杂剧也采用《西厢记》这一名目。显然，他和董解元一样，也很注意强调这一段风流韵事所发生的特定的地点和空间。

文学创作，包括戏曲的创作、作品的题目，当然寄寓着作者的创作思想以及作品的题旨，例如关汉卿的《窦娥冤》，剧名便点明了这故事是桩冤案，马致远的《荐福碑》，剧名则提示"荐福碑"这一块石碑在戏中具有特别的作用，等等。至于以故事中的特定地点作为剧名，更是说明了作者对情节某一特定地点的重视，例如《东墙记》《东窗事犯》《望江亭》《圯桥进履》等，剧名均突出了地点，这都和作者注重它在戏中的作用，或者暗示它有特具的含义有关。

《西厢记》的取名，明显是要突出"西厢"这一个发生风流韵事以及风流性事的地点。西厢者，偏厢也，普救寺中的西宾所居的客馆也。它虽然不是寺院的建筑主体，却是属于普救寺整体的一个部分。董解元和王实甫把作品命名为《西厢记》，把爱情故事和佛寺联系起来，让观众意识到梵王宫殿的瑞烟幡影，牵惹着巫山云雨，其中用意，颇为深刻。

佛教的戒律，强调禁欲，"色戒"，乃是佛门戒律中要求信众慎之又慎的一条。就禁欲的主张而言，它和宋元理学提出的"灭人欲"的论调，是一致的。在佛门，主张"色即是空"，认为客观存在的一切，都是虚妄的、不存在的。"色"，包括女色，也是空的。因此，他们反对有任何的性追求。他们认识到，女色与"情""性"互为表里，密不可分，它最易迷人心志，影响信念，甚至能损坏菩萨的金刚不坏之身，因此，佛门最忌言"性"。女色既是"色"的重要方面，戒女色，绝欲念，便成了佛门要求佛教徒必须遵守的规矩。总之，为了强调"空"是绝对的真理，佛门不惜标榜这违反人性的行径。

佛教在传入中国以后，发展为若干宗派。其中一派，主张不必整天持经守戒地苦修，认为只需在冥思中或者在片言只字中，顿然悟觉到佛教的真谛，那么，即使是犯了杀生之戒的屠夫，也可以放下屠刀，立地成佛。这主张人人都有佛性，主张只需要心灵交感便可以成佛的宗派，叫作禅宗。由于禅宗认为不必经过许多折腾就能登上彼岸，认为可以很轻易取得进入天国的门票，因此，它对中国的善信，有着更大的吸引力，中唐以后，禅宗盛行，当然，包括禅宗在内的佛门戒律，其中违反人性的一面，也随着佛教中国化的进程，在社会上产生了较大的影响。

人之性，包括性欲，乃是人类的属性，是作为哺乳类中的"人"必然存在的本质。作为人，欲念的发生、发育，就像是一条顺势而下滔滔汩汩的江河。孟子说："性犹湍水也，决诸东方则东流，决诸西方则西流。"[1]你可以规范、引导其流向，但拦不住它。若要堵截，它便扭曲变形，或者泛滥成灾。

1.［清］焦循:《孟子正义》，北京：中华书局，1956年，第433页。

佛门厉行"色戒"以及宋元理学提出"灭人欲"的主张，其本质，无非是为了让人们心无旁骛地奔向某一种理念。他们知道，人之性，最易渗透、溃蚀理性的堤防，最会对他们宣扬的理念构成致命的威胁，因而故意漠视人性，诋毁人性，甚至索性否认人性的存在。但是，青山遮不住，毕竟东流去。且不说卫道先生如朱熹者自身也灭不了欲，离不了性，即使是理论体系至为精致完整，清规戒律至为绵密森严的佛门，实际上也无法完全抹杀人的本性，无法遏止"色"的诱惑。历代酒肉和尚故事的层出不穷，便说明"食、色，性也"是人的本质属性，它总会导致信徒公开地或隐秘地沾尝禁果。也正是出于对佛门违反人性的戒律的反感，宋元以来，文坛上出现不少嘲讽佛门淫秽的作品。有些作品，则是同情僧尼向往正常生活的"思凡"，甚至描写像玉通和尚那样久经修行的高僧，实际上也经不起欲火的燃烧，轻易地损坏了金刚不坏之身。总之，道学先生和佛门子弟愈是高扬禁欲的旗帜，在文坛上就愈是出现了更多有关色情的描写。世间事，越堵越乱，于此可见。

有意思的是，最彻底地反对佛门的禁欲主义的，恰好来自佛门。

在我国古代，广为流行的佛教禅宗，传为达摩和尚所创。其理论，建立在"万法皆空"的基础上。到唐末，禅宗分为南、北两派，它们都以"空"作为佛法的本体论。北派认为通过修行，渐渐可悟到"空"；南派更为激进，认为"空"可以顿时觉悟。无论是渐悟还是顿悟，他们都把"空"作为佛教理论的核心。

然而，这一来，就出现了难以解决的悖论。既然一切都是空的，"空"是绝对的真理，照此推论，那么，空到最彻底时，就连佛乃至佛教的教义，也是空的，是不存在的虚无。按此逻辑，佛教自身也遭到全盘的否定。其后，南派的禅宗，更派生出所谓"狂禅"，他们以极其狂怪的行为，追求对"空"的顿悟。他们本身是佛门中人，却不按佛教的清规戒律行事，甚至发展到嘲僧骂祖，说"我这里佛也无，法也无达摩是老臊胡，十地菩萨是担屎汉"。在他们看来，佛既提倡空，那么佛也是"空"的，怎么骂也无所谓，因为连这骂，也是"空"的，骂了也是白骂。与此相联系，他们认为女色也是"空"的，也属虚无的。这就无所谓"禁"，无所谓"戒"，无所谓性活动，甚至把实质上的性行为，也作为顿悟的一种途径。宋代的宗杲，就是著名的认为可以通过性行为得以悟道的和尚。

由"性"悟道，实在匪夷所思。而宗杲，却身体力行地去干了。据说他在能仁寺说法时，见到一年轻女子，生得很漂亮，便和她发生性行为。经过他的"超度"，这女子便成为女尼，取名无著，后来她也成了著名的佛教徒。

据《五家正宗赞》载，宗杲的徒弟首座和尚道颜，对宗杲的行为有所不满。宗杲便告诉他：这女子"大有长处"，应该见见她。道颜领命，便与无著以"佛法相见"："师（指道颜）至帐前，见（无）著寸丝不挂，仰卧于床，师指曰：'者里（按，指阴部）是什么去处？'著曰：'三世诸佛，六代祖师，天下老和尚，皆从此中出。'师曰：'还许老僧入否？'著曰：'者里不度驴，度马！'……"[1]宗杲、无著的行为，颇堪发噱。这一类狂禅，以性欲对付佛门的禁欲，以女色对付"色戒"，它分明是对戒律的否定。若按"四大皆空"的理论推导，宗杲们的行为是合乎逻辑的，以性而论，彻底的"性"，便是无"性"，便是"空"。于是，性行为便可以成为"顿悟"的法门。其结果，反导致了人性的复归。很明显，和提倡"灭人欲"的朱熹污行被揭穿，被视为笑柄一样，在佛门中，给禁欲主义以最沉重的打击、最尖刻的嘲弄者，恰好是佛门中人，可见，无论是卫道先生"灭人欲"，还是佛门的禁欲，总之，他们推行的反人性的言行，越来越受到社会各个方面的抵制。

在封建时代后期卫道者竭力鼓吹禁欲，而其统治力量实际上渐趋弱化的情况下，文坛上写情涉"性"的作品越来越多，甚至把"性"视为情之致的表现。这就是为什么连李清照那样的深闺淑女，也竟把性游戏写上辞章的缘故。宋元以来，勾栏瓦肆，舞榭歌台，是市民汇集之所。为了适应观众的审美趣味，小说戏曲、弹词唱本出现涉"性"的描写更是不足为奇。正因如此，董解

1.［宋］绍昙撰：《五家正宗赞》卷三，《续藏经》第一辑第二编乙第八套第五册，台北：台湾新文丰出版社，1975年影印，第478页。

元的《西厢记诸宫调》就有好几首写到张生动手动脚颇为色情的曲子。

《董西厢》既已滥觞于前，《王西厢》自然接踵于后。如果《王西厢》在"酬简"中的描写比《董西厢》显得"干净"，反令人感到不可思议了。

行文至此，我们可以回过头来看看这部作品命名的问题了。剧名《西厢记》，当人们被提醒注意"西厢"这一特定的地点，注意到青年男女的情与"欲"，就发生在寺院范围之内，这本身就是对佛门禁欲主义的绝大的讽刺。

不过，问题还有值得注意的另一个方面。在《王西厢》，它明明知道佛门的教义，和情与"欲"互不相容，而剧作者笔下的和尚，对在佛门管辖之下的西厢里面发生的情与"欲"事件，却采取同情的态度。如果说，在《董西厢》，其间还多少以嘲弄的笔调，写到和尚们的庸俗，那么，在《王西厢》里的和尚，则全以正面的形象出现。他们都同情张生和莺莺，每到关键时刻，和尚们便会为崔张提供帮助。且不说孙飞虎兵围普救寺时，惠明和尚见义勇为，冲出重围，搬来救兵，就连其后崔张在寺院遇到的种种"魔障"，都少不了和尚的参与。例如，张生生病，和尚便帮忙延医诊治；张生被迫参加科举，和尚便前来送行，为难堪的情景打了圆场；张生赴考，老和尚惦念选情，便买了登科记；他知道张生中了状元，便不管老夫人的意向，亲到十里外迎候，为崔张矛盾的解决提供了条件；等到张生要和郑恒当面对质，老和尚坚决站在张生一边，保证张生不是悔婚的没有行止的秀才，还提醒老夫人，当初有杜确将军为张生作证，婚事不好轻易推翻，这有力地帮助了崔张婚姻问题的最终解决。总之，普救寺里的和尚，一直介入崔张爱情婚姻的纷争之中，一直同情本来不应在禁欲的佛门中发生的情欲。郑恒不是也破口大骂吗？他宣称："这桩事都是那长老秃驴弟子孩儿。"这骂虽然过分，但和尚们对"有情人"的结合起了推动的作用，确也不容否认。

在《王西厢》，不仅寺院里面的"西厢"，为张生莺莺提供了情事展开的地方；不仅西厢旁边的"角门"，为他俩的暗往明来提供了通道；实际上，诵经礼佛的和尚，都为这一对"有情人"的越轨，大开了方便之门。这原是禁欲的吹嘘六根清净的佛门，竟成了孕育爱情的园圃和行云播雨的阳台！

必须指出的是，在杂剧作者的笔下，普救寺绝不是藏污纳垢之所，里面的和尚，也都是善良正派的角色，而不是如一般戏曲小说中所嘲讽的那些色鬼淫僧。当然，法本、惠明也不是像宗杲、无著那样以"性"悟道的狂禅。《王西厢》的题旨，也并非像槃蔼硕人、金圣叹等评论者所说的具有"色空"思想。在杂剧作者的笔下，普救寺里的和尚，他们不排斥情，不排斥欲，只是以平常心对待人世间的情与欲。总之，剧作者在戏中并没有宣扬佛性，也没有诋毁佛性，和尚们的种种言行，也都与佛性无关。无论是法本还是惠明，他们的举动，也只是顺性而为，而他们所顺的，也只是人之常"情"，人之常"性"。换言之，《王西厢》所写的大大小小的和尚，都只是居住在普救寺里的普普通通的"人"。

自然，我们也不必强调《王西厢》具有反对包括佛教在内的禁欲主义的旨趣，实际上，这部戏也并非以此为箭垛。我们只想引起注意的是：杂剧以"西厢"为题，以寺院为背景，以和尚们的言行为衬托，都说明了即使有封建礼教的严密钳制，即使有老夫人的严格拘系，即使有清规戒律森严管辖，简言之，即使在这礼教与佛教双重禁锢，似乎是针插不入、水泼不进的僵硬凝固的环境里，竟仍孕育出鲜活的人性之花，竟仍在黑暗的王国里蒸发起艳丽的云霞。而在文学作品中人性观念的增强，意味着整个社会的价值理想在逐步转变，在逐步醒觉。

上面，我们从《王西厢》中出现的性描写，谈及如何看待封建时代后期的文学作品中的具有普遍性的问题，意在给这社会和文学现象作出历史主义的解释。我们并不认为文坛上爱情作品非涉"性"不可，只说明在一定的历史环境中，涉"性"作品的出现，与人性思想的抬头有关。当然，如果这种描写过于露骨，过于泛滥，又适足说明人性思想在发展过程中受到了扭曲；说明那种宣扬动物性之作，也属违反人性的表现；说明如果事态发展到极端，也势必走到自己的对立面。

第十二章

我直打死你这个贱人

——戏剧高潮的处理和红娘的"侠气"

暴风雨来临前的郁闷

我乘车到普救寺参观时，是由侧门进入景区的。进得寺来，也和当年的张生一样，"随喜了上方佛殿，早来到下方僧院，行过厨房近西，法堂北，钟楼前面。游了洞房，登了宝塔，将回廊绕遍"。一路上，曲径通幽，花树掩映，雅趣盎然。我从大殿的后门进去，也"数了罗汉，参了菩萨，拜了圣贤"。然后径出大门，竟见前面没有遮挡，露出一大片天空，只有晴云冉冉，围栏上树梢摇摆。

我有点奇怪，再从大门往前走，才发现原来整个普救寺是建在土原之上。这土原，坡度近于垂直，高约30米。向下望去，平芜百里，黄河一线，阡陌纵横如缕，屋舍散聚如棋。我还沉醉在寺院里小楼画廊幽静闲雅的景色之中，到了原边，倚栏纵目，顿觉境界急转，心胸豁亮，摆在眼前的又是一番奇景。

人们在观看《王西厢》第四本第二折，亦即通称为"拷艳"或"拷红"一场的时候，也会有忽觉宝剑横空飞来，使人眼前一亮的感受。

在前几折，人们从莺莺张生的眉来眼去，互通信息，几经曲折，发展到在西厢两情缱绻，深深感受到他们的幸福和恩爱。特别在"酬简"一折，《王西厢》甚至以露骨的笔墨，极写男欢女爱，也让人陶醉在风流旖旎的桃云之中。谁知道，就在"春意透酥胸，春色横眉黛，贱却人间玉帛"的时刻，春光乍泄，老夫人觉察到莺莺"语言恍惚，神思加倍，腰肢体态，比向日不同"，立刻追查，于是形势急转直下。而人们看到两种势力剑拔弩张，以为矛盾斗争进入高潮，剧中人必有一番龙争虎斗的时候，谁知红娘经过一番辩白，以四两拨千斤之力，让老夫人瞠目结舌，作声不得。这一刻，红娘说得痛快淋漓，剧情发展一泻千里。就像人们走到普救寺的大门一样，门前的土坡，陡然垂直下降，让您完全想象不到眼前会出现如此奇妙突兀的景色，也让人感到放下了包袱，无比快意，舒心地吐出了一口长气。

金圣叹把这一折戏，定名为"拷艳"。他在评论时说："偶因读《西厢》至'拷艳'一篇，见红娘口中作如许快文"，认为"何积闷之不破"，便记述了当时读戏的感受。这篇文字泼辣生动，在戏曲评论中独具一格，很能给人以启发，兹录数则以飨读者：

> 其一，夏七月，赤日停天，亦无风，亦无云，前后庭赫然如洪炉，无一鸟敢来飞。汗出遍身，纵横成渠，置饭于前，不可得吃。呼簟欲卧地上，则地湿如膏，苍蝇又来缘颈附鼻，驱之不去。正莫可如何，忽然大黑车轴疾澍澎湃之声，如数百万金鼓，檐溜浩于瀑布，身汗顿收，地燥如扫，苍蝇尽去，饭便得吃，不亦快哉。

> 其一，十年别友，抵暮忽至，开门一揖毕，不及问其船来陆来，并不及命其坐床坐榻，少叙寒暄，便自疾趋入内，卑辞叩内子："君岂有斗酒，如东坡妇乎？"内子欣然拔金

籝相付，计之可作三日供也，不亦快哉！

其一，空斋独坐，正思夜来床头鼠耗可恼，不知其戛戛者是损我何器，嗤嗤者是裂我何书，中心回惑，其理莫措。忽见一狻猫注目摇尾，似有所睹。敛声屏息，少复待之，则疾趋如风，㪫然一声，而此物竟去矣，不亦快哉！

其一，于书斋前，拔去垂丝海棠、紫荆等树，多种芭蕉一二十本，不亦快哉！

其一，春夜与诸豪士，快饮至半醉，住本难住，进则难进，旁一解意童子，忽送火纸炮可十余枚，便自起身出席，取火放之。硫磺之香，自鼻入脑，通身怡然，不亦快哉！

……

其一，看人风筝断，不亦快哉！

其一，看野烧，不亦快哉！

其一，还债毕，不亦快哉！ [1]

1.［元］王实甫原著，［清］金圣叹批改，张国光校注：《金圣叹批本西厢记》，上海：上海古籍出版社，1986年，第225—229页。

金圣叹读了《王西厢》的这一折，心情痛快，这段评论的文字，也写得十分痛快。他以在现实生活中各种各样让他感到痛快的事情，和读到这折戏时的感受贯通起来，用以表达对"拷艳"的评价。在文学创作中，作者运用如钱钟书先生所说的"通感"手法以描绘事物者，屡见不鲜，但用之于评论，让读者更好地理解作品，应以金圣叹的写作最为成功。过去，高尔基曾说文学的评论是"解剖刀"，这实不妥，因为文学作品应是有血有肉的生命之体。人们面对着它，并非如面对冷冰冰的尸体。它所显示的形象、意象，会和读者、评论者产生互动；而审美的受体，也必然会在阅读时把自身的感情与作品融合起来。如果评论者能把自己的感情倾注在评论之中，那就更能帮助读者对作品的欣赏和理解。金圣叹的做法，很能给人以启发。

金圣叹列举他遇到的各种各样痛快的事，其实都有着相同的地方：第一，在事情开始的时候，感到极烦恼，极无奈，极不痛快。第二，在事情进行当中，意想不到地出现让他顺心的转折。只有具备以上两种条件，才使他感受到无比的痛快。也可以说，第一个条件是第二个条件出现的蓄势；而第二个条件的出现，又反过来成了第一个条件的衬托。

　　在《王西厢》的第四本，老夫人觉察到莺莺出现异常状态，追查红娘，矛盾双方即时出现正面的交锋，老夫人甚至挥起棍棒，剧情陡然紧张。人们正想看看机敏的红娘如何腾挪躲闪，谁知她径直承认莺莺和张生早就同居。更令人想不到的是，红娘的一席话，竟让气势汹汹的老夫人一下子蔫了下来，作声不得。两代人的矛盾斗争的形势，朝有利于"有情人"的方向，急转直下。当人们看到老夫人被红娘说服，有气无力地承认"这小贱人也道得是"的时候，确实都会和金圣叹一样，感到无比痛快，既为红娘那番水银泻地般的话感到痛快，又为莺莺张生的爱情出现转机感到痛快。

　　金圣叹具有异端思想，他同情争取婚姻自主的有情人，实在很了不起，但是，他毕竟缺乏戏剧创作的经验，只能以评点文章的方法去评说《王西厢》，而未能从舞台的角度，研究杂剧作者以怎样的艺术方法，让红娘的并非激烈的堂前巧辩，达至让观众感到痛快淋漓的效果。

　　如果审视《王西厢》这一段情节的进行，我们便可发现，在"酬简"一折，剧作者先安排了风流旖旎的一幕，让观众感到无比的温馨。紧接着，欢郎通知红娘准备接受老夫人审查，戏剧的规定情景陡然生变。这一段戏，让观众忐忑难安，很不痛快，深深感到在暴风雨来临前气压的低迷和郁闷。

　　所谓不痛快的戏段，我们指的是《王西厢》第四本第二折，即从此折开头到老夫人和红娘正面交手之前的一段，亦即莺莺东窗事发后和红娘紧张彷徨的一段。

《王西厢》堂前巧辩的这段戏，源出于《董西厢》。不过，《董西厢》这一段情节比较简单。它写老夫人发觉莺莺有异，质问诸婢，"诸侍婢莫敢形言"，她便高声地喝："贱人每怎敢瞒我，唤取红娘来问则个！"于是，红娘和莺莺急到堂上。老夫人警告红娘："如还抵死的着言支对，教你手托着东墙我直打到肯。"（卷六）红娘一听，便请夫人息怒，随即坦白进言了。

《王西厢》对这一段的处理，则细腻得多。它先写老夫人和欢郎上场。老夫人发觉莺莺近日神态不同，起了疑心，欢郎就告发红娘和莺莺烧香，"半晌不回来"。老夫人更怀疑了，命欢郎唤红娘来。谁知欢郎径直告诉红娘：奶奶已知道她们到后花园干了什么勾当，还向红娘半是透露，半是警告，说"如今要打你哩"。

这一段看似轻巧的笔墨，十分有趣。欢郎这小鬼头自作主张，在红娘面前，竟把自己打扮像老夫人的"钦差"，表明他什么事都知道，得意得很；而又把自己是个"告密者"的身份隐蔽起来，免得招人怨恨，显得颇有点心计。在观众，当然知道欢郎玩的是什么鬼花样，但红娘却被他弄蒙了，还以为只是遵命来传唤的哩！至于老夫人要唤红娘过来，事态将会怎样发展，她是否会真的拷打红娘，莺莺她们将怎样应付，这便让观众不得不担心起来。很明显，《王西厢》加插了这一段具有缓冲性质的过场戏，既让红娘晓得了老夫人要兴问罪之师，又让她先不和老夫人直接接触，这就合理地为红娘留出了展示思想感情的空间。

红娘经欢郎一吓，不禁大为紧张，脱口而出地说了一声"呀！"她立刻意识到，这一下，她干系大了，少不了粗棒儿就要落在她的身上了。她知道，被小姐拖累，这一回她实在脱不了身，必须面对老夫人，可又必须立刻把这紧急的情况告诉小姐，看看该怎样对付才好。不过，她还沉得住气，首先，她支开了欢郎，低声下气地请"小哥哥，你先去"，然后转身就去找莺莺。

看来，欢郎的突然袭击，红娘也一时措手不及，因此，她一见到莺莺，劈头就喊："姐姐，事发了也！"并且告诉她："老夫人唤我哩！"紧接着就说："却怎了？"这短促的一句，活画出红娘紧张惊慌、一下子没了主意的神态。

"却怎了？"这句话，既是红娘自己问自己，也是问莺莺。在红娘，她只一心一意地帮助莺莺张生争取婚姻的自由。莺莺"酬简"，她刚刚了却助人的心愿，绷紧的弦也刚好放松，谁知暴风骤雨要来临，她当然觉得不知如何是好。再者，红娘早就知道老夫人严格治家，"心数多，性情乜"，难于对付，但她也没有未雨绸缪，未为莺莺想清楚对付老夫人的办法。她只是一个机敏能干敢作敢为的小丫头，而不是老谋深算的玩家。因此，当知道春光泄露，老夫人找她算账的时候，她霎时间乱了方寸，没了主张。这是杂剧作者根据红娘的形象，以及根据戏剧的规定情景让矛盾形势逐步升温的处理。在这里，我们不妨对照一下《董西厢》的写法。当《董西厢》里的老夫人高声喝问红娘"与莺更夜何适"的时候，红娘立刻坦承，又"徐而言曰，'夫人息怒，乞申一言'"，似乎她对将要发生的一切，早就胸有成竹。这样的写法，比《王西厢》不只显得粗糙，而且对红娘的形象也有所损害。

"却怎了？"红娘兜头一问，吓蒙了的莺莺，登时的反应是："好姐姐，遮盖咱！"所谓遮盖，是帮忙保护掩饰的意思，她以为把事情挡住、捂住，抵死不认账，便可以支支吾吾地挺了过去。说实在的，作为当事人的莺莺，慌乱得六神无主，她又能想出什么办法了？病急乱投医，她唯一的希望，只能是让红娘这根救命稻草，替她顶住、盖住。

莺莺的馊主意，让红娘更憋着一肚子窝囊气。她反讽莺莺："娘呵！你做的隐秀者！"跟着告诉莺莺："我道你做下来也！"她准备老老实实向老夫人坦白交代，承认莺莺和张生已经"做"了。

在这里，红娘和莺莺彼此的称呼十分有趣。红娘在对外人说起莺莺时，称她为"小姐"；面对莺莺，则尊称莺莺为"姐姐"，这折上来便唤"姐姐"，是她惯常的叫法。而莺莺，对红娘一向是直呼其名，生她的气时便摆出主子的身份，叫她为"小贱人"。这回竟降尊纡贵，称红娘为"好姐姐"，明显是要恳求红娘拉她一把，救她出生天；而红娘一听到她提出"遮盖"的想法，就唤莺莺作"娘"了。但这里红娘的喊"娘"，绝不是尊敬莺莺，这一声"娘"，实在是包含着讥讽、生气、责备以及否定莺莺想法的意味。从这三个称谓的变换，揭示人物心情的变化中，我们可以看到杂剧作者语言运用的细腻。

红娘说："你做的隐秀者！"隐秀，是隐秘的意思，这是一句反话，实即说莺莺做得不够隐秘。那莺莺吃了禁果，昏头昏脑，竟不知今夕何夕。红娘认为："则着你夜去明来，倒有个天长地久。"谁知道莺莺食髓知味，一晌贪欢，不注意遮掩，不注意后果，整晚待在书房里，红娘直怨她："你则合带月披星，谁着你停眠整宿。"现在好了，弄得露诏了，莺莺就哀求红娘"遮盖咱！"在红娘，觉得这样做根本不可能。而从莺莺提出"遮盖"的办法，倒提醒了她，事到如今，不能遮掩，只能索性坦白，这就促使她下了"我道你做下来也"的决心。

红娘决定向老夫人坦白，既逼于形势，也经过思考。她深知老夫人是个精明的对手，"老夫人心数多，性情促，使不着我巧语花言，将没做有"（【越调·斗鹌鹑】），此其一。从小姐的状况看，经过爱情的滋润，她的神情体态，全都变了样子，"俺小姐这些时春山低翠，秋水凝眸，别样的都休，试把你裙儿带拴，纽门儿扣，比着你旧时肥瘦，出落得精神，别样的风流"（【紫花儿序】）。这模样，作为母亲的老夫人，一眼便可看破，要瞒也瞒不得，此其二。可见，红娘对莺莺当面抢白，决定坦白，其实也经过了仔细的掂量。

莺莺没话可说，只好退而求其次，请求红娘"到那里小心回话者"。很好笑，这待决之囚，再也无从置喙，只能把希望寄在红娘身上。而她一再把这很难以收拾的球，扔给红娘，无疑也增大了红娘的压力。红娘很明白，老夫人原来给她的任务是监管莺莺，"我着你但去处行监坐守"，现在什么也监管不了，反而出了事，老夫人肯定会认为此中有鬼，怀疑"谁着你迤逗得胡行乱走"，会把账算到她的头上来。如果把这一切说成是由她"迤逗"，这勾引的帽子更难担待，比监管不严和知情不报，罪加一等！红娘细想，与其让老夫人查根问底，不如等她一问，便"索与他个'知情'的犯由"，一切和盘托出，反会好过些。总之，这一坎，明摆着是躲也躲不过的，等待红娘的只能是十分严酷的前景。

站在一旁的莺莺，只能是干着急，她越是手足无措，越是希望红娘替她承担责任，消弭灾殃，红娘就越生气，越不痛快。红娘想，这偷鸡摸狗的勾当，是小姐干的，"你受责理当，我图甚么来？"确实，莺莺和张生在里边风流快活，干她什么事？那当儿，"你绣帏里效绸缪，倒凤颠鸾百事有"，作为丫头只站在书房外看风放哨，"立苍苔将绣花鞋儿冰透"。谁知道这风流罪过，倒要让她承担。红娘越想，越觉不值。她可以想象得到，老夫人将会怎样恶狠狠地臭骂，将会怎样咬牙切齿地拷打，"今日个嫩皮肤倒将粗棍抽"。想到这里，红娘一面埋怨莺莺只顾贪欢，也多少后悔自己的孟浪。本来嘛，事不关己，她完全可以不闻不问，不必惹此一身臊，"俺这通殷勤的着甚来由？"显然，这时候的红娘，牢骚满腹，一肚子不高兴，也怀着一肚子鬼胎。她当然很怕面对老夫人，却又不得不去见老夫人，而没了主意的莺莺还在一旁叨絮，实在使得她烦上加烦。

但是，烦恼归烦恼，红娘一面埋怨莺莺，埋怨自己，一面也在思考对付老夫人的方法。承认"知情"，这是前提。在这前提下，如何说服老夫人，也并非完全没招。很明显，红娘在焦急生气的过程中，酝酿着自己的想法，形成了一套对付老夫人的方案。所以，她在去见老夫人前，先吩咐莺莺："姐姐在这里等着，我过去。说过呵，休欢喜；说不过，休烦恼。"她没有取胜的把握，却也不是毫无希望。可以想见，红娘离开莺莺的房间，奉命到老夫人处，这期间要走一段路，演员在舞台上要走圆场。而这圆场走的时间愈长，也愈能引发观众悬念，愈希望看到红娘与老夫人的交锋。

《王西厢》写红娘和老夫人正面交锋的情节，十分精彩。人们从来只把注意力集中到老夫人如何拷问红娘，红娘如何应付这一点上，而忽略了剧本在这之前描写红娘非常担忧、非常不痛快的一段。当然，有人也从语言的角度，评说红娘唱的曲子，例如，凌濛初就说【斗鹌鹑】一曲"俱以成语迭来成曲，足见当家手"，但仍嫌隔靴搔痒。倒是金圣叹看出红娘在闹情绪："此便忽然转笔作深深埋怨语，而凡前篇所有不及用之笔，不及画之画，不觉都补出来。"又说："前于《酬简》中，真是何暇写到红娘？"[1]这番话，显得独具慧眼。

不过，金圣叹对剧作者安排这一段的用意，只理解为补写红娘在"酬简"时坐冷板凳的不满，则是皮相的。其实，从剧本的结构看，《王西厢》写这时红娘情绪的极不痛快，写她极知前景的困难，深深埋怨被卷入旋涡，正是为下文写她的绝地反击，写她出人意料轻易

1.［元］王实甫原著，［清］金圣叹批改，张国光校注：《金圣叹批本西厢记》，上海：上海古籍出版社，1986年，第232页。

地击退了老夫人，让包括金圣叹在内的读者观众感到极大的痛快。以前面的极不痛快，为后面的极其痛快，预作铺垫。

总之，从莺莺"酬简"到红娘紧张懊恼，到堂前巧辩，剧作者让观众的心情，犹如乘坐游乐园的"过山车"，有起有伏，目不暇给。又由于在巧辩之前安排了极不痛快的铺垫，就使以后情势的突变更具张力。这又像我们走到普救寺的大门口，背着山门望去，一片空荡荡；谁知上前低头往下一瞧，峨嵋堰外，又有一番胜景。从眼空无物到眼界大开，视角的落差，让人们心情更加开朗。

更重要的是，《王西厢》极写红娘的不痛快，正好表明她是一个有血有肉的活生生的"人"。她本来是少不更事的女孩，只凭对老夫人失信的不满和对莺莺争取爱情的同情，只凭着一颗善良的心，为小姐两肋插刀。谁想到忽然出现如此险恶的形势，莺莺的表现又是如此的怯懦。眼看着要她扛起这没来由的责任，因此，她的牢骚满腹，乃是在典型环境中思想感情的真实表现。正因为《王西厢》要写的是"人"，剧作者懂得作为人的内心世界，就有必要描绘"人"在面临生死攸关的斗争之前内心的复杂活动。这一点，如果把董解元的《西厢记诸宫调》与它比较，便可以发现，《董西厢》只写老夫人一抖威风，红娘立刻战栗，也立刻坦白并且劝谏，显得多么简单、粗糙。两者处理人物的水平，也高下立见。这里不必细述。

以四两拨千斤

红娘磨蹭了一会儿，只好去见老夫人了。

红娘是做好了应对老夫人的心理准备的，观众也都已知道，她揣量形势，立心向老夫人坦白。但她会是怎么样去坦白？是躲躲闪闪还是和盘托出？老夫人听了之后，又会有什么反应？这一来，随着红娘从莺莺闺房走到堂前的脚步，观众的心，也愈来愈收紧，愈憋着气想知道这明摆着的难题将会怎样解决。换言之，剧作在前边先安排红娘决定"索与他个'知情'的犯由"，这就引出了新的戏剧悬念。当然，如果《王西厢》事先没有让红娘透露坦白的意向，而采取像《董西厢》那样，经老夫人一喝一问红娘便赶紧招认的安排，给观众来一个意想不到的突转，也未尝不可，但这会让观众的心悬不起来，会降低了红娘性格对观众的吸引力。

老夫人一见红娘，立刻来个下马威，她喝骂："小贱人，为甚么不跪下，你知罪么？"红娘当然知道老夫人问的是什么。她不敢违抗，跪了下来，却又装糊涂，回答"红娘不知罪"。这一跪一答，似怕非怕，软中有硬，让人会心微笑。这是红娘对付老夫人的第一招。

老夫人知道红娘在装蒜，便戳穿她："你故自口强哩！"还进一步警告，若不招认，"我直打死你这个小贱人！"老夫人说出了"打"字，加重了惩治的筹码，证实了欢郎的通报和红娘的预感，紧张的情景进一步升温。

威严的老夫人一说"打"，从舞台表演的层面看，跪在地上的红娘应该是有所反应的，也许她会故作惊讶或者镇定甚至愣然不知所措的姿态，但就是没有搭腔。如果演出时用一记锣鼓配合这短促的停顿，场面的气氛便会绷得更紧。

紧接着，老夫人质问："谁着你和小姐花园里去来？"很明显，在老夫人张牙舞爪喊打喊杀后，红娘还是不作声。老夫人忍不住了，才索性把问题挑明，也等于告诉红娘，事情是瞒不住的！她已经知道莺莺到花园里去这么一回事，专门点出花园，就是启发红娘的赶紧招认。请注意，老夫人的口吻，不是询问红娘有没有去花园，

扫码观剧

而是质问："谁着你和小姐去花园?"这是反问句。老夫人的意思是,她没有吩咐过红娘和小姐到后花园,是谁让红娘自作主张了。显然,这等于告诉红娘,她已被肯定有"作案"的,问题就看她招不招供。

谁知道红娘一口咬定:"不曾去!"而且反问老夫人:"谁见来?"红娘以为她和小姐到花园去的事,是神不知鬼不觉的,老夫人不可能抓到什么把柄。没有人证物证,她完全可以不认账,就不存在"谁着去"的问题,更不存有没有去的问题。这反诘,反守为攻,犀利得很,红娘以为,这可以堵住老夫人的嘴了。当然,观众都知道她确实和小姐到过花园,知道她在抵赖,不禁掩口暗笑。

在红娘，虽然也做过出现最坏情况的思想准备，但能赖便赖，遮瞒过去，总比被当面拆穿为好。这是她对付老夫人的第二招。

老夫人更生气了，她没想到红娘竟反唇相讥，立刻亮出了底牌："欢郎见你去来！"这一下，轮到红娘没话可说了，她万万没有想到，她们早就被欢郎盯梢，更没想到那向她通报要去见奶奶，并且向她透露消息的"小哥哥"，原来正是告密者！说时迟，那时快，老夫人抢起棍棒儿便打，剧本的舞台提示为"打科"，演员这里应该展示幅度较大的形体动作，剧场的气氛也该进入白热化阶段。

但凡被人殴打，被动的一方，要么忍气吞声，要么喊痛求饶，谁知道，剧本写红娘两者都不是，她竟然提醒老夫人"休闪了手"。似乎她并不在意自己的"嫩皮肤"被"粗棍抽"，却只关心老夫人，替这打人者着想，担心老人家扭伤了手，那副显得既懂事而又忠心的模样，实在有趣。

这句话一说出，也等于让老夫人先别着急，消消气，让老夫人理解她一片心向着主人的态度。显然，红娘知道老夫人已经掌握了证据，再不能心存侥幸，也不能抵赖隐瞒，那就按照她原先既定方针供认。所以，红娘审时度势，不再硬顶。表面上，似有点尴尬，其实是胸有成竹，这由高姿态变为低姿态的"身段"转换，正好说明红娘的机敏。

接着，她请老夫人"息怒停嗔"，听她细说。

红娘的招供和辩解，是《西厢记》故事非常重要的转折。《董西厢》和《王西厢》，此段情节大体一致，但

堂前巧辩　黑漆螺钿《西厢记》人物故事图碟
清　广东省博物馆

279

因其审美载体的不同，各有不同的表现形式。

在《董西厢》，老夫人追查红娘"与莺更夜何适?"红娘回答："张生猝病，与莺往视疾。"老夫人大怒，要打红娘，唱本写的是：

> 红娘徐而言曰：夫人息怒，乞申一言。
>
> 【仙吕调】【六幺令】夫人息怒，听妾话踪由，不须堂上，高声挥喝骂无休。君瑞又多才多艺，咱姐姐又风流。彼此无夫无妇，这时分相见，夫人何必苦追求。　一对儿佳人才子，年纪又敌头。经今半载，双双每夜书帏里宿，已恁地出乖弄丑。泼水再难收。夫人休出口，怕旁人知道，到头赢得自家羞。
>
> 【尾】一双儿心意两相投，夫人白甚闲疙皱，常言道女大不中留。

然后，红娘又说了一番"治家报德两尽美"的道理，老夫人欣然认同，便说"贤哉红娘之论"了。徐文长认为"董词此段微伤直致，须让实甫数筹"，这判断是准确的。

《王西厢》写红娘的招供，比《董西厢》巧妙得多。首先，杂剧让红娘唱：

> 【鬼三台】夜坐时停了针绣，共姐姐闲穷究，说张生哥哥病久，咱两个背着夫人，向书房问候。（夫人云）问候呵，他说甚么？（红云）他说来，道老夫人事已休，将恩变为仇，

着小生半途喜变做忧。他道红娘你且先行，教
小姐权时落后。

　　（夫人云）他是个女孩儿家，着他落后
怎么？

　　红娘明白地告诉老夫人，她和小姐确是背地里问
候张生去了。这一点，老夫人当然是知道的，至于红娘
说她们只是"问候"，她将信将疑，立刻追问说了些什
么。谁知红娘径直说了，是张生让莺莺留了下来。老夫
人一下子急了，"男女授受不亲"，女孩儿家留下来要干
什么？在曲中，这两句短短的插白，剧作者把老夫人紧
张焦急之情，表现得活灵活现。而红娘的招供，却显得
从容不迫，她只是把当时发生过的事，娓娓道来。金圣
叹指出，红娘"作当厅招承语，而闲闲然只如叙情也，
只如写画也，只如叙一好事也，只如谈一他人也"[1]。她
不紧不慢的叙述，与夫人焦躁的神态，恰好是鲜明的
对比。

　　老夫人越急，红娘越显得坦然，她回答：

1. ［元］王实甫原著，［清］
金圣叹批改，张国光校
注：《金圣叹批本西厢记》，
上海：上海古籍出版社，
1986年，第233页。

　　【秃厮儿】我则道神针法灸，谁承望燕侣
莺俦。他两个经今月余则是一处宿，何须你
一一问缘由？
　　【圣药王】他每不识忧，不识愁，一双心
意两相投。夫人得好休，便好休，这其间何必
苦追求？常言道"女大不中留"。

　　老夫人问"落后怎的？"红娘干脆告诉她，莺莺
张生是"做下来了"。这种事，何须问缘由？何必苦追
求？红娘以反诘的语调，先是招认，后是排解。她让老
夫人自己回答自己提出的问题，连消带打，巧妙得很。
　　请注意【圣药王】"常言道'女大不中留'"的结

句，这是红娘回应老夫人质问，也是让老夫人无法再问的重要理由。

男大当婚，女大当嫁，是天经地义的，是人之常情。添加"常言道"这三个字，更强调了"女大不中留"是普世公认的道理。据知，宋元谚语，有所谓"蚕老不中留，人老不中留，女大不中留"的说法。蚕老成蛹，人老要死，是留也留不住的，这是自然的规律。同样，女儿长大了，便思婚嫁，这也是不能抗拒的人的发育成长的自然规律。实际上，谚语中"女大不中留"是表述的重点，"蚕老""人老"两种现象，不过是对后者的衬托。所以，元杂剧如《潇湘雨》《李逵负荆》等引用这句谚语时，都只突出"女大不中留"一语。这一点，老夫人是过来人，她也自然明白，因此，她无法反对，也无法反驳。而按照人性的需求看待年轻人对爱情的追求，正是《王西厢》所要宣示的价值观。在这里，我们可以再回过头来，看清楚为什么《王西厢》把莺莺的年龄从《会真记》《董西厢》所写的十六七岁改为19岁，让她成为过了婚期的大龄青年；看清楚为什么《王西厢》写处在"暮春"时节的莺莺，一再主动地"回觑"张生的缘由。

"常言道'女大不中留'"这一句唱词，常常被评论者忽略。实际上，正是这句话，让老夫人连她自身也知道有悖于人之常理，首先被堵住了嘴。

老夫人无话可说，便大骂"这端事都是你个贱人"。这句话很有意思，老夫人明明知道，事情是莺莺张生"做下了"的，若说和红娘有关，最多也只能说她是"从犯"，怎能蛮不讲理把账都算到她头上？显然，红娘说"女大不中留"一语，正好击中了老夫人的要害，谁叫她从未考虑过女儿的意愿，把大龄的女儿"留"了下来？现在女儿出格了，这怪得了谁？所以，她不好正视莺莺和张生"做下了"的使人尴尬的话题，只好把怒火都喷到红娘头上。

谁知红娘的回答是："非是张生小姐红娘之罪，乃夫人之过也！"请看，老夫人没有提张生莺莺，红娘倒不怕把张生小姐和自己揽在一起，她不仅否定老夫人的指责，并且反过来直截了当地把责任算到老夫人头上。跟着，她便对老夫人说了一通大道理，这就是所谓"堂前巧辩"广为人知的一段：

> （红云）信者人之根本，"人而无信，不知其可也，大车无輗，小车无軏，其何以行之哉"。当日军围普救，夫人所许退军者，以女妻之。张生非慕小姐颜色，岂肯区区建退军之策？兵退身安，夫人悔却前言，岂得不为失信乎？既然不肯成其事，只合酬之以金帛，令张生舍此而去，却不当留请张生于书院，使怨女旷夫，各相早晚窥视，所以夫人有此一端。目下夫人若不息其事，一来辱没相国家谱；二来张生日后名重天下，施恩于人，忍令反受其辱哉？使至官司，夫人亦得治家不严之罪。官司若推其详，亦知老夫人背义而忘恩，岂得为贤哉！红娘不敢自专，乞望夫人台鉴：莫若恕其小过，成就大事，掩之以去其污，岂不为长便乎？

红娘的答辩，可以分为几个层次。首先，她端出孔夫子的教导，强调人不可以无信。这是堂皇冠冕的大道理，老夫人只能"洗耳恭听"。其次，她举出老夫人失信的事实，这分明是指责老夫人违反礼教的基本原则，事实俱在，无可辩驳。大帽子压过去，老夫人便矮了半截。最后，红娘指出老夫人失信在先便不该留下张生，以致有此一端，这是老夫人自己的失策。既失信，又失策，是谁之过，不言自明。

大道理说透，红娘便晓之以利害，这劝告也可以分为几个层次。

首先，她告诉老夫人，若不息其事，会"辱没相国家谱"。这一击，触及老夫人的核心利益，老夫人一直把"家势""家声"挂在嘴边，放在心上，丑事张扬出去，"便是与崔相国出乖弄丑"，所谓诗礼传家的荣誉也荡然无存。对老夫人来说，这是至关重要的，因为保持相国家谱的清白，是重振家声的希望所在。家谱辱没了，一切就无从谈起。正因如此，老夫人不得不同意，她也只好承认："待经官呵，玷辱家门。"在臭骂莺莺时，还再一次说出了她不得不息事宁人的原因："我待经官来，辱没了你父亲，这等事不是俺相国人家的勾当！"这说明，红娘从崔府总体利益的角度，提醒老夫人注意弄僵此事的后果，让她受到了强烈的震动。

其次，红娘劝老夫人看好张生的前景，认为此人是有出息的，如果张生他日名重天下，和别人结婚，那么，老夫人现在便是白赔了个闺女，让张生占了便宜而反受其辱。好汉不吃眼前亏，显然，把这事弄僵了，也是不值得的。

最后，若要打官司，即使是赢了，把张生绳之以法，老夫人也不划算。因为若从法理的层面看，老夫人"亦得治家不严之罪"；从道德的层面看，老夫人是"背义而忘恩"。总之，事情闹大了，吃大亏的是崔相国一家，是老夫人自己。

跟着，《王西厢》再用【麻郎儿】【幺篇】【络丝娘】三首曲子，让红娘进一步申述，她劝说：张生、莺莺是才子佳人，是互相匹配的；张生是崔家的大恩人，是不宜把他视为"敌头"的；况且，莺莺到底是"干连着自己骨肉"。很清楚，当红娘把道理和利害说得非常透辟，让老夫人不得不权衡得失的时候，更谆谆导诱，动之以情，还摆出处处为老夫人着想的姿态，处处谦卑地说"红娘不敢自专，乞望老夫人台鉴"，"夫人索穷究"，照顾到老夫人的尊严，让她有台阶可下。

红娘这一番话，让老夫人无言以对，只好恨恨地说："罢罢罢！谁似俺养女的不长进？"你说她甘心把女儿许配给张生那"禽兽"么？当然不，但也只能像哑子吃黄连，自己吞下了苦果。

这就是堂前的"巧辩"。红娘一席话之"巧"，在于她软硬兼施，条分缕析，不紧不慢，有理有节，让老夫人的"煞威棒"打在软绵绵的垫子上。当她无可奈何地承认"这小贱人也道得是"的时候，一场激烈紧张的矛盾冲突消解了。

金圣叹不是感到"堂前巧辩"写得痛快淋漓么？他指出，这段戏的曲文，有许多地方让人意想不到：

> 实不图《西厢记》之《拷艳》一篇，红娘口中则有如是之快文也！不图其【金蕉叶】之便认"知情犯由"也，不图其【鬼三台】之竟说"权时落后"也，不图其【秃厮儿】之反供"月余一处"也，不图其【圣药王】之快讲"女大难留"也，不图其【麻郎儿】之切陈"大恩未报"也，不图其【络丝娘】之痛惜"相国家声"也。夫枚乘之七治病，陈琳之檄愈风，文章真有移换性情之力。[1]

1.［元］王实甫原著，［清］金圣叹批改，张国光校注：《金圣叹批本西厢记》，上海：上海古籍出版社，1986年，第229页。

金圣叹的评价十分精辟，如果我们从戏剧冲突的角度进行观察，便可更深刻地领悟剧作者的艺术技巧。

确实，当莺莺张生东窗事发，老夫人穷究红娘之际，气氛如黑云压城，观众的心弦也越绷越紧，谁知道矛盾进入高潮时，作者竟让红娘平心静气，直截了当，像说故事一般，把事情和盘托出；想不到作者让红娘竟以儒家经典立论，以丫头的身份向主人说大道理；想不到作者让像发怒公鸡似的老夫人，经不起红娘三寸不烂之舌的摆弄，一下子蔫了下来。这一连串意想不到的状况的出现，使戏剧冲突的形势陡然改变，强者变弱，弱者变强，这时候，要让观众不感到淋漓痛快，也难！再加上【麻郎儿】三曲，作者连用排比之句式，一气呵成；而"世有、便休、罢手"的短句，三韵一气而下。紧密的逻辑，明快的节奏，也让观众豁然清爽，长长吐了一口气，其感觉，就如闷热中忽遇倾盆大雨，酷暑一泻以尽，"不亦快哉！"

值得注意的是，红娘她答辩时，首先引经据典，搬出了孔夫子说的大道理。大道理兜头一盖，老夫人只能瞪着眼睛。在大道理的笼罩下，小道理一套套顺流而下，老夫人自然无还手之力。这就是红娘论辩巧妙之所在。

问题是，作为丫头，红娘怎么会背诵孔子《论语》的《为政》篇，酸溜溜地像学究一般说一番之乎者也？因此，有些论者认为，《王西厢》对红娘语言的处理，不符合人物的性格、形象。

《王西厢》写红娘反击老夫人的一番道理，其精神，源自《董西厢》卷六红娘答辩的一段话。在《董西厢》，红娘劝说老夫人：

> 当日乱军屯寺，夫人、小娘子皆欲就死。张生与先相无旧，非慕莺之颜色，欲谋亲礼，岂肯区区陈退军之策，使夫人、小娘子得有今日？事定之后，夫人以兄妹之礼继之，非生本心，以此成疾，几至不起。莺不守义而忘恩，每事汤药，愿兄安慰。夫人聪明者，更夜幼女潜见鳏男，何必研问，是非礼也。夫人罪妾，夫人安得无咎？失治家之道。外不能报生之恩，内不能蔽莺之丑，取笑于亲戚，取谤于他

人。愿夫人裁之。

请注意,《董西厢》里的红娘这滔滔不绝的一大段话,全没有引经据典。而《王西厢》则让红娘以《论语》劈头给老夫人将了一军,这是剧作者独具匠心的创造。

在《王西厢》里,红娘自己说过,"我又不识字"。而且,剧作者也以她的不识字,作为莺莺让她传书递简的条件。但是,这一个不识字的丫头,却叽叽呱呱背诵《论语》,实在不合乎她应有的口吻。不过,在这特定的紧要时刻,剧作者越是让红娘显得道貌岸然,观众也越会感到有趣。

大家知道,在封建时代,孔孟之道是维持封建礼法的理论依据,是用以束缚人们追求人性自由的缆索,红娘却"以子之矛,攻子之盾",把孔孟之道作为武器,用以压服口口声声严格遵守礼法的老夫人,这又恰好表现出孔孟之道的局限,说明了封建礼法的不合理。当人们看到红娘大义凛然的模样时,都会从内心发出微笑。这喜剧性的场景,也成了对封建礼法绝妙的讽刺。

是的,这番话,不像红娘的口吻,实际上,它只是剧作者在说话,只是他化身为红娘,让红娘代他说话。但这番话,也是观众的心声。因此,观众只会觉得好笑,不会因它不合人物的身份而反感。

在中国的戏曲里,剧作者把自己的主观意念,直接介入作品之中的现象,是经常发生的。由于戏曲是兼具抒情性的艺术,作者把自己的情感直接注入人物的语言中,让有些人物说的话,实际上是作者自己的话。这些话,甚至不必严格与人物身份相适应,对此,观众也不以为忤,觉得只需会其意即可。像在《王西厢》里红娘所唱的曲辞,尽管作者已注意运用通俗本色的语言,尽量让它符合低层女性的口吻,而有些地方,剧作者却有意为之，不在乎处处周全。请看第三本第四折【越调·斗鹌鹑】的几句："则为你彩笔题诗，回文织锦"，"折倒得鬓似愁潘，腰如病沈"。这里使用一连串的典故，文绉绉的，哪里是丫头口吻？不过，谁也不会追究它是否合理，是否属于剧作者的败笔。

《王西厢》让红娘以孔孟之道压人，并非只在"堂前巧辩"这一折。在第一本第二折，张生从方丈屋里走出来，趋前向红娘作自我介绍，问小姐几时出来。红娘怒云："先生是读书君子，孟子曰：'男女授受不亲，礼也。'君子'瓜田不纳履，李下不正冠'。道不得个'非礼勿视，非礼勿听，非礼勿言，非礼勿动'。"这一通炮火，让张生作声不得。你说，作为丫头的红娘，真能把孔孟的话背得滚瓜烂熟么？其实，从红娘的行为看，她也不相信孔孟之道，请看后来她怂恿张生跳墙，闯出祸来，立刻又装得一本正经地呵斥张生："你既读孔圣之书，必达周公之礼，蚤夜来此何干？"（第三本第三折）可见，红娘既可用"孔孟之道"来镇住不守礼法的张生，又可以之堵住老夫人的嘴，她不过是把经典作为可以摆来摆去的工具。其实，剧作者有意让既不识字又不遵礼的红娘，连篇累牍地掉书袋子，说穿了，这不过既是要表现红娘的机敏，更是剧作者要通过红娘的口，表达对束缚青年男女身心的教条作出的反讽和调侃。而剧作者主观意念的直接介入，让红娘以不合身份的口吻，说一通子曰诗云，又大大增强了剧本的喜剧色彩。

婢女形象的发展

从红娘为帮助张生莺莺争取爱情的自由，周旋于他们之间，以及让老夫人不得不接受既成事实的情况看，这一名身为仆役的丫头，具有善良泼辣和非凡机敏的个性。很明显，在年轻一代争取婚姻自由和人性得以纾张的斗争中，如果不是有红娘居中斡旋策划，化被动为主动，那么，"有情人"成为眷属的美好愿望实在不可能实现。据称，汤显祖认为："红娘真有二十分才，二十分识，二十分胆。有此军师，何攻不破，何战不克。"（《汤若士先生批评西厢记》）确实，红娘从容镇定，处变不惊，她那把对手玩弄于股掌之间的才华，就像运筹帷幄有胆有识的统帅。

在封建时代的家庭里，婢仆居于最底层。为什么杂剧作者竟让一个身为下贱的丫头，在戏中担当如此重要的角色，发挥如此重要的作用？

我国古代的叙事文学作品，在唐以前，很少涉及婢女的形象，魏晋时代，刘义庆的《世说新语》，算是较早对婢女活动有所描写。像《文学第四》写道：

> 郑玄家奴婢皆读书。尝使一婢，不称旨，将挞之。方自陈说，玄怒，使人曳着泥中。须臾，复有一婢来，问曰："胡为乎泥中？"答曰："薄言往诉，逢彼之怒。"[1]

这两个婢女的一问一答，都出自《诗经》的《邶风》，刘义庆记述这一个片段，意在表明郑玄一家文学水平之高，连婢女也能把《诗经》顺手拈来。不过人们也可以看到婢女的机智，看到她们具有较高的素质。

在唐代，传奇小说对婢女的描写多起来了，有些作品，还根据婢女所处的特定地位，展现她们为维护自己的权利进行巧妙的斗争。像《却要》一篇写道，湖南观察使李庾的女奴却要，"美容止，善辞令"，李家的四个儿子都想勾引她。清明时节，大郎持花求爱，却要"取茵席授之"，约他晚上在庭中的东南等候；跟着，又碰

1. 徐震堮:《世说新语校笺》,北京:中华书局,1984年，第105页。据徐注,"胡为乎泥中"出自《诗经·式微》一诗;"薄言往愬",出自《诗经·柏舟》。

上二郎，二郎上前调戏，却要"复取茵席授之"，约他晚上在庭之东北隅等候；二郎既去，又遇三郎过来搂抱，却要约他晚上到庭之西南隅等候；随后，又被四郎遇上，拉拉扯扯，却要便约他晚上到庭之西北隅等候。到晚上，四兄弟比比而至，各趋一隅，彼此见面，心虽惊怪，却又不好说破。这时候，却要突然拿着灯火进来，把他们照个正着，便高喊："阿堵贫儿，争敢向这里觅宿处？"这四兄弟狼狈不堪，掩面而逃，从此以后，再也不敢对却要作性骚扰了。这一段故事，把婢女工于心计和机智狡狯的形象，描绘得颇为生动。

唐代传奇小说对婢女的描写，更多是注意到她们在沟通男女恋情中所起的作用。

在过去，由于男女之间不易接触，人们便幻想天上有一位月下老人，以红绳分系男女之足。这红绳，便是撮合男女婚姻的媒介。像唐代李复言的《续玄怪录·定婚店》，便写到韦固与其妻被红绳系足的故事。不过，唐代人更多地认识到，在现实生活中，往往是由婢女作为沟通男女之间爱情关系的引线。像《裴航》写裴航遇见樊夫人，惊其美艳，"因赂侍妾袅烟而求达诗一章"，樊夫人也让袅烟约裴航见面，又着袅烟持诗回赠，诗中有"玄霜捣尽见云英"之句，这便是后来裴航与云英结成夫妇的预言。在这故事中，婢女袅烟便往来联系，成为传递书信的角色。又如《孙恪》写孙恪见一女子艳丽动人，便吟诗一首，"吟讽惨容"。女子遣婢女诘问，孙恪作了自我介绍；经过婢女几番传递信息，这女子终于和孙恪相见，还"指青衣谓恪曰：'少有所须，但告此辈。'"显然，唐代传奇的作者，从表现婢女在男女婚恋中的媒介作用着眼，花费了不少笔墨。

唐代的传奇小说，最完整地描写婢女帮助主人沟通爱情关系的作品，就是元稹的《会真记》。在《会真记》里，婢女不仅多次给张生传递信息，更重要的是，当张生想接近莺莺而又无计可施的时候，是红娘出谋划策，主动建议他写诗送给莺莺。她告诉张生："崔之贞顺自保，虽所尊，不可以非语犯之；下人之谋，固难入矣。然而善属文，往往沉吟章句，怨慕者久之。君试为喻情诗以乱之。不然，则无由也。"张生依计，"立缀春词二首以授之"。红娘交给了莺莺，莺莺便让红娘回赠《明月三五夜》一诗，其后他们便逐步建立起夜去明来的关系。

很清楚，在《会真记》里，如果不是红娘对莺莺的了解，想出了唆教张生以诗乱之的办法，那么，渴望得到爱情的张生，即使急得要死，也只能"索我于枯鱼之肆"。就这一点而言，红娘所起的作用无可代替。可以说，这一个婢女，在男女爱恋的关系中，真是具有"红绳系足"的意义。正因如此，红娘的形象，引起了人们的注意，她的名字，也被广泛地流传。

吴世昌先生指出："王涣《惆怅词》十二首，首咏莺莺故事，此唐人诗，已有红娘之名，为《会真诗》《梦游春》诗所无，则当时必则别有传奇流行，为王涣所见。"[1]据王涣《惆怅诗·之一》云："入蚕薄絮鸳鸯绮，半夜佳期并枕眠；钟动红娘唤归去，对人匀泪拾金钿。"我认为，从《惆怅诗》的内容看，所写的是莺莺含情脉脉幽会的情况，王涣未必别有传奇所本。即使是另有所本，也说明红娘的形象和作用，已受到人们的重视。

1. 吴世昌：《词林新语》，北京：北京出版社，2000年，第463页。

到宋代，人们依然熟悉红娘在崔张故事中所起的作用。秦少游的【风流子】之七，便两次提红娘："夜半红娘拥抱来，脉脉惊魂若春梦"；"红娘深夜行云送，困嚲钗横金凤"。至于董解元的《西厢记诸宫调》，对红娘的描写占了不少的篇幅，她在崔张恋爱关系中所起的作用，也远比《会真记》明显。看得出宋金以来，人们，特别是市民群众，对下层人物有更多的关注，因而以市民大众为对象并且迎合市民审美趣味的说唱文学，也以更多的笔墨刻画婢女的形象。

不过，从《董西厢》所写红娘替崔张传书递简，以及堂前答辩的种种表现看，这婢女的形象，还说不上鲜明细腻，留给人们的印象也不算深刻。当然，由于《董西厢》对红娘在男女婚恋中的作用，有所推进，因此，她在文坛上影响也更大了。据《尧山堂外纪》载：

> 关汉卿尝见一家从嫁媵婢，作小令【朝天子】云：鬓鸦，脸霞，屈杀了将赔嫁，规摹全似大人家，不在红娘下。巧笑迎人，文谈回话，真如解语花。若咱得她，倒了蒲桃架。[1]

1. [明] 蒋一葵:《尧山堂外纪》，上海：上海古籍出版社，1996年，第253页。

从关汉卿的这一段曲辞中，我们可以看到，在金元时期，红娘是已为人们广泛认知的名字，以至于人们已经可以用别的婢女的言行，和众所周知的红娘相互比衬了。

在《董西厢》以及唐传奇的基础上，《王西厢》把崔张故事中的红娘，作了全新的改造，使她成为我国文学史上出现的第一个具有鲜明个性的婢女的典型形象。她的身上，不仅有泼辣机敏的个性，有为"心有灵犀"的男女来往传递信息的热忱，更重要的是，她全心全意地帮助有情人终成眷属，在与束缚人性的封建礼教的斗争中，显得二十分的有才、有识、有胆。这一点，如果我们把《董西厢》与《王西厢》共有的堂前答辩的情节互相比较，两者不同的写法及其精粗优劣，也就可以十分清楚。

侠义和同情心

槃薖硕人对《王西厢》的红娘形象，有过一段很精辟的评论：

> 看《西厢》者，人但知观生莺，而不知观
> 红娘。红固女中之侠也。生莺开合难易之机，
> 实操于红手，而生莺不知也。倘红而带冠佩剑
> 之士，则不为荆诸，即为仪秦。[1]

1.《玩西厢记评》，载《槃薖硕人增改定本西厢记》卷首，北京：中华书局，1963年，第2页。

他认为，红娘掌握着崔张之间爱情发展变化的枢纽。这判断，是符合事实的。至于他说红娘是"女中之侠"的看法，却是发人之所未发。

槃薖硕人说她是"侠"，更多是从红娘的才、识、胆着眼，所以说她如果是男性，就会像专诸、荆轲那样勇敢机智，像苏秦、张仪那样具有纵横捭阖的才能，而对"侠"的本质及其内心世界，却未有触及。不过，他提出红娘形象具有"侠"的气质，却很有启发意义。

关于"侠"这一概念，早在先秦时代就出现了，司马迁说："儒以文乱法，武以侠乱禁。"显然，所谓侠，是指那些敢于凭借个人力量，以武力扰乱既定的秩序、规范和法纪的人。这类具有非凡手段的人，往往能急人之急，好打不平，助弱锄强，信守诺言，乃至于有时不问是非曲直。由于"侠"的行为，其本质是破坏既定的法纪的，因此，除了法家者流对侠有所抨击，说他们是"行剑攻杀暴憨之民也"[2]。以外，人们对"侠"的评价，一般以肯定居多。

2.[清]王先慎集注：《韩非子集解·六反》，北京：中华书局，1954年，第318页。

在唐代的传奇小说中，出现了不少描写侠士形象的作品，像《虬髯客传》《昆仑奴》等篇，均脍炙人口。值得注意的是，唐代的传奇小说，还出现女侠的形象，像《红线》中的红线、《聂隐娘》中的聂隐娘，都是具有非凡的手段，取敌人首级如探囊取物的女性。红线乃"潞州节度使薛嵩家青衣"，薛嵩和另一位藩镇魏博节度使田承嗣，既是亲家，在利益上又互相冲突。当时，田承嗣有侵并潞州的图谋，薛嵩知道了，十分忧虑。红线便自荐前往打听，她佩带龙文匕首，倏忽不见。一会

聶隱孃九
精、空、宜淬鏡終

紅綫十一
牀頭金合懶除宿蘖

儿，又飘然回来，告诉薛嵩，她飞行往返五百余里，潜进田承嗣的军营里，承嗣正在酣睡，她便把他枕前的金合拿了回来。薛嵩惊异得很，命人把金合送回。而在魏博那边，田承嗣丢失金合，到处搜索，"一军忧疑"。当收到丢了的金合时，十分惊骇，赶紧向薛嵩表示："某之首领，系在恩私，便宜知过自新，不复更贻伊戚。"于是，两个藩镇之间的斗争，在女侠红线一夜的神秘刺探活动中，烟消云散。

↑ 任熊《剑侠像传》中的聂隐娘、红线形象唐代小说出现众多侠客的形象，绝不是偶然的，它是现实生活中人们某种愿望的折射。中唐以后，李唐皇朝尾大不掉，藩镇割据。军阀们"意在以土地传付子孙，不禀朝旨，自补官吏，不输王赋"[1]。藩镇们之间，又互相冲突，纷争不止，给社会带来极大的灾难。人们不满这黑暗纷扰的局面，可又无法改变现实，便幻想出现奇迹，幻想有人具有非凡的本领，能够妙手空空，不必劳师动众，不费吹灰之力，便可以清除祸害。这一点，正是唐传奇出现众多侠客形象的思想基础。

在这里，我们特别提请读者注意唐代传奇中出现了红线等女性侠客的现象。对此，苏东坡也曾表示十分惊讶，他说："噫！吾闻剑侠世有之矣：然以女子柔弱之质，而能持刃以决凶人之首，非以有神术所资，恶能是哉！"[2]显然，这样的描写很不寻常，它恰好是唐代女性的地位相对受到关注并且得到提高的投影。传奇作者还写到红线对薛嵩说，她之所以前往惩儆田承嗣，既是为了报薛之恩，更是因"此辈背违天理，当尽弭患"，以求潞州、魏博"两地保其城池，万人全其性命，使乱臣知惧，烈士安谋"。可见，在唐代传奇的作者眼中，像红线那样出身于"青衣"的女子，一样可以是具有非凡的本领，识大局，知大体，能拯人于困厄之中的侠客。

《王西厢》的红娘，就其才、识、胆而言，不是与红线颇有相类之处么？当然，红娘不会舞刀弄剑，她的才，只是辩才，是机变谋策之才，而她信守诺言，有胆有识，急人之难，按其本质，綮薖硕人称之为"侠"，确也是有道理的。

在古代，也有一些所谓"侠"者，属于不问是非只知逞能的杀手。不过，一般来说，人们对侠客总是称誉的多，因此，人们也多会把"侠"与"义"连在一起。所谓义，"义者，宜也"，勇于帮助别人去做他认为合适的事，便是侠义。对于立场不同的人来说，什么是

1.《旧唐书·李宝臣传》，《二十五史》第五册，上海：上海古籍出版社、上海书店，1986年，第361页。

2. 见《苏轼文集·佚文汇编》，北京：中华书局，1986年，第2617页。

"宜"，什么属"不宜"，会有不同的判断，但从助人这一点来看，侠者与被助者之间，即使是素不相识，也一定在心灵上、认识上、感情上有某些相通之处；或者，侠者对别人遇到的难题，有所感知，有所理解，他才会拔刀相助。换言之，对处于弱势的一方的同情，乃是驱使任侠者挺身而出有所为的动力。

槃薖硕人说《王西厢》里的红娘，是"女中之侠"，说她如果是男性，就必如专诸、荆轲、苏秦、张仪等辈，这判断当然是对的。但是，正和荆、诸、仪、秦一样，如果红娘的内心深处，没有同情弱势一方的某些因素，只纯粹从功利的角度照章办事，那么，即使具有二十分的才能胆识，她会去帮助莺莺张生争取爱情自主，并且会去掌握其"开合难易之机"么？很清楚，红娘那一份极其珍贵的同情心，正是她不惜两肋插刀帮助莺莺张生的基础，是她之所以被视为"女中之侠"的根由。

原是被委派担当"行监坐守"任务的红娘，之所以反去帮助莺莺和张生，这固然是不满老夫人失信赖婚，不满封建礼法对年轻一代的束缚，同样重要的，是出于对莺莺张生的同情。而对处于弱势一方的同情，正是她不满老夫人和礼法的思想基础。红娘多次看到和感受到他们相思的苦况，"一个价愁糊涂了胸中锦绣，一个价泪揾湿了脸上胭脂"，"一个睡昏昏不待观经史，一个意悬悬懒去拈针指；一个丝桐上调弄出离恨谱，一个花笺上删抹成断肠诗；一个笔下写幽情，一个弦上传心事，两下里都一样害相思"。由此，红娘说出了自己的感受：

　　【天下乐】方信道才子佳人信有之。红娘看时，有些乖性儿，则怕有情人不遂心也似此。他害的有些抹媚，我遭着没三思，一纳头安排着憔悴死。

她从莺莺张生的情况认识到，才子佳人，真的是可以挚诚相爱的。在她看来，崔张爱得那样的痴那样的苦，实在很突兀，很古怪，由此她便想到，普天下的有情人，当无法实现爱情的愿望时，都一定会像崔张那样痛苦得茶饭不思，辗转反侧。在这里，红娘从崔张推想到天下人，她考虑的已经不是个别人在婚姻问题上苦恼的情况了。正因如此，红娘的内心受到强烈的触动，她感到自己似乎连想也没想，便一头被拖进崔张爱情的纠葛之中，莫名其妙地为别人苦闷憔悴。

在红娘，"情不知所起"（《牡丹亭》语），甚至连她自己也没意识到为什么会不顾一切地帮助崔张。其实，她之所以这样做，乃是出于同情，是同情崔张，同情天下有情人的"不遂心"。正是同情心的驱使，让她"遭着没三思"，为帮助崔张而义无反顾。

不过，想深一层，红娘作为一个年轻的女性，她对婚姻爱情的问题，也未尝没有自己的想法。上面我们说过，在第二本第二折，红娘经过了兵围普救的一役，悟出了婚姻本由"天意"，亦即别人无法阻挠的道理；也认识到"世间草木本无情，他犹有相兼并"的道理。既然她认为男女对爱情的追求，是出自人的本性，因此，当看到莺莺张生两情不能相遂时，便怦然心动，和处于弱势的莺莺张生，在思想感情上产生共鸣，便"没三思"地帮助他们冲过种种障碍，掌握着整个爱情故事矛盾冲突的"开合难易之机"。如果说红娘具有荆、诸、仪、秦的才性，那么，潜藏在她心底的像金子一样的同情心，正是贯串在她的所有行动之中，黏合了其才、其胆、其识，从而成为使她能够充分发挥能量的内驱力。这种具有非凡能力而又富有同情心乃至敢于触犯成规的人，樊蕙硕人便称之为"侠"。

同情，乃是人类固有的内心的律动。人，处于社会的群体之中，共同生活，互相依存。而每一个人，和他自己所处的生存发展的客观环境接触互动，必然会触发与之相适应或者不适应的心理状态，并且积累为一定的思维定势和审美经验。人与人接触，也会从自己所得到的对客观事物的感受，推己及人，理解和认知别人在处于和他相近的客观条件下所出现的内心感受，因而产生了同一或近似的情感。换言之，在相同的条件下，人的心理节奏，是会受到别人心理节奏的影响，产生相似的律动的；心理节奏出现同一的律动，作用于大脑皮质细胞，支配了人的思想活动。这就是共鸣，表现为情感，也就是"同情"。由于人作为社会群体的一员，人的社会性，决定了同情心乃是人类与生俱来的本性。孟子说："恻隐之心，人皆有之。"所谓恻隐之心，就是同情心。孟子认为，具有这一份同情心，乃是人的本性。

在帮助莺莺张生争取婚姻自由的过程中，红娘受尽委屈，"缝合唇送暖偷寒"，冒着风险，明知道"嫩皮肤倒将粗棍抽"而义无反顾，这一切，无非是同情莺莺和张生的遭遇，同情天下不遂心的有情人。我们还记得，《王西厢》写到张生请求红娘替他给莺莺送信，提出"小生久后多以金帛拜酬小娘子"，结果被她严词拒绝。红娘臭骂他一番："哎！你个馋穷酸徕没意儿，卖弄你有家私。莫不图谋你的东西来到此？先生的钱物，与红娘做赏赐，是我爱你的金赀？"（【胜葫芦】）这一顿话，把张生骂得灰头土脸，只好可怜巴巴地说"依着姐姐"。显然，《王西厢》强调，红娘帮助崔张，完全不涉私利。要知道，《董西厢》里的红娘，却不是那么纯洁。当那一位红娘替莺莺送信约会，张生便贿赂她。唱本写道："生赠金钗一只而嘱曰：'今夕不来，愿相期于地下。'红娘谢生而归。"（卷五）可见，《董西厢》里的红娘，并不是吃素的！

以《董西厢》作为蓝本的《王西厢》，当然熟谙这些细节，但是，它不仅完全抛开红娘与金钱的瓜葛，而且让红娘郑重申明："我虽是个婆娘有志气。"（第三本第一折【幺篇】）很清楚，杂剧作者突出红娘品格的高尚，着意抹去有可能玷污红娘形象的灰尘，让她的同情像水晶般明净。

"我图什么来？"确实，红娘竭尽全力帮助崔张，自己并不图谋什么，她只是同情崔张对爱情的追求，同情天下不遂心的有情人。剧作者在描绘红娘帮助崔张挣脱封建礼教束缚的斗争中，表现出比金子还珍贵并体现着人性光辉的同情心，而这一点，正是红娘形象的核心；是她主动地掌握矛盾冲突的"开合难易之机"，发挥其才智胆识的原动力；也是她之所以和红线一样，可从被称为"侠"的缘由。

《王西厢》在结局的【清江引】一曲中提出："愿天下有情的都成了眷属。"这是非常重要的一句，它直截了当地宣示作者的愿望以及作品的题旨。在作者看来，这愿望的实现，靠的是有情人的决心和勇气，靠的是同情者的助力和推力。而后者，至关重要，正因如此，《王西厢》在全剧中着力显示红娘的作用。

如果从剧本对唱词的安排看，作者的意图也表现得非常明显。我们知道，按北杂剧的体制，每折由一个角色主唱。《王西厢》受南戏的影响，全剧共有五本二十一折之多，每折分由旦、末和"旦俫"（即红娘），以及惠明主唱。其中，莺莺主唱为四折，张生主唱为八折一楔子，惠明主唱一折一楔子，红娘主唱为八折两楔子。另外，第一本楔子，分别由莺莺和老夫人各唱一曲。可见，红娘一角，在全剧唱得最多，而作为封建礼教代表人物的老夫人，只唱了一首【赏花时】。就从角色唱词篇幅分配的层面看，实也可以觉察剧作对红娘重视的程度。

《王西厢》把"侠"的品性赋予在红娘的形象中，让出身微贱的丫头，在崔张的爱情故事中担当最重要的主掌着"开合难易之机"的角色，这固然和继承唐以来人们注重下层妇女的侠义精神，以及她们在婚恋生活中所起的作用有关，更重要的是，宋金时代市民阶层的力量日益壮大，在城市，他们是勾栏瓦肆的主要观众群体。市民阶层对社会现实的认识及其价值观和审美趣味，不可能不给杂剧作者以深刻的影响。种种因素，凝聚于杂剧作者的笔端，从而缔造出一个新的典型形象。很清楚，《王西厢》的作者眼睛向下，把同情心和它所发挥出的能量，寄寓在丫头的身上，这在一定程度上反映了下层群众民主思想和人性意识的醒觉。

红娘也想嫁给张生吗

红娘热诚机智，全力帮助莺莺张生争取爱情自由的胜利，这一点，是没有人怀疑的。但是，她是否全心全意，没有半点私心？

有学者认为，《王西厢》是影影绰绰地写到红娘也想嫁给张生做妾的。也有人认为，红娘不可能有这样的想法，否则便对红娘形象有所损害。对此，我们又应如何看待呢？

在《王西厢》里，红娘对张生的认识有一个过程。最初，在她的眼中张生只是个浪荡子弟，是个好色鲁莽的傻角。后来，她深感张生的"志诚"，看到他才能出众，文采风流，也就改变了对他的认识，对他逐渐有了好感。她说过："据相貌，凭才性，我从来心硬，一见了也留情。"在风流偏傥的异性面前，作为年轻女性的红娘，内心有所触动，这是很正常的。本来，红娘也未必需要向观众说出这一段内心独白。可见，《王西厢》认为她的一晌留情，不是什么邪念。我认为，承认红娘也会怦然心动，正是剧作者基于对人性的理解做出的安排。

不过，红娘对张生，也只到"留情"为止。如果她早就准备也嫁给张生，当张生跳墙时搂住了她，乃至有许多机会二人在一起的时候，不是可以顺水推舟，像《红楼梦》里的袭人那样和贾宝玉"先试云雨情"么？然而，在张生面前，红娘的表现是凛然不可侵犯的，张生对她也不敢有非分之想。这一点，《王西厢》与《董西厢》的写法截然不同。《董西厢》写张生跳墙被莺莺拒绝后，失落得很，竟对红娘说："如今待欲去又关了门户，不如咱两个权做妻夫。"（卷四【仙吕调·绣带儿·尾】）

至于在《王西厢》的第三本第四折，当红娘明确知道莺莺约张生"今宵端的雨云来"，而张生表示事成以后不敢有忘的时候，她说："不图你甚白璧黄金，则要你满头花，拖地锦。"（【绵搭絮·幺篇】）这句话，是一些学者认为红娘想嫁给张生的依据。

"满头花"和"拖地锦"，是金元时期妇女的服饰。《墙头马上》第三折的【驻马听】有"也强如带满头花，向午门左右把状元接；也强如挂拖地红，两头来往交媒谢"，又《两世姻缘》第四折【新水令】有"拖地锦是凤尾旗，撞门羊是虎头牌"之语，王季思、张人和先生认为，"满头花实命妇出外时之盛妆，拖地锦实女子结婚时之披红也"[1]。可见，红娘向张生提出的"满头花""拖地锦"，乃是指要以对待诰命夫人那样，让新娘盛装打扮，明媒正娶。

问题是，将来这"满头花""拖地锦"是给谁的？是让谁接受明媒正娶成为命妇？是红娘自己吗？对此，评论者有不同的理解。

幺书仪先生指出："不图你白璧黄金"的唱词，王骥德《新注古本西厢记》《张深之先生正北西厢秘本》和毛西河评注《西厢记》，都作"我也不图甚白璧黄金"。[2]这些版本都有"我"字，王骥德和毛西河都认为这是红

1. 引自王季思校注，张人和集评：《集评校注西厢记》，上海：上海古籍出版社，1987年，第139页。

2. 参看幺书仪：《红娘形象的复杂性》收入《元人杂剧与元代社会》，北京：北京大学出版社，1997年，第209页。

娘向张生索取做媒的谢仪，而这谢仪又是女子在婚嫁时用的，因此，它说明红娘是希望成为张生的小夫人的。这一看法，可供参考。

不过，我认为，如果这真的是红娘提出要做小妾的要求，岂不成了对莺莺的僭越？因为"拖地锦"如"凤尾旗"一类，仅有身份者可用。若红娘以此妆嫁，那命妇的身份，又岂是她当的？事实上，作为莺莺的丫头，红娘如果随嫁张生，也只属嫁给家内人，那么，不就是一顶小轿就可以抬了过去，还需要行明媒正娶之礼么？而且，红娘明明知道，莺莺与张生偷尝禁果在先，是于"礼"不合的，如果她提出自己和张生结婚时要大张旗鼓，这将置莺莺于何地？特别是，正当莺莺将要和张生"罗里罗"的时候，红娘却提出自己则要明媒正娶，这不是等于对莺莺的讽刺么？按照红娘一贯的性格，这实不可能。

我认为，红娘提出"满头花""拖地锦"，乃是从莺莺的幸福着眼，说出对张生的期待与要求。她告诉张生，她努力成全他们的好事，"不图你白璧黄金"，但希望莺莺将来能得到簪花扳红，明媒正娶。显然，在张生高兴得昏头昏脑，等待鸿鹄将至的时刻，红娘提醒他不要只满足一夜之欢，这又一次展现出她诚挚善良的个性。

研究人物语言的含义，还应注意他们说话的话境，观察他们在什么情况说这样的话，前前后后说了些什么话。

在《王西厢》，红娘是从张生口中，知悉莺莺将要到书房过夜的情况下，说出"则要你满头花，拖地锦"这一番话的。她看到张生书房里只有一条布衾，便想莺莺来睡时该怎么办："他来时怎生和你一处寝？冻得来战兢兢，说甚知音？"她考虑问题，首先从莺莺的处境着眼。张生提出，拿出十两花银租赁铺盖。红娘说，俺那里有"鸳鸯枕，翡翠衾，便遂杀了人心，如何肯赁？"
铺盖问题解决了，他们的话题又转回莺莺。张生说到自
己相思欲死，弄得瘦骨伶仃，只不知莺莺会是怎样？
"莫不小姐为小生也减动丰韵么？"红娘告诉他，小姐
依然美得很，"俊的是庞儿俏的是心"，"更胜似救苦难
观世音"。张生很兴奋，说事成之后"不敢有忘"。所谓
"不忘"，指的是不会忘记梦寐以求的和莺莺的欢会，并
不是指不忘红娘的帮助。因为他们的话题一直是莺莺。
所以红娘紧接着说："今夜相逢管教恁"，告诉他今夜可
以纵情欢悦，但他应知道，小姐献身给他，"不图你甚
白璧黄金"，图的是情与爱。因此，红娘要求张生有朝
一日，和莺莺明媒正娶，终成正果。

关于红娘为小姐说话的意思，张生是明白的，所以
他回应的话题，依然是莺莺，"怕夫人拘系，（小姐）不
能够出来"。红娘便安慰他："只怕小姐不肯"，如果肯
了，"好共乣须教你称心"。从他们这一段的对话中，可
见都是一心一意环绕着莺莺，这就是当时的语境。假如
红娘真的是明白地表现出她自己要嫁给张生的意思，要
求张生给她"满头花""拖地锦"，而张生竟浑然不觉，
没有作正面或侧面的回应，只把话题围着莺莺转，反而
是不可理解的。

在第四本第一折，当红娘把莺莺推进了书房，告知
张生，说"是你前世的娘"来了的时候，她也确问过：
"张生，你怎么谢我？"张生回答："一言难尽，寸心相
报，惟天可表。"就当时的语境看，红娘对张生说的，
也只是一般开玩笑的话，否则真成勒索了。不过，张生
的回答倒十分认真，他信誓旦旦地表示一定铭记在心。
从这里，反过来可以说明，红娘在前面说的"满头花，
拖地锦"云云，张生知道这并非红娘为自己提出要求，
所以才没有和她呼应。

有人会说，红娘作为丫头，竟替小姐提出明媒正

娶的问题，是否不合她的身份？我以为不然。在一定的历史条件下，人们要求婚姻爱情自由，是希望"有情人终成了眷属"，是在两情相悦的条件下得到合法的承认。人们认为，合法结婚，才是爱情的归宿，并非仅是情欲的满足。而要成为被人认可的夫妻关系，则离不开明媒正娶。也只有这样，才可以最终保障包括莺莺在内的女性的权益。因此，按照礼仪的要求，行媒问聘之类的婚俗，被认为是不能缺少的环节，否则就会受人轻视。管子说："求夫家而不用媒，则丑耻而不信也。故曰，自媒之女丑而不信。"[1] 关汉卿的《诈妮子调风月》也提及："自勘婚，自说亲，也是贱媳妇责媒人。"[2] 生活在金元时期的红娘，希望有朝一日莺莺获得合法的承认，成为诰命夫人，她实在也无法超越历史的局限。不错，红娘可以帮助张生偷情，这是出于对受到束缚的"有情人"的同情；而她不愿看到张生以后会苟且从事，不愿出现像《会真记》那样"始乱终弃"的悲剧，这同样是对处于弱势地位的妇女命运的同情。因此，在张生即将得到莺莺的时刻，红娘从维护莺莺着想，向张生提出要求，这完全可以理解。按照红娘正直而又尖利泼辣的性格，她是会不顾丫头的身份，直接地期待张生忠于爱情，要求他切莫辜负小姐，并且希望两人"终成眷属"的。这一点，和她看到张生的文才，劝勉他"当以功名为念，休堕了志气者"的想法完全一致。显然，红娘确有不能免俗的地方，但这一切，又都充分展现了她对有情人的同情。

红娘无条件地帮助张生和莺莺，是出于对争取婚姻的同情。不过，作为丫头，她也意识到莺莺嫁给什么样的人，和自己不无干系。在莺莺拜月的时候，她祝告："愿俺姐姐早寻一个姐夫，拖带红娘咱！"（第一本第三折）"拖带"两字，清楚地表明她知道小姐和自己命运的关系。

1. [清]戴望：《管子校正·形势解》，北京：中华书局，1954年，第334页。

2. 宁希元校点：《元刊杂剧三十种新校》，兰州：兰州大学出版社，1988年，第57页。

在封建时代，奴婢的命运是悲惨的，金元以降，成年奴婢的出路，要么是充当主人的小老婆；要么随小姐出嫁，充当新主人的小老婆；要么被主人许配别家，这称为"放良"。据陶宗仪记载，奴婢"有曰陪送者，则标拨随女出嫁者是也。奴婢男女止可互相婚嫁，例不许娶聘良家。若良家愿娶其女者听"，"亦有自愿纳财以求脱免奴籍，则主署执凭付之，名曰放良"。[1] 对红娘来说，她的前景是明摆着的。如果莺莺嫁得好丈夫，早一点找到婆家，让红娘陪嫁，这就是"拖带"。当然，到了新主家，未必就当小老婆，新主人把她卖出放良，也是可能的。事实上，张生对此也是明白的。当他追求莺莺，看到红娘"可喜娘的庞儿浅淡妆"时，便唱道："若共他多情的小姐同鸳帐，怎舍得他叠被铺床。我将小姐央，夫人央，他不令许放，我亲自写与从良。"（第一本第二折【小梁州·幺篇】）总之，未来的男主人，会掌握着红娘的命运，如果红娘对谁有可能成为她的男主人，一点也不关切，那是不可能的，时代和社会的烙印，传统思想的沉淀，不可能不使她对自己的归宿问题有所触动。问题在于，红娘竭力为张生莺莺奔走，从初衷到每一次行动，都是出于对"有情人"争取爱情的同情，而不是为了自己的出路。因此，《王西厢》即使影影绰绰地触及红娘的下意识，也并没有影响人们对她那一颗纯净的同情心，以及那一股爽利的侠义气的认识。

其实，红娘的出路如何，尽管在作品中没有写及，但人们是心中有数的，这一点，有关崔张故事的作品，在处理莺莺到书房私就张生的细节安排中，已微露端倪。《会真记》和《董西厢》都写张生"见红娘敛衾携枕而至"；《王西厢》更是先写张生和红娘讨论铺盖问题，又写到红娘抱来衾枕，叫张生"接了衾枕者！"让人奇怪的是，为什么都有让红娘抱衾枕的细节？省了它，不是也可以吗？

1. [元]陶宗仪：《南村辍耕录·奴婢》，北京：中华书局，1959年，第208页。

↑ 月下佳期 仿仇英、文徵明《西厢记》图册

但是，当时的读者和观众，是明白此中蕴含着的意思的。在《诗经·召南》，有句云："嘒彼小星，维参与昴，肃肃宵征，抱衾与裯。"郑玄认为，小星指众多无名之星，比喻周王的众妾。后来人们就把小星作为妾的代称。小星是和"抱衾与裯"有所联系的，崔张故事都写到红娘替莺莺携衾抱枕，不是颇有深长的意味么？当然，《王西厢》对红娘命运的前景有所暗示，但在人物的形象描写中，绝没有写到她为自己的前景谋划，对此，我们必须区别清楚。

　　我们承认《王西厢》描绘红娘在帮助"有情人"争取爱情自由的斗争中，流露出一丝隐秘。话又说回来，剧本也可以完全不触动人物这敏感的地方，但是，《王西厢》写了！因为剧作者认识到，红娘能同情人，帮助人，她是"侠"，而她，也是"人"。

　　人呵人！人的思想感情是复杂的，人的内心有私隐，这不足为怪；完全没有私隐，"超凡入圣"，反不属生活在现世界中的人。其实，即使像唐传奇中写到具有神奇力量的女侠红线，那毅然潜入敌营的义举，不是也羼有报答薛嵩对她"宠待有加"的私念么？入宋以降，随着市民力量的不断加强，个人的价值逐渐被正视，社会思潮也在对天命、神性的信仰中，逐渐增强了对人性的认知。《王西厢》要写的是"人"，是有血有肉的人，作品没有回避红娘内心世界的一闪念，这表明作者对人性的认识；而作者热诚描绘红娘的同情心，张扬红娘的心灵美，正是对人性光辉的展现。

第十三章

景外之景，象外之象

——"送别""惊梦"中叙事性与抒情性的融合

【端正好】的新意蕴

峨嵋塬外，一条公路向西蜿蜒。在苍茫的暮色中，一辆巴士，载着疏疏落落的旅客奔驰。尘土飞扬，风过处，尘土落定，一切又归于平静。

尘土，尘土，它卷着多少悲欢离合的故事，也卷起人们对往事的回忆。这条公路，下面压着古驿道的遗痕吧？在今天，交通工具发达，天涯海角，朝发夕至。离乡背井的人，虽然有情思缕缕，但在电脑面前一打开视频通话的按钮，顷刻间面颜在眼，謦欬相闻，电波成了一道彩虹，一道可以在瞬息间飞渡的鹊桥，替人们消解了几多离愁别绪。而在千百年前，在古驿道奔驰的男女，心情可不一样了。那时水远天长，关山难越，别离人每离家一步，心头便多积了一分尘土。特别是夕阳西下的时分，古道西风，瘦马蹄躅，断肠人的那种心情，生活在信息时代的情侣，未必容易体会。

在古代，人们离别的原因有多种。金圣叹引述《大藏》拟字函《佛化孙陀罗难陀入道经》的概括，说"或缘官事而作离别，或被王命而作离别，或受父母之所发遣而作离别，或罹兵火之所波迸而作离别，或遇仇家之所迫持而作离别，或遭势力之所胁夺而作离别，或自生嫌而作离别……"然后指出："一切众生，最苦离别，最难离别，最重离别，最恨离别。"[1]由于离别是生活中最常有的事，是最容易引起共鸣撩起感情的事，因此，古代文学创作常以离别为题材。正由于这题材为人常见，也和"画鬼容易画人难"一样，不容易写得好。

《王西厢》的第四本第三折，写莺莺长亭送别，却一直脍炙人口，正如清代戏曲评论家焦循所说："《长亭送别》一折，称绝调矣！"确实，从抒情的角度看，这折的曲词就是一首首优美的诗，堪称一绝；从叙事的角度看，这折情节的进行，铺排细密，也是一绝。而作为把抒情与叙事结合起来的戏曲，其情与景交融，意与境相生，更是堪称绝调。

我站在普救寺的门外，遥看四围山色，一丝残照，不期然想到了当年张生骑着马儿踟蹰独行的情景，眼前也揭开了《王西厢》所写长亭送别的一幕。

这折戏，先由老夫人和长老上场，夫人说送张生赴京，在十里长亭饯别。她和长老先行，又说："不见张生、小姐来到。"这折戏由莺莺主唱，她未上场时，由老夫人提出莺莺张生还未到来，自然把观众的目光，引向"古门道"，让观众期待着观看主角上场会是怎么样的情态。更重要的是，老夫人的提问，说明在这支送行的队伍中，她老人家走得快，所以早早就到了长亭。她走得快，是因为她的心情和莺莺不同，她只想趁着阳光，早一点打发张生上路。而张生和莺莺，不愿分手，他们尽量拖延时间，这就走得慢。当下，莺莺他们拖拖拉拉，还未到来。老夫人不耐烦了，便发出了这催场的一句。这折戏，老夫人虽然只是配角，却起着主导情节进行的作用。正由于两代人对待送别有两种不同的心态，人物不同的心理节奏，产生了一快一慢不同的行动节奏。

在"送别"一折里，剧作者为了细腻地表现他俩恋

1.［元］王实甫原著，［清］金圣叹批改，张国光校注：《金圣叹批本西厢记》，上海：上海古籍出版社，1986年，第243、244页。

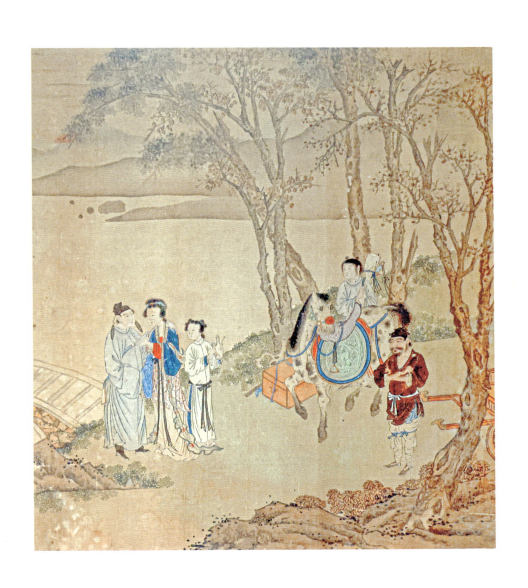

↑ 长亭送别　仿仇英、文徵明《西厢记》图册

恋不舍的心情，整折戏的叙事过程，写得透迤摇曳，进展舒缓。而从老夫人出场时多少显得焦躁的一句话中，从她在别筵的诸般摆布中，以及从疏林挂不住斜晖，暮色催人上路的安排中，观众可以感受到这一折戏的氛围，从头到尾笼罩着急迫感和压抑感。

莺莺上场了，她首先唱【正宫·端正好】：

> 碧云天，黄花地，西风紧，北雁南飞。晓来谁染霜林醉，总是离人泪。

这一曲，写的是暮秋天气，天空碧云淡荡，满地黄花堆积，一阵阵西风凄紧。天那边，大雁不得不飞向南方；树丛里，枫叶经霜，像是别离人的眼泪，把它染成了红色。剧作者从天空的寥廓，菊花的憔悴，霜风的凌厉，雁子的飞翔入手，映衬别离人感到空空荡荡、惆怅落寞的心情，而碧云、黄花、红叶，色彩美丽斑斓，反衬出别离人心情的荒凉黯淡，冷冷清清，惨惨戚戚。此曲文采缤纷，情景交融，历来为人称道。它是一首美丽的抒情诗，作为压场的第一首曲子，也让全折沉浸在浓浓的诗意里。

这曲开头的两句"碧云天，黄花地"，运用了宋代范仲淹的词句。王骥德指出"范希文词，'碧云天，黄叶地'，叶字易花字，平声从调耳"。按，范仲淹的原词是：

> 碧云天，黄叶地。秋色连波，波上寒烟翠。山映斜阳天接水，芳草无情，更在斜阳外。　黯乡魂，追旅思，夜夜除非，好梦留人睡。明月楼高休独倚，酒入愁肠，化作相思泪。
>
> ——【苏幕遮】

【端正好】的头两句，确是脱胎于范词，改"叶"为"花"，固然是音调上的需要，而我们更应注意的是《王西厢》在吸取范词意蕴的基础上，又有自己的创造。

在范词开始几句，大笔振迅，以极空阔的背景，极斑斓的色彩，引出一段愁肠，正如清代彭孙遹在《金粟词话》中说，这词"前段多入丽语，后段纯写柔情，遂成绝唱"。《王西厢》采其前段丽语，而柔情仅以"离人泪"三字逗出，因此后续曲文还可透彻地抒发。其实，"长亭送别"的曲文，像"暖溶溶玉醅，白泠泠似水，多半是相思泪"等句，也包含了范词的意蕴。不过，杂剧作者既是含英咀华，把传统名篇融汇入曲，又根据戏剧的规定情景，有所生发。像曲中的"西风紧，北雁南飞"，就是《王西厢》在范词的基础上所融入的新意象。还要指出的是，《王西厢》的"长亭送别"，脱胎于《董西厢》，却又有不同的创造。像《董西厢》的卷六，写莺莺送行开始时的一曲是：

　　　　莫道男儿心如铁，君不见满川红叶，尽是离人眼中血。

　　　　　　　　　　──【大石调·玉翼蝉·尾】

　　这一曲，也为人传诵一时，它把秋天的枫叶比拟离人眼中的血，意象尖新，语言本色，有人甚至认为比《王西厢》的【苏幕遮】还写得好，说王曲的"'泪'与'霜林'，不及（董曲）'血'字之贯矣"[1]。其实，《王西厢》与《董西厢》虽然写的是同一场面，却有不同的规定情景，因而就有不同的写法，我们可以考察其间的来龙去脉，倒不必区分其高低上下。

　　在《董西厢》唱本的这支曲子中，突出的是"满川红叶"的意象。当然，此曲的前前后后，也写到秋天的景色，像说"蝉声切，蛩声细。角声韵，雁声悲"，其中尤以刻画蝉声为重点，像说"雨儿乍歇，向晚风如凛冽，那闻得衰柳蝉鸣凄切"，等等。显然，《董西厢》对崔张离别时景色的描写，更多是吸取柳永【雨霖铃】"寒蝉凄切，对长亭晚"的韵味。

　　《王西厢》的【苏幕遮】对《董西厢》有所继承，像"霜林醉"的写法，就是受到"满川红叶"的启发。

1.［清］焦循:《剧说》，上海：古典文学出版社，1957年，第106页。

但是，让莺莺出现"西风紧，北雁南飞"的视象，《董西厢》则是没有的。在秋天，霜风凄紧，栖息在北方的大雁，不得不离乡别井，到遥远的南方避寒。在寥廓的天幕里，飞雁迎霜，显得凄惶恓栗。我认为，《王西厢》融进了这一意象，其中六有深意。

《董西厢》的【玉翼蝉·尾】，以满川红叶比拟眼中之血，强调离人内心的痛苦。这是要表明张生的离去，并不是无情无义。"莫道男儿心如铁"，"莫道"两字，隐括此曲用意之所在。要知道，《董西厢》里的张生，是主动提出上京赴试的。当老夫人接受了他的聘礼，许嫁莺莺而婚期未定时，张生便说："今蒙文调，将赴选闱，姑待来年，不为晚矣。"他还让红娘转告莺莺："功名世所甚重，背而弃之，贱丈夫也。我当发策决科，策名仕版。……无惜一时孤闷，有妨万里前程。"又过了数日的盘桓，他才从容上路。显然，张生上京赴试，并没有什么压力，他认为离开蒲郡，只是与莺莺暂时分手。他的痛苦，是舍不得离开如花似玉的莺莺而导致理智与感情出现矛盾。换句话说，他的苦恼是自找的，谁叫他主动请缨了？这辞别的一刻，他离泪如血，虽也表明愁深情重，却有形容过当之嫌。

《王西厢》里的张生，情况则大不一样。老夫人被红娘劝谏，无奈许嫁莺莺时，她立即提出了十分苛刻的不容置喙的条件。她告诉张生："我如今将莺莺与你为妻，则是俺三辈儿不招白衣女婿，你明日便上朝取应去，我与你养着媳妇。得官呵，来见我；驳落呵，休来见我。"还要红娘"明天收拾行装，安排果酒"，送张生出发。这斩钉截铁急如星火的命令，让才得到稍许宽慰的张生，又吃了当头一棒。在这沉重的压力面前，他被逼进了人生的死角。他舍不得和莺莺遽然分手，却又无力抗拒，不得不走。老夫人严酷的催迫，犹如凛冽的西风，卷地而来，逼使飞雁远离乡井。在

【端正好】一曲中，剧作者既吸取了范词董曲的意韵，又添进"西风紧，北雁南飞"的意象，这一方面根据剧本的规定情景，设置压抑的氛围，映衬人物复杂无奈的感情；另一方面让整折戏婉转低回的节奏，蕴含着肃杀的情味。从老夫人一上场便巴不得莺莺张生来到长亭趁早分别，以及从莺莺一上场便唱"西风紧"的曲文中，观众分明感受到这送别的场景，包笼着沉重的气压。

情景交融与两难心态

黑格尔曾经说过："戏剧应该是史诗的原则和抒情诗的原则经过调解（互相转化）的统一。"[1] 所谓史诗的原则，是指有真实的完整的叙事性描述，他认为最理想的戏剧作品，应是叙事性与抒情性得到完美的结合。话虽如此，要做到这一点，却很困难。因为戏剧一方面要客观地完整地叙述情节的发展，一方面又要作者在叙述人物的行为、性格的过程中，抒发出主观的情感，此两者实不容易兼顾。所以黑格尔也只说"应该"如此而已。若按西方古典戏剧提出"三一律"的做法，要求时空和事件的统一，那么，主观感情该如何与叙事性互相转化表现出来，真会让剧作家大为踌躇。

中国的戏曲是叙事性的艺术。由于唱词部分采用了诗的外部形式，注意语言的韵律节奏，所以比较容易像"诗"。但抒情诗应是洋溢着浓烈的情感，应有优美的语言，应有强烈的感染力。而戏剧有情节，要叙事，如果戏曲作者在撰写唱词的时候，只表述事件发生的过程，笔锋不带感情，那么，他所写不过是有韵之文，也谈不上有抒情性。所以，戏曲艺术也并非容易做到抒情性与叙事性的转化、调解。

1. ［德］黑格尔著，朱光潜译：《美学》第三卷下册，北京：商务印书馆，1981年，第242页。

1. 王季思校注，张人和集评：《集评校注西厢记》，上海：上海古籍出版社，1987年，第158页。

2.《四溟诗话》卷四，见《历代诗话续编》，北京：中华书局，1983年，第1205页。

3. 同上书，第1224页。

4. 同上书，第1180页。

《王西厢》写莺莺长亭送别的情节，在叙事方面相当完整。毛西河说："此折凡三截，首至【叨叨令】，将赴长亭时语；'下西风'至'长吁气'，饯时语；'霎时间'至末，别时语。"[1]确实，从莺莺未到长亭，乃至到达长亭，把酒饯行，临歧嘱咐，张生离去，莺莺目送等过程，剧本都有交代，符合戏剧叙事的要求。而这一折，从头至尾，又贯串着强烈的抒情成分。莺莺的每一个动作，每一句唱词，都抒发着离情别恨，感人肺腑。它也体现着剧作者对有情人被迫分离的无比同情，无比感伤。所以，这一折，是戏，也是一首动人的诗。

诗主抒情。情景交融是我国抒情诗创作的优良传统，作者们注意到，在刬作时，心中的情，必须与景融为一体。客观的景象，触发了作者心中之情，而作者眼中之景，必然融合了他心中之情。作者要把自己的感情抒发出来，让审美受体理解他心中之情，就只有通过他的眼中之景具体地表达。所以，明代的谢榛指出："凡作诗要情景俱工"[2]，"夫情景相触而成诗，此作家之常也"[3]。又说："景乃诗之媒，情乃诗之胚，合而为诗，以数言而统万形，元气浑成，其浩无涯矣。"[4]因此，只有做到情景交融，才能达到抒情的目的。

《王西厢》在"长亭送别"一折，就是通过情景交融的写法，醋畅地抒发莺莺离别之情。当然，古代的戏曲舞台，不可能有景色的设置，它只能通过唱词，描绘人物的眼中之景，从而让观众"看"到周遭的景象。

在这一折，《王西厢》勾勒出的舞台总体境象是：秋气萧瑟，山色苍茫，夕阳古道，衰柳长堤。莺莺和张生，就在这样的背景衬托下活动。首先，作品让他们在"疏林挂不住斜晖"的古道上出现，"马儿迍迍的行，车儿快快的随"。骑着马儿的张生，尽量俄延，想多一点和莺莺相聚的时间，让马儿磨磨蹭蹭地慢走；而坐着车儿的莺莺，尽量想靠近张生，便让车儿紧紧地跟着马儿前进。于是，人们看到在茫茫的暮色中，在悠悠的古道上，车儿马儿，如影随形，踽行踟躅。

到了长亭，莺莺举目四望，她看到周围的景色是，"下西风黄叶纷飞，染寒烟衰草萋迷"。在这风吹落叶、烟笼枯草的环境中饯行，迷茫凄清的秋景，也是她和张生索寞悲苦心情的写照。当别筵结束，眼看即将"车儿投东，马儿向西"的时候，剧作者又写到"落日山横翠"，那太阳到了下山的时分，秋山拖出长长的阴影，光影无情，催人上路。这一笔，既是景色的点染，同时是莺莺张生沉重心情的投影。

等到张生上马离开，莺莺也上了车。四周景色越加暗淡悲凉，"青山隔送行，疏林不作美，淡烟暮霭相遮蔽，夕阳古道无人语，禾黍秋风听马嘶"。在莺莺眼中，周围的景物竟像有意给她制造难题，青山疏林，淡烟暮霭，让她增添了别离之苦。她望着心爱的人渐行渐远，这时候，"四围山色中，一鞭残照里"，在莽莽苍苍的群山里，残阳掩映，古道上只有一匹马儿踽踽独行，此情此景，分外显得凄凉惨淡，也使人想起唐代李白"孤帆远影碧空尽，唯见长江天际流"和钱起"曲终人不见，江上数峰青"等诗句，领悟出目送离人依依不舍的意境。

很清楚，这古道，这长亭，是莺莺张生演出送别情景的舞台。在莺莺上场时，剧作者让古道上出现车儿马儿，就如电影镜头那样横移、淡入。进入长亭，镜头聚焦到离筵别盏，从不同的角度照映莺莺的愁思恨绪。到莺莺下场时，观众又"看"到车儿马儿，出现在伸向远方的古道上，又像电影镜头那样横移、淡出。整个场面，笼罩在寒秋落叶、苍山夕照的氛围中；情节的进行，则始终以凄清的景色衬托。从而让观众看到，舞台上呈现这一幅淡宕空灵的水墨图。它是景，

是离人眼中之景；同时，它每一笔每一画，渗透着、贯串着人物之情，也寄寓着剧作者对这一双恋人的同情。总之，它句句是景，句句是情，情景交融，情景相生，客观环境的描述与主观感情的抒发，达到了完美的统一。

↑ 长亭送别 《新刻魏仲雪先生批点西厢记》 明存诚堂刊本

但是，如果我们只看到《王西厢》的"长亭送别"始终以景作为情的衬托，作为诱发人物情感的客观条件以及情感外射的对象，而没有注意剧作者如何表现人物内心矛盾，那么，也还没有看到这一折戏在人物情感描写上的深刻性，以及在艺术上的独创性。

人，总是希望爱情、婚姻能有美满的结局。"愿普天下有情的都成了眷属"，《王西厢》这句有名的唱词，表达了天下人的心声。

但有趣的是，人们对文学作品中的美满婚姻，却不会有太多关注的兴趣，观众和读者最爱看到的，倒是爱情婚姻遭遇到的种种困难曲折，总是愿意与当事人一起煎熬，同饮爱情的苦酒。人们更乐意观察被丘比特之箭射伤的心。这不是残忍，说到底，是关注当事人如何解决矛盾，如何抵受创痛，从中体悟他们对爱情的渴望和追求。因此，以爱情为题材的作品，越能揭示当事人内心的痛楚、颤动，也就越能打动读者观众，越能获得人们的同情，让人们在同饮爱情的苦酒中，得到美的享受。

以爱情为题材的作品，要取得成功，关键在于能否真实地深刻地揭示当事人"两难"的处境和心理。以诗歌创作而论，像陆游的【钗头凤】，写出了一颗伤透了的心。这颗心，不得不遵从母命而抛弃妻子，却又无可奈何，无法丢下。明知"错、错、错"而无能为力，明说"莫、莫、莫"而欲罢不能。真是从母也难，爱妻也难。两股无形的力量把心撕裂，让当事人痛入心脾，也让诗歌产生了感人肺腑的效果。又如唐代李商隐的《无题》"相见时难别亦难，东风无力百花残"，写相爱者错过了机遇，不得不密约偷期，这才会相见时难；但又受到许多掣肘，不得不忍痛分手，于是有"别亦难"的痛楚。

宋代的石孝友，写了一首调寄【卜算子】的词：

　　　　见也如何暮，别也如何遽，别也应难见也
　　难，后会难凭据。
　　　　去也如何去，住也如何住，住也应难去也
　　难，此际难分付。

　　很清楚，由于诗人们着重刻画恋人理智与感情冲突，进退失据，左右为难的"两难"心境，把抒情力量推到了极致。这些作品，也成了脍炙人口的名篇。当然，诗人们也都巧妙地运用语言的表现力，像陆游连续使用"错"字、"莫"字，李商隐重复使用"难"字，石孝友多次使用了"如何""也""难"等字，词的上片和下片，句子结构完全重复。这种反复重沓的手法，又适足表现抒情主人公盘旋脑际挥之不去的恨苦。
　　《王西厢》写莺莺和张生在分别的时刻，都陷进了"两难"的心境之中。在莺莺，母命难违，不分手，也难；但要和张生遽然分手，也难。这无法解决的思想矛盾，咬啮着她，让她在长亭送别的过程中，经历了内心撕裂般的痛楚。她不能不到长亭，只好尽量拖延时间；她不能不遵母命举杯和张生诀别，但心中无限依恋；她不能不让张生上马离开，只好自己遥望征人隐没在凄迷的夜色里。整折戏的情节进行，以及莺莺所唱的十多首曲子，剧作者环绕着莺莺的"两难"心态，抒写她柔肠寸断的离愁别恨，让观者无不动容，而从剧作者创作的角度看，也把戏剧叙事性和抒情性结合的原则，表现得淋漓尽致。
　　和石孝友等诗人一样，《王西厢》为了表达莺莺的"两难"心境，非常注重句子结构和音节安排等语言方面的技巧。在【叨叨令】一曲，莺莺唱：

　　　　见安排着车儿、马儿，不由人熬熬煎煎的
　　气；有甚么心情花儿、靥儿，打扮得娇娇滴滴的媚；准备着被儿、枕儿，只索昏沉沉的睡；
从今后衫儿、袖儿，都揾做重重叠叠的泪。兀
的不闷杀人也么哥！兀的不闷杀人也么哥！久
已后书儿、信儿，索与我凄凄惶惶的寄。

徐士范指出："连用重叠字，便见情深。"王骥德也说："书儿信儿句，悲怆之极。"[1] 这些说法都不错，但更重要的是，剧作利用曲调的定格，重叠的句式，以及对语尾"儿化"的强调，把莺莺悲悲切切、呜呜咽咽、忐忐忑忑的情态，细腻地表现了出来。

这一折的唱词，还安排了大量含义相反的对句，像：

1. 引自王季思校注，张人和集评：《集评校注西厢记》，上海：上海古籍出版社，1987年，第158页。

> 恨相见得迟——怨归去得疾。
> 马儿迍迍的行——车儿快快的随。
> 却告了相思回避——破题儿又早别离。
> 昨夜成亲——今日别离。
> 须臾对面——顷刻别离。
> 暖溶溶玉醅——白泠泠似水。
> 车儿投东——马儿向西。
> 虽然眼底人千里——且尽生前酒一杯。
> 笑吟吟一处来——哭啼啼独自归。
> 昨宵个绣衾香暖留春住——今夜个翠被生寒有梦知。
> 来时甚急——去后何迟。

这些句子，句式相同，意思却对立，它恰巧地表现出莺莺"两难"的处境和矛盾的心态。在这里，剧作者驾驭语言的能力，实在令人叹服。

如上所述，"长亭送别"安排了一幅淡烟暮霭残阳古道的宽阔图景。它像在观众面前展开了粗笔勾勒的写

意的山水画，剧中人就在这画卷的烘托下活动。而在舞台上的主唱者莺莺，剧作者又以细腻的笔触，从她举手投足和唱词道白中展现其复杂微妙的思想感情，像以工笔画的技法，一丝不苟地勾画出一幅精巧绝伦的仕女图。这"写意"与"工笔"相互映衬又融为一体，在舞台上产生了美妙的效果。

临别的压力与理念的张扬

莺莺和张生到达长亭，剧本安排这样的一个细节：

（夫人云）张生和长老坐，小姐这壁坐。

彼此分宾座下，然后老夫人令"红娘将酒来"，再进入饯别的情节。

安排人物的座位，涉及礼节以及表现人物关系亲疏宾主的有关问题，因此具有艺术经验的作者，对此是有所考究的。像司马迁在《史记·项羽本纪》写"鸿门宴"一幕，就很注意宾主尊卑位置的安排：

项王即日因留沛公与饮。项王、项伯东向坐，亚父南向坐——亚父者，范增也。沛公北向坐，张良西向侍。

在宴会上，东向是主位，项羽、项伯作为主人，所以东向而坐；南向是尊位，范增被项羽尊为亚父，所以坐尊位；刘邦是主宾，和尊位是对等的敌体，项羽表示对他的尊重，所以让他坐在范增的对面；西向是客位，张良的身份属刘邦的侍从，所以西向侍立。后来樊哙上场救助刘邦，也"披帷西向立，嗔目视项王"。可见，司马迁对人物的座位，是考虑到他们的地位身份而作出细密的安排的。

《王西厢》写老夫人让张生和长老坐在一起，让莺莺坐在另一边，这意味着她尽管口头上说张生是"自家亲眷，不要回避"，实际上并没有把他视为一家人，所以只安排他和作为客人的长老坐在一边。这用意，张生是明白的，所以他只敢"酒席上斜签着坐"，表示客气和谦卑。在莺莺，也明白老夫人的深意，所以她心中埋怨，认为"也合着俺夫妻们共桌而食"。而这排位方式，只能让他们"一个这壁，一个那壁，一递一声长吁气"了。莺莺不是说老夫人"拆鸳鸯在两下里"吗？当下，不让他们共桌而食，这座席安排的"礼"，她和张生当然是感受到"拆"的含义的。

老夫人发话了，她告诉张生："我与你养着媳妇"，你"到京师休辱末了俺孩儿，挣揣一个状元回来者"。这番话，与上一折许婚时所说"我与你养着媳妇。得官呵，来见我；驳落呵，休来见我"相比，口气稍稍客气了一些，但意思是一样的。它无非是向张生重申，中举得官，是回来娶亲的前提。这时，张生当然表示他很有信心。长老便凑趣敬酒，说"夫人主见不差，张生不是落后的人"，这话两面讨好，其实也给张生增加了压力。

现在，我们可以理解《王西厢》让老夫人主动请长老一起到长亭去的用心了。固然，长老是普救寺的住持，参与送行，也无不可，《董西厢》也有"夫人与莺送于道，法聪与焉"的处理。但是，在《王西厢》这折戏中的长老，并不是可有可无的摆设。他的作用，首先在于被指派与张生坐在一边，让老夫人可以坐实张生依然是客的意图。其次，他成了老夫人许婚但以张生得官为条件的见证者。事实上，长老这场戏的台词，像说"贫僧准备买登科录看"，像说"从今经忏无心礼，专听春雷第一声"，全与中举得官有关。不管他动机如何，这既是打圆场式的鼓励，也使前途未卜的张生增加了担负。可见，《王西厢》这些细节的处理，也都与"西风紧，北雁南飞"等景色相呼应，它给莺莺张生在离别的时刻增加了压力，构成了让他们处在"两难"境地的氛围。

在别筵上，老夫人主持，张生被敬了三杯酒。这使我们想起剧本的第二本第四折"赖婚"一场，老夫人也是向张生劝了三盏酒，即宣告筵席结束。这说明，置酒相待，是人际关系中表示郑重的礼节。而把盏三回，意味着筵席结束，这又是我国古代戏剧以要言不烦的手法表示饮宴的程式。它重在刻画人物在饮酒中的情态，即不计较推杯换盏的次数是否符合日常生活中的实际情况。

不过，由于情节和人物性格发展的不同，《王西厢》对戏中两次饮宴程式的处理，既有同，也有不同。相同的是，首先，两次饮宴，均由老夫人主导，莺莺张生都处在被动的地位；其次，把酒为欢，本有追求和谐、调整关系的意味，但两回饮酒，场景实际上都是冰冷的。"赖婚"置酒，是不欢而散；送别置酒，也是散而不欢。

至于不同的是，上一回，老夫人置酒，是认真的。崔张也欢天喜地前来赴宴，后来则无论是敬酒者莺莺还是被敬者张生，情绪抵触，实际上是拒绝了饮酒，他们巴不得早一点离开筵席。这一回，老夫人置酒，是虚应故事的，崔张都愁眉苦脸地上场。老夫人命长老、莺莺、红娘端上酒，张生一饮而尽，却饮得十分痛苦，他和莺莺"恨不倩疏林挂住斜晖"，巴不得尽量拖延散席的时间。如果我们把两次饮酒的情节作一对比，不难看出，剧作者正是通过同一程式的重复运用，进一步深化了情节发展和人物性格的描写。

在饯别的过程中，《王西厢》写莺莺的感情十分痛苦复杂。当长老给张生把盏时，她注视着张生，"我见他阁泪汪汪不敢垂，恐怕人知"。一会儿四目交投，他"猛然见了把头低，长吁气，推整素罗衣"。(【小梁州】)她体会到张生含悲忍泪，将心比心，自己也心如刀割。对张生，她又心生怨怼。张生在老夫人面前表示："凭着胸中之才，视官如拾芥耳！"她以为张生也看重科举，"年少呵轻远别，情薄呵易弃掷。全不想腿儿相挨，脸儿相偎，手儿相携"(【小上楼·幺篇】)。其实，她也知道张生未必如此，只是小儿女情急之际，未免多心。当然，她明白这"须臾对面，顷刻别离"的苦况，是由老夫人以及不合理的社会观念造成的，但是，她无力反抗，只落得不思茶饭，恨塞肠胃。

把盏后，剧作者让老夫人和长老先行离开，留下了莺莺和张生。

在老夫人和长老面前，《王西厢》写莺莺的曲词，只是表现她内心的悲愁。她瞅着张生，她埋怨母亲，全是自身情绪的咬啮和抒发。即使她给张生把盏，说"请吃酒"，也只长吁一声，默默不语。她那段伴随着张生喝酒举动而唱的【小上楼】，实际上也只是内心的独白。确实，尽管有千言万语要向张生倾诉，可是，老夫人在座，客人长老在侧，沉重的压力还罩在头顶上，莺莺必须保持缄默，她的表现，也就多了一份矜持。所以，在筵席上，莺莺的表现以及她所唱的八首曲子，都是自己对自己说的心里话。她只在一边独唱，要说有交流，那只是在表情上和筵席里的角色有所交流，是左心房右心室中"两难"思绪的碰撞，是她直接和观众情感的沟通。在筵席进行的整个过程中，她除了悄悄地和红娘说话以及对张生淡淡地说了句"请吃酒"以外，再没有对话。于是，她满台在唱，而观众却感到她一直黯然无语。她向观众透彻地倾诉了自己的心声，而在筵席上竹众人面前，她的表现则像是吃了黄连的哑子。

可是，老夫人一走，剧本的处理就大不一样了。莺莺面对张生的第一句话是：

张生，此一行得官不得官，疾便回来！

这句话，值得大书特书。它像压力锅松开了阀门，让人感受到一阵滚烫的热气。

根据老夫人的决定，张生若回来成婚，"得官"是前提，"不得官"，一切免谈。这一点，莺莺是听得清清楚楚明明白白的，可是老夫人前脚一走，她便急不可待，不理会母亲的意旨，要张生不管得官与否，都要回来。在她而言，爱情是至关重要的，母亲的命令，可以不依。她更认为那些重视功名利禄的社会观念，是造成他们痛苦的根源，"都则为一官半职，阻隔得千山万水"，"蜗角虚名，蝇头小利，拆鸳鸯在两下里"。她追求的是和张生永远相爱，是有情人最终能成为眷属。这爱情，没有什么前提和条件，绝不受虚名小利的羁绊。当然，临别的时刻，莺莺还逐一叮嘱张生在旅途上处处留心："到京师服水土，趁程途节饮食，顺时自保揣身体。荒村雨露宜眠早，野店风霜要起迟。"真个是语已多，情未了，感人至深。

如果说，莺莺牵肠挂肚的絮絮叨叨，表现了许多小夫妻在离别的一刻无比缠绵、无限依恋的心境，那么，她执着地认为爱情至高无上，在长亭吐露出"但得一个并头莲，煞强如状元及第"的心声，直可振聋发聩，绝非一般的痴男怨女可以比拟。显然，莺莺对爱情的态度，实际上是剧作者婚姻观念的反映。它不仅仅反对"父母之命、媒妁之言"的做法，而且超越功利，把追求纯粹的爱情放在第一位。在封建礼教和强调功名利禄的社会

观念依然像梦魇般压在人的心头的时代,《王西厢》通过莺莺发出的人性的诉求,犹如一束闪电,划破郁闷的夜空。

这里,《王西厢》写莺莺抒发重爱情轻功利的理念,并不是在悲戚之际一时情急的愤激之语。在下一折的"草桥惊梦"里,杂剧作者就写莺莺的灵魂越过万水千山,赶上那尚未考上科举的张生。这巧妙的手法,固然表达了张生对她的思念,同时,也通过具体的人物行为,进一步表明她看重的并非"状元及第","并头莲"才是她一生一世的渴求。

当然,《王西厢》最后是写到张生中了状元做了官员的,是在满足了老夫人提出的条件后,"有情人"才有成为"眷属"的可能。历史的局限,让《王西厢》只能以妥协换取"大团圆"的结局，这一点，评论家多有论述。但要强调的是，杂剧作者所提出的爱情理念，已属超前的意识，是在当时的历史条件下所能达到的思想高度。

值得注意的是，这种理念也并非为《王西厢》所独有。关汉卿的《救风尘》杂剧，让赵盼儿说出"姻缘簿全凭我共你"（第一折【油葫芦】），指出婚姻应不受一切外力的干预。王实甫另一本杂剧《破窑记》，则写穷书生吕蒙正和刘小姐的婚姻受到刘父的阻挠，刘小姐坚决要嫁给吕蒙正，反对世俗嫌贫爱富的观念。她唱道："夫妻相待贫和富有何妨！"（第一折【金盏儿】）认为"但得个身安乐还家重完聚，问甚么官不官便待怎的？"（第三折【普天乐】）刘小姐还高调地提出"心顺处便是天堂"，认为两情相遂，能够自由自主地相爱，是人生最大的幸福，这心声，与莺莺如出一辙。白朴的一首散曲写得更加直露有趣：

> 笑将红袖遮银烛，不放才郎夜读书，相偎相抱取欢娱，止不过迟应举及第待何如？
>
> ——【中吕·阳春曲】

可见，不受外力的引诱或阻碍，纯粹追求爱情的婚姻理念，实际上盘旋在不少青年男女的心头上。这也说明，尽管封建礼教和世俗观念两重牢轭依然对人们紧紧束缚，但是，人性的追求的思潮一直在暗涌。《王西厢》等剧作者，明知在现实生活中，这浪漫的愿望不可能实现，却又让剧中人从心底里发出呼喊，这无疑是对现实

长亭送别（局部） 托名明仇英《西厢记图册》

的挑战。

在长亭送别时，《王西厢》写莺莺勇敢地让张生不必理会母亲的吩咐，张生的回应，却表现出"金榜无名誓不归"的自信，于是，莺莺口占一绝以赠："弃掷今何在，当时且自亲；还将旧来意，怜取眼前人。"意思是说张生赴考，弃开了她，今天不知会到了什么地方，她担心他到了新的地方，遇上新欢；若果如此，则以从前爱她的心去爱别的女人好了。张生一听，立即说"小姐之意差矣"，表示自己对莺莺矢志不渝。

莺莺的诗，是《王西厢》从《会真记》中搬过来的，其中只把"弃置今何道"，改为"弃掷今何在"。在《会真记》，那一位莺莺是在张生弃她另娶，又求一见的时候，以诗谢绝。首句说：你把我弃置一边，现在还有什么可说？怨讽之情，溢于言表。《王西厢》改变了故事原型中崔张矛盾的性质，改变了莺莺赠诗的规定情景，这一来，既保留了《会真记》中最动人的诗章，又赋予了它新的意义，让它成为莺莺忧心忡忡、忐忑不安的心情的显示，成为对张生的试探。当张生表示永不变心时，杂剧作者才放开笔墨，连续使用六煞【耍孩儿】的曲调，让她强烈地倾诉对张生的爱。临上车归家前，她依然叮嘱："若见了那异乡花草，再休似此处栖迟。"显然，莺莺耿耿于怀的，始终是张生能否永远忠于爱情的问题。

从莺莺对张生的试探到最后的叮咛，《王西厢》写她无法放下悬着的心。她明知张生是爱她的，但在现实生活中，"始乱终弃"的事例太多了，"只闻新人笑，哪闻旧人哭"。多少男子也曾信誓旦旦，最后不也是"文齐福不齐"，"停妻再娶妻"么？残酷的现实，不能不让莺莺担忧忧惕。在以男性为中心的社会里，莺莺的顾虑，也不是多余的，女性处于边缘的位置，她们随时会有被命运的车轮甩掷抛弃的可能。作为《西厢记》故事原型的《会真记》，那一位莺莺不就是只能抱终天之恨么？当然，此莺莺不同彼莺莺，《王西厢》里的莺莺对追求爱情的坚定性和主动性，不可与彼莺莺同日而语。但是，在无法支配自己命运这一点上，两个莺莺，则是一样的。《王西厢》采用了《会真记》的那首凄婉的诗，尽管赋予它另一种含义，却有助于观众读者注意到历史和时代包袱的沉重，感受到作为女性，金元时期的莺莺，与唐代的莺莺，都在心灵里流注同样性质的苦涩，承传千千万万妇女的忍辱与悲哀。

前面说过，《王西厢》赋予莺莺追求爱情至上和自主的精神，惊世骇俗，属于浪漫主义的超前的婚姻理念，但《王西厢》又看到，在现实生活中，再勇敢的女性也无法摆脱笼罩命运的阴影。莺莺可以吩咐张生不理母亲严命，不管得官不得官，都要回来，却没有把握能拴住张生的心，不知道自己会不会陷入被"始乱终弃"的命运。她对张生的试探，实际上是畏怯心理的流露。既勇敢，又畏怯；既一往无前，又仓皇四顾，这就是莺莺在长亭送别时复杂的心理状态。《王西厢》把种种思想矛盾统一在形象之中，正说明杂剧作者既有理念的张扬，又有正视现实生活的理性。

如上所述，这一折戏，从"晓来谁染霜林醉"写起，到莺莺前往长亭，把酒钱行，泪眼相看，执手相送，再到日落时"淡烟暮霭相遮蔽"。整个送别情节的发展过程，环环相扣，完全达到戏剧要求叙事完整性的原则。而在叙事中，剧作者把人物感情的抒发和情节的发展，以及客观环境的描写融合在一起，人与人的性格冲突、激烈的思想矛盾，紧紧抓住观众的心，也使人荡气回肠。显然，它是一折完整的戏剧，也是一首动人的诗章，它是史诗的原则与抒情的原则互相转化，达到高度统一的佳构。

惊梦，虚与实的和弦

张生离开了莺莺，赴考去了。按照戏曲传统的做法，作者一般会直截了当地写他应考的情况，甚至虚晃一枪，就写他中举后回家或者滞留京师。从叙事的角度看，这样的处理，也不失为简洁顺畅，无可厚非。

但是，《王西厢》却写张生到了离蒲东三十里的草桥，"这马百般儿不肯走"，便停下来歇息。晚上，他做了一个奇怪的梦，梦中忽然惊醒。这折戏，人称"草桥惊梦"，把剧情引进了新的意境。

意境，又称为境界，这是我国美学传统的审美概念。对诗歌创作，王国维在《人间词话》中指出："词以境界为最上。"又说："境非独谓景物也。喜怒哀乐，亦人心中之一境界。故能写真景物、真感情者，谓之有境界。否则谓之无境界。"[1] 他认为情景交融，便可以有境界。不过，情景交融，只是境界产生的基础。其

1. [清] 况周颐、[清] 王国维：《蕙风词话 人间词话》，北京：人民文学出版社，2005年，第191、193页。

1.［唐］刘禹锡:《董氏武陵集记》,载《刘宾客文集》卷19,四库全书本,第443页。

2.［唐］司空图:《与极浦书》,载《司空表圣集》卷3,四库全书本,第501页。

实唐代诗人刘禹锡对意境的创造,有过精辟的判断,他说:"境生于象外。"[1]司空图则把意境看成是"象外之象,景外之景"[2]。他们都认为它超出了情景交融的意象本身。意象是具体的,是"实"的;而超出意象之外的景象,则是读者受意象的启发、联想参与再创造的结果。它是模糊的,是"虚"的。因此,意境乃是作者在情景交融的基础上呈现的虚实结合的产物。《王西厢》的"草桥惊梦",正是以虚实结合、情景相生的写法,缔造意境,进一步深化戏剧叙事性与抒情性的统一。

在"长亭送别"一折,主唱者为莺莺,这一折,《王西厢》先让张生唱了三首曲子。他凄楚地诉说自己在旅途的感受,"马迟人意懒,风急雁行斜"。他想起"昨夜个翠被香浓熏兰麝",而现在,"乍孤眠被儿薄又怯"。百般无奈,万种思量,心力交瘁的他,一心想着莺莺,以为今夜再无法入睡了,谁知,正在他迷迷糊糊时,莺莺来到了草桥。

莺莺上场,唱了五支曲子。她首先诉说自己思念张生,放心不下,趁着"老夫人和梅香都睡了,我私奔出城,赶上和他同去"。她一边"走荒郊旷野,把不住心娇怯,喘吁吁难将两气接",一边埋怨世俗功名利禄的观念,硬把她和张生分开,"无奈功名,使人离缺"。她不顾一切地追赶张生,正是要反抗现实的拘管。一路上,她走得十分艰苦,"下下高高道路曲折;四野风来,左右乱噎",最终到了张生的住处。

张生见了莺莺,这一惊非同小可。莺莺对他表白:"我为足下呵,顾不得迢递。"而且重申自己对爱情的

草桥惊梦　白釉黑花《西厢记》图瓷枕
元　开封市博物馆藏

理念："不恋豪杰，不羡骄奢；自愿的生则同衾，死则同穴。"正绸缪间，巡逻的卒子发现有女子渡河到店，敲门捉拿。张生不知如何是好，莺莺竟挺身而出，吩咐张生："你近后，我自开门对他说。"她把这些卒子看成是包围普救寺的贼兵，喝令他们："休言语，靠后些！"警告他们，白马将军一到，指一指便让他们化成血水。她那勇敢的姿态，简直就像私奔的侠女红拂。在喧嚷间，兵卒把她抢走，张生猛然惊觉，只见"一天露气，满地霜华，晓星初上，残月犹明"，才知是做了一梦。

应该怎样评价《王西厢》所写的这场梦境呢？

1. 引自王季思校注，张人和集评：《集评校注西厢记》，上海：上海古籍出版社，1987年，第165页。

毛西河认为："元词多以惊梦写离思，如《梧桐雨》《汉宫秋》类，原非创体。况此直本《董词》，毫无增减，谓《西厢》之文青出于蓝可也。"徐复祚则认为："《西厢》之妙，正在于草桥一梦，似假疑真，乍离乍合，情尽而意无穷。"[1] 这两种意见，虽然都肯定《王西厢》惊梦这一场戏，但在程度上显然又有所区别。

确实，以惊梦写离思，并非《王西厢》所创。不过，《梧桐雨》和《汉宫秋》都只让杨玉环、王昭君的形象，在唐明皇和汉元帝睡梦中一晃而过。《王西厢》则对张生梦中的莺莺作细腻的描画。至于它写张生惊梦的过程，虽然与《董西厢》无大差别，但是，在《王西厢》里，张生梦中所见的莺莺，没有红娘陪同，独自奔波，她的大胆勇敢，显非《董词》所能比拟。我认为，《王西厢》这场戏最为独特的地方，在于以似真疑假的梦境，以一支笔明明暗暗、虚虚实实地写两个人的互相思念。

1
2

↖ 走荒郊旷野，把不住心娇怯 《新镌绣像西厢琵琶合刻》 明崇祯刻本
↖ 草桥惊梦 《张深之先生正北西厢秘本》 明崇祯刻本

不错，张生以情入梦，这一方面正表现出他思念莺莺的殷切，另一方面，他梦里的莺莺，是他心目中的莺莺。换句话说，在"惊梦"这场戏里出现的虚幻的"莺莺"，乃是真实的莺莺性格的倒影。在张生，他知道莺莺对他爱得深沉，爱得勇敢，主动地爱，坚持地爱，因此，呈现在他梦里竟敢独自私奔，竟敢叱骂兵卒的"莺莺"，其实是曾和他"脸儿厮揾者"的莺莺的另一面影。也可以说，《王西厢》在这场戏中所写的幻影"莺莺"，她所表现的敢于主动追求爱情的精神，是真实生活中的莺莺性格的补充，是作者对人物形象的进一步深化描绘。而这一点，恰恰是作为《王西厢》蓝本的《董词》所没有的。显然，我们固然可以说《王西厢》"青出于蓝"，而更应看到它的脱胎换骨。从这一意义上说，《王西厢》的"惊梦"，分明是前人未有的创造。

当然，《王西厢》并没有写到莺莺真正的私奔，在当时莺莺所处的条件和地位，她也不存在私奔的可能性。剧本写张生梦见莺莺黈夜出走，只是心灵相通的有情人感受到对方藏在灵魂深处的隐秘，只是张生对莺莺的期待。这一来，"草桥惊梦"一折，作为"长亭送别"的余波，便以梦境为中心，一石二鸟，既写张生对莺莺爱之深、思之切，又写莺莺执着地爱主动去爱。联系到她初见张生时几次的"临去秋波"，隔墙和吟时见到张生竟"陪着笑脸儿相迎"，以及后来带着衾枕到书房播雨行云等举动，剧作者写张生做了莺莺大胆私奔的梦，尽管只属虚幻，却是完全符合戏剧发展的贯串线，符合人物的性格。

在唐代，诗人杜甫写过一首名作《月夜》：

　　今夜鄜州月，闺中只独看；遥怜小儿女，
未解忆长安。
　　香雾云鬟湿，清辉玉臂寒；何时倚虚幌，

双照泪痕干？

那时候，生活在长安的杜甫，思念远在鄜州的妻子，八句诗，均是思家之言。但是，杜甫却从妻子对他的思念落笔，他没有说自己思念家人，却想象妻子望着月亮想他，又想家中的小儿女还不懂思念父亲，衬托妻子独自牵挂的情怀。表面上，诗中写的是其妻在鄜州望月的情景，实际上，杜甫在吐露自己客居望月的愁怀。正如《读杜心解》评说："心已驰神到彼，诗从对面飞来，悲婉微至，精丽绝伦。"很清楚，诗人以月夜为中心，一笔写了两个人，明写其妻，暗写自己；写妻子独看闺中之月是实，写自己独看长安之月是虚，虚实相生，从而臻至意在言外的化境。

《王西厢》写张生入梦的创作手法，和杜甫的《月夜》如出一辙。它写张生上场是实，莺莺上场是虚；张生投宿草桥是实，莺莺赶到草桥是虚；张生思念莺莺是实，莺莺背母私逃是虚；张生看到驿店风摇竹动，"颤巍巍竹影走龙蛇"是实，而"虚飘飘庄周梦蝴蝶"，进入奇幻的梦境是虚。整折戏，有虚有实，似假疑真，虚写与实写结合，构成了奇妙的和弦，也让观众从舞台上出现的人物具体行动中，引发遐想，参与剧本的再创造，感受到徐复祚所说"情尽而意无穷"的意境。

从这折戏的场景和细节安排看，张生上场时意懒心迟，无精打采。路上半林黄叶、风急雁斜的景象，和上折戏莺莺上场时凄凉黯淡的景色相呼应。在长亭，饯行的敬酒，临别的叮咛两个细节，是生活的实写，让观众看得心情沉重，柔肠百转。在草桥，莺莺的突然出现，又突然被士卒抢走，这两个细节，跌宕曲折，让观众也感到奇峰突兀，陡然一惊。最后张生梦醒，天明上马，只见"斜月残灯，半明不灭"，这落寞的景色，又与上折莺莺上车时"四围山色中，一鞭残照里"的意韵相映衬。显然,《王西厢》写莺莺与张生分手的两折戏,一前一后,结构颇为相似。它们都像电影的镜头一样,先从淡淡的画面进入,而中间事件的进行,或逐步深入,或腾挪变化,各异其趣,各尽其妙,然后又以淡淡的画面退出。

环绕着莺莺张生分手的情节核心,这两折戏,一以实写为主,一以虚写为主,真真假假,前后辉映,构成了一组美妙的和弦。所以,"草桥惊梦"虽然是"长亭送别"的余波,却不是多余之笔,而是崔张别离之痛震荡的深层次的回响,是戏剧创作叙事性与抒情性巧妙融合的范例。

第十四章

是狗尾续貂吗

——关于《王西厢》的第五本

第五本的必要性

张生中了状元，回普救寺与莺莺成婚，其间郑恒作梗，老夫人听信谗言，又一次悔婚，几经曲折，才大团圆结局。这就是《王西厢》第五本所写的内容。

我们在前面说过，关于杂剧《西厢记》的第五本到底是不是王实甫写的，早在明代就有争论。最有代表性的说法是，徐士范在他所写的《重刻西厢记序》中指出："盖《西厢记》自草桥惊梦以前作于实甫，而其后则汉卿续成之者也。"又王世贞也指出："《西厢》久传为关汉卿撰，迩来乃有以为王实夫者。谓：'至邮亭梦而止。'又云：'至"碧云天，黄花地"而止，此后乃汉卿所补也。'初以为好事者传之妄。及阅《太和正音谱》，王实夫十三本，以《西厢》为首。汉卿六十一首，不载《西厢》，则亦可据。"[1] 当然，杂剧《西厢记》的第五本是否由关汉卿所作，他们都无确证，但都一口咬定，它不是王实甫所写的。

其实，自从金元时代杂剧《西厢记》问世以来，人们认为其著作权基本上属于王实甫，这是没有异议的。只是到明代万历年间，才对第五本是谁写的问题，提出各种各样的说法。至于说它由关汉卿续作，也是揣测之

1.［明］王世贞：《曲藻》，《中国古典戏曲论著集成》（四），北京：中国戏剧出版社，第31页。

词，并无根据。说实在的，明人突然发难，提出所谓续作问题，无非是认为《西厢记》的第五本写得不好，认为其写作水平，与前四本相差得很远，不似出自一个作者的手笔，这才有了是谁续写的说法。这一点，何良俊在《四友斋丛说》中说得很坦率：

> 王实甫才情富丽，真辞家之雄；但《西厢》首尾五卷，曲二十一套，终始不出一"情"字，亦何怪其意之重复，语之芜类耶！乃知元人杂剧止是四折，未为无见。[1]

徐复祚则认为：

> 《西厢》之妙，正在于草桥一梦，似假疑真，乍离乍合，情尽而意无穷。何必金榜题名、洞房花烛而后乃愉快也！[2]

1.［明］何良俊：《曲论》，《中国古典戏曲论著集成》（四），北京：中国戏剧出版社，第7页。

2.［明］徐复祚：《曲论》，《中国古典戏曲论著集成》（四），北京：中国戏剧出版社，第243页。

如果说，何良俊嫌其第五本描写重复，那么，徐复祚则否定它出现大团圆结局。至于明末的金圣叹说得更激切，他认为《王西厢》写到草桥惊梦一折，"于是《西厢记》已毕"，"何用续？何可续？何能续？"但第五本又分明摆着，他也只好认为这断非出于王实甫之手，还说："此续《西厢记》四篇（按即第五本的后四折）不知出何人之手。圣叹本不欲更录，特恐海边逐臭之夫，不忘膻芗，犹混弦管，因与明白指出之，且使天下后世学者睹之，而益悟前十六篇之为天仙化人，永非螺蛳蚌蛤之所得而暂近者也。"[3]总之，他认为第五本全无必要，只是多事者画蛇添足，有狗尾续貂之嫌。

3.［元］王实甫原著，［清］金圣叹批改，张国光校注：《金圣叹批本西厢记》，上海：上海古籍出版社，1986年，第274页。

明代人不喜欢《西厢记》的第五本，否定它的最简便的办法，就是说它并非王实甫的原装货。至于续作者是谁，实在谁也弄不明白，因为这说法本来就没有任何事实依据。当然，如果把《王西厢》第五本和其前四本相比，在艺术上确是逊色的。但这是在创作中常会有的虎头蛇尾的现象，我们不能因此便怀疑它并非出于一手。

我认为，《王西厢》不可能像金圣叹等人所说的只止于"惊梦"，最重要的理由是它以《董西厢》为蓝本。《董西厢》颠倒了唐代《会真记》的做法，把张生对莺莺的"始乱终弃"，改为有始有终，而且写到他在草桥梦见莺莺的"私奔"，后来郑恒前来捣乱，张生为了反抗老夫人的悔婚，也真的和莺莺私奔到白马将军驻扎的军营，最后郑恒触槐而亡，崔张大团圆结局。事实上，元人说到崔张故事时，也按照《董西厢》的思路叙述。像无名氏的《鸳鸯被》写李玉英唱："乍离了普救寺，钻入这打酒亭，你畅好是性狠也夫人，毒心也那郑恒。"这个戏把老夫人的狠心和郑恒的歹毒作为话语，可见人们已接受《董西厢》的写法，已知道崔张故事有郑恒出现。而王实甫把董解元的诸宫调改写为杂剧，剧本开场时既交代过莺莺曾被许下与郑恒为妻，老夫人在"赖婚"时又以此为拒绝张生的理由，那么，最后必然有郑恒出场以为呼应。而郑恒一出现，《王西厢》便不可能写到"惊梦"戛然而止。所以，金圣叹等人的说法，只能是出于对第五本的成见而作武断的推测。

按照《王西厢》所设置的戏剧矛盾，它有必要安排第五本吗？有的。

在"惊梦"以前，《王西厢》写莺莺张生从相恋到实际结合，写老夫人从拒婚到不得不答应婚事，写红娘从对莺莺"行监坐守"到主动帮助，以及从她们思想、性格的矛盾，最终得以解决等，可以说，年轻一代在反对封建家长的束缚，在争取爱情自由的斗争中，已经取得了阶段性成果。这也就是何良俊、徐复祚和金圣叹等人认为剧本可以结束于草桥惊梦的缘由。但是，他们没有看到,《王西厢》要反对的不仅仅是封建家长压迫的问题,不仅仅是要争取的情欲得到满足的问题,而且还有更深的含义。

在封建时代,封建礼教无疑是捆束男女追求婚姻自由的绳索,而在以男性为中心的社会中,男性见异思迁的世俗观念,也是压在女性心头的梦魇。在《王西厢》,莺莺之所以不同于一般爱情故事的主角,正在于她不仅主动地追求爱情,而且是追求纯真的排他性的爱情。她知道张生的才智,并不过分担心他考不上科举,最使她忧心的是在他获取功名后,会出现第三者的局面。"你休忧'文齐福不齐',我则怕你'停妻再娶妻'。"她也不担心张生不爱她,担心的是他见了"异乡花草",便会失去对她专一的爱。因此,当张生离去的时候,她唱道:"遍人间烦恼填胸臆,量这些大小车儿如何载得起!"所谓车子载不下的人间烦恼,不只是舍不得夫妻分手,挡不住母亲催迫,不只是怨恨名缰利锁的拘管,还包括对自身前景的忧虑。很清楚,莺莺和张生,两情能否相遂的矛盾是解决了,而两情能否始终如一的矛盾,便提到日程上来。到底莺莺的命运如何?她对爱情纯洁性的追求能否实现?这一点,正是《王西厢》在写"惊梦"之后,还要进一步展现新的戏剧冲突的原因。

在第五本,《王西厢》以深沉的笔触,写在张生离家的新条件下莺莺的思想矛盾。张生中了科举,着琴童带信回家报喜时,老夫人和红娘闻讯,都欢天喜地,莺莺却有另一种想法。本来,她和张生约定,"得官不得官,疾便归来"。现在,得了官,只着人捎来了一封信,她觉得"说来的话儿不应口",所以,接信时她反而"无语低头,书在手,泪盈眸",这喜极而泣的泪水,还掺杂着另一种滋味。

看了信,莺莺让琴童给张生带回几件礼物:"汗衫一领,裹肚一条,袜儿一双,瑶琴一张,玉簪一枚,斑

管一枝。"这些物品,件件都有深意:寄裹肚,是要他"紧紧的系在心头","拘管他胡行乱走";寄玉簪,是因"如今功名成就",担心"他撇人在脑背后"。她的千叮万嘱,归纳的只是一句话:"是必休忘旧。"很奇怪,张生千里寄家书,不就表明不忘旧了吗?而莺莺,依然满腹犹疑,她要求的是张生百分之百地实践诺言,回到她的身边,这才使她放心,而不只是报个喜讯而已。

一般爱情戏曲写"泥金报喜"的情节,往往是妻子闻讯，便欢欢喜喜屁颠屁颠去办喜事了。可是，《王西厢》写莺莺接信，竟仍放心不下。这说明，尽管张生来书表态，但她还是无法抹去心头的阴影，现实生活中"痴心女子负心汉"，让女性吃亏的事例太多了。因此，追求爱情纯洁性的莺莺，在未有绝对把握知道张生心上只有她一个人的时候，实在还真的高兴不起来。何良俊对第五本评价不佳，不是嫌它老是写情，"怪其意之重复"吗？不错，《王西厢》始终是写一"情"字，但在情节发展的不同阶段，莺莺的情，是有不同的内涵的。在第五本，她既思念张生，更是担心已经尝过甜头而且中了状元的张生，把她弃如敝屣。现实的冷酷，人情的冷暖，不能不让接了喜报的莺莺萌生疑惧。这一种复杂的感情，是她在佛殿奇逢时，在墙角和吟时，在书房缱绻时，甚至在长亭送别时，都未有过的。这写法，绝非重复，只是何良俊看不仔细，认识不深而已。

事实上，脱了蓝袍换紫袍，改变了身份地位的张生，能否不改初衷？能否对莺莺始终如一？这是《王西厢》中所有的女性，都毫无把握的，因为宋金元时代的社会现实，给处在边缘位置的女性以太多的教训。为什么老夫人轻信郑恒的谗言？这不是郑恒高明，而是在女性权益不受保障的情况下，男性知识分子在地位变化后，主动地或被动地改换门庭的状况，差不多不可避免。所以老夫人才不假思索，立刻大骂"这秀才不中抬举，今日果然负了俺家"，并且立刻改变了"三代不招白衣女婿"的宗旨，把莺莺依旧许给还属"白衣"的郑恒。请注意，老夫人说的"果然"两字，说明她对张生的诚信，也不是没有过顾虑，毕竟这"积世老婆婆"见过许多世面。

如果说，老夫人轻易受骗，这和她是郑恒的姑母，本想"亲上加亲"有关，那么，连厌恶郑恒并且聪明伶俐的红娘，也由不得对郑恒编造的故事有几分相信，这实在出人意料。在第五本的第四折，当红娘见到张生，便压住一肚子怨懑，语带讥讽地质问："省可里心头怒，间别来安乐否？你那新夫人何处居？比俺姐姐是何如？"至于莺莺，也把郑恒的谎言信以为真，才会"不见时准备着千言万语，得相逢都变做短叹长吁"。她质问张生："俺家何负足下，足下见弃妾身，去卫尚书家为婿，此理安在？"当然，经过张生的辩白、对质，加上有白马将军、老和尚的帮助，郑恒彻底失败了。但是，必须指出的是，莺莺红娘和老夫人，对郑恒的谎话都相信过，因为她们都知道现实生活中"始乱终弃"的事确确实实出现过，她们对张生的不信任也绝不是多余的。

莺莺对张生的误解，说明了为什么她在接到喜讯时，竟是一则以喜，一则以惧，乃至于用裹肚鞋袜等信物寄意，还叮嘱琴童"着哥哥休别继良姻"。《王西厢》写莺莺具有这样的复杂"情"，固然是"爱"的表现，却分明和前四本所写的幽思苦恋，性质大不一样。这一点，杂剧作者还怕观众体悟不深，让张生在接到莺莺复信时，拿起信物，逐一猜想其中的含义：

【白鹤子】这琴，他教我闭门学禁指，留意谱声诗，调养圣贤心，洗荡巢由耳。

【二煞】这玉簪，纤长如竹笋，细白似葱枝，温润有清香，莹洁无瑕疵。

【三煞】这斑管，霜枝曾栖凤凰，泪点渍胭脂，当时舜帝恸娥皇，今日淑女思君子。

【四煞】这裹肚，手中一叶绵，灯下几回丝，表出腹中愁，果称心间事。

【五煞】这鞋袜儿，针脚儿细似虮子，绢帛儿腻似鹅脂，既知礼不胡行，愿足下当如此。

王骥德说："五曲，裹肚最胜，袜儿次之，斑管重前

1. 引自王季思校注，张人和集评：《集评校注西厢记》，上海：上海古籍出版社，1987年，第182页。

'湘江两岸秋'意，玉簪塞白无谓。"[1]就语言运用而言，这几曲写得并不出色，也稍嫌累赘。它的作用，不过是说明张生理解莺莺的感情和忧虑，说明他们心灵互相沟通，表示莺莺对纯真爱情的追求，得到了回应。从这里，也反过来表明《王西厢》的作者，非常注意强调第五本莺莺心中"情"的特殊意义，因而不惜反复敷写。

第五本的重要性，更在于《王西厢》要塑造一个不同于《会真记》，也不同于《董西厢》的张生的形象。

《会真记》的张生，对莺莺始乱终弃，得官后回到蒲东，还想"吃豆腐"，求见莺莺，其薄幸寡恩，自不必说。在《董西厢》，董解元虽然写张生深爱莺莺，但是，这一个张生热衷于功名利禄，是他主动提出离开莺莺前往应考的。中举后，他得意得很，"《长杨》赋罢日西斜，得意也，掀髯笑，喜容加"（卷七【梁州令缠令】），此其一。这一个张生，回到蒲东，得知老夫人又变了卦，把莺莺许配给郑恒，他当然十分苦恼，要死要活，但是，也并非没有动摇犹豫。他曾经想过："郑公，贤相也，稍蒙见知。吾与其子争一妇人，似涉非礼。"当法聪劝他"学士何婆不可？无以一妇人为念"时，张生也表示同意："师言然善，奈处凡浮，遭此屈辱，不能无恨。"（卷八）可见，他坚持要娶莺莺，也不仅仅是为了爱，还夹杂着争一口气的想法。有意思的是，董解元还让法聪一再批评张生："足下聪明者也，以一妇人，惑至于此，吾与子不复友矣！"而张生的回应是："男女佳配，不易得也；加以情息，积有日矣；一旦被谗，反为路人，所以痛余心也。"很清楚，《董西厢》的张生，他依然要娶莺莺的三个理由中，"情思"只是其中之一。

而法聪之所以被他说服，也是明白了他不仅仅是"惑"，亦即不仅仅是爱情的问题。

《王西厢》所写的张生，则全不以功名为念。起初，他一见了莺莺，便把应举抛到脑后，"十年不识君王面，始信婵娟解误人，小生便不往京师去应举也罢！"后来迫于老夫人开出的允婚条件，才无可奈何上京。等到中了举，他寄信给莺莺，即重申"身虽遥而心常迩矣，恨不得鹣鹣比翼，邛邛并躯"。他表示，"重功名而薄恩爱者，诚有浅见贪饕之罪"。他读到莺莺寄来的信，感受到莺莺的心情，更对她爱得无以复加，他喟叹：

> 那风风流流的姐姐，似这等女子，张珙死
> 也死得着了！

在以男性为中心的年代，张生为了莺莺，认为死也值得。他把爱情视为生命，视为至高无上，这不啻是封建时代伟大的爱情宣言！

张生要娶莺莺，除了爱，再没有其他理由。从张生性格发展过程看，《王西厢》让他说出为了一个女子"死也死得着了"这样振聋发聩的话，绝不是出于一时的激动。实际上，这也是作者出于对人性的认同，对女性的尊重。本来，张生是聪明机敏的才子，可是遇上了莺莺，便神魂颠倒，迷留没乱，有时大胆，有时怯懦，一会儿精明，一会儿迂呆，乃至被红娘称为"傻角"，视为"银样镴枪头"。而他表现出的对莺莺的痴，又说明，他确确实实是一个"志诚种"。因此，当他中举后看到莺莺的来信，思之愈深，爱之愈切，发出了"死也死得着了"的至情至性的话语，这完全符合人物性格的发展逻辑。

我们还记得，在"佛殿奇逢"，张生初见莺莺时，曾惊呼一声："我死也！"而现在，他是"死"字儿第二

次出口了。不过，张生初见莺莺时不由自主地说"死"，纯粹是出于感性，是莺莺的美貌使他魂飞魄散；这一次，经过了两人进一步的沟通爱慕，张生说为了莺莺"死也值得"，则是包括了理性的考虑，是感性的升华。显然，张生口中所说的两个"死"字，虽然互相呼应，意义却不一样，张生从风流浪子到志诚种的性格，也跃然欲活。在这里，《王西厢》的笔触的细腻、深刻，也可见一斑。

《王西厢》写莺莺爱上的，就是这么一个人，就是能和她一起追求婚姻自由，反对封建礼教，一起轻视功名利禄，鄙薄世俗观念的一个人。这也才是杂剧作者心目中的"有情人"。《王西厢》要写的张生，不是《会真记》中追求门当户对的张生，不是《董西厢》中追求才子佳人才貌登对的张生，而是纯粹为了爱情之死靡它的张生。正因如此，《王西厢》必须写到第五本，因为，只有写到张生在中举后的表现，才能解决莺莺的思虑，才能说明张生是否真的是"有情人"，才能体现剧作者追求真纯爱情和人性完美的理想。

这就是《王西厢》之所以有第五本的重要意义。由于它继承《董西厢》颠覆《会真记》写张生"始乱终弃"的做法，写张生中举后不抛弃莺莺，必然在剧本构思之初，就考虑到张生赴京考试以后的行为，而不可能让作品只止于草桥惊梦。因此，在没有任何确证判定《王西厢》的第五本与前四本不是出于同一作者之手的情况下，我们只能认为它不存在续作的问题。

不过，我们承认，就创作的艺术水平而言，《王西厢》的第五本，确实远逊于前四本，这除了一些语言比较粗率浅陋以外，最主要的是，莺莺和张生之间的矛盾冲突，没有实质性推进。不错，为了表明莺莺担心张生"停妻再娶妻"，作者必须一再刻画她的心情忉怛。问题是，作者为了表明张生对莺莺始终如一，又必须一再写他时时刻刻想念莺莺，写莺莺怀疑他会二三其德，亦纯属误解。这一来，即使作者把他们彼此思念之辞，写得更细腻，更优美，而在观众眼中，情节发展并不构成悬念，莺莺的牵念也成为多余。由于人物性格的矛盾没法交集，戏剧冲突碰不出火花，结果，剧本反显得平庸拖沓。

郑恒的死和大团圆

为了表现年轻一代能够实现争取婚姻自由的理想，《王西厢》给莺莺张生安排了完满的归宿，并且提出了"愿普天下有情的都成了眷属"的题旨。但是，剧作者又意识到，尽管莺莺和张生这一对"有情人"之间的矛盾已不存在了，但他们要"成了眷属"，势必需要排除各种干扰，最关键的是，老夫人是否最终答允他们的婚事。而老夫人的态度，又和她如何处理郑恒的滋扰有关。为此，《王西厢》的第五本第三折，沿袭了《董西厢》的做法，根据在第一本楔子中早就埋下的崔府曾把莺莺许与郑恒为妻的伏线，让郑恒在半路中杀出。

郑恒是一个可怜而又可恶的角色，剧作者让他最后触槐而亡，结局十分悲惨。而他本身也是封建礼教的受害者。

郑恒要娶莺莺，这不是他的错。本来，"先人在时，曾定下俺姑娘的女孩儿莺莺为妻"，这一点，崔府上下，全都是承认的。他只是两次错过了机会，失去了莺莺。他心有不甘，希望夺回莺莺，也不是没有理由的。当然，他也知道张生救了莺莺一家，但他认为这并非意味着莺莺就必须许给张生了。首先，莺莺早就许配给他，"一马不配两鞍"，按照礼法，崔府没有悔亲的道理。其次，按照"门当户对"的传统，他是礼部尚书之子，与崔府地位相当。他认为张生出身低微，和莺莺并不匹配。他告诉红娘：如果莺莺"与了一个富家，也不枉了，却与了这个穷酸饿醋，偏我不如他？"最后，他若娶了莺莺，便是"亲上加亲"。显然，按照郑恒所坚持的婚姻理念，我们不能说他是无理取闹，只不过推动他的行动的，是封建礼教所倡导的"理"。

红娘和郑恒辩论时，除了根据金元的律令，驳斥"也不合亲上做亲"，说明许嫁张生是"俺家里有信行知恩报恩"以外，集中批驳了郑恒宣扬的"出身论""血统论"。当时，红娘就郑恒自吹的"仁者能仁"，便把张生和他作了对比，说"君瑞是个'肖'字这壁着个'立人'，你是个'木寸''马户''尸巾'"。郑恒一听被骂为"村驴屌"，便拿出他最有力的"武器"，他声称："我祖代是相国之门，到不如你个白衣、饿夫、穷士！做官的只是做官。"对这番话，红娘给予劈头盖脸的痛斥：

【秃厮儿】他凭师友君子务本，你倚父兄仗势欺人。斋盐日月不嫌贫，博得个姓名新、堪闻。

【圣药王】这厮乔议论，有向顺。你道是官人则合做官人，信口喷，不本分。你道穷民到老是穷民，却不道"将相出寒门"。

郑恒被骂得哑口无言，只好把矛头转向老和尚。在这里，《王西厢》实际上是借红娘的口，痛斥时弊。在金元时期乃至元明，尽管世家豪族的势力有所削弱，晋身统治阶级的渠道有所开放，出身低微的知识分子有改变命运的可能，"将相本无种"的观念也得到宣扬，可是，封建政权和阶级地位的世袭性根本没有改变，"倚父兄仗势欺人"的状况必然普遍存在。正因如此，杂剧作者才借题发挥，控诉现实的不平。

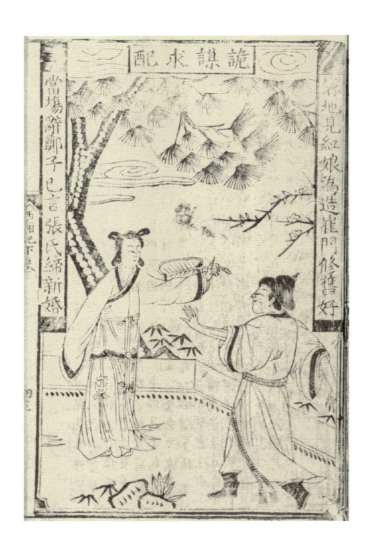

詭謀求配

當塲辭鄭子已言張氏締新婚

忽地見紅娘為造崔門修舊好

南陽已下卷八

若按封建礼法，郑恒是有其"理"的，他之所以愤愤不平，不顾一切地要娶莺莺，是因为他认为自己于"理"不亏，是崔府确确实实把莺莺许配给他。但是，他没有的，是爱情。莺莺对他没有爱情，而他对莺莺，也没有爱情。他只是遵照家长遗命，想门当户对，有利可图，"亲上加亲"，白得一个老婆。这一来，他越是坚持封建礼法之"理"，便越成为人类社会向追求人性发展道路的障碍，越成为时代的绊脚石，最终被历史车轮压成齑粉。

　　可恶的是，理屈词穷的郑恒，竟然要放刁撒泼。他声称要强抢莺莺，"着二三十个伴当抬上轿子，到下处脱了衣裳，赶将来还你一个婆娘"。威胁不成，他便恃着老夫人自小爱他，装得可怜巴巴地哭哭啼啼，不惜大肆造谣，说张生已在京师被卫尚书招赘为婿。他把故事编排得如此有鼻子有眼睛，本来对张生心存芥蒂的老夫人，自然勃然大怒，连红娘也将信将疑，而莺莺更是愁眉不展了。

　　郑恒不知道什么是爱情，只知道要求依照封建礼法行事而碰了一鼻子灰，本来是个可怜虫。只是他为了夺取莺莺，不惜为非作歹，既想强取豪夺，又要阴谋诡计，便显出是个鲜廉寡耻的恶棍。在他身上，人们看到了封建时代出身于权豪之家的衙内的嘴脸。不过，平心而论，《王西厢》对郑恒的刻画也并不成功。脸谱化的描绘，虽然给人以较为鲜明的印象，虽然极写他的粗鄙、无情，与写张生的温柔、多情有着对比的作用，但总体而言，剧本对郑恒这一人物的处理有性格简单化和形象扁平化之嫌。我认为，《王西厢》描写张生、莺莺、

　　郑恒求配　《重刻元本题评音释西厢记》　明万历熊氏忠正堂刊本

红娘乃至老夫人等形象，注意多维的刻画，一贯表现出
细腻的风格，而对郑恒的描绘，则与此不相搭配，显得
不伦不类。这一点，许多学者多有论及，此不赘述。

为了彻底解决妨碍莺莺张生美满团聚的阻力，《王
西厢》沿用了《董西厢》的做法，让郑恒在谎言被揭穿
以后，自杀身亡。杀了大花脸，生旦大团圆，这写法自
然很干脆，但没有说服力。老实说，郑恒虽可恶，而其
阴谋毕竟没有实现。他应该受到嘲弄和鞭挞，而又罪不
至死。《王西厢》让他当众一头撞死，似可大快人心，
却使莺莺张生的婚宴，添上了以人肉炮制的菜肴，使大
团圆的喜庆终场，掺杂着血腥味，实在倒人胃口。在
《董西厢》，郑恒在投阶前还表示十分懊恼，说："花枝般
媳妇，又被别人将了，我还归去，若见乡里亲知，甚脸
道？"他走投无路，便自己了断。而《王西厢》的处理，
更为简单，剧本连郑恒的心理活动也一笔省去，写他只
说声"罢罢"，便自取灭亡。有趣的是，《王西厢》还写
老夫人看见出了人命，便说："俺不曾逼死他。我是他亲
姑娘，他又无父母，我做主葬了者！"然后就转过话题，
着莺莺出来，"今日做个庆喜的茶饭"。很明显，《王西
厢》把郑恒的死，只看作死了一条狗而已。当然，即使
如此，观众也不会同情郑恒，只是《王西厢》这样的写
法，过于"搞笑"，显是败笔。

总之，无论是《董西厢》还是《王西厢》里的郑
恒，都被写得十分不堪。但是，郑恒对莺莺张生婚姻的
破坏，既未得逞，其罪也不致死。唱本和杂剧都非把他
置于死地不可，这样的安排实在不尽合理。不过，从
《董西厢》与《王西厢》这过了头的处理中，也可以看
出，金元时期的观众，对倚仗父兄之势为非作歹的衙内
式人物十分敌视，所以不会计较作品的过火。

郑恒一死，老夫人妥协，一直敢于争取婚姻自由
并且坚持爱情理想的年轻一代，最终取得了胜利。矛盾

解决了，剧本也就按当时舞台演出的套路，吹吹打打热热闹闹一番，还让朝廷的使臣上场，崔张被"敕赐为夫妇"，表示他们的结合，已为官方所认可。于是全家一起谢恩颂圣，最后，演员们齐唱"愿普天下有情的都成了眷属"，大团圆欢喜终场。

上文说过，就《王西厢》的第五本而言，和前四本相较，其创作水平实在逊色，这也是人们怀疑它是续作的一个原因。但是，第五本沿着前四本的思路，以"愿普天下有情的都成了眷属"的唱词，画龙点睛，揭橥全剧题旨，震古烁今地张扬人类的普遍理想。对此，我们应该给予高度的评价。

"有情的"，这三个字，十分重要。在《董西厢》，也写到崔张大团圆结局，但董解元的主意，在于重点说明"从古至今，自是佳人，合配才子"（卷八【南吕宫·瑶台月】），认为才子佳人互相匹配，即是合理的结合。而在《王西厢》，剧作者希望男女能成为眷属，则是以"有情的"为前提。有情，可以不受家长的干涉；有情，可以不受门第功名、世俗观念的影响。剧作以全部热情，歌颂莺莺张生大胆去爱，"志诚"地爱，歌颂红娘为帮助有情人两肋插刀，正是"愿普天下"的男女，以他们为榜样，去争取美满的归宿。关于"有情的"这一提法的重要性，毛西河也看得很清楚，他指出："如《墙头马上》剧亦有'愿普天下姻眷皆完聚'类，但此称'有情的'，此是眼目，盖概括《西厢》书也。故下曲即以'无情的郑恒'反结之。"[1]

本来，男女婚姻、情，是无法回避的问题。在我国，即使封建礼教笼罩了意识形态的所有领域，人们也无法忽视爱情的存在，这就是爱情的题材，在文学创作特别是诗歌作品中，一直不乏生存空间的原因。但是，明确地把"有情"作为婚姻的基础，热情地在对爱情的歌颂中，把"有情"升华为"普天下"人的婚姻理念，

1. 引自王季思校注，张人和集评：《集评校注西厢记》，上海：上海古籍出版社，1987年，第201页。

这是《王西厢》最早提出的具有挑战性的口号。作者以这一理念贯串全剧，又在全剧结穴之处，以此一锤定音，这一来，剧本呈现在观众面前的不仅是一个美丽的爱情故事，而且是追求婚姻自由的宣言。当"愿普天下有情的都成了眷属"的歌声响彻勾栏时，这故事的"临去秋波"，势必在观众的脑海中强烈回荡。正如何璧在《北西厢记序》中指出："《西厢》者，字字皆凿开情窍，刮出情肠，故自边会都鄙及荒海穷壤，岂有不传乎？自王侯士农而商贾皂隶，岂有不知乎？然一登场，即耄耋妇孺喑瞽疲癃皆能拍掌，此岂有晓谕之邪情也！"他认为《王西厢》开启了人们的心窍，透彻地揭示了"情"的意义，它处处歌颂爱情纯真，处处鼓吹爱情自由的观念，因而受到社会各个阶层的重视。因为，它所宣示的婚姻观念，乃是人们普遍追求的普适性价值，是正常的和正当的。社会上有这么多的人受到《王西厢》煽起的爱情之风的感染，有这么多的人接受它提出的"有情人都成眷属"的婚姻理想，就说明这"情"绝不是歪风邪气，不是旁门左道。何璧还进一步宣称："予谓天下有心人便是情痴，便堪情死。惟有英雄气，然后有儿女情。"他把英雄志气和儿女爱情联系起来，把儿女情视为英雄气的表现，显然，这是受到《王西厢》的启发，把"情"的价值，推上更高的层次。

"愿普天下有情的都成了眷属"，这是《王西厢》胸怀天下的美好愿望，实际上，要实现这个梦，谈何容易！在千百年的现实婚姻生活中，有情的未必能成了眷属，成了眷属的未必是有情人，这种状况，所在多有。何况，不只是要个别人如愿以偿，而是着眼于普天之下，都无怨偶，那更只能是遥远的愿景。不过，《王西厢》在全剧的结穴，旗帜鲜明地张扬人性的追求，就使这掷地有声的唱词，震动遐迩，流传千古。

《王西厢》的第五本，是狗尾续貂吗？又是，又不是。对它，不能一言以蔽之，只能从思想上和艺术上，作出实事求是的评价。

讨论第五本问题的深层意义

《王西厢》第五本并非续作，崔张大团圆结局也不成问题。值得研究的，倒是人们提出所谓续作问题的深层意义。

明代人认为《王西厢》第五本是续作的看法，较早见于万历八年（1580）毗陵徐士范的《重刻西厢记序》。他说："《西厢记》自草桥惊梦以前作于实甫，而其后则汉卿续成之者也。"既然王实甫原作止于草桥惊梦，那么，《王西厢》便不存在大团圆结局的问题。

据此，徐复祚进一步发挥："《西厢》后四出，定为关汉卿所补，其笔力迥出二手，且雅语俗语措大语白撰语，层见叠出，至于'马户''尸巾'云云，则真马户尸巾矣！且《西厢》之妙，正在于草桥一梦，似假疑真，乍离乍合，情尽而意无穷，何必金榜题名、洞房花烛而后乃愉快也？"[1]他从创作艺术的角度，否定了《王西厢》的大团圆结局。

槃薖硕人则指出："余读《西厢》，初赏其情致，及玩至草桥惊梦，末端【得胜令】【鸳鸯煞】二段，始悟'玉人何处也'，人间悲欢，一梦而已！"又说："《西厢》原非实事，通部是个梦境。王实甫作此以梦结之，盖令人悟色空之意也，设意甚妙。关汉卿扭于常套，必欲以荣归为美，不免太泥。"[2]槃薖硕人从佛禅思想解读《王西厢》，把人生看成是一个梦境，自然认为全剧应止于草桥惊梦，认为虚无缥缈的意境最能表现色空的思想，至于第五本出现大团圆的结局，则纯属多余。金圣叹说得更清楚："旧时人读《西厢记》，至前十五章既尽，忽

1. ［明］徐复祚：《曲论》，《中国古典戏曲论著集成》（四），北京：中国戏剧出版社，第243页。

2.《槃薖硕人增改定本西厢记》上卷，北京：中华书局，1963年，第23、18页。

见其十六章乃作《惊梦》之文，便拍案叫绝，以为一篇大文，如此收束，正使烟波渺然无尽。"他说全剧结束于梦，不仅是写作手法的问题，而且包含更深的意蕴。"及我又再细细察之，而后知其填词虽为末技，立身不择伶伦，此有大悲生于其心，即有至理出乎其笔也。今夫天地，梦境也；众生，梦魂也。无始以来，我不知其何年齐入梦也；无终以后，我不知其何年同出梦也。"[1]显然，金圣叹的想法与檗庵硕人如出一辙，正因如此，他认为第五本全属狗尾续貂，是凡夫俗子之所为。

无论明代徐复祚等批评家从什么角度判定《王西厢》应止于草桥惊梦，他们在否定莺莺张生大团圆的写法这一点上，则是一致的。近来韦乐先生还看到了清代初年的《朱景昭批评西厢记》，"它以未经金圣叹改动的《西厢》作底本，但删掉了草桥梦莺莺之后的文本"[2]。这明显也是认为崔张不存在"大团圆"的问题。

至于有些人，尽管没有提出《王西厢》应止于惊梦，但他们认为第五本是续作，也等于从另一个侧面，对其大团圆描写的合理性和合法性表示怀疑。总之，从明代中叶开始，人们对大团圆的处理，一直啧有烦言。

如何对待戏曲的大团圆结局，这是一个敏感的话题。

近年，学术界不少人士，认为大团圆结局是我国戏曲的传统，似乎戏曲表演必以曲终奏雅，欢喜终场为依归。其实，情况并非如此。在歌台舞榭，戏曲以大团圆终场者，其数确实不少，但有不少作品并非以团圆结局。王国维指出："明以后，传奇无非喜剧，而元则有悲剧在其中。就其存者言之，如《汉宫秋》《梧桐雨》《西蜀梦》《火烧介子推》《张千替杀妻》等，初无所谓先离后合，始困终亨之事也。"[3]至明以后，戏曲则以大团圆的写法居多，"始于悲者终于欢，始于离者终于合，始

1.[元]王实甫原著，[清]金圣叹批改，张国光校注：《金圣叹批本西厢记》，上海：上海古籍出版社，1986年，第256、257页。

2.《清代〈西厢〉批本：〈朱景昭批评西厢记〉初探》，载《中国典籍与文化》2010年第2期。

3. 王国维：《王国维文学论著三种》，北京：商务印书馆，2004年，第161页。

↑ 衣锦还乡　仿仇英、文徵明《西厢记》图册

于困者终于亨"[1]。可见，戏曲创作思想有着发展变化的过程，戏曲结局的写法也并非一成不变。

1. 王国维:《王国维文学论著三种》，北京：商务印书馆，2004年，第12页。

入明以后，大团圆结局成为戏曲创作的主流，原因是多方面的。这里既有尚"圆"的民族审美心理的影响，有要求适应戏曲娱乐功能让观众欢喜离场的需要，更主要的是，儒家思想渗进了大传统与小传统的意识形态之中，为了适应官方和民间的需要，大团圆的写法，成了筵席必备的飨后甜品。儒家思想强调"调和"，强调矛盾最终必能解决，强调从不稳定达到稳定。他们也承认现实生活的不合理，承认造成悲、离、困等的因素的存在，但认为事物矛盾是暂时的，走向统一则是永恒的。而事物矛盾消解的出路，无非是在法制和道德的制衡中，让善一定战胜恶，让忠一定战胜奸；再就是矛盾双方，"克己复礼"，各自内省，各退一步，从而促成矛盾的解决。矛盾解决了，冲突消失了，自然就出现大团圆的局面。

当然，事物矛盾的调和，有利于封建体制和政权的稳定。这一点，明代许多大团圆结局的戏曲并不讳言。有些戏，直写由于封建政权主持正义，从而使戏剧始困而终亨；有些戏，甚至与封建政权沾不上边，也设法拉出使臣代表皇帝，表示支持合理的一方。这些定式，看似生硬，但也并非仅仅是仪式性的表演，其中包含着宣示封建政权对待矛盾双方的态度，让观众体认封建政权的一贯正确。总之，无论经过多少曲折困顿，最终功德圆满，一切和谐。于是，齐唱皇恩浩荡的歌声，便转化为对政权的支持。很清楚，大团圆结局，这一以儒家思想为主导的创作思想，不管创作者在运用时自觉还是不自觉，其实是包含着许许多多的奥妙的。

徐复祚等人认为《王西厢》可以止于草桥惊梦，等于给莺莺张生的命运，留下了未知数。若按此想法，张生在梦魂中见到了莺莺，观众可以理解他们情深意重，毕竟是精灵走到一起，但是，这只是一个梦。至于他们最终能否成为眷属，谁也说不清楚。也许，这样的写法，倒能留给观众许多想象的空间，会收到含蓄的意犹未尽的艺术效果，但是，这未团圆的结局处理，与居于统治地位的时代主流意识，以及追求大团圆的创作思想，实在是背道而驰的。

至于金圣叹认为"何用续"，认为第五本纯属多余，更等于否定了大团圆结局的必要性。看来，金圣叹认为文学作品根本不需要写到人物有圆满的结局，他在评点《水浒传》的时候，不也是来一个"腰斩"，让故事止于第七十一回，止于宋江在梁山泊的惊梦么？在徐复祚、金圣叹的心目中，现实的矛盾不能解决，没有调和，生活并非圆满，因此，文学作品也没有必要写到团圆。

其实，明代的评论家在反对剧本写到团圆结局时，往往采用怀疑其后半部乃是后人续作、补作的手法。像对当时与《王西厢》齐名的《琵琶记》，朱孟震就说它"止于'书馆相逢'，'赏月''扫松'为朱教谕所补"（《河上楮谈》）。王骥德在《曲律》附和：认为《琵琶记》"至后八折，真伧父之语，或以为朱教谕所续，头巾之笔，当不诬也"。而徐复祚说得更详细具体：

> 或又以"赏荷""赏月"俱非东嘉之作，乃朱教谕增入。朱教谕，吾不知其人，"赏荷"出之其手，有之、"赏月"之"楚天过雨"，雄奇艳丽，千古杰作，非东嘉谁能办此？"扫松"而后，粗鄙不足观，岂强弩之末力耶？抑真朱教谕所补耶？真狗尾矣！内有伯喈奔丧【朝元令】四阕，调颇叶，吴江沈先生已辨其非矣。故余以为东嘉之作，断断自"扫松"折止，后俱不似其笔。[1]

1. ［明］徐复祚：《曲论》，《中国古典戏曲论著集成》（四），北京：中国戏剧出版社，第235页。

对高则诚写《琵琶记》，止于哪一出，以上诸说，各有不同，但一致认为没有一门旌表的大团圆结局，一致认为全剧应该保持悲剧的气氛。为此，他们都把《琵琶记》的后几出，说成是朱教谕的续作。很明显，其手法，与评论《王西厢》的第五本异曲同工。由此可见，对剧本应如何结局，是否以欢喜终场来反映现实，并不仅仅存在于对《王西厢》评价的问题上。在这里，我们分明看到明后期文艺思潮的异动。

据说，与他们处于同一时代，同样具异端思想的徐文长，在杂剧《歌代啸》的开场，写过一首【临江仙】，词曰：

> 谩说矫词励俗，休牵往圣前贤。屈伸何必问青天，未须磨慧剑，且去饮狂泉。
> 世界原称缺陷，人情自古刁钻。探来俗语演新编，任他颠倒事，直付等闲看。

我们不必考究这首词是否出于徐文长之手，但它的出现，说明了明中叶以后，不少人已经认识到"世界原称缺陷"，并非像主流思想所鼓吹的一切都是圆满的，最终取得和谐的。他们对社会现实生活存在悲观的认识，正是在文艺创作中否定大团圆结局的思想根源。这也是徐复祚、金圣叹等人，不认同《王西厢》第五本的最根本的原因。

《王西厢》的作者，通过崔张故事，发出了"愿普天下有情的都成了眷属"的呼吁，这追求爱情自由的普遍性愿望，自然表现出人性理想的光辉。而徐复祚、金圣叹等人主张剧本止于"惊梦"，不理会也不计较崔张的爱情是否能够得到合法的承认，只认为"顺心处便是天堂"，这同样是对人性的张扬。就突破传统以圆满为美的观念而言，从认识到世界并非完美，要求更真实地反映现实的缺陷而言，徐、金的主张，未尝不是文艺思想进步的一种表现。

在明代万历年间，手工业、商业进一步发展，封建政权和以儒家思想为主流的意识形态，其合理性与合法性，也进一步受到怀疑，反映到文学创作上，具有异端思想的评论家，便从怀疑现实生活的圆满性，进而不认同以团圆为美的审美观。在对待《王西厢》的问题上，他们无法抹杀第五本的存在，但又不认同其大团圆结局的写法，于是就有所谓"续作"问题和认为全剧止于草桥惊梦的主张。

徐复祚、金圣叹否定《王西厢》的大团圆结局，实质上是明代异端思想对剧坛发动的一次冲击，到清初，余波回荡，依然震动着作家的思绪，影响了他们的审美观念和对现实生活的认识。最明显的是，清初的《长生殿》和《桃花扇》，这两个剧本在结局的处理上，都不同于明代以来那种"大团圆"的架构。在《长生殿》，杨玉环和李隆基飞上了月宫，渴望夫妇能够永远在一起。谁知道，织女告诉杨玉环，"你如今已证仙班，情缘宜断"，这让杨玉环十分意外，因为她所追求的，乃是人间有血有肉的情爱。最后，他们遵从了织女的安排，在忉利宫重逢时，只能以眼泪洗面，接受了"痴云腻雨无留恋"的劝告。按照神仙们的说法，凡间的人，进入了忉利天，便能超凡脱俗，感情、精神都进入了"长生"的境界。但是，所谓忉利天，其实是虚无缥缈的幻境；所谓天上夫妻的情爱，完全是柏拉图式的虚妄行为。不错，在天上，杨玉环和李隆基是团圆了，而这团圆，同时又是他们好梦的破碎。[1]

在《桃花扇》，侯方域和李香君，几经曲折，偶然在道场相遇，他们惊喜交集，在一边唧唧哝哝，互诉衷情，人们也正为他们的意外重逢感到高兴。按照一般的写法，剧情不就可以顺势让生旦团圆相聚了么？但

1. 参阅拙文《长生殿艺术构思的道教内涵》，载《文学遗产》2009年第2期。

是，《桃花扇》却写道士张薇给侯李大喝一声："呵呸！两个痴虫，你看国在那里，家在那里，君在那里，父在那里？偏是这点花月情根，割他不断么？"于是，侯李如梦初醒，男有男境，女入女界，他们"不把临去秋波掉"，"桃花扇扯碎一条条"，遽然分开，各自入道去了。

《长生殿》和《桃花扇》，在"大收煞"的时候，生旦以及诸般角色，一起亮相。从主要人物经过曲折磨难最后得以重聚这一点上看，未尝不可以称为"团圆"，但是，谁能说这是欢喜终场了？无论是杨玉环和李隆基，或是侯方域和李香君，他们重圆之际，实际上是好梦彻底幻灭的时刻；他们被织女、道士当头棒喝，猛然醒悟，也有以"惊梦"收场的意味。无论如何，清初最有影响的两个剧本，都走出了明代以来剧坛流行的大团圆结局的模式，表面团圆，内中破碎，哪有半点欢庆的影子？哪有像《王西厢》说的"万里河清、五谷成熟，户户安居，处处乐土"，可以讴歌赞颂？由此可见，在徐复祚、金圣叹等异端的文艺思想影响下，在封建体制"金玉其外，败絮其中"的状况日益被认识的时候，一些剧作家走出了儒家主流思想的桎梏。反映在创作中，便出现大团圆的传统模式受到挑战的局面。

我认为，如何评价《王西厢》第五本的问题，牵涉到如何认识明中叶以后文艺思潮发展的问题。说《王西厢》第五本是关汉卿续作，不是事实，说《王西厢》全剧止于草桥惊梦，更不是事实。不过，徐复祚、金圣叹超越剧本实际的想法，倒说明了由于他们的敢于怀疑，使封建时代后期的创作思想有所更新，有所推进，逐步走向合理的符合现实真实的彼岸。

收　煞

访问普救寺的活动结束了，我们在永济停留了一宿，第二天早上，乘车赶回太原。车子开到峨嵋塬附近，我们特地下了车，再一次浏览普救寺周围的景色。

记得那一天，拂晓时分，一层薄薄的晓雾，笼罩着树梢，环绕着山门，轻轻地斜斜地飘向檐角，和寺里大殿透出的袅袅篆烟，融成一体，让草色树光墙阴檐影，像盖上透明的轻纱。透过山门，隔着天井，遥望大雄宝殿，里面一团昏暗，只是几盏佛前的灯，影照着佛像上的金箔，几点微光，一闪一烁，倒显得有几分神秘。我们也来不及再进寺门，没有给诸天神佛再进一炷香。远眺山门，倒是牌匾上"普救寺"三个大字，在晨曦中依然闪亮，也像是佛门给我们的"临去秋波"，让我们记住这里秀美的景色，记住这一次愉快的学习旅行。

我们又上了车，离开了峨嵋塬，普救寺和我们相距也愈来愈远了。可是，一路上，"普救寺"这三个字，却一直在我的脑际飘荡。我不禁思量：此寺名曰"普救"，无非是我佛如来表示佛法无边，要普救世人于苦难之中的意思吧！不过，有趣的是，在《王西厢》里，住在普救寺里的莺莺张生，浮沉于情天欲海，种种"魔障"，让他们反复煎熬。然而，是谁把这一对恋人救出生天了？仔细一想，"世界上没有神仙和王帝"，张生莺莺的婚恋，得以如愿以偿，还不是"靠他们自己救自己"！人性的萌动，对婚恋自觉的主动的追求，乃是他们冲破牢笼的原动力。

我望着车窗外边，正如唐代诗人崔曙说"三晋云山皆北向"，车子往南走，公路两旁的山峦，像是向北移动，向后飞驰。一幕幕历史的图卷，也仿佛在我的脑海里展开、横移，然后淡出，渐渐进入微茫。山西豪峻的山川景色，厚重典雅的历史文化，浑雄博大的楼台殿阁，高亢激越的地方曲调，香滑柔韧的各色面食，朴实爽朗的乡镇民风，一幕一幕、一页一页，五光十色，纵横交错，像是万花筒般在我的眼底滚动回旋，最后又定格在《王西厢》绚丽的画面上。我想，也只有在这多姿多彩并且具有深厚人文传统的土地上，才有可能让普救寺依然矗立在历史的风涛中，烘托着《王西厢》这本优美绝伦的文学名著。

"《西厢记》天下夺魁"，确实，在我国戏曲史上，它无与伦比，它是一部歌颂婚姻自由的戏曲，是我国第一部细致表现人性萌动的喜剧。

在金元时期，杂剧广泛流行，演出的剧目繁多。按我们在《全元戏曲》中统计，可考的并流传下来的杂剧剧目，计五百多种。涵虚子论曲，据杂剧演出的题材，把它分为十二方面：一曰神仙道化，二曰泉林丘壑，三曰披袍秉笏，四曰忠臣烈士，五曰孝义廉节，六曰叱奸骂谗，七曰孤臣逐子，八曰拨刀赶捧，九曰风花雪月，十曰悲欢离合，十一曰烟花粉黛，十二曰神头鬼面。这样的分类并不科学，而且内容也有交叉。但从九、十、十一等三项看，都涉及婚姻爱情问题。可见，婚恋题材必占现存剧目全数的四分之一之多，这也难怪，婚姻爱恋，和每一个人的生活有关，也自然吸引了作家和大多数观众的兴趣。

金元时期有关婚恋的杂剧，一般都写到女性对爱情的主动追求。像《墙头马上》写李千金看上了裴少俊，便主动邀他约会；《竹坞听琴》的郑采鸾，出家学道，当知道有人窃听她弹琴，便约他"到耳亭说话去来"；像《㑇梅香》的小蛮遇上了白敏中，窃听他弹琴，又故意丢下香囊约他幽会。这些女孩子，尽管受到封建体制和礼教的束缚，但她们并不缺乏追求婚恋自由的勇气。别以为女孩儿生性腼腆温顺，遇事羞羞答答，一旦人性萌动，情之所起，一往而深，那么，巾帼绝不让于须眉。而许多男性的主人公，反相形见绌，他们多是"银样镴枪头"的窝囊废。这种情况，恰好是现实生活中男女处于不平等地位的颠倒。也可以说，这是广大群众同情弱者的社会感情，反射到文坛上出现的补偿心理。

在金元时期所有的以婚恋为题材的戏剧中，《王西厢》写女性对婚恋自由的追求，最为细腻，最为深刻，而剧作家对女主人公人性萌动的同情，也最为坚定、大胆。不错，元代许多剧本，都写到女性追求爱情的勇敢，像《墙头马上》的李千金，其性格更显得泼辣火爆。不过，许多剧本，在写女孩子遇见了一男子，并且发生恋情时，都会莫名其妙地预设一个前提，即这男子本来就与女子有婚姻之约，只是当事人互相不知道，或者只有一方知道，他们不期而遇，爱上了本来就该与之结合的异性。这一来，不管事情有多么曲折，冲突有多么激烈，剧作家都把女性的爱情追求，控制在封建法制所容许的范围内。《墙头马上》的李千金，在墙头瞥见骑着马走过的裴少俊，爱上了他。而在这之前，剧本先让"外扮李总管上云"：'老夫姓李，双名世杰……有女孩儿小字千金，年方一十八岁……老夫当初曾与裴尚书议结婚姻，只为宦路相左，遂将此事都不提起了。"《竹坞听琴》的郑采鸾，她"曾记父母说，在礼部时与秦工部指腹成亲，后来他那壁生了个孩儿，唤做秦修然"，而后来和她相好的，正是这位秦修然。总之，剧作者虽然写到他们行为出轨，而遇上的却又原是"合法"的伴侣。

《王西厢》则写莺莺早已是名花有主，老夫人在戏的开场时，就说已把莺莺许配给郑恒为妻。但莺莺爱上的，却是张生，剧作者也同情她之所爱，让她把父母的意旨抛到九天云外。这表明，剧作者敢于直面束缚年轻一代婚姻自由的礼法，而不像《墙头马上》等戏那样，给敢于追求男子的女性，预先穿上"合法"的盔甲，让青年一代与封建礼法的冲突，只成为一场最终没有超越樊篱的误会。这一点，如果我们把《㑇梅香》与《王西厢》作一比较，将会看得更清楚。

《㑇梅香》是郑德辉所写的杂剧。它的许多关目，明显抄袭《王西厢》，毫不足取。有些地方，连说白也大量搬用，像第三折写白敏中在后花园等候赴约时，说了一段独白：

（看天科云）日头可也还早哩，我且看几行书咱。天也！我有甚么心肠看这书。这早晚不知是甚么时候？我试看咱。呀！才午时也！天也，偏生今日这样长，我试吟诗咱！读书继晷怕黄昏，不觉西沉强掩门；欲赴海棠花下约，太阳何故又生根。呀！可早未时也，我且坐一坐。（坐科云）我怎生坐的住，我再看咱。天也！可怎生还是未时？我央及你咱！我与唱喏！怎生不动？我与你下跪，又不动！我与你下拜，也不动！呸！鳔胶粘住你哩！泼毛团好无礼也！小生不才杀波，也是个白衣卿相，今日用看你，故意的不晚，你则道我不认的你哩？……无端三足乌，团团光闪烁；安得后羿弓，射此一轮落。呀！便好道人有善愿，天必从之……

你看，这段话，和《王西厢》第三本第三折，写张生认为莺莺约他幽会，在书房等候日落时的独白，不是十分相似么？郑德辉不怕被嘲为拾人牙慧，把《王西厢》精彩之处大段搬用，可见当时的剧作家也无所谓抄袭、剽窃之类的问题，反正你也演，我也演，只要观众认为好看就行，用不着考虑谁的"版权"，谁是"原创"。但是，有胆量大量搬用《王西厢》文句的郑德辉，却没有胆量像《王西厢》那样，让相爱的男女主人公，冲破父母原定的婚约。郑德辉的"创造"是，先写白敏中的父亲与裴小蛮的父亲原是一殿之臣，早有婚姻之约，裴父还把玉带一条交给白敏中作为定礼。所以，后来白敏中求亲、与小姐约会等行为，实非违背父母的婚姻之命，还属于有"法"可原。而从郑德辉的"敢"与"不敢"，即敢于抄袭《王西厢》的情节、细节，不敢触动父母之命的礼教的原则，又反过来说明，《王西厢》写莺莺不理会与郑恒有婚约在先，敢于冲破婚约的拘束，这实在是对封建婚姻制的大胆挑战，是金元时期许多以婚恋为题材的剧本，往往需要遮遮掩掩而不太敢直接面对的问题。因此，可以说，在中国戏曲史上，《王西厢》是第一部鼓吹青年男女大胆去爱，大胆冲破封建礼法牢笼的戏剧，是最敢于视封建婚约如敝屣的戏剧。

　　董解元的《西厢记诸宫调》，也写到莺莺追求爱情，唱本作者也以极大的同情描写莺莺所做的违反封建礼教的举动。但是，《董西厢》又总是给莺莺所追求的爱情，穿上一件"报德"的外衣。她明明是偷偷地爱着张生，却又从感恩守信的角度掩饰"人"之常情。她要被人爱，也要去爱人，但又是恪守规范的"淑女"。"风乍起，吹皱一池春水"，她遇见张生，心上泛起了感情的波澜，但也只是池塘里的涟漪，水影波痕，始终被框在封建礼法的涯岸之内。确实，《董西厢》虽也写到莺莺心里爱着张生，却爱得怯懦，爱得被动。当这一个莺莺在第一次见到张生时，唱本说她"羞婉而入"。这四个字，典型地表明了她"爱"的特色，这和《王西厢》所写的莺莺"临去秋波那一转"，敢于与陌生男子丢媚眼般眉目传情大不相同。

《王西厢》笔下的莺莺，对张生，则爱得强烈，爱得大胆。上文说过，她多次回觑张生，虽然还没有交谈，但感情的电波已多次交流。普救寺解围后，张生寄寓西厢，莺莺听到他弹琴，就思忖"怎和他通信息？"正是她主动想到要和张生沟通，才有以后和诗酬简一连串举动。至于以后她对科举制度的怨怼，告诉张生"休要金榜无名誓不归"，都表明她并非只是等着别人去爱的女子。

《王西厢》和金元时期许多婚恋杂剧一样，敢于揭示男女青年特别是女性对爱情的主动追求，但有别于其他剧作的是，它敢于抛开相爱者曾有"婚姻之约"的框框，敢于不给封建礼法半点面子，敢于写有情人破坏了原来的婚约，敢于细腻地表现年轻一代人性萌动的全过程，这在中国戏曲史上是伟大的创举。

※ ※ ※

在我国，为人们熟悉的与婚恋题材有关的剧作，多数是悲剧，像《白蛇传》《梁山伯与祝英台》《牛郎织女》，等等。有些名剧，像《长生殿》《桃花扇》《牡丹亭》，未必属于悲剧的范畴，但它们涉及婚恋问题时，总笼罩着凄婉的气氛。且不说杨贵妃与唐明皇、李香君与侯方域，最后实际上是永远分手，即使《牡丹亭》写生旦团圆，欢喜终场，而整个戏中人鬼相恋的主干情节，不也贯串着几许幽婉感伤的意味？否则，就不会出现冯小青读了《牡丹亭》竟然伤心至死的传说了。显然，古代写婚恋的文学作品多笼罩着悲剧氛围，这正是现实生活中婚姻状况的真实反映。

然而,《王西厢》是一部喜剧。它让你时而会心微笑,时而捧腹大笑。不错,在激烈的戏剧冲突中,它会让观众紧张、焦虑,但不会让观众为剧中人忧伤、悲苦。即使看到张生的苦恋,要死要活,观众也只会觉得他可笑可爱,而不可能为他一掬同情之泪。

从审美的范畴看,喜剧,本质是由历史推进所产生的社会新旧矛盾冲突的产物。马克思说:"历史不断前进,经过许多阶段才把陈旧的生活形式送进坟墓。世界历史形式的最后一个阶段就是喜剧。"所以,喜剧是把为历史所抛弃的陈旧的没有价值的事物撕破给人看。而社会上陈旧的事物,反映到"人"的身上,便成为人物性格的缺憾,成为被讽刺被嘲笑的对象。

人的性格的缺憾,即使在应该被歌颂被视为正面人物的身上,也是会存在的,当作者把人物性格符合历史前进的一面和属于陈旧的一面,两者碰撞产生冲突的状态揭示出来,便在作品中出现了喜剧性格。因此,以愉快的笑声和过去告别,揭露讽刺社会丑恶的作品,固然属于喜剧;而以幽默的笑声展现正面人物性格的缺憾,让观众看到"人"的不足,从笑中启发观众感受历史应该前进的方向,也属于喜剧。《王西厢》便是属于这种可以称之为歌颂性的喜剧。

《王西厢》在以下的两个层面创造剧本的喜剧性:

首先,剧作者把婚恋的故事,放置在与它格格不入的环境中。上面说过,佛教的寺院,本来是禁欲的地方,可是,剧作者偏偏让这里发生一桩风流香艳、荡气回肠的婚恋故事,这无论是对爱情或是对寺院来说,都是相互不协调的,不尴不尬的。把绯闻和寺院放在一起,本身就颇具嘲弄的意味。更有趣的是,普救寺里的僧众,也都不排斥情欲,他们反而造就了张生莺莺一段姻缘,于是,"普救寺"真的成了救赎"有情人"的去处。显然，潜藏在和尚心中的人性与禁欲的戒律产生矛盾。剧作者既肯定僧众符合历史前进趋向的内心世界，又写他们不得不活动于与人性不协调的宗教氛围中，这一来，那茹斋礼佛的行为，那佛殿庄严、香烟袅袅的环境，那违反人性的清规戒律，便显得十分可笑，它让观众觉得应该愉快地与之告别，从而产生了浓厚的喜剧感。

更重要的是，《王西厢》所写的戏剧矛盾，是人性的追求与封建礼法的矛盾。这种矛盾，除了表现为老夫人与年轻一代的冲突以外，也表现在年轻一代之间性格的冲突上。特别是张生，他追求人性的自由，但封建礼法以及所受的教养，不能不渗入他的内心世界，而且，他所处的环境，又与他的追求格格不入，他做出异乎寻常的举动，便与客观情势不相协调，显得滑稽可笑，从而呈现为喜剧性格。

在《王西厢》里，张生是"志诚种"，亦即他对莺莺爱得专注和强烈。正是他热切追求人性的自由使他的行为与众不同。当丘比特之箭射中了他的心窝，让他意乱神迷，在他晕头转向的时候，便表现为"迂"、为"痴"，被红娘称为"傻角"。这称谓，生动准确地表达出作者对张生这一喜剧性格的态度。所谓"傻"，是指人的智能低于一般水平，而且会出现扭曲的让人意想不到的状态，使人感到滑稽可笑。可以说，张生的"诚"与"傻"，构成了他喜剧性格的特征。是他的"志诚"，导致他在爱情方面变得傻乎乎；而本来精明能干的才子变成了"傻角"，又恰是志诚的表现。

张生是戏里的男主人公，剧作者让他的喜剧性格贯穿于全剧，也让《王西厢》的观众一笑到底。

张生一见莺莺，立即惊叫"我死也"。看到这神态夸张到极点，你能不笑吗？

张生对红娘说自己"尚未娶妻"，听到这出人意料的自我介绍，你能不笑吗？

张生在追荐亡灵表示孝心的时候，和莺莺眉来眼去，看到他搔首弄姿做张做致的举止，你能不笑吗？

张生被老夫人请去赴宴前，以为可以娶到莺莺，看到他那高兴得手舞足蹈的狂态，你能不笑吗？

张生以为莺莺让他跳墙幽会，谁知高兴得过了头，产生误会，结果被狠狠地"整"了一顿，看到这"猜诗谜的社家"，从以为鸿鹄将至到呆若木鸡的痴态，你能不笑吗？

……

再者，就年轻一代之间的关系看，尽管他们都追求人性的自由，但由于身份、处境的不同，彼此也就出现了冲突。这冲突，是由误会而来的，因而出现了喜剧性的效果。这一点，在剧作者处理红娘和莺莺的关系中，表现得最为明显。例如在"闹简"一段情节，红娘替张生莺莺传书递简，是想撮合他们的爱情的，但又担心小姐放不下脸皮，便装着什么都不知道，做了个"缝了口的撮合山"；而莺莺，既要红娘替她"送暖偷寒"，又怕红娘对她"行监坐守"，她完全不知道红娘已经和她同站在追求婚恋自由的战线上。由于不同性格、态度的交集，便出现了误会，产生了冲突。在观众方面，人们都知道她们对彼此的担心都是多余的，是由她们性格上的弱点造成的。当观众觉得自己是明白人，看透了一切，而当事人却各自被对方蒙在鼓里，各自还在互不信任时，便从当事人的昏昏中，感到自身的昭昭，感到事情发展的有趣和可笑，从而让戏的矛盾冲突充满着喜剧的气氛。

※　※　※

"《西厢记》天下夺魁"，无论在人物性格的塑造上，还是在矛盾冲突的组织上，戏曲语言的运用上，《王西厢》岂止在金元的剧坛上首屈一指，就从整部中国古代戏曲史来说，它的成就，也可说是无与伦比。在这些方面，许多学者已有深入的研究，也给了我许多的启发。当这一部小书写到"收煞"之际，我不想重复前人的结论，以上，只就我认为《王西厢》在文学史最具创新意义的两个问题，简略谈了自己的看法。

在我国，《西厢记》是说不完的话题。早在20世纪的30年代，先师王季思教授的《西厢五剧注》一书，以治经的方法治曲。新中国成立之初，他写了《从莺莺传到西厢记》一书，还写了好几篇与《王西厢》有关的重要论文。先师董每戡教授，在"文革"期间处在极端困难的情况下，写了《五大名剧论》一书，对《西厢记》的专门论述多至十万字。我在中山大学求学期间，王老师教我如何从事对古代戏曲考证校注的工作，董老师教我如何从舞台演出的角度看待剧本。他们都是卓有成就的《西厢记》研究专家，也启发了我对《王西厢》产生浓厚的兴趣。在师长们离去二三十年之后，我也想接着谈谈自己对《王西厢》的认识，于是下决心写下自己的意见。

历史的车轮在前进，对《西厢记》的认识，也应有所发展，因此，我沿着老师走过的道路走下去，看看能否走进新的天地。

这书成稿之际，恰好是清明节。我让它作为一瓣心香，纪念两位老师。

初版后记

这本小书，算是写完了，我也舒了一口长气。半年前，我差一点就放弃了对它的写作。而现在，总算让这险些流产的"胎儿"面世了。

说来好笑，这部书，去年七月开始动笔，一路写来，还算顺利。写到今年年初，在还差一两章便可杀青的时候，有一天午夜梦回，打开电脑，想继续东涂西抹，谁知睡眼惺忪，老眼昏花，不知道按错了哪一个键，竟把即将完成的书稿，一下子删除了一半。我大惊失色，手忙脚乱，赶紧设法恢复。但我使用电脑的水平，实际和一二年级的小学生差不多。心愈急，愈在键盘上乱按，便把错误搞得愈复杂。我鼓捣了半夜，始终无力回天。实在没有办法，只好等到天明，求助于几位校内电脑高手；高手们替我恢复的一些章节，却是一堆乱码。大家踌躇无计，只好拿到校外，付款请专业的电脑"医院"救命。又过了两天，群医经过会诊，表示敬谢不敏，连手续费也没有收下。看来，我这低水平的"搞手"，竟搞出了让群医束手的高水平的错误，实在可笑可怜。

这一回，轮到我像张生那样叫一声"我死也"了！几个月的劳动，被我手指轻轻一按，消失得无影无踪。事到如今，我实在没有写下去的劲头了。可是，再一想，这书的前一半，保存在另一个U盘里，没有删掉。如果我就此撒手，半途而废，岂不是连同更前一段的劳动，也都丢到东洋大海了吗？想到这里，又心有不甘。怎么办呢？是回头补写失去的章节，还是就此打住？这哈姆雷特式的"死去还是活着"的问题，真叫我"两下里做人难"（红娘语）了！经过好几天的思想斗争，我咬咬牙，终于下决心补写失去的部分。这期间，有时忽有所悟，有时又兴致索然，写作进行得很不顺利。使用电脑时，则战战兢兢，小心翼翼。如此这般，算是挨到了可以撰写"后记"的一刻。

今年的三四月间，我实在倒霉得很，除了这桩电脑事故以外，还差一点上了电话骗子的当。细想原因，看来是由于我的思想只专注于一点，结果，在许多事情上弄得七颠八倒。其实，只要是"人"，这样的毛病是常会发生的。由此推想，《王西厢》里的张生，在热恋莺莺时闹出许多笑话，实在一点也不稀奇。有趣的是，我们研究张生，却难免发生"张生式"的失误。此无它，但凡是"人"，人性，包括其弱点，都有其共通之处。

我在1956年大学毕业后，留校从事中国古代文学的教学和研究。而引起我对《西厢记》的兴趣的，则是在20世纪60年代初。那时，由石凌鹤先生率领的江西赣剧团到穗上演赣剧《西厢记》。演出后，广东戏剧家协会组织了座谈会，我有幸陪同王季思教授出席。在会上，人们纷纷提出对《西厢记》的看法，我也发表了一篇名为《张生为什么跳墙》的文章。其后，王老师主编全国教材《中国戏曲选》，我校注的是有关《西厢记》部分。本来该有进一步探索《西厢记》的条件，不过，当时频频和学生下乡劳动锻炼，正常的教学也断断续续，遑论科研！

"文革"过后，我以古代戏曲作为研究重点，也发表过一些有关的论文。到了80年代中，我感到过去研究路子走不通了，离开了对一定时期戏曲形态的了解，离开戏曲演出的特点，把它和一般叙事文本等同起来，那么，所谓戏曲研究便只能隔靴搔痒，不着边际。在彷徨无计之际，也为了配合当时隋唐文学史的教学工作，我把目光稍稍移向古代诗词领域，也胡乱写了一些文章，害得有些学术界的朋友以为我走投无路，已经放弃了对古代戏曲的学习研究了。

经过一段时间的摸索，我觉得应该先把注意力，集中对戏曲形态的研究方面上。由于新中国成立后学术界一味强调理论分析，对文献和材料的发现不够重视，研究戏曲形态的工作更陷于沉滞。于是，我尝试从研究角色名称入手，在20世纪80年代中写了《旦、末和外来文化》一文，其后也跟着发表了一些与戏曲形态有关的论文。不久，康保成博士毕业留校任教，他在这些方面下了很多功夫。到90年代中，保成从日本讲学三年后返国，我们有更多共同切磋的机会，在指导研究生时，也分头合作，多从这方面给予引导。于是，我们这一个研究团队，积十多年的功夫，便有了国家十一五规划重点科研项目"中国古代戏曲形态研究"的成果。

不过，我也意识到，探索戏曲的形态，毕竟也只是戏曲研究的一个方面。我常对同学们说，戏曲，作为艺术，而我们又是文学领域的研究者，如何发掘戏曲的魅力和价值，让读者全方位地理解戏曲作品，是没法回避的问题。我们在一定程度上弄清楚其形态后，就应当进一步探索作者如何创作的问题。当然，研究戏曲，我们需要与人类学、社会学、宗教学等多学科沟通，但文学艺术的研究，毕竟又有自己的特点。文学是"人学"，戏曲归根到底是表现人的性格，表现人与人的关系，这里就有作者如何写"人"的问题，特别是如何通过戏曲艺术表现"人"的问题。如果我们离开了对这方面的研究，那么，也等于取消了对文学艺术的研究。

上述的道理，应不难理解。但如何进行研究，如何把剧本与场上演出结合起来，我实在也茫茫然。我又想，与其只说不练，不如大胆试水，于是"老夫聊发少年狂"，在主持编写了《中国古代戏曲形态研究》，交由河南人民出版社出版以后，就尝试写下了这一部不成熟的著作。在写作过程中，詹拔群、倪采霞、李惠、徐燕琳、孔颖琪、刘春晓诸君，给了我许多帮助。书成之际，蒙远在日本讲学的戚世隽博士赐序，在此，一并致谢。

黄天骥

写于中山大学中国非物质文化遗产中心

2010年12月

新版后记

　　我在 2019 年 1 月领到退休金后，便离开教学单位，移居校外。想到已经出版过《〈西厢记〉创作论》和《〈牡丹亭〉创作论》，便动手撰写《〈长生殿〉创作论》。谁知写了几章，却卡住了，原因是不在校内的书房工作，无法随手翻阅图书资料。周松芳博士知道后向我提议，我过去给研究生上课讲的是古代戏曲或《周易》《道德经》之类，而给本科生上课讲的多是诗词，指导研究生时才多研究古代戏曲，不如写一些单篇的研读唐诗的文章，这比较方便。他的意见，符合我当前的情况，便按他的主意，写成一些有关唐诗的文章，由他交给上海《书城》等杂志陆续发表。

　　当年我指导松芳撰写的博士论文，是有关明代刘基的问题，现在，他竟成了研究饮食史特别是粤菜方面的名家。他旁征博引，议论风生，对上海、北京等地和粤菜的关系作了精彩的论叙，让我这食而不知其味的老广州人惊愕不已。此后，我把近年所写的文稿都交付他，请他代我审核和寄发。

　　蒙东方出版中心不弃，邀我把有关研读唐诗的文章，奉交给他们出版；并邀我把十年前由南方日报出版社出版的《〈西厢记〉创作论》，也交由他们修订再版。有关唐诗的书稿，东方取名为《唐诗三百年——诗人及其诗歌创作》，使我大受教益。该书已在2022年3月出版。现在，《有情人终成眷属——〈西厢记〉创作论》亦即将出版。

前些时候，我请张诗洋副教授为新版《〈西厢记〉创作论》作序。诗洋虽是女孩，身高却比我高出半个头。她在大学本科一年级时，我指导她在一个学年内撰写一百篇作文。本科毕业后，她一直跟着我攻读硕、博学位，彼此相处，共同提高，超过了十三年。张诗洋学习勤奋，精于音乐艺术，又才三十出头，若有良好的社会风气，则假以时日，在学术上比像我一类先天不足、后天失调的学人，必定能够高出几个头的。

总之，我们师生之间，互相学习，经常交流，学无前后，达者为师。特别是今年，我进入90岁后，"发苍苍而视茫茫"，一些著述，多是在松芳、诗洋、周山丹、谭庭浩、戚世隽等诸位师友各方面的帮助下才得以完成。在此，特向他们表示感谢。

我经常记起，在求学时期，先师王季思教授对我说过的话："一篇论文、一本论著能够出版，编辑同志有一半的功劳。"确实，我近三年两本著述的出版，得到了东方出版中心的大力支持。特别是新版《〈西厢记〉创作论》，经过进一步的修订编排，插图精美，让我眼前一亮。我知道，陈明晓、万骏和出版各环节的诸位老师，付出了辛勤的劳动。在这里，谨致深切的谢忱。最后，感谢上海越剧院慨允在书中配上《西厢记》的精彩演出片段，使读者可以一窥传统剧目的当代风彩。

黄天骥

2024年7月2日于中山大学